U0460049

教育部人文社会科学一般项目成果（项目编号：12YJC752017）

从形式主义文本到意识形态对话：

西方后现代元小说的理论与实践

李丹 著

中国社会科学出版社

图书在版编目（CIP）数据

从形式主义文本到意识形态对话：西方后现代元小说的理论与实践／李丹著．—北京：中国社会科学出版社，2017.9

ISBN 978 - 7 - 5203 - 1042 - 0

Ⅰ.①从… Ⅱ.①李… Ⅲ.①后现代主义—小说研究—西方国家 Ⅳ.①I106.4

中国版本图书馆 CIP 数据核字（2017）第 232701 号

出 版 人	赵剑英	
选题策划	罗　莉	
责任编辑	刘　艳	
责任校对	陈　晨	
责任印制	戴　宽	

出　　版	中国社会科学出版社	
社　　址	北京鼓楼西大街甲 158 号	
邮　　编	100720	
网　　址	http://www.csspw.cn	
发 行 部	010 - 84083685	
门 市 部	010 - 84029450	
经　　销	新华书店及其他书店	

印刷装订	北京君升印刷有限公司	
版　　次	2017 年 9 月第 1 版	
印　　次	2017 年 9 月第 1 次印刷	

开　　本	880×1230　1/32	
印　　张	10.5	
插　　页	2	
字　　数	243 千字	
定　　价	56.00 元	

凡购买中国社会科学出版社图书，如有质量问题请与本社营销中心联系调换
电话：010 - 84083683
版权所有　侵权必究

目　录

绪　论

　　20世纪60年代以后，在西方兴起了一股大规模的元小说创作潮流，博尔赫斯、约翰·巴思、纳博科夫、冯尼戈特、约翰·福尔斯、卡尔维诺、巴塞尔姆等一大批在当今最有影响力的作家投入了这股创作潮流，使元小说的兴起成为后现代文坛最引人注目的现象。元小说（metafiction），又称"自我意识小说"（self-conscious novel）、"超小说"（surfiction）、"自我衍生小说"（self-begetting novel），它最大的特点是对自身作为人工虚构物的强烈的自我意识，并自揭虚构。戴维·洛奇将之定义为"关于小说的小说，是关注小说的虚构身份及其创作过程的小说"。帕特里夏·沃的经典定义是："所谓'超小说'，就是这样一种小说，它为了对虚构和现实的关系提出疑问，便一贯地把自我意识的注意力集中在作为人造品的自身的位置上。这种小说对小说作业本身加以批判。它不仅审视记叙体小说的基本结构，甚至探索存在于小说外部的虚构世界的条件。"对传统小说而言，"真实性"是最大的追求。谁都知道小说是虚构的，是撒谎，但传统小说家就是要把虚构的世界弄得酷似真实，把谎言撒得使人信以为真。为此小说家们会使用一系列的艺术假定性手段来营造"真实性"幻觉，如以社会上发生的真实事件为蓝本进行创作、追求细节的逼真、包容非本质性细节等。似乎小说世界就是真实世界的忠实再现，甚至就是生活本身。但元小说不再营造真实性幻觉，它直截了当地宣布自己是虚构的产物，并采用一系列手段明白清楚地暴露小说是如何被人工"创作"出来的。为此元小说家们进行了侵入式叙述、矛盾开放、任意时空等一系列激进的文本实验，使元小说展现出不同于传统小说的鲜明的形式特征。加之元小说作家大多热衷于玩语言游戏，公开宣称自己作品的游戏性质，否认作品的道德功能、政治功能、社会性目的（纳博科夫："风格和结构是一部作品的精华，伟大的思想不过是空洞的废话。""大作家都是大魔法师。"），这些都使元小说带有明显的唯美主义性质和形式主义倾向。

戴维·洛奇认为有两种相互对立的小说观：一种是人本主义的小说观，强调小说的模仿性、对外部世界的指涉及作者控制等因素；一种是后结构主义的小说观，否认以上因素。很明显，元小说与现实主义小说在这点上形成了鲜明对照。现实主义小说强调真实反映外部世界及其本质规律，从而具有明显的现实指涉、意识形态指涉之功能。元小说则由于自揭虚构而取消了小说指涉外部世界的权力，它是"自指"的，它斩断了与现实的关联而凸显了小说文体的自我意识和文本形式，从而带着后现代文学的游戏性特点和虚无主义的色彩。彼得·比格尔在 1974 年所著的《先锋派的理论》一书中批判了后现代主义的先锋精神是形式主义的"新先锋派"，因为它对社会或体制不进行批判，因而不具有真正意义上的先锋精神。

但问题是，形式主义的文本未必就与现实政治无涉。形式具有意义，独立于内容的意义，这是 20 世纪美学一再阐明的命题。小说形式特征的变迁，往往与一定的社会文化形态相关联，换句话说，形式本身就是社会文化形态，它体现了现实并参与进现实。20世纪80年代以来关注结构形式的经典叙述学进入到后经典叙述学阶段。后经典叙述学的特点便是"从发现到发明，从一致性到复杂性，从诗学到政治学"（马克·柯里），它关注社会历史语境如何影响或导致叙事结构的发展，关注形式结构与意识形态的关系。目前国内的很多研究者对元小说都是持彼得·比格尔的这种观点，大多探讨其形式特征及其"自反性"、形式主义、解构主义、虚无主义倾向。而这正是本书要加以反思并进一步探讨的地方。本论题的选题目的，首先是作为一名热衷于元小说的普通读者，在阅读过程中直观地感受到了某些文本在玩弄形式技巧的过程中的犀利的批判锋芒和明显的意识形态意图；其次是作为一名研究者，试图以一定的文学批评理论为工具，对此问题进行理性的思考和观照。本论题力图对目前国内元小说研究中的"形式主义""虚无主义"等理论问题进行澄清，并对元小说的局限进行反思，对其未来发展方向进行进一步的探索。

本论题在研究意义上，主要有以下几点。

第一，后现代元小说属于20世纪50年代以后才发展起来的新兴小说文体，中国从20世纪80年代末才开始有学者介绍引进元小说理论。之后虽然有很多学者在著作中探讨了元小说问题，但讨论较多的是中国的先锋派元小说创作以及个别具体的西方元小说作家的创作，至今没有一部纵论西方后现代元小说理论及实践，尤其是最新理论进展的专著。本论题有助于弥补这一空缺，深入研究元小说这种后现代文学最重要的代表样式，并以元小说为切入点，深入观照西方后现代的文化景观。

第二，国内的元小说研究，其理论来源不外乎威廉·伽斯、帕特里夏·沃、华莱士·马丁三家，而对后经典叙述学以来的其他元小说理论家的成果则缺乏了解。本文引进这些理论家的理论，有助于对澄清国内对元小说的形式主义倾向、解构主义和虚无主义色彩等问题的片面理解和误读。

第三，在意识形态、权力话语等重新成为关注的焦点的今天，发掘元小说这种"形式主义文本"之"形式实验"掩盖下的意识形态批判功能，有助于重建文学与社会的联系，也有助于对元小说以及中国80年代先锋小说之意义的重新考察和定位。

国内外对元小说问题的研究现状

在西方，"元小说"的正式命名是在1970年，但在此之前，元小说早已以无名的状态存在着，《堂吉诃德》已经被学者们认定为典型的元小说。但元小说文本的大规模兴起是在20世纪60年代以后。进入80年代后，元小说理论开始引起重视，出现了一批研究元小说的理论专著。同时，后经典叙述学在80年代后兴起，它超越了单纯的形式研究，而关注叙述与意识形态的关系，从而为深化元小说的研究提供了新的视角。这些主要的研究论文和专著如下。

1967年，约翰·巴思（John Barth）在《大西洋月刊》上发表《枯竭的文学》一文（"The Literature of Exhaustion"），认为现实主义文学以及现代主义文学在反映现实方面，已经达到了后人无法超越的顶峰。因此文学若不在形式上有所革新借鉴，则势必遇到真正的危机。巴思虽然没有用"元小说"一词，但他提出对抗"枯竭的文学"的办法，乃是"直面智力的枯竭，并以枯竭抗拒枯竭，从而创造出崭新的、具有人性的作品"，"一个艺术家可以把我们时代的终极性转化为自己作品的素材和表现手法"。这事实上就是后来所讲的元小说。巴思此文"枯竭"的呐喊震惊了文学界，被视为美国后现代文学的宣言书。

1970年，美国作家威廉·伽斯（William H. Gass）发表专著《小说与生活中的形象》（*Fiction and the Figures of Life*），最早提出"元小说"一词。伽斯提出，包括小说在内的所有艺术都存在两种相互矛盾的冲动，一种是交流的冲动，把交流的媒介仅视为一种手段；另一种是制作一件物质成品的冲动，把媒介本身视为目的。就小说而言，前一种冲动指的是其反映现实、表达情感的功能，后一种冲动则指的是小说对自身作为一种人工制品之本质的自我意识、对其自身的语言、结构等的关注。而后者正是"元小说"文本的主要特征。该书是最早研究元小说的著作，首先为"元小说"命名，并指出了元小说不同于传统小说的最本质的特征，对元小说的研究具有开创性的意义。

1971年，罗伯特·阿尔特（Robert Alter）发表《半魔幻：作为自我意识文体的小说》（*Partial Magic: The Novel as a Self-Conscious Genre*）。该书考察了自《堂吉诃德》以来西方小说中时隐时现、连续不断的自我意识现象，认为"自我意识传统"是西方文学的"另一伟大传统"，并勾勒了这一传统的发展轨迹：17、18世纪呈高峰状态，随后经历了19世纪现实主义时期的衰落，到20世纪重新勃兴，直到20世纪六七十年代达到高潮。该书第一次在"摹仿说"和"现实主义传统"主宰的西方文学界厘清了"自我意识传统"的存在及其重要性，并梳理了其发展线索，以具体的元小说文本分析为这一传统的发展提供了丰富的实例。

1975 年，雷蒙德·费德曼（Raymond Federman）发表《超小说：小说的现在和明天》（*Surfiction：Fiction Now and Tomorrow*），该书所称的"超小说"就是我们所称的"元小说"。费德曼在书中讨论了元小说区别于普通小说的形式特征，比如反讽性的叙述者进入文本的方式（他称之为"叙述性闯入"）等，并对元小说的未来发展进行了展望。

1980 年，琳达·哈琴发表《自恋的叙事：元小说的悖论》（*Narcissistic Narrative：The Metafictional Paradox*）。该书讨论了元小说的特征及其所内含的诸多悖论，比如它的充满自我意识的叙述要求读者既要与它保持距离，又要被它卷入其中；它以形式美学的方式想象地把握现实等。该书对元小说的丰厚内涵及其内部的悖论张力做了较为深入的论述。

1984 年，帕特里夏·沃（Patricia Waugh）发表《元小说：自我意识小说的理论与实践》（*Metafiction：the Theory and Practice of Self-Conscious Fiction*）。沃给元小说下了一个经典定义："'元小说'一词是用来指那些有自我意识地、系统地关注自身作为一件人造品的身份、以便对小说和现实之间的关系提出质疑的小说创作。在对它们自己的结构方法提出批评时，这些作品不仅检验了叙述性小说的基本结构，而且探讨了对小说文本之外的世界的可能的虚构。"沃指出元小说的两个形式上的特点：自反性和形式上的不稳定性。该书还从文学史的角度梳理了小说的自我意识的发展、探讨了语言对现实的建构、文学虚构话语的本体地位等问题。沃的这本小册子篇幅不长，却极有见地，它开始突破形式主义的框架，探讨元小说同现实、同

人生之间的关系。此书目前中国大陆尚无译本。台湾骆驼出版
社 1993 年出版了钱竞的译本，但中有诸多误译、漏译之处。

1987 年，华莱士·马丁（Wallace Martin）发表《当代叙
事学》（Recent Theories of Narrative），该书第八章"参考框架：
元小说，虚构，叙事"从"打破框架"的角度定义了元小说，
并探讨了滑稽模仿、反讽与元小说的联系和区别，指出了元小
说给理论家们带来的伦理性困境，从哲学的层面上探讨了"虚
构是什么"的问题。该书对"现实主义"文学的成规性、虚
假性，滑稽模仿、反讽与元小说的联系等作了中肯的分析和有
力的论证。但对元小说其他方面的特征的分析还不够全面。

1988 年，琳达·哈琴（Linda Hutcheon）发表《后现代主
义诗学》（A Poetics of Postmodernism：History，Theory，Fiction）。
哈琴在该书中以巴赫金对话理论、福柯话语权理论、克里斯蒂
娃及罗兰·巴特互文性理论、海登·怀特新历史主义理论、西
方马克思主义意识形态理论等为背景，深入论述了后现代的戏
拟、互文手法以及元小说文本对社会历史的介入及其意识形态
指涉之功能。哈琴在该书中提出"历史编撰元小说"概念，认
为历史编撰元小说的自我意识不仅没有削弱，反而增强了文本
对社会历史的"它指"功能。哈琴的研究纠正了詹姆逊、伊格
尔顿等大多数后现代主义研究者认为后现代小说纯属"文字游
戏""缺乏深度""价值中立"等片面看法，在学术界引起较
大的反响。目前国内对哈琴理论的译介还很欠缺。

1991 年，佛克玛主编的《走向后现代主义》出版，其中
有诸多文章涉及元小说问题。理查德·托德的《后现代主义在
英国小说中的存在——文体与个性面面观》对英国后现代小说
中以斯帕克、伯吉斯作品为代表的"自指"与以戈尔丁、默多

克作品为代表的"它指"作了分析。厄勒·缪萨拉的《重复与增殖：伊塔洛·卡尔维诺小说中的后现代主义手法》引用了王尔德的"中间小说"的概念对卡尔维诺小说的"自省"和"指涉"进行分析。杰拉德·霍夫曼的《后现代美国小说中的荒诞因素及其还原形式》对约翰·巴思小说中的元小说因素及其荒诞性进行了探讨。这些文章对具体的元小说文本的分析为当代元小说理论研究提供了新鲜的启示。

1992 年，戴维·洛奇（David Lodge）发表《小说的艺术》（*The Art of Fiction*）。该书是五十篇不长的文章的汇集，每篇文章以一个作家的创作为例，讨论小说创作的某一个方面的问题，如悬念、视角、内心独白、陌生化等，其讨论既涉及传统的小说艺术，也涉及现代主义和后现代主义的小说艺术。其中第 46 篇以约翰·巴思的创作为例，讨论"元小说"。洛奇给元小说下了一个简洁的定义："关于小说的小说，是关注小说的虚构身份及其创作过程的小说。"洛奇讨论了元小说的自我意识、滑稽模仿、打破框架等特征。由于此文篇幅较短，对很多问题的论述并未深入展开。

1995 年，伦敦出版了马克·柯里（Currie Mark）编的《元小说》（*Merafiction*），该书着重论述了批评与小说之间的界限的消除，认为其是元语言客观性危机的表现。书的导言勾勒了历史编写中的自我意识以及 20 世纪 80 年代新历史主义批评中的历史观的回归的演变过程。该书体现出了元小说研究与新历史主义视角的结合，这是一个较独特的切入元小说的视角。此书目前国内尚无译本。

2003 年，中国社会科学出版社翻译出版了海登·怀特（White Hayden）的《后现代历史叙事学》，该书是《元历史》

发表以来体现怀特主要思想脉络的文集。集中探讨了历史叙事与文学叙事的相似性、历史叙事中的意识形态等问题。该书为历史编撰元小说（借用琳达·哈琴的提法）的研究提供了一个有意义的观照角度。

2005年，伦敦出版了戴维·赫尔曼（David Herman）编的《叙述理论百科全书》（*Routledge Encyclopedia of Narrative Theory*），其中收有申丹撰写的"叙述"一节。申丹在文中以《项迪传》为例，对元小说写作的本质进行了充分的探讨。

国内迄今为止尚没有纵论西方元小说理论和实践的专著，有少量专著探讨了个别具体的元小说作家的创作，更多对元小说的研究散见于单篇文章或一些著作中的章节。

1988年，《文艺报》发表江宁康《小说乎？评论乎？——关于"超小说"》，同年《国外社会科学》载南朝鲜金圣坤的《关于后现代主义几个理论问题的思考》一文也介绍了一些有关"元小说"的理论。这些应是中国最早介绍元小说的文章。

1994年，陈晓明发表《解构的踪迹：历史、话语与主体》，第五章第三节以"叙述圈套：解构当代神话"为题对以马原为代表的先锋派元小说进行了分析。认为对马原来说，写作就是虚构故事，而不是复制历史。真实被解构以后，叙述仅仅是虚构的游戏。陈晓明从解构主义的角度来观照元小说，片面地强调了其虚无主义倾向和游戏色彩，而没有看到其解构中的建构。

1995年，杨义发表《中国古典小说史论》，认为《红楼梦》、李渔的《合影楼》都有元小说的意味。在最后一章最后一节中，更以"复式视角和元小说"为题论述了清代纪昀《阅微草堂笔记》中的元小说因素。杨义运用元小说理论对中国古典小说的分析颇有新意，不啻为比较文学阐发研究的一个生动的实例。

1996 年，赵毅衡发表《窥者之辨》，第三章第二节探讨"元小说在中国的兴起"。赵毅衡把元小说分为自反式元小说、文类戏仿式元小说、关于类文本体系的小说三类，对元小说的性质、中国当代元意识的产生等问题作了精辟的分析。

2002 年，胡全生发表《英美后现代主义小说叙述结构研究》，第三章探讨了元小说的特征、元小说的哲学、语言、美学观等。该书在与现实主义小说、现代主义小说的对比中来分析后现代主义小说的特征，在后现代主义小说的总体背景下来观照元小说，对后现代主义小说的许多问题进行了中肯的、有说服力的探讨。但由于不是研究元小说的专著，该书对元小说理论的探讨还不够全面、深入。

2006 年方凡发表《威廉·伽斯的元小说理论与实践》、2008 年王建平发表《约翰·巴思研究》，都深入探讨了具体的元小说作家的创作。

此外早期有较大影响的关于元小说的单篇论文还有吴亮的《马原的叙述圈套》（《当代作家评论》，1987 年第 3 期）、王天明的《后现代主义诗学与"自觉小说"》（《外国文学评论》1989 年第 4 期）、胡全生的《"乱花渐欲迷人眼"——谈超小说》（《外国文学研究》1992 年第 2 期）、江宁康的《元小说：作者与文本的对话》（《外国文学评论》1994 年第 3 期）、童燕萍的《谈元小说》（《外国文学评论》1994 年第 3 期）、朱明的《"元小说"的叙事手段及其操作策略》（《文史哲》1998 年第 3 期）等。

随着元小说在西方的蓬勃发展，国内近年来涌现了一批涉及元小说的硕士论文。万晓艳《元小说理论研究》（山东师范大学，2010）从理论角度探讨了元小说的概念、追溯了其理论渊源及其形式特征。黄露《论元小说》（贵州师范大学，2009）联系意识流小说、存在主义和解构思潮，探究元小说发展的渊源及其特点。其他大多数的硕士论文集中于探讨某个具体的作家的某部具体作品的元小说特色，张闫《阿兰·罗伯—格里耶的元小说艺术》（黑龙江大学，2016）、于航《〈瀑布〉的元小说技巧解读》（哈尔滨师范大学，2016）、张一卉《〈法国中尉的女人〉的后现代主义元小说特征》（东北农业大学，2014）、韩杰《论〈赎罪〉的元小说特征》（河北师范大学，2009）、吴华《库切小说〈慢人〉的元小说解读》（河南大学，2009）、苟仁友《读〈寒冬夜行人〉》（四川师范大学，2008）等。

　　国内目前尚无集中探讨西方元小说理论的博士论文。少数几篇涉及元小说的博士论文主要是探讨中国先锋作家的元小说创作，或某位具体的西方作家作品的元小说特征。

　　翟红《论80年代中国先锋小说的语言实验》（苏州大学，2004）以马原、残雪、徐星、洪峰等作家为例，分析了中国80年代先锋小说的形式主义特征及语言实验。认为先锋小说对文学的真实性提出了质疑，用"文学是虚构"代替了文学的真实观，昭示了先锋作家对文学揭示人生真谛这一传统使命感的背弃，同时也意味着写作成为自成一体的创造行为。

　　王永兵《欧美先锋文学与中国当代新潮小说》（山东师范大学，2006）集中探讨了中国当代新潮作家的文体探索与形式革命。该文指出新潮作家的文体实验主要集中在元小说、叙事迷宫和语言狂欢等三个方面，认为元小说这种自我暴露小说虚构性的文体意识不但表现小说家对人生与世界真实意义的怀疑，而且表现小说家对于文学可以救治人生、拯救乾坤这一传统使命的背弃。认为对于欧美先锋作家来说，元小说是后现代反本质主义的一种文化表达，其目的在于戳穿本质主义的虚假性；而对新潮作家来说，元小说是其"主体性"觉醒的标志，是在相对自由气氛下一种多元论和个体意识的文化诉求。

欧荣《戴维·洛奇小说中的危机母题》（上海外国语大学，2008）第二章以《换位》为蓝本，分析了洛奇小说中体现的文学危机，认为其以"元小说"的艺术手法表现了现实主义的困境、现代主义的枯竭以及如何写小说的困惑，并用自身的小说实践和小说成就为徘徊在"十字路口"的当代小说家指明了方向。

王卫新《福尔斯小说的艺术自由主题》（上海外国语大学，2009）第三章探讨了《法国中尉的女人》在小说虚构世界中的叙述自由，即其元小说特征。

林元富《论伊什梅尔·里德后现代主义小说戏仿艺术》（厦门大学，2009）通过具体的文本分析，探讨里德小说的戏仿艺术，其中谈到里德的某些文本如《春季日语班》，伊什梅尔·里德作为一个小说人物闯入文本世界，跨越了小说与现实的本体界限，从而使得文本具备典型的元小说特征。

林华《美国黑色幽默作家的元小说创作》（吉林大学，2012）分析了纳博科夫、冯尼戈特、巴思等作家的元小说创作特色，并探讨了元小说在当下的意义及其局限。

刘璐《历史的解构与重构——后现代主义历史编撰元小说研究》（南开大学，2012）以哈琴的理论为基础，探讨了元小说的一个亚类——历史编撰元小说在后现代出现的哲学基础、文本特征及其书写意义。

以上这些著作和论文大体代表了中国对元小说的研究状况。可以说元小说已经引起了中国理论界的极大兴趣并取得了一定的研究成果。在研究过程中，我国学者努力把握元小说的本质特征，并十分注意其与中国传统小说的内在相似性及其对中国先锋文学的影响。但由于国内对西方后经典叙述学以来的元小说理论译介的欠缺以及受中国传统的文以载道思想的影响等原因，存在一些问题和不足。主要表现为：首先，在概念辨析上存在混乱之处（如将片断拼贴等一般后现代小说的技巧与元小说的独特技巧相混同）。其次，对元小说的特点还存在片面理解和误读，研究者们多停留于对其"形式主义"的认识，探讨其"自我反射"、文字游戏等形式特征，及其自揭虚构和语言狂欢造成的对"真实"、历史、主体的解构，对文学救治现实人生的使命感的背弃等，而未能认识到其现实指涉、意识形态指涉之功能。概念的混乱和认识的片面性不仅影响了对元小说这种英美后现代文坛的重要小说样式的深入理解，而且忽视了英美元小说及中国先锋小说除叙述革命之外，还具有的现实指涉、意识形态指涉（无论是有意识的还是无意识的）之重要功能。本论题正是在这些研究的基础上，进行进一步的探索。

本书基本框架

本书采用经典叙述学与后经典叙述学相结合的方法，在形式分析的基础上进行意识形态分析，从文本来探视文化。力图指出元小说的内倾性与外倾性之间的关联，揭示这种"形式主义的文本"的"形式实验"对社会意识形态的反映，及其"自我反射"掩盖下的对社会政治的介入和激进的意识形态意味。

具体的研究方式上，本书采用理论研究与文本批评相结合的方法，立足于元小说理论，结合具体的元小说文本，对西方后现代元小说的理论和实践作整体的考察。

绪论部分说明了本论题的选题目的、研究意义，以及国内外对元小说问题的研究现状，展现论文总体的结构框架。

第一章梳理了元小说的概念及其在 20 世纪 60 年代后在西方大规模兴起的背景和原因，指出了其新颖激进的形式实验及其与传统小说迥然相异的形式特征。

第二章考察元小说之"形式的镜子"，即从元小说的形式特征来探视后现代意识形态。本章从一切叙述文本最主要的一些形式特征切入：包括"叙述视角""情节结构""叙述时间"等。力图在传统现实主义小说、现代主义小说、后现代元小说三者的总体对比框架中，来揭示元小说的叙述形式对后现代意识形态的反映。

第三章考察元小说之"形式的政治"，即元小说如何以其"自揭虚构"的文本形式，来挑战传统时代占统治地位的意识形态。本章第一节首先考察了"自我指涉性"概念，指出这个概念并没有蕴含否定它指维度的意思。恰恰相反，无论是在俄国形式主义者那儿，还是在结构主义者那儿，"自我指涉"的重要性，都恰恰在于其它指功能。第二、第三、第四节具体考察了元小说究竟是如何以其"形式自指"实现"意识形态它指"。第二节以对约翰·巴思《迷失在开心馆中》的具体文本分析为例，聚焦于元小说对传统现实主义小说叙述成规的"露迹"。通过把为现实主义作家所掩盖的各种成规策略暴露出来，元小说揭露出现实主义小说的"真实"不等于客观现实，而不过是作家们巧妙地运用那些有助于营造"真实性"幻觉的叙述成规的结果，从而解构了现实主义的"真实"，抨击了现实主义的文化霸权，消解了一切利用小说的逼真度来制造意识形态神话的可能。第三节以约翰·福尔斯《法国中尉的女人》为例，聚焦于"历史编撰元小说"。历史编撰元小说采用历史题材，以自揭虚构等元小说的形式技巧写出了后现代主义关于历史叙事的看法。它通过对历史的重访（revisiting）和重构（re-working）以及在此过程中对虚构的暴露，凸显历史被"编写"、被"建构"的特征，进而揭露"客观""真实"的历史文本中隐藏的叙事逻辑和意识形态，揭露历史、甚至我们生活的现实世界，是怎样按照话语霸权被虚构的。第四节以艾柯《玫瑰之名》为例，聚焦于元小说对叙事成规及经典文本的"戏拟"。"戏拟"即用表面上忠实、事实上却具有颠覆性的方式，来对某个在叙事成规和意识形态方面具有代表性的前文本，或某种已成为模式的叙事技巧进行扭曲和夸张的模仿。叙事成规体现的是一定意识形态环境中大众所接受和认可的观念，是一种简化的、被特定时期的意识形态框架制约和歪曲的世界模式，它的最大作用就是使人们把某种话语规范或人为的设定当作真实世界来理解。而经典文本中往往沉淀着人类深层的文化心理结构，或折射着占统治地位的文化意识形态。元小说通过在不协调的语境中对叙事成规和经典文本进行滑稽模仿，从而引起人们的反思，进而消解其制约着文学与社会的意识形态框架。第五节"真实的虚构与虚构的真实"对本章内容进行总结和辩证思考：元小说揭示出小说、历史、现实等都是按照话语霸权被虚构的。同时，"小说""现实""历史"等一旦被虚构出来，就具有了自己的"生命力"，就携带着虚构者的话语霸权，对人们产生真实的影响和制约的力量。

第四章"超越元小说"，旨在对元小说的局限性进行反思，对其未来走向进行更为理性的观照。元小说作为一种充满锐气的新兴文体，学界普遍对之充满希望。而元小说所蕴含的意识形态对话功能使其有力地回应了"形式主义文本"的质疑，表现出明显的积极意义。然而，无论从其内容还是其形式来考察，元小说的思考和探索都具有无法摆脱的盲点和局限。本章从"虚构叙述之人文内涵""元小说技巧的成规化""缺乏读者基础"等几个方面对之进行了反思。

第一章

"元小说"的概念

第一节 "元小说"的定义

"元小说"（metafiction），又称"自我意识小说"（self-conscious novel）、"超小说"（surfiction）、"内向小说"（intro-verted novel）、"自我衍生小说"（self-begetting novel）等。1970年，美国作家威廉·H. 伽斯发表《小说与生活中的形象》最早提出了"元小说"这一术语。他在谈到博尔赫斯、巴思等作家的创作时说："确实如此，许多反小说都是地地道道的元小说。"伽斯指出："在任何一种艺术中，都有两种相互矛盾的冲动处于摩尼教战争的状态：一种是交流的冲动，把交流媒介作为一种手段；另一种是从材料中制作出一件制成品的冲动，把媒介本身当作目的。"① 就小说而言，前一种冲动指的是其反映现实、表达情感的功能，后一种冲动则指的是小说

① William H. Gass, *Fiction and the Figures of Life*, New York：Knopf, 1970, p. 25.

对自身作为一种人工制品的本质的自我意识、其对自身的语言、结构等的关注。伽斯谈到的这种张力或两难处境，在大部分艺术中都得到表现，但它却是这里界定为"元小说"的文本所具有的主要特征。元小说对自身作为人工制品的虚构本性具有强烈的自我意识，它是作家们以小说的形式对小说艺术进行反思的结果。英国批评家戴维·洛奇给元小说下了一个简洁的定义："关于小说的小说，是关注小说的虚构身份及其创作过程的小说。"① 美国批评家华莱士·马丁在《当代叙事学》中，从打破正常文学叙事的框架的角度来定义元小说："元小说以另一种方式悬置正常意义。……正常的陈述——认真的，提供信息的，如实的——存在于一个框架之内，一个这类陈述并不提及的框架。……如果我谈论陈述本身或它的框架，我就在语言游戏中升了一级，从而把这个陈述的正常意义悬置了起来（通常是通过将其放入引号而做到这种悬置）。同样，当作者在一篇叙事之内谈论这篇叙事时，他（她）就可以说是已经将它放入了引号之中，从而越出了这篇叙事的边界。于是这位作者立刻就成了一位理论家，正常情况下处于叙事之外的一切就在它之内复制出来。"② 1984 年，帕特里夏·沃（Patricia Waugh）发表《元小说：自我意识小说的理论与实践》（*Metafiction: the Theory and Practice of Self-Conscious Fiction*），沃给元小说下了一个经典定义："元小说一词是用来指那些有自我意识地、系统地关注自身作为一件人造品的身份、以便对小说和现实之间的

---

① ［英］戴维·洛奇：《小说的艺术》，王峻岩译，作家出版社 1998 年版，第 238 页。

② ［美］华莱士·马丁：《当代叙事学》，伍晓明译，北京大学出版社 2006 年版，第 184 页。

关系提出质疑的小说创作。在对它们自己的结构方法提出批评时，这些作品不仅检验了叙述性小说的基本结构，而且探讨了对小说文本之外的世界的可能的虚构。"① 马克·柯里的定义是："元小说作品是指由这样一些人写的作品：他们清楚怎样讲故事，但他们的故事却在自我意识、自觉和反讽的自我疏离等不同层面上返回叙事行为本身。"柯里将之称为"理论小说"或"叙事学的叙事"。②

以上各家的定义尽管侧重点不同，但都指出了元小说的一个最基本的特征：对自身作为人工制品之本质的清醒的自我意识。的确，元小说最大的特点就是自我意识、自揭虚构。对传统小说而言，"真实性"是最大的追求。谁都知道小说是虚构的，是撒谎，但传统小说家就是要把虚构的世界弄得酷似真实，把谎言撒得使人信以为真。笛福坚持称鲁宾逊的离奇非凡的经历为"生平和历史"。亨利·詹姆斯坚信小说家必须"视自己为历史学家，视自己的叙事为历史。……他不是虚构事件的叙述者；为了给他的努力嵌进一条逻辑支柱，他必须讲述那些被认为是真实的事件。"③ 为此小说家们会使用一系列的艺术假定性手段来营造"真实性"幻觉，如以社会上发生的真实事件为蓝本进行创作、追求细节的逼真、包容非本质性细节等。似乎小说世界就是真实世界的忠实再现，甚至就是生活本

---

① Patricia Waugh, *Metafiction：The Theory and Practice of Self-Conscious Fiction*, London and New York：Routledge, 1993, p. 2.

② ［英］马克·柯里：《后现代叙事理论》，宁一中译，北京大学出版社 2003 年版，第 70 页。

③ Henry James, "Anthony Trollope", in Leon Edel, ed. *The Future of the Novel：Essays on the Art of Fiction*, New York：Vintage, 1956, p. 248.

身。但元小说不再营造真实性幻觉，它直截了当地宣布自己是虚构的产物，并采用侵入式叙述、戏拟、情节开放等一系列手段明白清楚地暴露小说是如何被人工"创作"出来的。

"元小说"的"元"（meta）是希腊文前缀，意思是"在……后"，表示一种次序，如开会之后、庆典之后、讨论之后，因此也带有表示结束、总结、归纳的意思。安德罗尼库斯在编撰亚里士多德文集时，将哲学卷放在自然科学卷之后，称之为"metaphysics"——在他看来，哲学在自然科学之后，是对自然科学的深层规律的思考。Meta 表示"本原""某一系统的深层控制规律"的意思就这样逐渐明确和定型下来。因此研究语言的规律、法则的语法学这种"关于语言的语言"就是"元语言"，研究历史学的规律、法则的历史哲学这种"关于历史的历史"就是"元历史"，研究文学批评的规律、法则的艺术哲学这种"关于批评的批评"就是"元批评"，同样，研究小说自身的语言、结构、规律、法则的"关于小说的小说"就是"元小说"，它是以小说形式来对小说艺术进行反思的小说文本。或者说，所谓元小说，就是使叙述行为直接成为叙述内容，把自身当作对象的小说。所以元小说又称"自我意识小说"（self-conscious novel）。

而"内向小说"（introverted novel）、"超小说"（surfic-tion）、"自我衍生小说"（self-begetting novel）等其他几个称谓跟"元小说"一样，也都暗含着这样一种意思：即把自身的形式结构作为内容来进行有自我意识的反映。所有这些称谓都对同样的一个过程提供了不同角度的观察，但是这些术语又以不同的方式变换着侧重点。以"自我衍生小说"为例，克尔曼的定义是"通常运用第一人称叙述，小说中人物可以进展到这样一种地步,他能够接替写作出我们刚刚读完了的小说"。① 侧重点在于叙述者的发展变化,突出的是现代主义式的对"意识"的关注,而不是后现代主义式的对"虚构性"的关注。而"超小说"的一个确定的特色在于叙述者进入文本的方式。费德曼在《超小说:小说的现在……和明天》(*Surfiction*:*Fiction Now ……and Tomorrow*,Chicago,1975)中讨论了"叙述性闯入"(narratorial intrusion)的方式,同"自我衍生小说"一样,强调的重点集中在反讽性的叙述者,而不是集中在当前文本对前文本的戏拟上。而在"元小说"中,小说叙述,作为一种损害了"客观"现实、或指向了文学传统本身的"虚构",比起前述那些因素而言,得到了更多的强调。

广义地来看,元小说其实从古至今无处不在,因为任何叙述总是在"元"的层次进行操作,叙述者不可避免地会流露出作品的虚构痕迹(或叙述加工的痕迹)。叙述者对人物情节的评论是明显地控制读者释义的行为,文本中的转述语显示了叙述者对对话细节的改造,叙述时间的变易是叙述者对事件的自然状态的加工……如果读者对这些"人工斧凿"的痕迹过于认真追究,叙述世界的自足性就成了问题,叙述的"真实性"就不复存在。古典小说家菲尔丁、萨克雷等经常在小说中插入的评论、插话,中国古代小说的"诸位看官且注意""欲知后事如何,且听下回分解"等语言都会破坏小说自身情景的真实感、暴露小说的虚构性。所以帕特里夏·沃指出:"元小说是所有小说所固有的一种倾向或功能。"

---

① Steven G Kellman,*The Self-Begetting Novel*,London:Macmillan,1976,p. 1245.

（ "Metafiction is a tendency or function inherent in *all* novels" ）①

在这个意义上，她强调元小说并不是小说的一种亚类，而是小说内部的一种趋势，是对于一切小说都生而有之的内部张力的夸张，例如框架与打破框架（frame and frame-break）、技巧与反技巧、对幻象的建构与解构等。甚至可以认为，所有小说在根本上都必然是元小说："这种小说形式之所以值得研究，不单是因为它在当代的出现，而是因为它为所有小说的表现性本质以及小说作为一种样式的文学史所提供的洞见。借助于对元小说的研究，人们事实上就研究了究竟是什么赋予小说以身份。"② 从小说诞生之日起，叙述者就总是暴露"元"层次的操作，但对传统小说而言，我们并未感到真实感被破坏。这是因为我们对这些暴露性操作的阅读和接受已经程式化了。任何技巧一旦程式化了，它就成为了叙述表意方式的一部分，就不再破坏叙述世界的逼真性，反而加强了它。我们不会感到这些程式化的东西的干扰，会略过它而直达小说情景本身。巴尔扎克和菲尔丁的作品，有大量叙述干预，仍然不妨碍他们成为"现实主义"的典范。

所以我们此处讨论的元小说是反程式化的元小说，破坏了小说真实感的小说。而这"反程式化"最本质的表现就在于，传统小说虽然暴露操作痕迹，但作者的插话多是评论小说人物，表达自己的道德观和情感等，总之是指向小说创作之外的领域。作者的主观意图并不是揭露小说的虚构性，而

---

① Patricia Waugh, *Metafiction: The Theory and Practice of Self-Conscious Fiction*, London and New York: Routledge, 1993, p. 5.

② Ibid. p. 5.

恰恰相反，是向读者强调小说的真实性（如巴尔扎克小说中的评论和插话）。而在"反程式化"的元小说中，作者的插话却不是为了评论人物的善恶好坏，表达自己的道德思索，而是指向了小说创作本身，讲自己如何写小说，自己对小说创作的感受和思考等。作者暴露操作痕迹的目的是系统地、有意识地向读者揭露小说的虚构本质。这是反程式化的元小说与传统现实主义小说的区别。而反程式化的元小说与现代主义小说的区别在于：尽管相对于内容而言，现代主义文本的审美结构可以更为突出地引起读者的注意，从而凸显作品的自我意识，但它却不能以后现代元小说自揭虚构的方式，"系统地展示出自己的技巧状况"。① 所以这种反程式化的元小说才被称作"关于小说的小说""自我意识小说"。戴维·洛奇认为 18 世纪英国小说《项迪传》中最早出现此种元小说因素。他将《项迪传》视为"最早的元小说"，并指出其特点是"采用叙述者和想象的读者间对话的形式，这种形式是斯特恩用以强调艺术和生活间存在差距的多种方法之一，而这种差距正是传统的写实主义所试图掩盖的"。② 其实，更早的来说，小说对自身虚构性的自我意识和有意地对虚构本质的自我暴露，从《堂吉诃德》以来就从未间断过。在文学史上，元小说的创作实践远远早于理论总结，在伽斯提出"元小说"这一术语以前，元小说文本早已以无名的状态存在着。罗伯特·阿尔特曾在《半魔幻：作为自我意识文体的小说》

---

① Robert Alter, *Partial Magic: The Novel as a Self-Conscious Genre*, Berkeley: University of California Press, 1975, p. x.

② ［英］戴维·洛奇：《小说的艺术》，王峻岩译，作家出版社 1998 年版，第 230 页。

中把"自我意识传统"称为西方文学的"另一伟大传统"①，并指出这一传统的显现在 17、18 世纪呈高峰，经历了 19 世纪现实主义小说时期的低落，到 20 世纪又呈高峰状态。20 世纪 60 年代，西方一大批的作家掀起了一股元小说创作的高潮，终于使得元小说成为了后现代小说最为重要的代表样式。因此，总的来看，"元小说"这个术语可能是后现代才提出的，但元小说的实践却是同小说本身一样古老。并且最广义地来说，所有小说都必然是元小说，它是"所有小说所固有的一种倾向或功能"。鉴于这个术语的多层面多角度的含义，有必要为本文的研究划定具体的研究对象和范围。文本是在如下特定的意义上运用"元小说"这一术语的：它是指随着后现代思潮的兴起而在西方大规模出现的一种对自身的虚构性有着强烈的自我意识并系统地展示出自身的虚构本质和技巧状况的小说类型，是后现代小说的一种典型样式。西方代表性的元小说作家有博尔赫斯、约翰·巴思、纳博科夫、冯尼戈特、约翰·福尔斯、卡尔维诺、巴塞尔姆等。

但如前所述，这并不是一种新潮文学，也许作家们所进入的只是被历史所遗忘的角落。所谓"太阳底下没有新鲜事物：在久远的历史和庞大的文本资源面前，可能也没有彻头彻尾的'新潮文学'，一切都是可以找到原委的，一切都不真正地陌生。但是，历史会有所遗忘，庞大的文本资源也并非每个因素都同时处在活跃状态。于是，重新进入那些被遗忘的角落，使那些蛰眠的文本资源复苏激活，就构成了不同时

---

① Robert Alter, *Partial Magic*: *The Novel as a Self-Conscious Genre*, Berkeley: University of California Press, 1975, p. xv.

代的新潮文学"。①但是，每一次"蛰眠的文本资源复苏激活"，总会有其特殊的语境，这些文本迎合了时代精神、社会思潮、文学创作的需要，从而激发那些沉睡的文本因素重新处于活跃状态。20世纪60年代元小说的大规模的兴起也有其语言学、哲学、文学等的背景和原因。

第二节　元小说兴起的背景和原因

由60年代索绪尔结构主义语言学引发的"语言学转向"（the linguistic turn）改变了自亚里士多德以来人们对语言、对世界之存在的传统观点，并经德里达解构主义的极端引申而对整个的西方形而上学传统形成了全面消解和颠覆，彻底推翻了传统所认为的语言与现实之间的反映与被反映的关系。而在此之前，维特根斯坦的分析哲学和后期海德格尔存在主义现象学对"语言"与"存在"关系的思考，已经将传统哲学所探讨的"意识""物质"等问题推远，而将"语言"置于了存在第一性的地位。维特根斯坦1921年出版了《逻辑哲学论》，此时他仍然以传统形而上学的语言观来看待语言和世界的关系，将语言看成反映自然的一面镜子。32年之后，1953年他又出版了《哲学研究》，对自己前期的思想进行批判。后期的维特根斯坦转向了对"语言游戏"的思考，他认为语言是一个自足的整体，有其自身的结构和规律，自我演化、自我更新，与物质

---

① 李洁非：《实验和先锋文学（1985—1988）》，《当代作家评论》1996年第5期。

世界没有丝毫关系。分析哲学对语言的强调导致了西方哲学的第二次转向：从古希腊德谟克利特等开始的"本体论"哲学关注的问题是"世界的本质是什么"，17、18世纪笛卡尔和康德的"认识论"哲学转向了"我们如何知道世界的本质"，这是西方哲学的第一次转向——"认识论转向"。从此哲学探讨的核心不是"本质""本原"，而是"认知""经验""意识"等范畴。而维特根斯坦开始的分析哲学则将其探索方向由"认知""经验"转向了"语言逻辑"，他们断然宣称传统哲学所探讨的问题如"世界的本质""物质与意识""认知经验"等问题都是没有意义的，因为"哲学的命题不是事实性的，而是具有语言的特点，即是说，它们并不描述哲学对象甚或思维对象的行为；它们仅表示定义，或定义的形式结果"。① 这等于是将传统哲学探讨的全部问题都定位在了语言的地基上。这即是西方哲学的第二次转向——"语言论转向"。从此哲学探讨的重心不是"经验"，而是"描述"。罗蒂主张，从此以后的哲学，应该另行命名为"后现代"哲学。

与维氏对语言的关注相应的，是后期海德格尔对"语言"的思考。海德格尔的语言观直接推动了哲学的语言学转向。前期的海德格尔通过"时间"来阐释"存在"，后期的海德格尔转向了通过"语言"来阐释"存在"，或者说，他通过语言而找到了通向"存在"的本真形式。在《艺术作品的本源》中，他阐述了自己对"语言"和"存在"关系的思考："流行的观点把语言当作一种传达。语言用于会谈和约会，一般来讲就是

---

① 转引自盛宁《人文困惑与反思——西方后现代主义思潮批判》，北京三联书店1999年版，第44—45页。

用于相互理解。但语言不只是,而且并非首先是对要传达的东西的声音表达和文字表达。……不如说,唯语言才使存在者进入敞开领域之中。在没有语言的地方,比如,在石头、植物和动物的存在中,便没有存在者的任何敞开性,因而也没有不存在者和虚空的任何敞开性。"① 海德格尔最终把自己的观点归结成了"语言是存在之家"。这一命题赋予语言以存在之第一性的地位,它赋予事物以本质、决定事物之存在,从而彻底颠覆了视语言为再现客观世界的工具的传统语言观,而开创了一种全新的、后现代的语言观。在《语言的本质》《语言》等文章中,海德格尔提出不是"我说语言",而是"语言说我":"我们说,并且说语言。我们所说的语言始终已经在我们之先了。我们只是一味地跟随语言而说。"② 根据这种语言观,传统形而上学关于"本质"的探讨就要被颠倒过来:事物不存在先验的所谓"本质",所有的本质都不过是语言的建构。海德格尔的这些语言思想在"语言学转向"和整个后现代思潮中都起到了极其重要的作用。

如果说维氏和海氏的语言思考还限于哲学探索的话,那么语言学的理论模式被当作一种普遍的新的认知范式,来对人文社会科学的各个方面和所有问题进行重新审视,这种真正意义上的"语言学转向",还是始于索绪尔。索绪尔结构主义语言学超越了以往研究语言的发展变化的历时性语言学,而开创了研究静态的语言自身的属性的共时性语言学。他提出的语言符

---

① [德]海德格尔:《艺术作品的本源》,载《海德格尔选集》[上],孙周兴译,上海三联书店1996年版,第294页。

② [德]海德格尔:《语言的本质》,载《海德格尔选集》[下],孙周兴译,上海三联书店1996年版,第1082页。

号的"任意性""语言的意义产生于语言符号系统内符号之间的差异"等观点，对传统的语言观造成了巨大的冲击，被称为是语言学中一次"哥白尼式的革命"。索绪尔首先区分了"语言"和"言语"。"言语"是个人具体的说话行为，而位于这众多具体的说话行为之下的深层的结构和规则叫作"语言"。言语是个人性的，语言则是社会性的，是个人以外的东西，它凭社会成员间的共同契约而存在。对每一个具体的个人来说，语言是先在的。人一出生就加入了一个语言系统之中，他只能遵循这个系统既定的规则来表达和思考。个人不能独自创造语言，也不能改变语言。索绪尔心目中的这种自律自足的语言，与后期海德格尔思考的"语言"大体是一致的。其次，索绪尔认为，语言是一种符号系统。从"系统"的角度来看待语言，是索绪尔的一个基本思想。"语言既是一个系统，它的各项要素都有连带关系，而且其中每项要素的价值都只是因为有其他各项要素同时存在的结果。"① 最后，在这个系统中，符号联结的不是事物与名称，而是概念和音响形象，索绪尔把它们称作"所指"和"能指"。前者不是实物，而是事物的心理概念，后者也不是物质的声音，而是这声音的心理印迹。所指和能指的结合是任意的、约定俗成的，他把这种任意性称为语言学的"第一原则"。正因为所指与能指的结合是任意的而非非此不可的，所以它们的意义并不在于概念本身或音响形象本身，而在于与语言系统中其他概念和音响形象的"差别"：在这概念和声音里都"没有什么初始的东西"，"它们不是积极

---

① ［瑞士］费尔迪南·德·索绪尔：《普通语言学教程》，高名凯译，商务印书馆1985年版，第160页。

地由它们的内容，而是消极地由它们跟系统中其他要素的关系确定的。它们最确切的特征是：它们不是别的东西"。① 所以索绪尔强调"语言中只有差别"。"一个符号所包含的观念或声音物质不如围绕着它的符号所包含的那么重要。"② 也就是说，一个符号并不是靠指向现实世界中的某一实体而产生意义，而是靠指向语言体系中有别于其自身的其他符号而产生意义。他批判传统的认为语言的意义在于其所指示的事物的语言观："我们表示语言事实的一切不正确的方式，都是由认为语言现象中有实质这个不自觉的假设引起的。"③ 语言符号不是由差别以外的什么东西构成的，而只是"这种互相制约的各项要素的复杂平衡。换句话说，语言是形式而不是实质"。④ 这样一来，索绪尔就跟维特根斯坦和海德格尔一样，从根本上拒斥了将语言等同于世界之再现的传统语言观。这种语言观早在古希腊时期就已经确立。无论是柏拉图所谓的对"理念"的摹仿，还是亚里士多德所谓的对"客观世界"的摹仿，事实上都是认为语言是对世界的再现，语言的意义在于它所表征的事物。这正是后来德里达所批判的传统的认为语言与其所指最终合一的"逻各斯中心主义"。而索绪尔却告诉我们，语言的意义不在于其所表征的事物，语言是一个自足自律的系统，由系统内各要素之间的差异自行产生意义。"如果说西方传统形而上学把事物的'意义'看成是一种实在（substance），是事物所固有的；

---

① ［瑞士］费尔迪南·德·索绪尔：《普通语言学教程》，高名凯译，商务印书馆 1985 年版，第 163 页。

② 同上书，第 167 页。

③ 同上书，第 169 页。

④ 同上。

逻辑语言哲学和分析哲学把哲学、进而又把'意义'归因于逻辑；那么，结构主义语言学则把'意义'完全看成了语言系统内的形式关系的产物。此刻，语言符号已不再被看成是实在意义的替代物，其意义仅在于它与其他相关符号的差异。"① 这等于斩断了语言与外在世界的关系。

而沿着索绪尔的探索方向再向前推进一步，将语言的认知功能及其稳定意义彻底颠覆的，是德里达。既然语言符号的意义不在于其所表征的事物，而在于能指与能指、所指与所指间的差异，那么阐释一个符号的意义（即寻找与其能指相对应的所指），就只能是以一个新的能指来阐释旧的能指的过程。如果我们在字典中查找一个词（能指）的意义，字典只能以一串新的能指来对这个词进行阐释，而新的能指的意义又需要另外的能指来进行阐释，这一过程会无休无止地进行下去。这就是德里达所谓的"延异"（differance）。德里达指出，语言的意义在不断的延异中产生。这样一来，德里达把索绪尔的共时差异发展为历时延异，所指的出现被无尽延搁。这便引发了所谓的"表征危机"（representational crisis）的问题。传统认为的语言的两项功能，"再现客观世界"和"表达主体情感"，可用一个词表示："表征"。古典时代人们对语言的表征能力充满了信心，相信语言是一面透明的镜子，它能够如实地摹仿再现客观世界和表达人的主观情感。而在德里达看来，运用语言所进行的表意活动，永远无法达到确定的所指，只能迷失在无穷无尽的滑动的能指链中。因此语言作为人与世界之间的中

---

① 盛宁：《人文困惑与反思——西方后现代主义思潮批判》，北京三联书店1997年版，第56页。

介，它不再是忠实可靠的，因为它的意义只能是从能指到能指的永无止境的延宕，而永远不能企及客观世界本身。20 世纪 60 年代"元"这个前缀的流行——"元政治""元历史""元戏剧""元小说"之类的词大量出现——正是"表征危机"的结果。"元"表示对某套话语陈述的根据、规则、模式等的追问和阐释。"元"的流行表明人们看到"表述"和被表述的"对象"之间存在裂隙，语言和世界的关系不再被视为透明、忠实、可靠的"反映"，人们认识到语言所表述的"真实"并非真正的真实，而是受话语成规控制的。正如帕特里夏·沃所说："当今人们对话语和经验的日益增长的'元'意识，是社会和文化日益增长的自我意识的结果。然而，它也反映了当代文化另一种更为清醒的意识，这就是关于语言具有建构和维持我们对'现实'的感觉的功能。认为语言被动地反映一个清晰的、具有意义的、'客观'的世界，这种简单的观念不再站得住脚了。它与现象世界的关系是非常复杂的、充满疑问的，并且是为成规惯例所控制的。'元'这个术语被用来探究这个任意的语言系统和它所明显指涉的世界之间的关系。在小说中，它们被用来探究小说之中的世界和小说之外的世界的关系。"①

然而，德里达解构主义却走向了极端。古典世界人们视语言为随心所欲为我所用的再现世界的工具，而看不到语言之于个人的先在性以及语言的自律性和独立性。而语言学转向之后，人们却视语言为与世界隔绝的独立的符号系统，完全斩断

---

① Patricia Waugh, *Metafiction: The Theory and Practice of Self-Conscious Fiction*, London and New York: Routledge, 1993, p. 3.

了语言和世界的关系，仿佛语言的意义就在于纯粹的符号置换，而忘记了"语言总有所指"这一语言最基本的属性。事实上即便是索绪尔强调的意义产生于差异，他也只是把能指和所指分开来考虑，指的是能指和能指之间的差异、所指和所指之间的差异，他并没有认为能指和所指的结合是没有意义的，并没有认为所指和能指可以分离。这很简单，因为在实际生活中，不包含意义的语言符号是根本不存在的。关于这点，索绪尔说得很清楚："语言系统是一系列声音差别和一系列观念差别的结合，但是把一定数目的音响符号和同样多的思想片段相配合就会产生一个价值系统，在每个符号里构成声音要素和心理要素间的有效联系的正是这个系统。所指和能指分开来考虑虽然都纯粹是表示差别的和消极的，但它们的结合却是积极的事实；这甚至是语言唯一可能有的一类事实，因为语言制度的特性正是要维持这两类差别的平行。"① 解构主义者斩断能指和所指的关系、"能指独立"的理论，事实上是迎合自己"解构"的需要而对索绪尔理论的一种曲解。

元小说这种"自我反射"的文本的产生，正是索绪尔引发的"语言学转向"和德里达解构主义语言观对索绪尔理论进行极端引申的结果。语言自足自律性的发现，使元小说家们不再相信亚里士多德"文学摹仿现实"的观点。在他们看来，文本是一个自主、自足的系统，文学根本就与现实无关，文本的意义只能在文本之内得出。他们牢记德里达的名言："文本之外无他物。"（尽管这话的真正含义并不是他们通常所理解

---

① ［瑞士］费尔迪南·德·索绪尔：《普通语言学教程》，高名凯译，商务印书馆 2001 年版，第 167 页。

的意思,这点后文会谈到)而文学不再摹仿现实之后,剩下的就只能是"虚构"和"游戏"。"既然意义产生于人造的符号系统的差异之中,那么意义必然是任意的。因此,任何用语言说出来的话,写出来的句子、文章,就只能是虚构。"① 而德里达宣称,所指和能指之间的关系并不是一对一的必然关系,而是一种游戏关系。与此相应,元小说家们也宣称在小说中不存在外在现实和客观世界,而只有无穷无尽花样翻新的语言游戏。

哲学上,传统小说家基于理性主义的信念,相信现实世界本身的客观存在。而在后现代,由于语言哲学的影响,作家们相信世界的存在反倒必须借助于语言的描述。所谓"现实",只不过是语言的产物,是语言虚构的结果。正如朱尔费卡·高斯所说:"如今无人真正注目现实,人们只注目现实的发明。"② 所以后现代的人们谈到"现实"时都使用复数(realities),因为那个大写的、唯一的、超验的、客观的"现实"(Reality)是不存在的,而只存在不同的话语所虚构出来的不同的现实。从这个意义上讲,现实与小说并无区别。而这正是元小说所力图揭露的。沃给元小说下的那个深刻的定义谈的正是这个问题:"元小说一词是用来指那些有自我意识地、系统地关注自身作为一件人造品的身份、以便对小说和现实之间的关系提出质疑的小说创作。在对它们自己的结构方法提出批评时,这些作品不仅检验了叙述性小说的基本结构,而且探讨了

---

① 〔美〕杰拉尔德·格拉夫:《自我作对的文学》,陈慧、徐秋红译,河北人民出版社2004年版,第171页。

② Zulfikar Ghose, *The Fiction of Reality*, London and Basingstoke: The Macmillan Press Ltd, 1983, p. 15.

对小说文本之外的世界的可能的虚构。"①

与此同时，自然科学的新成果也为这种对现实的不确定性和虚构性的认识提供了科学的证明。理论物理学之父海森伯1927 年提出"测不准定理"。海氏的测不准定理认为："要同时测定一个运动着的电子的位置和速度是不可能的。因为在任何测量活动中，观察者与他的观察工具都是现象的一部分，因而改变了现象本身。"② 测不准定理使人们看到要想描述"客观世界"是不可能的，因为观察者总是会改变被观察者。然而元小说的思考甚至比这点更近了一层。正如沃指出的："因为海森伯相信即使人不能描绘一幅自然的'图画'，但至少可以描绘一幅人与自然的'关系'的图画。元小说却表明甚至这一过程也是不确定的。如何'描绘'事物才是可能的？元小说是对于一种基本的两难处境的高度的自觉：如果他或她着手去'再现'这个世界，那么他或她很快就会意识到世界是不能被'再现'的，事实上在文学小说里能做到的不过是'再现'关于这个世界的'话语'。"③ 在这种关于现实之不确定性和虚构性的新的现实观下，文学"再现现实"既无必要，也无可能，小说回归到其最本体的含义——"虚构"（fiction）。小说赋予自己的任务不再是营造文本世界的"真实性"，而是揭露文本世界、以及我们所生活的现实世界，是如

---

① Patricia Waugh, *Metafiction: the Theory and Practice of Self-Conscious Fiction*, London and New York: Routledge, 1993, p. 2.

② David Kirby, *Dictionary of Contemporary Thoughts*, London: Macmillan Press, 1984, p. 132.

③ Patricia Waugh, *Metafiction: the Theory and Practice of Self-Conscious Fiction*, London and New York: Routledge, 1993, p. 3.

何被虚构出来的。

除了语言学、哲学的原因之外，元小说的产生也有文学自身的原因。1967 年约翰·巴思在《大西洋月刊》上发表了《枯竭的文学》一文。所谓"枯竭"，巴思认为并非是"生理、道德或心智的衰颓，而是文学的某些形式被用空，或者说某些可能性被用尽了"①。现实主义文学以及现代主义文学在反映现实（无论是外部物理现实，还是内部心理现实）方面，已经达到了后人无法超越的顶峰。因此文学若不在形式上有所革新借鉴，则势必遇到真正的危机。其实巴思所谓的"枯竭"，只是一种"枯竭感"，这种感觉并不是后现代独有的，任何一代作家在面临强大厚重的传统时，都有这种枯竭感。当艾略特站在"荒原"上、乔伊斯进行自己激进的文体实验时，所感到的正是这种枯竭感。艾略特说："一切伟大的艺术都以厌倦——充满激情的厌倦为基础。"布鲁姆（Harold Bloom）发表著名的论文《影响的焦虑》（"The Anxiety of Influence"），谈的正是这种强大的传统投在每一代人身上的阴影。区别在于，面对影响的焦虑，现代主义的作家试图以艺术的创新来对抗它，而后现代主义的作家却认为这种困境是个人无力摆脱的，因此艺术家该做的就不是用艺术来"对抗"它，而是用艺术来"反映"它。戴维·洛奇指出："作家可以常常对他们正在做的事失去信心，但他们一般不在作品承认这一点，因为这样做就是承认失败——但有时承认失败是一种策略，似乎这样做比传统上的

---

① John Barth, "The Literature of Exhaustion", in *The Friday Book*: *Essays and Other Nonfiction*, Baltimore and London: The Johns Hopkins University Press, 1984, p. 64.

'成功'更有趣、更真实可信。"① 这种"承认失败"、坦诚地表现自身写作的困境并以此为小说主题的小说，正是元小说。博尔赫斯在《时间的轮回》中引用了马尔科·奥雷里奥的一段话，借以阐述了这样的思想："如《传道书》那样，否认任何创新。人类的一切经验（从某种形式上）都是相似的梦想，第一眼给人的感觉是，世界正在走向纯粹的贫乏化。"② 这话事实上道出了人类的一切行为，包括写作，都仅仅是一种过去的轮回，归属于无穷无尽的互文之网。在这个意义上，"文学的枯竭"就不只是"某些文学形式被穷尽"这样实在的文学事实，而是一种文学的根本的自我意识，一种形而上学的洞见。而巴思在自己心目中的大师博尔赫斯那儿，找到了面对枯竭感的基本对策。"直面智力的枯竭，并以枯竭抗拒枯竭，从而创造出崭新的、具有人性的作品"③ "一个艺术家可以把我们时代的终极性转化为自己作品的素材和表现手法"④。换言之，如果一个小说家不得不写小说，如果他不得不堕入永恒的时间轮回，那么最好的办法就是表演自己是如何掉下去的。也即小说反躬自身，表演自己作为一种人工制品，是如何归属于整个文学传统的。这即是元小说。于是巴思在谈到小说作为一种艺术已经走到了尽头时，又以元小说为出口而为走到尽头的小说

---

① ［英］戴维·洛奇：《小说的艺术》，王峻岩译，作家出版社 1998 年版，第 233 页。

② ［阿根廷］博尔赫斯：《作家们的作家》，段若川译，云南人民出版社 1995 年版，第 37 页。

③ John Barth, "The Literature of Exhaustion", in John Barth, *The Friday Book*: *Essays and Other Nonfiction*, Baltimore and London: The Johns Hopkins University Press, 1984, p. 70.

④ Ibid. p. 71.

艺术找到了解决的方法："这无须大惊小怪，当然，总有些小说家要大惊小怪的。而要表达这种感觉，办法之一就是写一部关于它的小说。"① 这种"关于小说的小说"就是元小说。

第三节 元小说的文体实验及形式特征

正是因为迎合了以上谈到的后现代的语言学、哲学、文学等整体的文化语境，元小说在 20 世纪 60 年代后大量兴起。需要注意的是，元小说的作者们并没有形成一个具有共同的创作纲领的统一的文学团体，而是散布在世界各国。而这些作家的作品也并非每一部都是元小说。所以"元小说"更多地是由批评家们对众多具有类似特征的小说进行研究后所总结出来的一种小说类型。这类小说最鲜明的共同特征就是：自揭虚构，或称"自反性"（self-reflexivity）。

所谓"自反性"，就是叙述者有意识地、系统地在文本中自我暴露叙述和虚构的痕迹，甚至在文本中公然讨论各种叙述技巧，"小说必须不断地将其自身显示为虚构作品，它们必须成为'对其自身欺骗性的无止境的揭露'"②，这往往成为元小说最鲜明的外部特征。自反性表现了叙述者对小说写作的文本

---

① John Barth, "The Literature of Exhaustion", in John Barth, *The Friday Book*: *Essays and Other Nonfiction*, Baltimore and London: The Johns Hopkins University Press, 1984, p. 72.

② ［荷兰］汉斯·伯顿斯：《后现代世界及其与现代主义的关系》，载［荷兰］杜威·佛克玛、汉斯·伯顿斯编《走向后现代主义》，王宁等译，北京大学出版社 1991 年版，第 121 页。

形式而非内容的高度的自我意识，从而使元小说跟现实主义小说形成了鲜明区别。传统的现实主义小说关心的是"写什么"，元小说关心的却是"怎么写"。前者关心的是小说所指涉的外部世界，后者关心的却是小说形式本身。"'写什么'这个问题本身，就预设了一种主要是现实主义的方法来研究小说创作。"① 而"怎么写"的问题是随着 20 世纪形式主义批评的兴起而受到关注的。俄国形式主义批评家什克洛夫斯基和托马舍夫斯基等人在论述"陌生化"的时候曾经注意到了这种在文本中表现出对文本形式的自我意识的写作手法，他们称之为"裸露手法"，其范例就是《项迪传》。传统现实主义作家大多倾向于隐蔽手法，即"极力使文学手法变得模糊不清，以最自然的方式，也就是不可感觉的方式来展开文学材料"。而《项迪传》之类的作品则"不试图掩盖手法，甚至力图使之一目了然"②。这即是我们谈的"自反性"。

加拿大学者高辛勇对"自反性"的阐述较为清楚、深入："后现代文学作品的普遍特征之一，是它的'自我反观性'，或'自反性'（self-reflexivity）。所谓'自反'的意思是文学作品（尤其是小说）叙述中涉及文学本身，或是以文学为主题，或是以作者、艺术家为小说主角。更有一种自反现象则把叙事的形式当为题材，在叙事时有意识地反顾或暴露叙说的俗例、常规（conventions），把俗例、常规当作一种内容来处理，故意

① ［荷兰］理查德·托德：《后现代主义在英国小说中的存在——文体与个性面面观》，载［荷兰］杜威·佛克玛、汉斯·伯顿斯编《走向后现代主义》，王宁等译，北京大学出版社 1991 年版，第 156 页。

② ［俄］托马舍夫斯基：《主题》，载［俄］维克托·什克洛夫斯基等《俄国形式主义文论选》，方珊等译，北京三联书店 1989 年版，第 141—143 页。

让人意识到小说的'小说性'叙事的虚构性,这种在叙说中有意识地如此反躬自顾,暴露叙说俗例的小说可称为'名他小说'(metafiction)或译'元小说''后设小说')"①。自反性表现于叙述方式,即是"侵入式叙述"(intrusion narrative)。诚然,任何小说文本或多或少都会有侵入式叙述。只要叙述者在文本中暴露了叙述和操作的痕迹,破坏了故事情境本身自足的真实感,就构成了侵入式叙述。但如前所述,对传统小说而言,作者越出故事情境而直接向读者评论人物、宣讲道德这一类的侵入式叙述已经在阅读中被"程式化"了,其存在并不影响读者对真实性的感觉。而除此之外,就像俄国形式主义者指出的,传统小说倾向于隐蔽手法,文本中断不会出现评论小说叙述手法本身一类的侵入式叙述。相反,叙述者在叙述一个虚构的故事的同时,总是千方百计地掩盖其叙事手法、叙述惯例、意义组织方式等叙事操作的痕迹(如卡勒归纳的各种形式的"自然化"或"归化")。因为传统小说以营造"真实性"为最高目的,在传统小说家看来,最好的叙事操作手段就是能最大限度地在文本中使人注意不到人为操作的痕迹的那些手段。而最优秀的小说家就是能在文本中最大限度地抹去作者的声音,从而使读者将小说等同于客观世界本身的人。现代主义小说比传统小说在隐藏叙事操作痕迹方面取得了更大的成就,叙述者直接向读者评论人物、宣讲道德之类的做法基本绝迹,叙述者往往躲在人物背后,采用人物视角来观察和思考,最大限度地营造了"作者退出作品""真实、自然"的文本效果。

---

① 〔加〕高辛勇:《修辞学与文学阅读》,北京大学出版社 1997 年版,第93 页。

福楼拜、伍尔夫、乔伊斯等作家在这方面做出了卓越的表率。而对元小说的叙述者而言，别人精心营造的真实性他却极力打碎，别人藏之唯恐不及的叙事操作手段他却公开示人，甚至唯恐别人不知。叙述者在叙述故事的同时往往突然中断叙事进程，而对自己的叙述手法大加点评，或者直接对读者大喝一声"我在写作"，"这是撒谎，您可千万别相信"，并坦诚地向读者告知小说的构思过程、创作动机、结构安排等。这样一来，一个自足的、真实的故事世界突然被作者自揭虚构的声音打破——这便构成了最本质的"侵入式叙述"。如约翰·福尔斯《法国中尉的女人》在讲述了一个维多利亚时代的爱情故事之后，在十三章的开头叙述者突然写道："我讲的故事完全是想象的。我创造的这些人物在我脑子之外从来没有存在过。"①侵入式叙述颠覆了读者的阅读期待，阻断了读者将文本世界等同于现实世界本身。洛奇指出其在虚构的文本和真实的世界之间、艺术和生活之间出现了"短路"（short-circuit）②。而元小说叙述者通过侵入式叙述，对传统小说家隐藏的叙事手段、叙事惯例等的暴露和评论，使其正像罗伯特·斯伯尔在《超越元小说》一书中所指出的："元小说模式是一种非道德的文体策略"③，它是关于小说的冒险。

自反性表现于文本话语，则是叙事性话语与批评性话语的

---

① ［英］约翰·福尔斯：《法国中尉的女人》，陈安全译，云南教育出版社2007年版，第67页。

② David Lodge, *The Mode of Modern Writing*, New York：Cornell University Press, 1977, pp. 239 – 240.

③ Robert Spires, *Beyond the Metafiction Mode*, Lexington：University of Kentucky Press, 1984, p. 31.

结合。侵入式叙述中，叙述者打断叙事进程，直接对叙述本身进行评论，这就会在文本内部形成叙事性话语和批评性话语的结合。对传统作家而言，这些针对小说的构思过程、叙述结构等的批评性话语是属于"序"或"跋"的内容，作家们不会公开在文本中表达对艺术创作的思考。而元小说却使这些原本属于文本之外的内容堂而皇之地融入了文本之中。于是元小说文本呈现出双层叙事结构：对故事的叙述，和对叙述本身的叙述。这两者之间的关系好比语言和元语言的关系。"元语言"（metalanguage）这个术语是叶姆斯列夫在《语言理论导言》中提出来的，他认为语言可以分为两种，一种是关于事物的语言；一种是关于语言的语言。前者，语言的存在是为了表述语言之外的对象，即指称事物、表情达意等。而后者，语言的存在不是为了指称和表述语言之外的对象，而是用来指称和描述语言本身，这种语言就是元语言。元语言具有对普通语言起能指作用的功能，是"关于语言的语言"。① 在元小说中，故事层建立起了一个艺术形象的世界，好比一个普通语言的文本，而评论层建立起了一个对艺术形象世界起批评作用的抽象的批评世界，好比一个元语言文本。从语言的角度看，元小说所反映的，就是一种艺术语言的自我观照行为。

自反性表现于文本结构，则是"打破框架"（breaking frame）。传统小说总是使自己保持在统一的故事情境之中，而元小说的叙述者跳出原本的故事情境，而对情境本身的设置、结构等指手画脚，这就是"打破框架"。华莱士·马丁正是从

---

① L Hjelmslev, *Prolegomena to a Theory of Language*, Madison: University of Wisconsin Press, 1961, p. 54.

这个角度来定义元小说的:"元小说以另一种方式悬置正常意义。……正常的陈述——认真的,提供信息的,如实的——存在于一个框架之内,一个这类陈述并不提及的框架。……如果我谈论陈述本身或它的框架,我就在语言游戏中升了一级,从而把这个陈述的正常意义悬置了起来(通常是通过将其放入引号而做到这种悬置)。同样,当作者在一篇叙事之内谈论这篇叙事时,他(她)就可以说是已经将它放入了引号之中,从而越出了这篇叙事的边界。于是这位作者立刻就成了一位理论家,正常情况下处于叙事之外的一切就在它之内复制出来。"①

总之,自反性,或者小说的元意识,是对叙述创造一个小说世界来反映现实的可能性的根本怀疑。相反,它肯定叙述的人为性和操作性,从而把控制叙述的诸种深层规律——叙述手段、叙事惯例、互文性价值体系与释读体系等通通暴露出来,按赵毅衡的比喻,就像"把傀儡戏的全套牵线班子都拉到前台",对整个叙述机制来个彻底的揭底。

自反性或自揭虚构是元小说最本质的特征,除此之外,元小说还常常采用许多其他的叙事手法,戴维·洛奇和沃都对之做过总结,当然,这其中的一些叙事手法是所有的后现代小说所共有的,而并非元小说独有的,这些手法包括以下几种。

矛盾开放:这里指的是情节叙述的矛盾和情节结构的开放。沃说:"矛盾即意味着同时存在。"② 这也是元小说"自反性"的表现之一。在元小说中,对同一事件的不同可能性的叙

---

① [美]华莱士·马丁:《当代叙事学》,伍晓明译,北京大学出版社 2006 年版,第 184 页。

② Patricia Waugh, *Metafiction: the Theory and Practice of Self-Conscious Fiction*, London and New York: Routledge, 1993, p.137.

述往往交替出现，它们互相颠覆，使确定的理解成为不可能，使文本的虚构性暴露无遗。一个典型的做法是，它往往打破故事发展的线性格局，而设置多重情节和多重结尾，供读者自由选择。因为作为一个谎言，它所讲的故事没有什么唯一的可能和终极答案。如《法国中尉的女人》就有三个不同的结尾。沃指出："运用矛盾手段的元小说文本没有最终的确定，只有说谎家的悖论的再创造，有如毫不忌讳地说'所有小说家都是说谎家'。"①

片段拼贴：这是一种跟波普艺术拼贴画原则和电影蒙太奇手法类似的小说技巧，即把小说拆成片段，跟当代文化景观中的各种文化碎片——报刊、电影、广告、经典文本中的片段等杂七杂八地拼合到一起，以显示出一种垃圾时代特有的文化景观和"垃圾美学"②。巴塞尔姆指出："拼贴原则是二十世纪所有文学手段的中心原则""碎片是我能信任的唯一形式"③。他在《白雪公主》中，就运用了典型的片段拼贴手法，这些片段包括白雪公主和七个小矮人的童话片段、早餐指南、新闻标题、读者调查问卷，甚至还有小段的毛主席语录，等等。当然，在《尤利西斯》等现代主义作家的作品中也运用了拼贴手法，但现代主义文本中的拼贴在其混乱的表层下实则隐藏着深层的秩序，吁请着理解也可以被理解，这些片段可以被重新组

① Patricia Waugh, *Metafiction: the Theory and Practice of Self-Conscious Fiction*, London and New York: Routledge, 1993, p.137.

② ［美］拉里·麦克弗里：《垃圾美学：巴塞尔姆的〈白雪公主〉》，载［美］巴塞尔姆《白雪公主·附录》，周荣胜、王柏华译，哈尔滨出版社1994年版，第322页。

③ ［美］杰罗姆·克林科维兹：《巴塞尔姆记问记》，载［美］巴塞尔姆《白雪公主·附录》，周荣胜、王柏华译，哈尔滨出版社1994年版，第331页。

合成释义整体。而后现代文本中的拼贴，却似乎停留在散乱的表层，没有中心，没有深层结构，只见碎片们在自我表现、自我言说、自我狂欢，它拒绝深度释义的可能。

任意时空：传统小说叙事遵循线性的时间和有序的空间，有着严整的时空观。现代主义小说的时空因自由联想而显得有一点跳跃，但毕竟时空的转换还没有越出文本整体情境的真实性。而元小说的时空转换则因不再依附于故事逻辑和真实性、由于对"虚构"的彰显而显得更加的混乱无羁。就时间而言，常常是不同层次和不同碎片的故事发生时间、文本写作时间、阅读时间等自由转换（元小说自揭虚构的特点使得它尤其喜欢采用故事时间和文本写作时间一致的策略，也即虚拟的即时性写作，故事的发生与以此故事为叙事内容的虚构作品的创作同步，如意大利作家阿·贝维拉夸的小说《和家具杂物共度八月节》，一开始叙述者就叙述道："我就要动手写这篇小说了，但对人物和情节还一无所知，只知道题材是八月节。对这篇小说的其他方面，我脑子里一片空白，如同面前的这张纸。"这明确暴露了故事的虚构性。叙述者毫不含糊地向读者宣告，在他进行叙事操作之前，这个故事并不存在）。就空间而言，故事发生的地点和场景常常随叙述者对叙事过程的反思而不断变动。库弗的《保姆》中，108个片段的时空任意转换得几乎拒绝了被理清和理解。

对元小说而言，矛盾开放、任意时空等叙事手段事实上也起到了"自反"的作用。自反性使得元小说不是"关于现实世界的小说"，而是"关于小说的小说"，但正如赵毅衡所说，"关于小说的小说"仍然是一个没有把复杂的问题说清楚的公式①。仔细考察,根据其"自反"的内容(或者说谈论自己的方面)的不同,这"关于小说的小说"又可以分为以下几类。

首先,"关于小说的小说"可以理解为"关于本小说自身的小说",即小说以自身为指涉对象,揭露本小说自身的虚构身份及其创作过程。赵毅衡称之为"自反式元小说"。也有学者称之为"自元小说"、称其自指方式为"特自指"。这是最为普遍的一种元小说类型。这类小说的远祖是斯特恩的《项迪传》。

其次,"关于小说的小说"可以理解为"关于先前小说的小说",即小说以前人的小说作为指涉对象,对前文本进行戏拟,从而使自身的虚构性一目了然,使自身只是艺术品而不是任何意义上的对现实的反映这一事实一目了然。赵毅衡称之为"前文本戏仿式元小说"。在诸种元小说叙事手段中,戏拟是出现最早的一种,早期的元小说几乎都是用这种手段写成的。这类小说的远祖是塞万提斯的《堂吉诃德》。

最后,"关于小说的小说"可以理解为"关于小说这种文类的小说",即以小说这种文类的特征、本质、形式、意义等作为指涉对象,并不指涉某一部具体的小说文本。有学者称这种自指方式为"类自指"。这种形式的元小说事实上是关于小说写作的象征或寓言。这类小说有巴思的《迷失在开心馆中》、约翰·福尔斯的《法国中尉的女人》等。前者有许多关于传统小说的开头、结尾和小说修辞的评论,后者则对现实主义小说的叙述惯例进行揭底。

对虚构的自我暴露,矛盾开放、片段拼贴、任意时空等手

---

① 赵毅衡:《后现代派小说的判别标准》,《外国文学评论》1993 年第 4 期。

段的运用,这些都使得元小说有明显的玩弄文字游戏的现象。事实上不少元小说作家公开使读者意识到这种游戏,有的还邀请读者一起玩游戏。戴维·洛奇分析了后现代主义小说常用的六种创作手法:矛盾、排列、中断、随意、过分、短路。这六种手法的运用都使得小说读起来像玩游戏。"矛盾"意味着同时存在。在传统逻辑中,矛盾双方是对立的,如此情节与彼情节、此结尾与彼结尾、男与女、是与非,两者之间不可调和,也无法共存。而在元小说中,矛盾双方的关系不再是非此即彼,而是变得你中有我,我中有你。在此情节与彼情节、此结尾与彼结尾、男与女、是与非的对立中,作者并不肯定其中之一,而是同时肯定所有的东西。矛盾中原本对立的双方都被赋予了合理性,以一种开放的、未决的姿态共存。这既暴露了说谎,又对读者发出了游戏邀请,因为如果想要选择、想要确定、想要释义,就需要读者参与。当然,传统小说的作者在写作时也需要读者参与,他甚至会直接走到前台来跟读者交谈,但作者与读者之间是一种居高临下的关系,他召唤读者是为了"训导"而不是为了"游戏"。《汤姆·琼斯》的作者就经常在文本中打断情节的进程而对读者宣讲自己的道德伦理观。事实上,这跟传统的文学观念有关。传统小说家认为小说不是用以玩乐的东西,它的一大作用就是发挥对民众的道德训诫功能。而在元小说中,作者不再以居高临下的姿态来对待读者,而是把读者当作游戏中的同路人。约翰·福尔斯的《法国中尉的女人》提供了三个并行出现的结局让读者自己选择,自己完成文本。阿·贝维拉夸的小说《和家具杂物共度八月节》的副标题——一篇需与读者合作的小说,一语道破了游戏动机。"排列"即 ABC 的多种排列组合形式。传统作家基于确定性的信念,总是在多种排列组合形式中选择其中一种，而抛弃其他可能。而元小说则肯定所有的排列形式，即同时选择所有的选择。贝克特在《华特》中的那段描写是广为引用的排列典范："至于他那双脚，有时每只脚都穿一只短袜，或一只脚穿短袜另一只脚穿长袜，或一只靴，或一只鞋，或一只拖鞋，或一只短袜和一只靴，或一只短袜和一只鞋。或一只短袜和一只拖鞋，或一只长袜和一只靴，或一只长袜和一只拖鞋，或啥也不穿只裸着脚。……"排列出所有的排列固然能表现出作者对世界多样性的看法，但这种"咒语式的荒诞罗列"（沃语），其中玩文字游戏的意图也是明显的。"中断"即用拼贴和混乱来中断传统小说叙述的线性和因果。如果说片段拼贴使得传统小说的"线性故事"不复存在，那么最极端的一种拼贴方式即"句子拼贴"则完全消泯了逻辑思维的可能。在这种拼贴中，一个段落中的每一个句子都彼此毫无逻辑关系甚至相互冲突，它中断了人们的一切释义期待。这种对线性和因果的中断使得读者的阅读有极大的随意性。英国后现代小说家 B. S. 约翰逊甚至将小说《不幸者》装进盒子，做成不加页码的活页小说。读者阅读时就像洗牌一样，可随意地选择阅读页码和顺序（即随意安排小说叙述）。在传统小说中，叙述过程和叙述时间是牢牢掌握在作者手里的，读者只能接受，不能介入。而活页小说使得读者可以根据自己的意愿随意安排叙述过程和叙述时间，给了一种"读者介入游戏"的最大限度的自由。而过度的排列、拼贴，对事物和细节的不厌其烦的描写导致了"过分"，杂乱的信息量超出了读者的分析和综合能力。而文本虚构性的暴露使得原本对故事深信不疑的读者在文本与世界、生活与艺术之间出现了"短路"。除了洛奇提到的这些，沃还指出了元小说的其他一些惯用手法如"卖弄式的版面实验"，如在文本中制作图案（冯尼戈特《顶呱呱的早餐》中便充塞着各种图案，如美国国旗、太极图、卡车、手枪等）、列表格（巴塞尔姆《白雪公主》中加进了一张《读者调查问卷》）等。这些手法的综合运用使得元小说跟反映现实、净化道德、教育公众的传统小说形成了鲜明对比，它更像是放逐了沉重的道德功能的纯粹的文字游戏。随着虚构的揭露，文本不再有终极意义，而只是在矛盾、排列、拼贴、混乱、自我消解中提供游戏性的欢娱。纳博科夫等后现代作家总是在文本中嘲笑任何寻找中心意义的企图，总是处心积虑地要让读者意识到自己不过是在观看一场语词魔术，与其说这里有着关于人类的永恒真理，毋宁说这是一场充满审美狂喜的文本游戏。他在《说吧，记忆》的结尾发出的肆意的欢呼："来吧，玩你的游戏吧，虚构这个人间，虚构现实！"

元小说对语言游戏的热衷是语言学转向的结果。既然语言是个自足自律的符号世界，与客观世界之间不存在一对一的从属关系，那么文学模仿现实就是不可能的。于是放弃了再现现实、反映真理的沉重责任的元小说作家们以各种形式来对这个文本世界进行试探、挑战，产生了众多偏重形式的作品。他们不再标榜自己的作品是严肃的，是对世界真实和人生真谛的表现，而公开宣称小说创作不过就是令人愉悦的语言游戏而已。伽斯声明："我的作品是虚构的。它们和现实无关。我没有这个智慧去展示这个现实世界。其他作家也没有。""文学中没有描述，只有遣词造句。"① ——然而，这些作品真的"和现实无关"吗？

---

① 杨仁敬：《美国后现代小说论》，青岛出版社 2004 年版，第 58 页。

第二章

元小说之"形式的镜子"：
从形式来探视意识形态

　　19 世纪以前的传统小说，情节占据着读者注意力的中心。19 世纪的现实主义小说发现了人物的重要，而且人物的重要性跟情节的重要性似乎成反比。而现代主义和后现代主义小说中不仅情节淡化，而且人物也扁平化甚至符号化。罗兰·巴特（Roland Barthes）认为在现代主义和后现代主义小说中剩下的只是语言，它突出的是语言游戏、叙述方式。

　　那么，元小说在语言游戏之下，究竟还有没有意义深度？对此，大多数批评家的看法和元小说作家们的宣称是一致的，即认为元小说是形式主义的作品，它零散、任意、平面，取消深度，取消意义，停留在语言游戏的表面。与之相对的是现代主义文学则具有整体性、结构性以及深度意义的追求。（可以看出，这正是哈桑关于现代主义与后现代主义之区别的那个著名的表格的图解。）但正如赵毅衡指出："作为文本形式，这个说法是对的，作为释义期待，释义态度，则不可能如此。现代派文学，如艾略特的《荒原》、福克纳的《喧哗与骚动》，它们的零散性平面性，在形式结构上已经被整合起来，释义就不得不追随这种整合而走向某种深度意义；后现代派小说，零散平面，在形式结构上并没有整合。在释义期待上，它们当然是有意义深度的，只是读者不能从作品形式上找到走向这意义深度之向导。""游戏只是假象，后现代元小说的游戏是无目的的目的性。"① 如果这话没错的话，那么，其目的性又指向了何方？

的确，后现代元小说对形式技巧的执着已经达到登峰造极的地步。面对强大的传统，创新的压力在后现代变得空前突出。当小说所能写的内容和题材差不多已经被写尽时，小说家们便转向了小说的形式，在形式上不断花样翻新，这使得后现代的小说成为迄今为止形式感最强的文学。当然，传统小说和现代主义小说，尤其是现代主义小说，也非常注重形式。但这些小说毕竟还承担着反映外在社会现实和内在心理现实并从中揭示出某种意义的使命。不管其形式上的创新如何先锋，形式毕竟只是有效地传达内容的工具。但在后现代元小说这儿，作家们公开声明小说的虚构性，小说似乎从现实指涉中挣脱了出来，不再有意义负累。写作犹如形式实验，在不断超越自身的规则和违反传统界限中展示自身。形式似乎成了小说的唯一目的。这是后现代元小说与传统小说和现代主义小说在小说观念上的本质区别。为此元小说家们进行了侵入式叙述、矛盾开放、片段拼贴、任意时空等一系列极端的形式探索，带来了一场前所未有的叙事技巧的表演。元小说家们更是公开宣称自己作品的游戏性质，否认作品的道德功能、政治功能、社会性目的，和王尔德的唯美主义思

① 赵毅衡：《后现代派小说的判别标准》，《外国文学评论》1993 年第 4 期。

想相比，有过之而无不及。纳博科夫的名言极具代表性："风格和结构是一部作品的精华，伟大的思想不过是空洞的废话""大作家都是大魔法师"①。作家们宣称，对于小说而言，形式即本体，形式即意义，形式即目的。这使得元小说带有明显的唯美主义性质和形式主义倾向。

　　戴维·洛奇认为有两种相互对立的小说观：一种是人本主义的小说观，强调小说的模仿性、对外部世界的指涉及作者控制等因素；一种是后结构主义的小说观，否认以上因素。② 很明显，元小说与现实主义小说在这点上形成了鲜明对照。现实主义小说强调真实反映外部世界及其本质规律，从而具有明显的现实指涉、意识形态指涉之功能。元小说则由于自揭虚构而取消了小说指涉外部世界的权利，它是"自指"的，它斩断了与现实的关联而突显了小说的自我意识和文本形式，从而带着后现代文学的游戏性特点和虚无主义的色彩。彼得·彼格尔的观点尤其代表了批评家们的这种认识，他在《先锋派的理论》（1974）一书中批判了后现代主义的先锋精神是形式主义的"新先锋派"，因为它对社会或体制不进行批判，因而不具有真正意义上的先锋精神。

　　但问题是，形式主义的文本未必就与现实政治无涉。形式具有意义，独立于内容的意义，这是 20 世纪美学一再阐明的命题。任何文类的形式特征的变迁，往往与一定的社会文化形态相关联。换句话说，形式本身就是社会文化形态。它体现了

---

　　① ［美］弗拉基米尔·纳博科夫：《文学讲稿》，申慧辉等译，上海三联书店2005 年版，第 22、25 页。

　　② David Lodge, *After Bakhtin*: *Essays on Fiction and Criticism*, London and New York: Routledeg, 1990, p. 5.

现实并参与进现实。20 世纪 80 年代以来，经典叙述学进入到后经典叙述学阶段。经典叙述学，即以普罗普、热奈特等为代表的结构主义叙述学，它是一种形式主义的文论，着眼于文本本身，对叙事作品内部的构成成分、结构关系和运作规律展开科学研究，旨在建构涵盖一切叙事的叙事语法或叙事诗学。但在文化研究和读者反映批评的大潮下，经典叙述学仅仅关注文本而忽略读者和社会历史语境的狭隘的批评立场日益暴露出局限性。20 世纪 80 年代以来，经典叙述学受到后结构主义和历史主义的夹攻，向后经典叙述学转向。后经典叙述学的特点是"从发现到发明，从一致性到复杂性，从诗学到政治学"①。它由单纯关注形式结构转为关注读者和语境，关注社会历史语境如何影响或导致叙事结构的发展，关注形式结构与意识形态的关系。也即是说，后经典叙述学关注的不仅是形式，而是"形式的政治"。目前国内的很多研究者对元小说都是持彼得·彼格尔的这种观点，大多探讨其"自反性"、形式主义、解构主义、虚无主义倾向。而这正是本论文要加以反思并进一步探讨的地方。笔者旨在从对元小说的形式分析走向意识形态分析，从文本分析走向文化分析，指出元小说文本的内倾性与外倾性之间的关联，揭示其"自我意识"掩盖下的对社会的介入及其激进的意识形态意味。笔者认为，这些元小说"当然是有意义深度的"，但读者未必"不能从作品形式上找到走向这意义深度之向导"。

---

① ［英］马克·柯里：《后现代叙事理论》，宁一中译，北京大学出版社 2003 年版，第 4 页。

第一节 叙述形式与意识形态

卢卡奇认为，意识形态的概念在今天有种"令人迷惑的意义"。[①]"意识形态"这个词诞生至今已有两百多年的历史，其间不同的流派、不同的思想家都对之进行了自己的定义，使得这个概念成了内涵异常丰富且在历史发展中其内涵呈现出戏剧性变化的少数几个概念之一。

"意识形态"这个词是法国启蒙理性哲学家德斯蒂·德·特拉西于 1796 年首先提出来的。但特拉西的"意识形态"（idélogie）其语义并不等于今天意义上的意识形态，而是指正确研究人的观念意识、对概念和感知进行科学分析的学问，直译应该是"观念学"。作为启蒙理性哲学家，特拉西认为社会冲突和人类痛苦都是建立在不当的理解和错误的观点基础上的，因此必须建立能反映人的真实需求的正确的、理性的知识，它是建立理想社会的保障。特拉西的这种理想社会内含了一种启蒙理性的共和主义的政治信念，于是威胁了靠大革命上台的拿破仑政府的统治。在法国大革命及随后的拿破仑独裁中，当特拉西等人将言论自由等革命思想划归为"真实的思想"时，就惹恼了拿破仑皇帝。拿破仑对"观念学"进行了批判，称之为"虚幻的形而上学"，他把法国兵败莫斯科的原因归罪于观念学的横行，并以"意识形态犯"的名义处罚了特

---

① ［匈］卢卡奇：《关于社会存在的本体论》［上卷］，白锡堃等译，重庆出版社 1993 年版，第 5 页。

拉西。于是从拿破仑开始，"意识形态"这个原本旨在将正确的思想从错误的思想中区分出来的具有启蒙意义的词汇就带上了负面的色彩，隐含着"虚幻的、错误的"意思。

意识形态后来成为马克思主义的一个重要概念。但由于马克思、恩格斯在其著作中是从不同的层次、不同的角度来使用"意识形态"一词的，这就使得它带上了几种不同的含义，也成为后来的马克思主义研究者们争论的原因。马恩在其早期的著作《德意志意识形态》中阐发了意识形态概念，此时他们跟拿破仑一样，基本上是从负面的意义上来使用意识形态一词的。从这本书的副标题便可以知道马克思、恩格斯当时的写作意图以及其主要内容——"对费尔巴哈、布·鲍威尔和施蒂纳所代表的现代德国哲学以及各式各样先知所代表的德国社会主义的批判"。马克思、恩格斯在此书中把黑格尔的客观唯心主义和青年黑格尔派的主观唯心主义，以及带有不彻底性和局限性的费尔巴哈唯物主义，都作为"德意志意识形态"来进行批判。"德意志意识形态"就是指当时在德国流行的这些"虚假观念"。意识形态在此意味着虚假的、被派别利益和阶级利益扭曲的人类思想。在马克思看来，意识形态之间的斗争事实上是不同的集团利益之间的斗争。统治阶级控制权力的有力武器之一，就是控制思想。

但马克思后来在《〈政治经济学批判〉序言》中没有在负面意义上运用意识形态概念，而是将之中性化了，意为"一切观念意识的总称"。马克思指出，"在考察这些变革时，必须时刻把下面两者区别开来：一种是生产的经济条件方面所发生的物质的、可以用自然科学的精确性指明的变革，一种是人们借以意识到这个冲突并力求把它克服的那些法律的、政治的、宗教的、艺术的或哲学的,简言之,意识形态的形式"。① 卢卡奇指出,在这个经典表述中,马克思是在中性、一般的意义上使用"意识形态"概念的,而不是将其定位为虚假的错误意识。且马克思在意识形态这一"包罗万象的规定"(卢卡奇语)中,指出了艺术也属于"意识形态的形式",这成为马克思主义文艺观的基本思想。

20 世纪西方马克思主义的社会批判理论继承了《德意志意识形态》中马克思在意识形态问题上的基本精神。他们认为,在马克思那里,意识形态无疑具有阶级的属性,它意味着"虚假意识",其功能在于"遮蔽",即赋予丑陋的现实以一个光滑的外观,把现实生活的真相掩盖起来。所以马克思主张通过批判来"去"意识形态之"蔽",从而发现世界之真相。

西马的理论家们基本都是在政治性的维度上来讨论意识形态的,而在他们的具体论域中,其意识形态的内涵又分为截然不同的两派:一派以卢卡奇、葛兰西等早期西方马克思主义者为代表,他们认为在当今发达的资本主义国家进行无产阶级革命,其着眼点应该由传统的政治经济方面转到意识形态方面,形式上应由传统的运用革命暴力转到夺取意识形态领导权。对他们而言,进行意识形态革命是完成社会变革的阶梯。另一派以西马的中坚法兰克福学派为代表,他们是从完全否定的意义上使用意识形态概念的。他们认为"虚伪性"与"操纵性"是意识形态所固有的特性。一切意识形态都是其制造者为了自身利益而杜撰出来、用以控制人们的思想的。它的功能是美化

① 《马克思恩格斯全集》(第二卷),中共中央马克思恩格斯列宁斯大林著作编译局译,人民出版社 1995 年版,第 33 页。

现实而替现状辩护，它"具有掩盖社会的对抗并用和谐的幻想取代理解这些对抗的功能的意识要素"①。法兰克福学派的意识形态概念不只包括统治阶级的思想意识，除此之外，一切科学、文化、技术、法则等都属于意识形态，因为这些东西都"与真理相对"，它们都以不同的方式对资本主义的社会体制进行认可和接受。他们认为，在当今社会，统治阶级统治人民的方式由过去的政治经济统治转变成了意识形态控制。意识形态内化到人们的心理机制中，使人们习以为常，结果就是个人失去了对现状的批判意识，而成为维护现存制度的保守力量。结构主义的马克思主义者阿尔都塞也对意识形态的内化作用做了深入的论述。在他看来，人对世界的认识无时无刻不受到现存的各种思想体制的制约，人的认识主体是一个受到各种限制的"屈从体"（subject 既有"主体"，又有"屈从"的意思）。而主体内在地以为自己在自由地把握现实，那完全是想象的结果。但"我"所屈从的并不是一种完全外在于我的力量，这其中也包括了我自己的一份，由此我才能成为"主"体。因此，在意识形态的陷阱中，被压迫者永远是参与压迫者对他的压迫的。

知识社会学的创始人、德国社会学家卡尔·曼海姆在其著作《意识形态与乌托邦》（1929）中，从与马克思不同的角度探究了意识形态的本质。曼海姆不同意马克思从遮蔽性、操纵性和阶级利益的角度来看待意识形态的倾向，他认为如果只从可疑的派别利益的角度来认识意识形态，就不可能形成一个对意识形态的现象的一般理解。他提出，应该使意识形态的研究

---

① ［德］洛文塔尔：《文学的社会地位》，《社会研究杂志》1932 年第 1 期。

非政治化,因为事实上思想并不总是被集团利益所歪曲。曼海姆将马克思对于意识形态的理解称为"意识形态的特别概念",即表达派别利益的政治思想,而将自己的理解称为"意识形态的整体概念",他的理解便是:意识形态的分析并非政治性地旨在揭露卑鄙的派别利益,而是社会和历史研究的一般方法,它考察的是某种特殊的社会现实如何产生特殊的社会思想的历史规律与社会法则,他称之为"知识社会学"。① 但如果所有的思想都是由其社会环境产生的,都有其产生的原因和合理性的话,那么我们就无从区分正确的思想和错误的思想了。为了避免这种相对主义的危险,曼海姆找到了一个坐标:知识分子。他认为知识分子的思想虽然也受到历史和环境的限制,但他们并不属于某一个特殊的政治营垒,并不附着于某一种特别的派别观点,因此能提供对现实的相对中立和正确的思想。这里的问题是,福柯告诉我们,知识往往并不是纯洁和中立的,相反,知识是权力的一种形式,它深刻地与政治意识形态相连。

另一种对意识形态的理解来自今天的自由主义的批评家,如阿普特、基尔兹、塞尼吉尔等。他们反对过去那种对意识形态的单向度且带有贬义的理解,而更强调意识形态的积极的、建设性的作用——无论对社会制度而言,还是对个人精神而言。对社会而言,意识形态是将一个社会的诸多成员联结在一起的智力胶水。如果没有一个共同的意识形态,就不可能实现社会一致。我们之所以能轻松地与其他公民交流,我们的文化

---

① Bernard Susser, *Political Ideology in the Modern World*, Massachusetts: A Simon & Schuster Company, 1995, p. 23.

之所以能代代传承，都是以共享一些集体性的意识形态术语为前提的。此外，意识形态信仰通过提供一个认识参照系，从而驯化我们所面对的无序的现实。它为我们建构了世界，并使之具有意义。除了这些社会功能以外，对个人而言，意识形态对个人身份确认也起着重要作用。它帮助我们理解我们的思想、我们每天所碰到的事情和我们所面对的世界。在混乱的现实和琐碎的生活中，如果没有一个意识形态体系来指导我们，我们将彻底自我迷失。

　　笔者看来，以上各家对意识形态的定义各有侧重，都指出了其某个方面的特质。马克思指出意识形态是阶级利益的体现、意识形态斗争的深层实质是不同的集团利益之间的斗争，其观点自有深刻之处。西马的理论家们对意识形态的虚伪性、操纵性、美化现实而替现状辩护的揭露也可谓犀利。阿普特等人的观点看似与西马理论家们相对，事实上他们指出的都是同一个问题，即意识形态具有整合社会、指导个体身份认同的功能，区别仅在于西马理论家进行批判的现象，阿普特等人却对之进行了正面阐述。总的来看，笔者认为意识形态不能简单地视为代表某个阶级或派别利益的政治思想。或许其起源是由于特殊集团利益所要求的思想意识和行为规范的集合，但其形成后就成了整个社会共同拥护、代代传承、天经地义的东西。本文更倾向于在中性的、总括性的意义上使用意识形态一词，视之为"一切观念意识的总称"或"意义生产的一般过程"。

　　由于以上各家对"意识形态"的内涵有不同的理解，相应地，他们对艺术与意识形态的关系也有不同的看法。马克思在《〈政治经济学批判〉序言》中，将意识形态作为一个中性的、总括性的概念，明确地将艺术称为"意识形态的形式"。因此一些马克思主义研究者认为文艺就是以艺术形式出现的意识形态,它是它那个时代和社会的意识形态的表现,它无法突破意识形态的束缚。与此相对,另一些批评家将意识形态作为虚假观念,从而将文艺与意识形态的距离作为文学的规定性。费希尔就在他的《与意识形态相对立的艺术》一书中坚持,真正的艺术总是对所处时代的意识形态进行质疑和批判,让我们看到被意识形态所掩盖的现实。英国马克思主义批评家伊格尔顿在《马克思主义与文学批评》一书中,认为以上两种观点都在文艺与意识形态的关系上持简单化态度。他对阿尔都塞在这个问题上的观点表示了赞赏。阿尔都塞在《一封论艺术的信——答安德烈·达斯普尔》(1966)中写道:"尽管艺术与意识形态有特殊的联系,但真正的艺术不是一种意识形态。"① 阿尔都塞认为:"一种意识形态具有自己的逻辑和严格性的表象(意象、神化、观念或概念)体系,它在给定的社会中历史地存在并起作用。"② "意识形态对个人而言具有普遍性和强制性,一个人出生之后,就不可避免地落入意识形态的襁褓之中。它以概念或意象的方式,通过一个自然化的、为人所不知的过程而作用于人。"③ 就艺术与意识形态的关系而言,艺术既产生、沉浸于某种意识形态之中,又同它保持一段距离,从而来指向它。这包括两层意思:一方面阿尔都塞承认,意识形态是一切

---

① Louis Althusser, *Lenin and Philosophy and Other Essays*, London: New Left Books, 1971, p. 203.

② Piere Macherey, *In a Materialist Way: Selected Essays*, London and New York: Verso, 1998, p. 8.

③ Piere Macherey, *A Theory of Literary Production*, London: Routledge, 1978, pp. 67 – 68.

艺术创造的母体。但另一方面他又认为，艺术毕竟是从母体中生长出来的一种新的东西，和母体之间有一种复杂的关系。平庸的文学，即只有程式化形式的文学，会沦为意识形态的直接表现。而优秀的文学，往往通过它对意识形态的定型作用（即与它保持一定的距离），而让读者觉察到作品背后的意识形态，暴露出意识形态的虚假的同一性和它的裂缝，从而达到批判意识形态的目的。

不管是对意识形态的"表现"，还是与意识形态的"距离"，还是对意识形态的"批判"，总之理论家们都认为文艺不能像漂浮的空气一样超脱于意识形态，它在界定自身的属性时总是与意识形态密切相关。对文学而言，文学叙事可分为叙述内容和叙述形式两部分，其中，叙述内容的意识形态因素是极为明显的。尽管有些作品的内容从表面看不带任何政治色彩，甚至明确标榜"纯美"、反对政治对文学的沾染（如王尔德唯美主义），但"反对政治对文学的沾染"本身就是一种意识形态，甚至不乏激进的色彩。因此可以说任何文学叙事，都是对现实世界的某种意识形态化了的解释。不仅文学叙事如此，事实上意识形态性和操控性是一切叙事的本性。罗斯·钱伯斯（Ross Chambers）在《故事与环境：小说权力中的叙述诱惑》（*Story and Situation*：*Narrative Seduction in the Power of Fiction*）中指出，任何叙事都是依赖心照不宣的契约来产生交流的，而交流本身就有表达欲望、达到目的、实施压制的功能。班奈特和罗伊引述了 Chinua Achebe 在小说《草原蚁山》（*Anthills of the Savannah*，1987）中借一位老人之口所说的话："故事就是我们的引路人。没有故事，我们便会像瞎子一样。瞎子能左右引路人吗？不能，同样，我们也左右不了故事。准确地说，是故事掌握着我们、支配我们。这就是使我们不同于牲口的东西；这也是人脸上的特征，不至于使他被误认作邻居。"① 班奈特和罗伊指出，事实上，"叙事就是在行使权力"，故事控制我们的程度如同我们掌握故事一样，二者之间是辩证的关系。

不仅文学的叙述内容是意识形态的，而且叙述形式也是意识形态的。或者说隐藏于叙述形式的深层的，是意识形态。泽尔尼克曾经声称："意识形态不是一组推演性的陈述，它最好被理解为一个复杂的，延展于整个叙述中的文本，或者更简单地说，是一种说故事的方式。"② 他的意思是说，叙述形式本身就是意识形态。文学史现象一再表明，特定的意识形态推动着特定的叙事形式的产生，而特定的叙事形式一旦产生就会对意识形态发生反作用。叙述形式与意识形态之间是双向互动的辩证关系。

如果我们承认小说形式特征的变迁，往往与一定的社会文化形态相关联，那么在叙述形式之中，就一定深蕴着某种文化意识形态的内涵。也只有深入到产生这种叙述形式的文化意识形态当中，才能真正理解这种叙述形式的实质。如此经典叙述学就必须跨入到后经典叙述学的阶段。对于大多数只能读情节的读者来说，叙述形式的文化意义是隐蔽的。理解作品形式的文化意义，需要暂时搁置内容，与作品保持必要的批评距离，以审视作品光滑的外表下所显露的东西。而这正是批评家的领

---

① Bennett Andrew and. Royale Nicholas, *An Introduction to Literature*, *Criticism and Theory*, London: Prentice Hall Europe, 1999, p. 59.

② ［美］泽尔尼克：《作为叙述的意识形态》，转引自赵毅衡《叙述形式的文化意义》，《外国文学评论》1990 年第 4 期。

域。批评家所做的，是在一般读者司空见惯的地方、在文本的"自然状态"中，发现隐藏的意义。纪德指出："最好的方法是最简单的方法，事物的秘密就是它的形式，人最深远的地方就是他的皮肤。"[①] 我们也可以考察元小说的几个最常见的叙述形式特征，由其形式的皮肤直达它所反映的意识形态的深层。

第二节　叙述视角

结构主义叙事学认为，要合理地区分叙述视角，必须首先区分清楚叙述声音与叙事眼光。然而从亚里士多德开始到20世纪70年代以前的叙述学研究中，研究者们并未将这两者区分开。法国叙述学家热奈特在1972年发表的《叙事话语》里，明确提出了这一区分，并对以往研究者们对二者的混淆提出了批评。"'叙述声音'指的是叙述者的声音，'叙事眼光'指充当叙事视角的眼光，它既可以是叙述者的眼光也可以是人物的眼光。"[②] 在一篇叙事作品中，风格、语汇属于叙述者的叙述声音，而观察、经验属于视角人物的叙事眼光。热奈特认为"视角"一词给人的感觉过于局限于视觉，而事实上叙述学的"视角"不仅指通过谁的眼睛来观察，还包括通过谁的意识来思考和感受，因此他采用了更为抽象的"聚焦"一词，亨利·詹姆斯采用的术语是"意识中心"（centre of consciousness）。

---

① 转引自林建法编《中国当代作家面面观：撕碎，撕碎，撕碎了是拼贴》，时代文艺出版社1991年版，第227页。

② 申丹：《叙述学与小说文体学研究》，北京大学出版社1998年版，第208页。

"聚焦"和"意识中心"相当于普通所讲的"视角"。热奈特
将视角分为三种聚焦类型：（1）零聚焦。即无固定视角的全知
叙述，它的特点是叙述者说出来的比任何一个人物知道的都
多，可用"叙述者＞人物"这一公式来表示。（2）内聚焦，
其特点是叙述者仅说出某个人物知道的情况，可用"叙述者＝
人物"这一公式来表示。这又包括了三种不同的类型："固定
式内聚焦"，即叙述者固定不变地采用故事主人公一人的眼光
来叙事；"转换式内聚焦"，即叙述者采用故事中几个不同人物
的眼光来叙事；"多重式内聚焦"，即采用故事中几个不同人物
的眼光来描述同一件事。（3）外聚焦，其特点是叙述者所说的
比人物所知的少，叙述者就像架在远处的摄像机一样从外部记
录下人物言行和发生的事件，而无从了解人物内心的思想活
动，可用"叙述者＜人物"这一公式来表示。"叙述者＞人
物""叙述者＝人物""叙述者＜人物"这三个公式为法国叙
述学家托多洛夫首创，经热奈特推广之后，在叙述学界颇受欢
迎，从未有人怀疑其可行性。但国内叙述学家申丹认为，用叙
述者所说内容比人物所知内容的多少来区分不同的视角并不恰
当。"用于表明内聚焦的'叙述者＝人物'这一公式难以成
立，因为它只适用于固定式内聚焦。而在'转换式'和'多
重式'内聚焦中，叙述者所说的肯定比任何一个人物都多，因
为他/她叙述的是数个人物的内心活动。在这一意义上，这两
种内聚焦与全知叙述之间并没有区别。"① 若要明确两者之间
的区别，必须要从"叙事眼光的转换"这一角度切入。在全知

---

① 申丹：《叙述学与小说文体学研究》，北京大学出版社1998年版，第
222页。

叙事中，"叙述者采用的是自己处于故事之外的、可随意变换的上帝般的叙事眼光。与此对照，在转换式和多重式内聚焦中，叙述者放弃自己的外部眼光，而转用故事内数位人物的眼光来叙事。转用人物的眼光是内聚焦的实质特征"①。因此申丹认为，不同的聚焦的区别实际上在于叙事眼光的转换：内聚焦相当于"叙事眼光 =（一个或几个）人物的眼光"；零聚焦相当于"叙事眼光 = 全知叙述者的眼光"；外聚焦相当于"叙事眼光 = 外部观察者的眼光"。申丹将视角分为四种类型：（1）零视角（即传统的全知叙述）；（2）内视角（包括热奈特提出的固定式内视角、转换式内视角、多重式内视角。但固定式内视角中不仅包括热奈特指出的第三人称固定性人物有限视角，而且也包括第一人称主人公叙述中的"我"正在经历事件时的眼光，和第一人称见证人叙述中观察位置处于故事中心的"我"正在经历事件时的眼光）；（3）第一人称外视角（包括第一人称回顾性叙述中叙述者"我"追忆事件的眼光，以及第一人称见证人叙述中观察位置处于故事边缘的"我"的眼光）；（4）第三人称外视角（同热奈特的"外聚焦"）。② 笔者认为，申丹对于视角的划分廓清了叙述声音和叙事眼光的区别，将不同视角的实质定位于叙事眼光的转换，这一认识是准确的。且这一划分区分了两种第一人称叙述方式及其各自所包含的两种眼光：第一人称主人公叙述中"我"正在经历事件的眼光和第一人称主人公叙述中"我"追忆事件的眼光，第一人

---

① 申丹：《叙述学与小说文体学研究》，北京大学出版社 1998 年版，第 222 页。

② 同上书，第 228 页。

称见证人叙述中观察位置处于故事中心的"我"正在经历事件时的眼光和第一人称见证人叙述中观察位置处于故事边缘的"我"的眼光,把第一人称主人公叙述中"我"正在经历事件的眼光和第一人称见证人叙述中观察位置处于故事中心的"我"正在经历事件时的眼光归于内视角,把另两者列为第一人称外视角,第一人称外视角是介于内视角和第三人称外视角之间的中间类型。申丹的这一区分纠正了叙述学界对于第一人称叙述视角的认识的片面性,弥补了热奈特分类的疏漏。本书对于视角的讨论即是基于申丹对视角的划分之上。

　　19世纪末以前的西方传统小说,除了第一人称小说之外,一般都采用全知视角。在全知叙述中,上帝般的叙述者享有以常规惯例为基础的绝对可信性和权威性,常常对人物、事件、道德、哲学等发表公开或隐蔽的评论,读者也往往将全知叙述者的视点作为衡量一切的标准,不断地向叙述者向作者靠拢,小说实际上起到了对读者进行引导和教化的作用。19世纪末的法国小说家福楼拜和美国小说家亨利·詹姆斯开创了(第三人称固定性)人物有限视角小说。第三人称人物视角小说可看作现代小说的开端。它的出现表明人们对作者与读者之关系、对叙述之"真实性"等问题的全新的认识。福楼拜明确提出"作家退出作品"的口号,反对作家在作品中进行公开的道德宣讲和流露自己对人物事件的价值评判,反对作家以上帝的姿态对文本世界和现实中的读者进行公开的掌控。虽然韦恩·布斯指出绝对的作家退出既无可能也无必要①,但"作家退出作

---

　　①　[美]布斯:《小说修辞学》,华明等译,北京大学出版社1987年版,第56页。

品"的口号还是反映出在一个"上帝死了"的年代，作者再也不能以上帝的身份君临文本世界，对"亲爱的读者"发出价值认同的号召。

因此人物视角的产生实际上是现代社会个人主义发展、个体经验与社会公共价值认同之合一性消失的结果，是社会文化意识形态作用于小说叙述形式的结果。"上帝""理性"之类西方人共同认同的宏大叙事在 19 世纪后期越来越暴露出其虚妄，代之而起的是对个体经验的有限性及相对性之尊重。尼采在 19 世纪中叶就强调："不一定有什么意义，有的只是与意义有关的看法角度。"① 反映在小说上，没有任何作者有可能像上帝一样"全知全能"，也没有任何叙述者有权力像上帝一样对读者的思想和意识进行全盘掌控。换句话说，全知全能的叙述既是一种逻辑上的伪叙述，又是一种在作者与读者之关系上令现代人憎恶的权威叙述。唯一真实的和平等的叙述，只能是基于人物之特定视角的观察和感受。

如果说从人物视角叙述形式的产生可以反窥当时的社会意识形态的话，那么，选择哪个人物作为视角人物，则可见出作者本人的意识形态立场。这是因为一切叙述行为的实质，都是解释"我与世界的关系"，而其解释正是通过视角人物来进行的。同时，视角的选择对于接受者也有很大的影响，视角人物往往是读者的同情心所在。小说的价值体系在很大程度上是借助视角来建构的，同一个故事，换一个叙述视角便可颠覆文本

---

① 转引自 Lothor H6nnighansen，"Point of view and its background in intellectual history"，in *Comparative review annuals*（vol. 2），Cambridge：Cambridge University Press，1980，p. 154.

塑造的人物形象和隐含的价值观。华莱士·马丁就认为："在绝大多数现代叙事作品中，正是叙事视点创造了兴趣、冲突、悬念，乃至情节本身。"① 也许应该补充的是，还有意识形态立场和价值体系。正是因为注意到了叙述视角的意识形态内涵，所以当年福楼拜的《包法利夫人》一发表，亨利·詹姆斯就对之表示了不满。因为《包法利夫人》基本上以爱玛作为视角人物，而爱玛是个社会下层的虚荣少妇，詹姆斯认为通过她的意识来表现世界，世界就会过于被扭曲。

　　因此视角的选择不单纯是个技巧问题，而且是个意识形态问题。英国当代马克思主义文论家雷蒙·威廉斯分析了韦恩·布斯敌视人物视角的原因，因为在布斯看来，"纯粹的人物视角引起了全面的相对主义，由于我们只能就叙述者之所及接受叙述，就造成全部价值判断标准的毁灭，其后果是文学效果的源头也被毁灭"。② 所谓的"全部价值判断标准"，指的是具有客观权威性的传统全知视角背后所体现的社会公共价值判断标准，布斯担心这标准会被代表相对主义价值观的个人视角破坏。

　　选择哪个人物做视角人物是个意识形态问题，相反，叙述者放弃文本一直在坚持的人物视角，而突然转入另一个人物的视角，也往往有其意识形态原因。《包法利夫人》绝大部分的篇幅用爱玛作为视角人物，但在爱玛与赖昂"马车幽会"的一段，叙述者突然放弃了爱玛的人物视角，而转入了外聚焦：叙

---

　　① ［美］华莱士·马丁：《当代叙事学》，任晓明译，北京大学出版社 1990 年版，第 159 页。

　　② Raymond Williams, "Marxism, Structuralism and Literary Analyse", *New Left Review* (Sep Oct 1981), p. 355.

述者就像一架远处的摄影机，只是记录下马车几次停下、几次重新启程，最后从马车上走下来一位夫人。除此之外，叙述者似乎对马车内发生的事情一无所知。这个突然的视角转换并非叙述技巧的必需，因为从技巧上说，在文本的前半部分，叙述者驾驭爱玛的视角、以此来表达对外部世界的观察和感受已经驾轻就熟。"马车幽会"的一段完全可以像爱玛参加侯爵家宴会的一段那样通过爱玛的视角来"展示"（showing）。事实上，这个视角转换是意识形态的必需。因为如果这一段也用爱玛的视角的话，就势必要把爱玛偷情的所有细节和感受都详细地展示出来，而这是当时的社会意识形态所不能允许的，福楼拜所生活的 19 世纪中产阶级意识形态不允许他太"色"。因此此处的视角转换不是个技巧问题，而是个意识形态问题。也许在写作的当时，这个视角转换对福楼拜而言是下意识的。有些东西福楼拜不能说，甚至想不到要说。而这正是批评家工作的领域。在马谢雷看来，作品说出了什么并不重要，说出的东西只是意识形态平滑完整的外壳，它不是批评的真正对象。批评所要挖掘的，是作品没有说出的东西，即那些由于意识形态的局限而不能言说或想不到说的东西，也就是"沉默"。"实际上，作品就是为这些沉默而生的。""意识形态由那些不能提及的事物构成：它存在是因为有些事物不能说出。正是在这个意义上，列宁才说'托尔斯泰的沉默意味深长'。"① 虽然沉默并没有告诉我们任何东西，但它通知了我们作品的言说出现的精确环境并赋予其真正的含义，因此马谢雷说："沉默是表达之

---

① Pierre Macherey, *A Theory of Literary Production*. London: Routledge, 1978, pp. 67 – 68.

源。"在马谢雷看来,意识形态作为对现实的统一的阐释体系,它必然是以忽略和掩盖现实的复杂矛盾为基础的。因此它只是对现实矛盾的一种想象性的、虚假的解决。一旦面对真正的现实时,意识形态就立即显现出自己的裂缝。作家写作的目的是给予文本一个光滑的外表和貌似完整的结构,创造一个文化神话,掩盖意识形态的裂隙。而批评与写作的目的相反。批评家所提出的问题正是作者无意中所透露的甚至根本没有透露的问题。它的目的是暴露文本的内在矛盾,分解文化神话。对任何叙述来说,叙述视角是个表意方式,对文本进行批评性阅读,可由叙述者的选择视角和放弃视角而反窥意识形态的裂缝——马谢雷形象地称之为"症状阅读",病症在叙述形式中,病因在意识形态中。

总之,我们可由不同时期流行的叙述视角来探视不同社会的意识形态。19世纪以前的传统小说往往采用全知视角,因为在传统时代,"逻各斯中心主义"统治下的人们相信权威、相信共同的诠释规范。19世纪末和20世纪的现代主义小说(尤其是意识流小说)往往采用第三人称人物有限视角,因为现代时期个人主义意识发展、个体经验之相对性和有限性受到尊重。而在后现代,元小说通常采用两种视角:一是全知视角;二是多角度叙述(如 D. M. Thomas 的 *The White Hotel*,福克纳的《押沙龙,押沙龙!》)。我们同样可以由这两种叙述视角来探视后现代的意识形态。

大多数元小说喜欢采用全知视角。这类元小说的叙述者常常以"我"的身份出现在文本中。但这个"我"跟传统第一人称叙述的"我"不同。对传统第一人称主人公叙述中正在经历事件的经验自我视角(如《简·爱》中正在经历事件的小简·爱）和第一人称见证人叙述中观察位置处于故事中心的"我"的经验视角（如康拉德的《黑暗的中心》中的马洛）而言，叙述者一般只采用视角人物"我"的眼光来叙事，只转述"我"从外部接收的信息和产生的心理活动，而对其他人物的情况则只能通过"我"的观察和感受去猜度、去臆测。第一人称主人公叙述中回顾往事的叙述自我视角（如《简·爱》中回顾往事的大简·爱）和第一人称见证人叙述中观察位置处于故事边缘的"我"的视角（如康拉德的《吉姆老爷》中的马洛）可以使得叙述者知道一些自己过去不知道的真相，但尽管这样，他们的"第一人称"视野还是将他们限定在自己所见所闻的范围之内，并不像全知叙述者一样具备观察自己不在场的事件的特权。而元小说中的"我"则处于故事之外、之上，"我"可以像上帝一样知道所有人物的内心、知道同一时间不同地点发生的所有故事，"我"可以从所有的角度来进行叙事，甚至分析自己的叙事。不难看出，这个"我"相当于传统的全知叙述者。西方小说主导性的叙述视角似乎从传统小说的全知视角出发，经历了现代主义小说的第三人称人物有限视角，又回到了全知视角上。但后现代元小说的全知视角跟传统小说的全知视角却有巨大的甚至根本的区别，这表现在"知"的外延上。传统小说全知叙述者知道自己的叙事世界中的任何时间地点发生的任何故事、知道任何人物的内心世界、知道故事人物的过去、现在与将来，但对于"叙事本身"，它的构思、它的结构、它的写作目的、它的人为操作性等，却是佯装不知、甚至极力隐瞒的。而元小说的全知叙述者，不仅知道叙事世界中的任何人物、任何事件，而且知道自己的"叙事本身"。换句话说，叙述者不仅知道故事世界里的一切，而且知道这个故事本身是如何被虚构出来的，并且在文本中把这一切的"知道"
完完全全地展现出来。这是真正的"全知"。这种全知突破了
传统叙事的叙事规约，让人注意到传统"全知"视角的过去不
为人所注意的规约性限制。

　　巴思《迷失在开心馆中》有这么一段："实际上，一个人
如果想写'开心馆'或者'迷失在开心馆中'这样一篇故事的
话，那么，驱车到大洋城的细节与主题并没有多大关系。这样
一篇故事的开头应该是交代安伯勒斯那天下午早早瞥见开心馆
那伙儿与那天晚上他和马格达、彼特进入开心馆之间发生的事
件。故事的中间部分应该叙述安伯勒斯走进开心馆与我发现自
己迷失在里面之间的事件。一篇故事的中间部分起着双重的，
但经常是相互矛盾的作用：一方面，它推延故事高潮的到来；
另一方面，它要让读者做好准备，迎接高潮的到来，并把他带
向高潮。而结尾部分应该交代安伯勒斯在迷失的过程中做了些
什么，他如何找到出口，以及旁人怎样看待他的经历。我的故
事写到这里还很少出现真实的对话，很少描写感觉上的细节，
而且根本没有任何主题可言。……我们永远走不出开心馆。"[①]

　　斯特恩《项迪传》中的一段："两段台阶还没有走完倒已
经花了我两个章节，这怎么不叫我深感羞愧呢？现在才到了第
一段台阶的平台上，往下还得走十五级阶梯才能到底。就我所
知，我的父亲和托比叔叔正谈得热乎呢。也许还有多少级阶梯
就得有多少章节。"[②]

---

　　① ［美］约翰·巴思：《迷失在开心馆中》，见罗钢编《后现代主义文学作品
选》，高等教育出版社 2002 年版，第 228 页。
　　② Laurence Sterne, *The Life and Opinions of Tristram Shandy, Gentleman*, New
York：W. W. Norton, 1979, p. 57.

在以上所列举的元小说中，叙述者"我"不仅知道故事情节和人物行动，而且知道本故事的结构安排和叙事进程，对这一切进行着高度清醒的自我观照和反思。

元小说的这种全知叙述视角凸显了叙述者的存在及其对文本世界的高度的介入。诚然，在文本中，绝对的叙述者隐身是不可能的，因为文本中的一切都是叙述者行为的结果。但还是存在一个叙述者隐身程度的问题。在传统的全知叙述中，叙述者基本不考虑"隐身"这个问题，他对文本持明显的介入姿态。他经常打断情节的进程评论人物的好坏、发表自己对道德对社会的观点；他随意进入人物的内心，向读者剖析人物的思想情感。这种叙事视角的效果之一，就是叙述者不仅掌控人物的命运和事件的走向，而且掌控读者的价值判断和情感倾向。现代主义小说兴起后，反感传统全知叙事中叙事者的权威面目，将叙述严格局限在了人物有限视角之内。叙事者不再君临世界，而是躲在了人物之后，通过人物的眼光来观察、通过人物的意识来表现。这样一来，叙述者似乎隐身了，至少是通过一系列艺术假定性手段达到了这一文本效果。而到了后现代元小说，叙述者又开始公开地介入文本。但后现代的叙述者介入和传统小说的叙述者介入不同。如果说传统小说的叙述者介入是一种指导性、评论性、解释性的介入，由于世世代代读者阅读习惯的认可而并不破坏叙述世界的真实性的话，那么元小说中的叙述者介入则是一种破坏性的介入（反程式化的介入）。叙述者的介入明白宣告了文本的人为操作性，破坏了叙述世界原本自足的真实。在元小说看来，传统小说的叙述者介入式的叙述世界是不真实的世界，因为处处透露出叙述者的主观性。现代主义小说的叙述者隐身式的叙述世界同样是不真实的世界,因为透露出了叙述者更巧妙、更隐蔽的主观性。小说的世界里唯一真实的东西,就是"这是小说,是虚构物"。

这种叙述者破坏性介入的全知视角与其说是全知视角,不如说是对传统全知视角的反讽和戏拟。这种叙事视角的产生是后现代社会意识形态作用于叙述形式的结果。在传统时代,牛顿经典力学统治下的人们相信世界本身的客观存在,"上帝"或"理性"的逻各斯使得人们信仰共同终极价值、有着共同的诠释规范,此时的叙事采用了力图真实客观地再现现实的、对读者起到权威指导性作用的传统全知视角。在现代主义时代,个体经验之相对性得到尊重,人们追问的不是"客观世界",而是"人的意识",不是"客观真实",而是"主观真实"。此时的叙事采用了人物有限视角。意识流小说通过这种视角将对人物意识、潜意识的挖掘深入到极致,力图真实地表现人的主观世界。而在后现代,人们不相信任何的"真实",在后现代作家看来,"本质""真实"这些词都是几千年的逻各斯中心主义臆造的幻象。语言学转向使得人们认识到"现实""历史"都是建立在语言的基础上的,都不可避免地带有一切语言构成物所共有的虚构性。与此同时,小说也只是试图再现虚构的现实的另一种虚构。此时全知叙述者采用了破坏性介入的方式,来戏拟传统全知叙述"反映现实"的伪真实,来暴露文本的虚构本质。

在叙述者破坏性介入的全知视角中,"文学摹仿现实"变成了"虚构的文学表现虚构的现实"。但这里悖论的是,如果现实本身就是虚构,那么表现虚构的文学又是在另一层次上摹仿了现实。于是元小说始于反对摹仿说而又最终不知不觉地重新肯定了摹仿说。两千多年前的亚里士多德提出的摹仿说,几经周折之后，似乎重又登上了真理的宝座。而且，如果小说的本质是虚构，那么叙述者破坏性介入来揭露这种虚构，那他就没有在虚构了，而是达到了另一层次的真实，也许这是小说家们唯一可以反映的真实。正如华莱士·马丁指出的："'虚构作品'是一种假装。但是，如果它的作者们坚持让人注意这种假装，他们就不在假装了。这样他们就将他们的话语上升到我们自己的（严肃的、真实的）话语层次上来。"① 叙述者破坏性介入的全知视角在此显露出了自身内含的辩证哲学意味。

元小说另一种常见的叙述视角是多角度叙述，准确地说是"第三人称人物有限视角多角度叙述"，即采用故事中几个不同人物的视点来叙述同一事件，也就是热奈特所谓的"多重式内聚焦"。多角度叙述并非元小说首创，日本电影《罗生门》最早采用了这种技巧。在现代主义小说中，这种叙述技巧已得到广泛运用，如福克纳的《喧哗与骚动》《我弥留之际》等，都采用了多角度叙述。区别在于，现代主义小说中，几个视角人物的叙述之间是"互补"的关系，而后现代元小说中，几个视角人物的叙述之间是"相互拆台"的关系。现代主义小说的"互补"关系体现在以下两方面：首先，几个人物从各自不同的视角对同一事件的叙述是为了通过几股意识来折射事件和人物的不同侧面，以此拼合成完整的情节和丰满立体的人物形象。如《喧哗与骚动》中，班吉、昆丁、杰生等几个视角人物各自从自己的视角来讲述了一遍凯蒂的故事。他们的意识流动都以凯蒂的命运为中心，不同视角人物对同一事件有不同反

---

① ［美］华莱士·马丁：《当代叙事学》，伍晓明译，北京大学出版社 2005年版，第 185 页。

映，好像几块透镜从不同角度对准同一个焦点，而焦点上的凯蒂，通过几股意识映衬对照、交融复合，形象逐渐清晰、丰满。且不同视角人物讲的实际上是凯蒂不同阶段的故事，班吉讲的是凯蒂童年时代的事，昆丁讲的是凯蒂的堕落和出嫁，杰生讲的是凯蒂的私生女小昆丁的事。这样几个视角人物的讲述拼合起来构成了完整的凯蒂故事的情节（虽然其是意识流小说，但其视角人物的意识流中依稀还是有可供辨认和拼合的事件片段）。其次，也是最重要的，几个人物的叙述虽然视角不同，但却共同体现着隐含作者的价值判断，共同指向了作品的终极意义。《喧哗与骚动》中几个视角人物虽从不同的视角叙述凯蒂的故事并在叙述中反映出叙述者们各自不同的性格和形象，他们"都是在讲自己的传记"①，但这些表面混乱的叙述片段却共同体现着隐含作者（由于《喧哗与骚动》中隐含作者与现实作者的距离较小，所以不妨看作福克纳本人）的价值判断：这是"一个美丽而悲惨的姑娘的故事"，这个姑娘是"无可挽回地失落了的美好事物"；并共同指向了文本的终极意义：为南方传统和贵族精神的没落谱写了一曲挽歌。

如果说在现代主义小说中，几个视角人物的叙述之间是互补的关系的话，那么在后现代元小说中，几个视角人物的叙述之间则变成了相互拆台的关系，它们相互矛盾、相互抵消，破坏了文本的终极意义，并艺术地展示了"小说"的虚构过程。

福克纳的小说《押沙龙，押沙龙！》发表于 1936 年，现在越来越多的批评家认为它是福克纳最优秀的作品之一。在现代

---

① Frederick L. Gwynn and Joseph Blotner, eds. *Faulkner in the University*, Charlattesville：The University of Virginia Press, 1959, p. 275.

主义的整体氛围中，福克纳却走在了文学发展的前头，在《押》中表现出了后现代元小说的基本特质。

《押》中运用了典型的元小说式的多角度叙述。叙事围绕着斯特潘家族的传说展开。1833 年杰弗生镇来了一个叫斯特潘的陌生人，娶了当地姑娘艾伦，奋斗成了首富，经过了战争、女儿朱迪丝的未婚夫邦恩的死、儿子亨利的失踪等一系列的变故，家族开始走向衰败。然而小说的重心并不是过去，而是现在，即并不是斯特潘家族的历史，而是多年以后洛莎小姐、康普生先生、昆丁、史立夫等四位叙述者对斯特潘家族历史的叙述和再创作。这几位叙述者从各自不同的视角来讲述了这个家族的故事，而他们的叙述相互冲突，相互拆台，并自暴虚构。文本中没有一个压倒一切的权威声音，四个视角的叙述并不能归于隐含作者统一的价值体系，文本并没有一个确定的终极意义。

斯特潘家族的传说就像被遗忘了的箱子中找出来的字迹模糊的断简残篇，它由于已经失去了太多的关键环节而给解读者留下了巨大的想象和再创造的空间，任凭几个叙述者根据自己的感情态度和价值取向来把这些片段联结、缝合，甚至任意发挥想象"虚构"出"事实"来填补失去的环节以完善自己的故事。叙述者们彼此之间唱对台戏，他们都竭力维护自己的叙述权威，同时又抨击别人的解读，损害别人的权威，"这样他们就处于一种对话式冲突之中，使小说具有一种巴赫金所说的复调性质"①。当然，复调小说并不等于元小说。但元小说的

---

① 肖明翰：《〈押沙龙，押沙龙！〉的多元与小说的"写作"》，《外国文学评论》1997 年第 1 期。

多重叙事视角及其彼此之间的相互拆台使得它具有了一种与复调小说类似的重要特征——不确定性。

老处女洛莎是第一个叙述者，也是这些人中唯一见过斯特潘的人。她在一种哥特式的气氛中、在"一个百叶窗已关闭了43个夏季的阴暗闷热密不透风的房间"里开始了她的讲述。她在叙述中运用了大量哥特式小说的手法将斯特潘塑造成了一个具有超人意志的、不可理喻、令人生畏的恶魔形象。

而这些所谓的"事实"却与第二个叙述者康普生先生的叙述完全相反。如果说洛莎在竭力把斯特潘魔鬼化，那么康普生先生则竭力把斯特潘以及他所代表的旧南方浪漫化，他俩的叙述互相拆台。康普生先生开始他的故事叙述之前，首先把矛头对准了洛莎，他指出了洛莎及镇上人们的世俗性，暗示洛莎对斯特潘的看法是世俗的偏见，并进一步指出洛莎对斯特潘的魔鬼化是源自从小她姑姑就对她灌输的对所有男人的仇恨，这就损害了洛莎作为叙述人的权威。在康普生的叙述中，斯特潘远非洛莎叙述中的恶魔，而是一个一出场就带着鲜花去向艾伦求婚，以其沉着、冷静、自信打败了跟在身后的一大群畏缩、怯懦的杰弗生镇本地人的英雄式的人物。康普生认为是朱迪丝、邦恩、亨利之间既带乱伦又带同性恋性质的关系毁掉了斯特潘家族。他"想象"出这个三角关系并指出其罪魁祸首是邦恩，这等于是在为斯特潘否决朱迪丝和邦恩的亲事以及所导致的后来的一系列不幸事件开脱。

几个月后，昆丁和他哈佛大学的同学史立夫在学生宿舍里再一次解读斯特潘家族的传说。昆丁是旧南方的传人，对南方创业者身上的开拓精神充满了钦佩，但又比其父亲康普生先生更加清醒地看到了旧南方种族主义的残忍和罪恶。他在感情上对旧南方太过强烈的爱恨情结使得他思想分裂，时而满怀深情，时而冷嘲热讽，难以成为清醒、公正的叙述人。相反，史立夫来自加拿大，对美国南方几乎一无所知，与之保持着清醒的观照距离。而且他想象力丰富，能根据昆丁对南方的认识和提供的片段信息而虚构出大量情节，重构斯特潘家族的传说。正如康普生先生将矛头对准洛莎一样，史立夫又将矛头对准康普生先生。他一反康普生先生将邦恩塑造成重婚者、教唆犯的做法，而将其塑造成竭力想要得到父亲认可的充满爱和人性的悲剧性人物。他们"猜测"邦恩正是被斯特潘抛弃了的前妻所生的儿子。斯特潘心中的蓝图是建立一个纯白人血统的庄园"王朝"，他们猜测，斯特潘之所以抛弃前妻和儿子、认为其"有点不符合"这个蓝图，是因为儿子出生时，他才发现他从母亲那儿继承了黑人血统。这样，斯特潘为何否决邦恩和朱迪丝的婚姻、亨利为何枪杀邦恩，这些斯特潘家族传说中关键的谜局都得到最符合南方社会习俗的解释，因为白人种族主义者即使能容忍兄妹乱伦也绝不能容忍"一个黑鬼""夺走白人的女儿"。他们虚构了大量的情节，包括邦恩如何渴望得到父亲的承认、亨利把邦恩枪杀在家门口的情景等。这样邦恩的悲剧就具有强烈的反种族主义的色彩，并反衬了斯特潘的冷酷残忍。

这样，同一个斯特潘在不同的叙述者口中就被塑造成了不同的形象。洛莎把他说成是恶魔，康普生先生把他塑造成代表了旧南方创业时代不屈不挠的开拓精神的浪漫英雄。昆丁和史立夫则一方面肯定他身上的创业精神，另一反面也看到他所代表的南方种族主义的罪恶。而且，不仅是斯特潘、邦恩等人物形象，就连斯特潘家族的历史本身在不同视角的叙述者那里都变成了三个不同的故事,每个故事都各有自己的主题和意义。值得注意的是,小说并没有试图解决几个视角之间的矛盾和冲突,而是一并容纳。这就跟《喧哗与骚动》的多角度叙述形成了对比。《喧哗与骚动》中班吉、昆丁、杰生等几个不同的视角人物也塑造出了不同的凯蒂的形象。但他们对凯蒂的叙述本身也是对自己灵魂的暴露,读者可以清楚地洞悉到杰生的自私恶毒和昆丁对妹妹非同寻常的爱。如果说他们对凯蒂的叙述都出于自己的特定视角而出现了不同方向的偏差的话,那么他们对各自病态人格的暴露,则提供了另一个认识框架,起到了对凯蒂形象的矫正作用。而班吉是个白痴,未受文明的玷污,保持着对世界的直观、本能的感受,因而他起到了一个"可靠的叙述者"的作用。而第四章的全知叙述者迪尔西是一个正直公正的旁观者和见证人。借助班吉的"纯真"视角和迪尔西的全知视角,文本给读者提供了认识凯蒂、杰生、昆丁等人物形象的可靠的框架。因此,《喧哗与骚动》尽管采用了多角度叙述,但不同视角却共同指向了确定的人物形象和稳定的文本意义。而在《押》中,读者却很难概括出一个统一的中心意义,因为四个视角人物对斯特潘家族传说的叙述中,没有一种解读具有无可置疑的权威,也没有一种解读一无是处。尽管洛莎的"魔鬼说"明显其叙述语言夸张、偏激、充满情绪,但斯特潘的冷酷无情使人感到她的故事也并非空穴来风。虽然康普生先生本人都感到自己的解读中的一些环节"难以置信"(比如斯特潘因邦恩的混血儿情妇而否决其与朱迪丝的婚姻,而他又不得不承认,事实上在旧南方,奴隶主有个混血儿情妇根本算不得一回事),但他在南方早期创业者身上看到的令人钦佩的坚毅、进取精神不能说没有历史的真实性。"反过来看,或许昆丁和史立夫反种族主义的解读最符合作者的创作意图，也最符合南方的历史真实，但他们叙述的部分虚构最多，同事实相去最远，就连他们解读这个传说的基础——邦恩的身世和黑人血统——也是昆丁猜测的，缺乏确凿证据。"① 这些不同视角的叙述不但不能彼此互补、帮助形成情节的完整性，反而因为叙述者的叙述内容互相矛盾又各有道理，而使读者最终也无法得到一个真实、完整的故事原貌。

如果说《喧哗与骚动》意在展现真实的人物意识流动，并透过表面的意识混乱和叙述混乱而吸引读者重构叙述秩序、重构一个"真实的故事"的话，那么《押》中叙述者们相互矛盾、相互拆台，而文本缺乏一个压倒一切的声音对矛盾进行解决和解释，则构成了对"真实性"的颠覆。读者最终发现无法把斯特潘家族的故事当作"历史"，因为"历史"只能有一个确定的样态，而只能把它当作"小说"，洛莎、昆丁等人对斯特潘家族故事的叙述无异于不同版本的小说创作。文本明白告诉我们，昆丁等叙述者的叙述中有大量的猜测和虚构。于是《押》向我们展现了不同的叙述者是如何在一定事实的基础上，发挥想象、杜撰情节、塑造人物形象、凸显主题意义，创造出不同的小说作品。于是文本的真正叙述内容不是斯特潘家族的历史，而是昆丁等人对斯特潘家族历史的创作和虚构。跟纳博科夫的《洛丽塔》一样，《押》不是用理性的批评性话语暴露自身的虚构本质，而是用艺术的方式向读者展示了小说的虚构过程本身。于是文本成了"关于

---

① 肖明翰：《〈押沙龙，押沙龙！〉的多元与小说的"写作"》，《外国文学评论》1997 年第 1 期。

小说的小说"，即元小说。

《押》中我们看到了典型的元小说式的多角度叙述。多个人物视角的选择和运用相互矛盾、相互拆台，破坏文本终极意义的可能性，暴露文本的虚构本质。这种叙述形式是后现代的产物。传统小说多采用单一叙述视角，或全知式或第一人称式，几乎不采用多角度叙述，文本展示的世界是一个确定的、甚至是带着权威的眼光来确定的世界。现代主义小说虽然采用多角度叙述，展示了世界的多样性和某种程度的不确定性，但其多角度叙述的深层往往有一个关于文本意义和终极价值的确定的所指。而元小说的多角度叙述却完全破坏了文本作为一个"真实的故事"其终极意义的可能，走向了"虚构世界"中世界本相和价值旨归的彻底的不确定。如前所述，叙述形式的产生是文化意识形态作用于叙事的结果。后现代人们对现实乃是虚构物的意识前面已经讨论过了，这儿再讨论一下后现代人们关于事物之不确定性的意识。在传统时代和现代主义时代，人们相信历史和现实的真实性和确定性。牛顿经典力学确立了宏观物理世界的法则，这是一个稳定、有序的世界。由于这个世界是人们唯一可以感知的世界，所以人们对于世界的稳定性、确定性深信不疑。哲学上，西方自亚里士多德以来的本体论哲学都是基于对世界的确定性信念之上。无论是赫拉克利特认为世界的本原是"火"，还是毕达哥拉斯坚持世界的本原是"数"，还是柏拉图认为世界的本原是"理念"，这些哲学家总有一点是一致的，即认为世界的本原和本质总是一种确定的、终极永恒的东西。正是确定性神话的破灭使人类文化从现代过渡到后现代。哈桑把"不确定性"（indeterminacy）作为后现代主义的两个核心构成原则之一。①　他指出，正是不确定性揭示出后现代主义的精神品格，它永远处在一种动荡的怀疑和否定之中。哈桑在谈到这一点时特别提到了"新科学"的影响。在确定性主宰的西方传统形而上学背景下，量子力学的出现可谓是人类科学和思维领域内的双重革命，它在物理学和哲学领域内同时卷起了巨大的风暴。爱因斯坦相对论使人们第一次对古典物理学描述的、人们一直以来视其为理所当然的"自然世界"和这个世界的确定性产生了怀疑。再到后来，海森堡测不准定理更是从根本上否定确定性知识。在这些"新科学"面前，自柏拉图、亚里士多德以来对确定性世界的基本信念轰然坍塌，原子的崩溃和传统形而上学思维体系的崩溃在同一时刻发生了。而除此之外，影响后现代小说家的还有弗洛伊德、维特根斯坦、海德格尔、索绪尔、巴特、拉康、德里达。这些人的理论或否定稳定的主体或打破语言与现实之间一对一的固定关系，或将意义定在不断的延异之中，总之，都使得过去确定性的世界图景崩溃，世界呈现出了不确定的样貌。反映在文学创作上；如果说现代主义作品还有一个确定的中心意义，吁请读者理解，并且可以被理解，那么后现代主义的作家则蓄意让作品中的各种成分互相拆台、颠覆，让任何寻找确定的中心意义的企图都半途夭折。反映在叙述形式上，则是互相拆台的多角度叙述。

　　以上从传统小说、现代主义小说、后现代元小说各自惯于采用的叙述视角出发，分析了叙述视角所反映出的社会意识形

<hr>

① Ihab Hassan, *The Postmodern Turn*, Ohio: Ohio State University Press, 1989, p. 39.

态。然而视角与意识形态之关联的问题，还不是那么简单。

马克·柯里在《后现代叙事理论》中指出："对视角的分析是 20 世纪文学批评的伟大胜利之一。"① 批评界对视角分析的热衷部分源于经典叙述学对科学性的追求。人们可以运用文体学和语言学的术语（如直接引语、间接引语、自由直接引语、自由间接引语等）来精确地分析叙述中的声音结构和叙述者出入人物内心、表现人物话语和思想的各种方式。但叙述视角所具有的深层内涵远远超过了经典叙述学的形式分析，而向着后经典叙述学所关注的叙述形式与意识形态的关系迈进。这一迈进的过程经历了从布斯的修辞分析到阿尔都塞的意识形态揭露这两步。

韦恩·布斯在《小说修辞学》这部关于视角研究的重要著作中，从修辞的角度分析了叙述视角对作者意图的表现和对读者同情心的控制。他指出，小说视角的运用受作者支配，为其观点服务，而作者对读者的控制是通过叙述视角作用于读者的同情心来实现的。换句话说，对人物的同情不是一个道德层面的问题，而完全是由技术层面的小说视角的运用所造成的。布斯的探索"是一种新的系统性的叙事学的开端，似乎要向人们宣称，故事能以人们从前不懂的方式控制我们，以制造我们的道德人格"② 尽管新批评公然宣称文本分析考虑作者意图是一种"意图谬误"，但对视角的分析却不可避免地要走向对作者控制的揭示。因为视角人物往往是作者观察世界的窗口和解

---

① ［英］马克·柯里：《后现代叙事理论》，宁一中译，北京大学出版社 2003 年版，第 22 页。

② 同上。

释世界的立足点。选择哪个人物作为视角人物，往往可见出作者本人的意识形态立场。柯里打的比方很生动："小说作品是披着精心制造的外衣的论辩。……小说是作者的一种口技，而口技表演者自己的论争则在傀儡的假声音中藏了起来。"① 视角人物正是"傀儡的假声音"，作者本人的意识形态立场则是"口技表演者自己的论争"。

而视角的运用控制读者的同情则源于我们普遍的阅读经验：视角人物往往是读者的同情心所在。这个问题很简单，跟在现实生活中一样，我们对一个人的内心世界了解越多，就越是倾向于同情他。现实生活中，这种了解通过友谊、交往等来获得。而在小说中，这种了解通过叙述视角对人物内在思想感情的展露而获得。更清楚地说，从叙述技巧上讲，小说中同情的产生和控制是通过叙述者进入人物内心及与人物的叙事距离的远近调节来实现。

布斯通过对《爱玛》的分析而详细探讨了简·奥斯丁是怎样通过叙述视角的运用而为一个不讨人喜欢的人物制造了同情。小说虽然采用第三人称叙述，但基本上将爱玛作为聚焦人物，从而有效地拉近了读者同爱玛的距离，爱玛的内视点让读者清楚地透过其内心而看到许多可以对她的自私、刚愎自用等缺点起补救作用的美好品质。布斯认为这种补救比作者直接出面进行评价有说服力多了。且即使读者在爱玛的内心中找不到任何有价值的品质，内视点本身也会创造对爱玛的同情，这原因也许是由于人类心理的共性："持续的内视

---

① ［英］马克·柯里：《后现代叙事理论》，宁一中译，北京大学出版社 2003年版，第 23 页。

点导致读者希望与他共行的那个人物有好运,而不管他所暴露的品质如何。"①

在布斯看来,叙述视角和叙事声音是小说修辞的一部分,它们通过进入人物内心和调节叙述者与人物的叙事距离,而控制着读者看待事情的立场以及对人物的同情,且读者通常并不曾注意到控制着自己的立场和同情的那些修辞手段。阿尔都塞从这个观点再往前跨了一步——小说视角产生同情,进而产生认同、产生读者的主体立场和身份。于是问题便从修辞的题域转到了意识形态的题域。

与卢卡奇、法兰克福学派等不同,阿尔都塞的意识形态理论关注的并不是意识形态究竟是"虚假意识"还是中性意义上的"一切思想观念的总称"的问题。他认为研究意识形态不是要研究某种思想的真伪,而是要研究某些"意识形态国家机器"(宗教、伦理、政治、审美等)的物质性实践,以及特定的意识形态国家机器是如何将某个主体构筑到某个意识形态之中。阿尔都塞指出"意识形态是物质的存在",也即意识形态并不是"纯粹"的思想,意识形态永远存在于国家机器及它们的实践之中。阿尔都塞区分了"具体的人"和"具体的主体"。意识形态通过诱使个人与它认同而把"个人"招募为"主体"。意识形态以主体为其存在条件,"没有具体的主体也就没有意识形态可言"②。前面谈到,阿尔都塞发现主体存在于世时,其主观感受和实际状况的矛盾:一方面,人生活在这

---

① Wayne Booth, *The Rhetoric of Fiction*, Chicago: University of Chicago Press, 1961, p. 246.

② Louis Althusser, *Lenin and Philosophy and Other Essays*, New York and London: Mothly Review Press, 1971, p. 162.

个世界上并认识这个世界，这个过程无时无刻不受到各种思想观念的制约，人的主体是一个受到各种限制的、早已由一系列对世界的观念系统所决定了的"屈从体"。但另一方面，人的主体却内在地觉得自己是自由、自足的，觉得自己的信仰和行为是自己自由选择的结果。阿尔都塞认为主体的自由完足完全是一种"想象"，他提出："意识形态是个人同他的存在的现实环境的想象性关系的表现。"① 阿尔都塞在《意识形态与意识形态的国家机器》一文中几乎没有提到文学，但文学属于审美，因此也是"意识形态国家机器"的一种，它的主要功能之一就是将主体建构为一个具有自由幻觉的奴隶。而"小说视角"的研究正是指向了文学这种意识形态国家机器在形成特定社会的主体形态中所起的作用。

"假如布斯表明小说控制了读者的立场，而这个立场又决定了同情的问题的话，那么，阿尔都塞的马克思主义就只增加了这么一点，即小说通过控制读者的立场，使得读者不仅能够同情，而且与某种主体立场完全一致并因此而具有主体立场和社会角色。"② 这个主体性建构的过程由文本控制着，但读者却有一种幻觉，以为自己的主体立场的选择是自由自在地达到的。

在此我们发现了布斯与阿尔都塞在"读者与小说人物的关系"这一问题上的重大分歧。布斯不同意读者与小说人物融为一体的观点，他强调阅读中的审美距离，并认为"只有不成熟

---

① Louis Althusser, *Lenin and Philosophy and Other Essays*, New York and London: Mothly Review Press, 1971, p. 152.

② ［英］马克·柯里：《后现代叙事理论》，宁一中译，北京大学出版社 2003 年版，第 33 页。

的读者才会真正与人物打成一片，完全失去距离感"①。在他的论述中，读者与小说人物的关系是"同情"。而在阿尔都塞来看，读者与小说人物的关系不仅是"同情"，而且是"认同"。这里的区别在于：同情只是向人物表达友善的感情，而读者自身的身份并没有改变。而认同则意味着自我主体性的建构，读者在小说中看到了自己，将自己投射到小说中。换句话说，同情意味着"读者"和"小说人物"这两个对象的分离，而认同则意味着这两个对象的合一，并且读者通过与小说人物合一而建构自己的身份。在阿尔都塞看来，文学建构主体性的能力表现为由同情而产生认同效果。小说视角通过控制读者的同情心，而对读者主体性的形成起到了显而易见的协同作用。视角的意识形态内涵正在于此。

柯里由视角分析而总结了"叙事的意识形态功能的特点——即它重复并确认了已构成我们的主体性的认同的可能性。这比宣称叙事反映了生活要更有力。这等于在说叙事是制造身份和意识形态主体的方法之一，也等于在说身份的制造并非一种单一的原创性的事情而是一个重复的过程"②。在这个过程中，小说的人物定位和主体在小说之外的社会关系中的立场，在一种互相确认的关系中融合到一起了。

如果视角的运用对主体性建构有内在关联的话，接下来我们来考察，元小说喜欢采用的两种叙述视角，对于传统的主体概念以及与其相连的传统时代占统治地位的社会意识形态所起

---

① Wayne Booth, *The Rhetoric of Fiction*, Chicago: the University of Chicago Press, 1961, p. 200.

② ［英］马克·柯里：《后现代叙事理论》，宁一中译，北京大学出版社 2003 年版，第 37 页。

到的挑战作用。

传统时代占统治地位的意识形态，加拿大文艺理论家琳达·哈琴将其称为"自由人文主义"。哈琴认为自由人文主义所定义的"主体"，包含着"个人是自由的、统一的、连贯清晰的（coherent）、调和一致（consistent）的信念"①，要言之，在理性主义和人文主义的语境中，主体是稳定的、统一的。传统小说单纯、稳定的叙述视角建构的正是这样的主体。传统小说采用全知视角或第一人称人物视角，叙述视角的后面往往体现着某种作者、隐含作者、叙述者、主人公四位一体的倾向（只要看看《简·爱》或者《红与黑》，就知道这种倾向有多么明显）。而"真实性"不仅是作者的承诺，也是传统读者与作者之间心照不宣的阅读契约。在此前提下，读者无条件地服从作者的意图，毫不犹豫地与主人公站在同一立场，在阅读中不断地向主人公、向叙述者、向隐含作者、向作者靠拢，最终实现传统叙事移情教化的功能，也实现文学建构主体身份的功能。而传统小说中不管是主人公还是隐含作者，都是一个有稳定的性格和人性"本质"可供去抽取的人物、一个体现一套稳定的价值观和世界观的统一的人格。如《红与黑》中的主人公于连以及文本的隐含作者，其对自由、平等启蒙理想的向往、对复辟时代黑暗政治的憎恨和反抗，都体现为一个稳定统一的人格。读者同情并认同人物，将自己投射到小说中，其建构的身份和主体性，也具有跟小说呈现的人物一样的本质：一个稳定、统一的主体。现代主义小说采用的第三人称人物有限视角

① Linda Hutcheon, *A poetics of Postmodernism: History, Theory, Fiction*, New York and London: Routledge, 1988, p. 189.

往往深入人物飘忽不定的潜意识，将稳定统一的人格表层之下的黑暗混乱非理性的领域深入细致地展现出来，体现了在弗洛伊德、拉康等人的影响下人们对自身本质、对主体构成的新认识。这种新认识在后现代元小说采用的叙述视角中更为鲜明激进地体现出来。这里有一个问题，无论是布斯的"同情"还是阿尔都塞的"认同"，都隐含着一个前提：即由于小说叙述的所指幻觉，读者将小说人物作为生活中的真实人物来看待。在传统小说和现代主义小说中，读者都是这样来看待小说人物的。但如果真实性不再存在呢？比如在后现代元小说中，会出现什么情况呢？

　　我们发现，元小说喜欢采用的两种叙述视角，叙述者破坏性介入的全知视角和叙述者相互拆台的多角度叙述，都将真实性破坏掉，从而也将传统的对"主体性"的认识问题化了。这些小说设置并颠覆了传统的关于主体性的概念：在采用叙述者破坏性介入的全知视角的元小说中，叙述者往往先是塑造了统一稳定的人物，使读者将身份投射到文本中，从而建构起一个统一稳定的主体。然后叙述者又越出传统叙述的边界、暴露人物的虚假性，从而使得主体性的投射没有了依托，连投射的行为本身都随着人物之真实性的解构而带上了被讽刺的味道。"在这些小说中，批评所认可的各种谈论主体性的方式（人物、叙述者、作者的文本声音）都不能提供任何稳定感。这些东西被使用、铭刻、牢固树立，但它们也被滥用、颠覆、暗中破坏。"① 而在第二种情况，采用多角度叙述的元小说中，相互

----

① Linda Hutcheon, *A poetics of Postmodernism*: *History*, *Theory*, *Fiction*, New York and London: Routledge, 1988, p. 189.

拆台的多角度叙述使得整个文本世界呈现出不确定性。在一个不确定的世界中，读者无法认同人物、建构自身身份，因为他从根本上搞不清人物的真假。如果由于强大的思维传统和阅读惯性，读者还是试图将自身的主体性投射到某一叙述视角所塑造的某一小说人物身上的话，他也会在其他叙述视角提供的不同的认识参照中（从阅读心理上讲，这种参照毕竟是不可忽视的）遗憾地发现这主体不再是过去那样稳固而坚实的，而是分裂、破碎、不稳定的。

后现代元小说离散化统一、稳定的主体，目的在于挑战过去人文主义、理性主义的文化意识形态。正如哈琴指出，"我们占统治地位的意识形态（对此，我也许有点简单化地冠以'自由人文主义'的标签）的原则，正是那些受到了后现代主义挑战的东西""像 Thomas 的 *The White Hotel* 或者 Rushdie 的《午夜孩童》这样的小说，它们通过既设置连贯一致的主体性、然后又颠覆它，来挑战人文主义关于统一的自我和整体化的意识的假想。"① 而正是元小说的叙述视角，使传统意义上的主体性建构在了流沙之上。不仅如此，随着将传统小说家营造"真实性"的各种伎俩全盘抖搂出来，元小说的叙述者迫使读者反思自己过去是怎样依据一个人为虚构的文本而投射自身的身份和建构自身的主体性的，这文本的背后又隐藏着作者怎样的视角选择和怎样的对读者实施的意识形态掌控，从而抨击了传统的"主体""本质""真实"等"神学概念"。元小说叙述视角也正是在此超出了叙述技巧和小说修辞的范畴，而指向

---

① Linda Hutcheon, *A poetics of Postmodernism*: *History*, *Theory*, *Fiction*, New York and London: Routledge, 1988, Preface, XII.

了后现代意识形态的运作。

第三节 情节结构

情节结构是人们对叙事的研究最早涉及的领域，早在亚里士多德的《诗学》中，情节就是亚氏讨论的一个重点。亚氏认为悲剧是对一个"严肃、完整、有一定长度的行动的摹仿"。而"情节乃悲剧的基础，有似悲剧的灵魂"[1]。亚氏将情节定义为"事件的安排"，这个定义本身就表明情节具有意识形态的属性：构成情节的不是事件本身，而是对事件的"安排"，"安排"中就体现出作者对世界的认识及其意识形态倾向。亚氏对这点作了鲜明的强调，尽管他并没有使用"意识形态"这个词。他指出，对事件进行安排是具有目的的，其目的就是要引起人们的"怜悯与恐惧"，而"如果一桩桩事件是意外的发生而彼此间又有因果关系，那就最能产生这样的效果"[2]。

事实上亚氏在此指出了两点：第一，情节的安排能表达作者对于世界的认识和态度（在古希腊，主要是指对于强大而邪恶的外部毁灭性力量，即"命运"的认知），并借以引起观众的怜悯与恐惧，因此情节具有意识形态的属性。第二，这种功能的达到主要是通过（冥冥中的）"因果关系"。

此外亚氏还强调情节的完整性，即有头、有身、有尾，有

---

① ［希腊］亚里士多德：《诗学》，罗念生译，载伍蠡甫、胡经之编《西方文艺理论名著选编》，北京大学出版社 2003 年版，第 56 页。

② 同上书，第 63 页。

开端、有发展、有高潮、有结局，并认为"结构完美的布局不能随便起讫，而必须遵照此处所说的方式"，而所谓"结构完美的布局"，指最能够达到情节之使人怜悯与恐惧功能者。①

时隔两千年，法国 20 世纪的哲学家保罗·利科从亚里士多德《诗学》中借用了"摹仿"和"情节"两个概念，统称为"情节构造活动"。跟亚氏一样，利科也指出情节构造活动表现意识形态的功能：情节构造活动具有逻辑性特征，是因果关系的产物，换句话说，它是对世界进行阐释的结果。利科用它来说明叙事的时间所具有的非编年性特征。"构思一个情节，这就是使偶然性中出现可理解性，使个别性中出现普遍性，使意外中出现必然性或确似性。"②

可以说，情节中的因果关联、情节的起承转合，情节在错综复杂的矛盾中走向高潮并最终获得解决，这并不是小说这一文类必备的规定性特征，而是根源于叙事艺术最基本的社会功能——它是人类进行表达和交流的一种方式。情节的设计根植于一定的世界观和价值观，一篇叙事作品中推动情节发展和解决的力量，正是这种世界观和价值观。而故事的结局就是价值判断，在结局中隐含作者把叙述世界作为现实世界的缩影，对人物和故事做出最终的道德裁决和宣判。因此情节结构是意识形态的具象化。如果叙述作品摆脱情节结构，它实际上就是在摆脱一定的意识形态。

传统小说的情节结构几乎完全符合亚氏的定义，结构完

① 〔希腊〕亚里士多德：《诗学》，罗念生译，载伍蠡甫、胡经之编《西方文艺理论名著选编》，北京大学出版社 2003 年版，第 58 页。
② Paul Ricoeur, *Temps et recit*, Tome 1, Paris: Seuil, 1983, p.85.

整、脉络清晰,有理有序,开端、发展、高潮、结局一目了然,一切都遵循线性和因果。这样的情节结构根源于当时占统治地位的社会意识。在传统时代,理性主义占据西方文化的主流,人们相信历史和现实世界的客观存在,相信世界稳定而有序并将永远存在下去,相信人类可以凭借理性认识和把握其中的规律并理解世界的意义。小说严整的情节结构和严密的因果逻辑正是为了揭示这些本质和规律。因此情节结构的整饬是世界观整饬的结果。

现代主义小说情节淡化,不再有起承转合的严整结构,因果联系也变得松散。这样的情节结构同样是当时的社会意识形态的结果。现代主义时期,世界的迅速变化、混乱失序迫使人们从现实逃避到心灵。当时第一次世界大战爆发,仁慈、博爱、宽恕的传统基督教信仰在基督教世界的兄弟们的自相屠杀中土崩瓦解。人们惊魂未定,又目睹了20世纪30年代的经济大萧条和法西斯的上台。这个时期西方社会政治、经济、文化、道德等各方面的状况都难以用"理性"来阐释,相反,倒是提供了一幅非理性主义的世界图景。叔本华唯意志论、柏格森"心理时间说"、弗洛伊德潜意识理论等流行于20世纪西方的各种非理性主义哲学和现代心理学把人们的认知重点从外部世界转到了人的"内宇宙",对"心理真实"而不是"外在真实"的认同,成了普遍的社会意识。

按照传统的小说观念,小说是"最现实主义"的艺术,它的本质属性就是反映现实生活。而这一时期的现代主义作家认识到,人人都共同承认的所谓"现实"是不存在的。亨利·詹姆斯在《小说的艺术》中提出的"心理现实主义"代表了人们对现实的新的认识。跟亚里士多德一样,詹姆斯承认小说的价值在于再现现实，但他马上就指出，现实是很难用一个固定的外在标准去衡量的，传统小说中"真实再现"的"客观现实"其实早已沾染了作者的主观色彩。他认为事实上，只有通过人的感悟才能达到本体意义上的"真实"。可见他所说的现实已根本上不同于传统作家所说的客观现实，而是指作家对经验世界的一种主观体验。与亨利·詹姆斯相似，德国批评家理查德·布林克曼在其《现实与幻觉》一书中考察了德国关于"现实主义"的讨论，然后排斥各种关于现实主义的观点而对"现实"得出了一个极端的结论：认为文学中的"现实主义"，或者说"现实"本身，只能在意识流技巧中，在"把精神戏剧化"的努力中找到。他将印象主义（精神状态的精确记录）与现实主义等同起来，并称之为真正的现实主义。这样一来传统的对现实的观点就被颠倒过来，被一种普鲁斯特式的完全个人化的、主观的东西所取代。因为在这种观点看来，"主观经验是唯一客观的经验"①。个人是唯一的现实。这样一来现实主义的哲学家就是柏格森而不是孔德或丹纳。

　　总之，在现代主义作家看来，"客观真实"难以认知更遑论反映，唯一真实的只能是人的主观感受。既然不存在固定的现实，那么意在反映"客观世界"之本质的充满戏剧性的结构严谨的情节设计只能是作家臆造的赝品，而平淡的世界中意识的自然流动才是真实的本相。现代主义小说中完整清晰、遵循线性因果的情节结构的退场正是这样一种社会意识形态的结果。马·布雷德伯里和詹·麦克法兰在他们主编的《现代主义》一

---

　　① ［美］雷内·韦勒克：《批评的概念》，张今言译，中国美术学院出版社1999年版，第228页。

书中为现代小说部分写了一个简短的导言，其中写道："现代主义小说展示了四个亟待解决的问题：小说形式的复杂性；内心意识的表现；被井井有条的生活现实表象所掩盖的虚无紊乱感；以及如何把叙述艺术从繁复情节的桎梏下解脱出来。在所有这些方面，人们都对线性的叙述、循序渐进的程式和建立稳定的现实表象等手法提出质疑。"① 伍尔夫的《到灯塔去》、乔伊斯的《尤利西斯》都反映了人们对于"客观现实"的坚定信念的最初丧失，它们传达了在小说中朦胧显现的一种感觉："在认识论的意义上，而不是在传统文学的意义上，任何打算表现现实的意图，能够产生的仅仅是一种筛选过的认识和虚构。"②

　　正如传统现实主义小说和现代主义小说的情节结构反映了各自时代的社会意识形态一样，后现代元小说的情节结构也反映了后现代的意识形态。现代主义作家虽然认为客观世界只有通过人的主观意识才能被认知，但他们并不否认世界和历史本身的客观存在。他们通过主观意识流动、通过"顿悟"，来企及现实和历史的真实。艾略特的《荒原》、伍尔夫的《到灯塔去》在混乱的意识表层下，却对历史的存在和它的深层秩序抱着强烈的怀旧感。乔伊斯青年时代是一名新托马斯主义者，后来世界观发生转变，以怀疑的目光看待经院哲学中稳定而有限的宇宙，"逐渐走向无序的、无中心的、无政府主义的世界观"③。

---

　　① ［英］马·布雷德伯里、詹·麦克法兰编：《现代主义》，胡家峦等译，上海外语教育出版社1992年版，第366页。

　　② Patricia Waugh, *Metafiction: the Theory and Practice of Self-Conscious Fiction*, London and New York: Routledge, 1993, p. 7.

　　③ Ellen Esrock, *Review of The Aesthetics of Chaos*omos, Cambridge: Harvard University Press, 1989, See the back of the book cover.

但尽管如此，其笔下却始终存在着一种对"秩序世界"的乡愁，它往往以象征的方式存在于作品的结构之中，比如《尤利西斯》之于《奥德塞》。伍尔夫《到灯塔去》的结尾，女主人公因看见小船归来，突然顿悟到万事万物中存在一种更高的秩序、一种永恒的存在。虽然世界的混乱迫使这些现代主义小说家逃避到心灵，但即使在这种逃避过程中，他们仍然力图超越这种混乱，而从不放弃对终极意义的追求。与此相反，后现代作家从根本上否认现实和历史的客观存在，认为这一切都不过是语言虚构的产物。否认了历史和现实的客观存在，也就否认了终极意义的可能，一切都在不确定性中带有荒诞的、闹剧的色彩。"现代主义与后现代主义的本质差别在于前者到头来还是相信恢复总体性——把秩序与和谐赋予片断性——和顿悟的一瞬。后现代主义则与此相反，不仅不相信这些东西能够恢复，甚至明显地对恢复秩序的信念本身都表示怀疑。""后现代派不仅不怀恋过去，而且对总体性是否应当存在的问题本身都表示怀疑。因为他们更为重视多样性和个人的自由，他们甚至对存在于总体性背后的某种极权主义的划一化的危险抱有戒心。"①

如果情节结构是一定意识形态世界观的表达，那么消泯了终极意义，便摆脱了起承转合的情节结构，甚至摆脱了情节本身。如果说在现代主义小说中，是情节淡化，那么在后现代元小说中，则是情节消解；情节淡化不等于没有情节，只是情节的起承转合不是那么精彩、因果联系不是那么紧密。但穿过叙

---

① ［韩］金圣坤：《关于后现代几个理论问题的思考》，《国外社会科学》1988 年第 2 期。

述碎片表面的杂乱无章，还是可以连缀出一个大致清晰的、有一定意义的情节线索。而后现代元小说的情节有两种情况，一是没有故事，情节消解；二是情节矛盾，自我消解。克莱尔·汉森说："后现代主义小说中的情节，常常要么少得可怜，要么多得疯狂。"① 如前所述，作者将对生活的本质和规律的理解体现于完整有序的情节结构中。小说的情节越少、越残缺，不确定性就越大，本质和规律就越无从依托。相反，情节越多，不确定性也越大，因为情节之间彼此矛盾消解，本质和规律更无从依托。前者如巴塞尔姆《印第安反叛》，整个小说全是战斗场面、电影评论、刑讯场景、语言问题等一大堆杂乱无章、互不相关的事物的碎片拼贴，几乎没有任何连贯的故事、任何起承转合的情节结构。这样的小说中，"什么也无法'聚合起来'，的确无情节、无主题、无人物。故事的唯一兴趣想必是在语言本身了"②。拒绝整合碎片，就是拒绝叙述所要求的终极目的。因为碎片化的情节结构不能服务于清晰地表达和交流，不能反映任何确定的意识形态，准确地说，它反映的唯一确定的意识形态就是不确定性本身。而在库弗《保姆》中，小说情节"多得疯狂"，哈里家里的各种事、哈里朋友家宴会的事、哈里家中电视机里警长的事等，通通充塞聚拢在一起。聚拢，而不是聚合，因为诸多的情节无法聚合成一个统一的中心。一个整一的情节可以反映特定的意识形态，拒绝一个整一

---

① Clare Hanson, *Short Story and Short Fiction*：*1880–1980*. London：Macmillan, 1985, p. 141.

② ［荷兰］奥塞·德汉：《美国小说和艺术中的后现代主义》，载［荷兰］杜威·佛克玛、汉斯·伯顿斯主编《走向后现代主义》，王宁等译，北京大学出版社1991年版，第255页。

的情节，就等于拒绝了任何确定的意识形态，同样，准确地说，它唯一确定的意识形态就是不确定性本身。

以上谈的是一部分极端的后现代元小说拒绝了情节本身。即便有的元小说还保留了一定的情节，其情节结构也不再遵守亚氏的起承转合模式。亚氏在谈到情节时，强调情节的完整性：有头、有身、有尾。他解释说："所谓'头'，指事之不必然上承他事，但自然引起他事发生者；所谓'尾'，恰与此相反，指事之按照必然律或常规自然的上承某事者，但无他事继其后；所谓'身'，指事之承前启后者。"① 很显然，亚氏在此指出了情节的两个重要特征：线性发展和因果逻辑。然而在后现代元小说中，情节的线性发展和因果逻辑全都消泯了。美国后现代小说的扛鼎人物约翰·巴思的名著《迷失在开心馆中》，其情节结构带有明显的实验性特征。《迷失在开心馆中》由 14 篇短篇小说组成，这些小说主人公各异，精子、小说、名叫安布罗斯的少年、希腊神话中的人物等都成了主角。这些小说主题芜杂，既有身份认同、性、少年成长等社会性主题，又有对文学本身的思考和追问。这使得这 14 篇短篇小说似乎各不相干。但巴思却坚持要读者把这部乱糟糟的东西当成严整的小说来读。他强调《迷失在开心馆中》"既不是一部小说集，也不是一个选本，而是一个系列……应该被视为一个整体"②。

要理解这个"小说整体"的情节结构的秘密，我们首先要

---

① ［希腊］亚里士多德：《诗学》，罗念生译，载伍蠡甫、胡经之主编《西方文艺理论名著选编》，北京大学出版社 2003 年版，第 58 页。

② John Barth, *Lost in the Funhouse*, New York: Doubleday & Company, Inc, 1968, p. IX.

考察这 14 篇小说的第一篇：《框架——故事》。这一篇小说看起来似乎不是什么小说。翻开第一页，几乎全是空白，只是在该页的右边缘有一溜虚线，虚线区域内竖着排列了一列文字："从前"。第二页的左边缘与"从前"相对的部位同样是一溜虚线，虚线区域内竖排了一列文字："有这么一个故事"。这是什么意思？读者似乎一头雾水。等等！按巴思的要求将虚线以内的文字剪下，把所得的纸条的一端扭转 180 度并与另一端粘在一起，你就会得到一个麦比乌斯带。"麦比乌斯带"是由 19 世纪德国数学家奥古斯特·麦比乌斯发明的，即将一个长方形带子的一端扭转 180°，再和另一端合起来，从而得到一个具有单侧性质的拓扑空间。这样，用这种带子扭结的这句话就形成了无始无终的叙事圈："从前有这么一个故事从前有这么一个故事从前有这么一个故事……"这为接下来的 13 篇小说提供了一个隐喻：它们形成了一个麦比乌斯带，这个带子的故事无所谓开始，因为它总是在开始，一种无穷无尽地不断回复到自身的开始。也即是说，整个作品呈现为一个无限循环的情节结构，这从根本上排除了传统的线性叙事模式。在这样的小说中，读者尽可以从任何地方开始阅读，传统小说情节的开端、发展、高潮、结局的线性进程和因果逻辑统统被颠覆了。当然，小说中隐隐含有一条大致的叙事线索，但小说的情节（如果还有情节可言）几乎没有任何连贯性，它的开头是否就是确定的开头，结尾是否就是必然的结尾，就不得而知了。

　　一个故事，没有了开始和结局，没有了线性发展和因果逻辑，也就没有了终极意义。或者说它唯一的终极意义就是："世界没有现成的秩序和终极意义，所谓的结构秩序和终极意义，是人为建构的结果。"

亚氏强调的整一性，即情节之有头、身、尾。准确地说，他的意思是一个情节有一个头、一个身、一个尾。亚氏本人没有做这样特别的强调，因为在他的时代，人们相信逻辑和因果，相信生活有本质和规律可循，一个事件理所当然只能有一个特定的起因、一个合逻辑的发展、一个必然的结局。而在后现代，一切都走向了偶然和不确定。小说中的情节可能像《迷失在开心馆中》那样无头无尾，也可能多头多尾。它"往往不是一个头，因为它可能在任何地方开头；往往不是一个身，因为它可以呈树形发展；往往不是一个尾，因为它有多种结尾。"① 奥布赖恩的《双鸟嬉水》有四个头三个尾，巴塞尔姆的《看见父亲在哭泣》干脆用"等等"来结尾。不管是无头无尾还是多头多尾，都完全打破了传统的意在反映客观世界之本质规律的起承转合、有机整一的情节结构，而指向了不确定性本身。事实上，后现代作家从根本上敌视"结构"的观念，在他们看来，结构是目的论的产物，它是基于某种特定的目的而设置，并为此目的服务的。人们先行假定有某种终极意义，并在文本中对之进行追求和表达，才产生了结构。古德曼（Goodman）概括传统小说："开头随意，中间可能，结尾必然"②，一语中的地指出了情节结构的人为性和意识形态本质。在这个关于世界的不确定性和泛虚构化的意识占统治地位的后现代，人们认为清晰、整一、起承转合的情节结构是人为编造的结果，并对这样的情节结构背后隐藏的专横的意识形态说教

---

① 胡全生：《英美后现代主义小说叙述结构研究》，复旦大学出版社 2002 年版，第 94 页。

② Seymour Chatman: *Story and Discourse: Narrative Structure in Fiction and Film*, New York: Cornell University Press, 1978, pp. 46 – 47.

抱着强烈的戒心，对事物之终极意义的存在抱着嘲讽的姿态。元小说可能没头没尾，可能数头数尾的情节结构正是这样的后现代意识形态的结果。当然，还有一部分元小说，如《洛丽塔》《法国中尉的女人》有着完全符合亚氏模式的起承转合、严整清晰的情节结构。只不过，作者在叙述情节的同时，又用侵入式叙述明确地自我揭露（如《法国中尉的女人》）或用艺术的手段表明（如《洛丽塔》），这样的情节结构完全是人为虚构而已。

第四节　叙述时间

与情节密切相连的一个问题就是叙述时间。任何叙述，要使一系列的"事件"成为一个"情节"，这些事件之间必然要有一个最起码的内在关联。时序关系、因果关系，是事件之间发生内在关联的两种最基本的方式。罗兰·巴特指出事件（他称为"活动"，action）之间存在六种关系：连续关系、因果关系、意愿关系、反映关系、持续关系、均等关系。① 这六种关系概括起来事实上只有两种，即时序与因果，第3—6种都只是因果关系的不同表现方式。

下文将论述，文本对叙述时间的不同处理，与不同的社会意识形态密切相连。

每个叙述都牵涉到两种时间，一是叙述所假定的潜在底本

---

① Roland Barthes, "The Sequences of Action", in *The Semiotic Challenge*, trans. Richard Howard. , New York: Hill and Wang, 1988, pp. 142 - 144.

时间，它是世界中发生的事的自然时间。一是叙述中的述本时间。底本时间在叙述中被拉长、缩短、打乱、编辑。任何叙述文本为了突出主题、吸引读者，都或多或少地会扭曲故事的"自然"时间。完全没有时间变形的叙述是不存在的、不可想象的。述本对底本所做的时间变形，赵毅衡认为可分为两种："再时序化"、"非时序化"。[①] 再时序化是指叙述为了突出主要的事件、弱化非主要的事件，而对底本时间进行整理，使之以更适宜叙述、更能凸显主题的方式出现。这是一种非破坏性的时间变形，底本时序的基本形态在述本下面潜藏着，它完全可以通过述本而被重建。如侦探小说先写尸体，再追踪凶手作案经过，底本时序中的前事后事在述本中被颠倒了。但其时序变形的目的，是通过打乱底本时间而使人们更深刻地感到底本的时间顺序和其中所包含的因果链。

非时序化是指对底本时间作根本性的、破坏性的变形，它大规模地切割重组底本时间，使底本时序根本无法根据述本复原。而文本打乱时间链的目的，是为了打乱因果链。因为小说中的时间链实际上是非明言的因果链。

按理说，时间就是时间，因果就是因果，不乏叙述学家认为，这是事件之间发生关联的两种不同的方式，且真正优秀的叙述作品，其事件之间的内在关联不能靠时间关系，而要靠因果关系。福斯特在《小说面面观》中举了一个著名的例子：

故事（story）是按其时序叙述一些事件，情节（plot）同样是叙述这些事件，但是重点落在因果关系上。"国王

①　赵毅衡：《窥者之辨》，时代文艺出版社1996年版，第15—24页。

死了, 后来王后也死了", 是个故事; "国王死了, 后来王后死于悲痛", 则是个情节。时序依然保留着, 但是其中因果关系更为强烈……如果是个故事, 我们问, "然后呢?"如果是个情节, 我们就问"为什么呢?"这是小说的这两个方面最基本的区别。①

福斯特认为, 真正的小说是靠因果关系构成的。他承认叙述也可以仅由时序关系构成, 但那是拙劣的作品。

然而在小说叙述中, 时序关系与因果关系果真是如此泾渭分明吗? 未必。托多洛夫也举过一个例子:

"他扔了一块石头, 窗子破了。"

"他扔了一块石头, 把窗子打破了。"②

表面看, 第一句, 体现时序关系; 第二句, 体现因果关系。但托多洛夫认为"因果关系在上面两个例句中都是存在的, 但只有第二个例句中因果关系才是明言的。人们常用这种办法来区分优秀作家和拙劣作家"③。应该说, 在叙述中, 纯粹的时间关系只存在于一些非艺术的叙述文类, 如年鉴、航海日志等。这些叙述中, 事件的排列只是根据发生时序的早晚, 而事件之间可能没有任何因果关系。而在文学叙述中, 由于其叙述的高度选择性, 其时序关系往往隐含着因果关系。高度选

① E M Forster, *Aspects of the Novel*, New York: HBJ Book, 1955, pp. 15 – 16.

② Tzveean Todorov, *Poefigue*, Paris: Seuil, 1968, p. 126.

③ Ibid. p. 126.

择性，指的是述本对底本自然事件的加工、裁剪和编辑。叙述文本形成之前，其原始素材是"故事"（story），它包括了很多杂乱的细节。而一旦形成了叙述文本，"故事"就变成了"讲述"（discourse）。"讲述"剔除了许多无关的细节，使前后相继的事件必然有某种逻辑关联，尽管它未必明言。所以巴特才说："叙述的主要动力正是后事与后果的混淆，阅读叙述时，居后的事件就是被前事所造成的事件。"① 因此时序关系暗含因果关系，是文学叙述的高度选择性的结果。同时，就阅读而言，把时序关系当成因果关系，也是世世代代的读者的惯性思维。托多洛夫对此作了说明："逻辑顺序在读者眼里比时间顺序强大得多。如果两者并存的话，读者只看到逻辑顺序。"② 既然时序关系与因果关系密切相连，那么叙述文本的非时序化就不仅仅是时间处理的技巧问题，而是隐含着将事件之间的关系非因果化的意图。而因果链完整，是价值观整一的体现。传统小说的时序整饬，代表着传统作者和读者相信事件间严密的因果关系，相信世界有序并且可以解释。现代小说时序混乱，代表现代作者和读者不再相信世界有序并按因果逻辑运行，一切都充满了偶然和不确定。

可见不同时间处理模式的深层，是不同社会的文化意识形态。再时序化往往出现于社会文化价值体系稳定的时期，而非时序化往往出现于社会文化价值体系崩解的时期。托尔斯泰《复活》中贵族社交圈的恶劣影响——聂赫留朵夫的堕落——

---

① Roland Barthes, "Introduction to Narrative Analysis", *Image-Music-Text*, trans. Stephen Heath, New York: Hill & Wang, 1977, p. 94.

② Tzveean Todorov, *Poefigue*, Paris: Seuil, 1968, p. 127.

玛丝洛娃的无辜受害——聂赫留朵夫的忏悔——聂赫留朵夫的复活，前因后果极为分明。小说述本时间的颠倒让读者更深刻地感到底本的时间顺序及其所包含的因果逻辑。尽管 19 世纪俄罗斯社会传统的文化价值体系受到西欧文化的激烈碰撞，但赫尔岑、托尔斯泰等一大批思想精英在历经迷惘之后仍然坚定地选择了回归俄罗斯传统文化。批判贵族专制制度、勿以暴力抗恶、道德自我完善的"托尔斯泰主义"成为托尔斯泰坚定不移的文化价值选择，并作为一个宗教哲学体系深刻影响了契科夫等后来的文学大家。《复活》时序整饬是"托尔斯泰主义"这一稳定的文化价值体系的结果。

而在 20 世纪，战争的恐怖、尼采"上帝死了"的口号、爱因斯坦相对论的发明、弗洛伊德对潜意识的发现，这一切都导致传统时代理性主义文化价值体系的崩溃。相应地，这一时期的现代主义小说出现了明显的非时序化。在意识流小说所展示的颠三倒四、时序混乱的意识世界中，人们很难整理出什么严密的因果关系和逻辑秩序，有的只是散乱存在于潜意识中的一连串碎片。

到了后现代，叙述文本中的时序破坏比现代主义小说还要严重。如果说比起述本时间与底本时间较为整齐地相应的传统小说来，想要依据现代主义小说的述本时间来重建底本时间，变得非常困难，但毕竟还有一点可能的话（比如在《喧哗与骚动》中，通过混乱的述本时间，大致可以重建凯蒂从童年到生下私生子离家出走的底本时序，尽管它远不像《复活》的底本时序一样明晰），那么在后现代元小说中，连这点微小的可能性也消失殆尽。巴塞尔姆《印第安反叛》整个文本的碎片拼贴拒绝了任何作为连贯"情节"来释义的可能，也彻底拒绝了底本时序重建的可能。而在《和家具杂物共度八月节》和《法国中尉的女人》这样的自反式元小说中，叙述时序不仅是"前后混乱"，而且是根本上的"逻辑混乱"，它不仅拒绝了底本时序重建的可能，而且从根本上抵消了底本事件的真实性。在这样的元小说中，对故事的写作本身作为故事而出现，这有点类似于套盒式结构。我们可以把"'写作故事'这个故事"称为第一故事层，而把写作成的那个娓娓动听、情节曲折的故事称为第二故事层。第二故事层是第一故事层的次级故事层。第二故事层往往是一个传统小说中的故事，而第一故事层则是对传统小说叙事的戏拟、对其虚构性的揭露。就叙述时间而言，在第二故事层内部，叙述对底本时序的变形较为轻微，其底本时序就像传统小说的底本时序一样，可以被清晰地重建。但当我们将第一故事层和第二故事层作为整体来考虑的时候，整个故事的底本时序就会发生逻辑混乱，从而从根本上拒绝重建的可能。举例来说，在《法国中尉的女人》中，第一故事层的底本时间是"现在"，即 20 世纪，因为这一层的叙述者（也是唯一的主人公）"我"是一个现代人，"我"懂得喷气式飞机、萨特的存在主义哲学等各种现代事物，"我"在写作一个维多利亚时代的爱情故事。而第二故事层的底本时间是 19 世纪，男女主人公查尔斯和萨拉是典型的维多利亚时代的人物。于是我们来考察，当第一故事层的"我"出现在查尔斯坐的火车上并和查尔斯四目相对（这是个典型的自揭虚构的元小说技巧）时，这时的底本时间（所谓"底本时间"，即述本中的故事在现实中发生的自然时间）是 19 世纪还是 20 世纪？如果是 19 世纪，那么根本不可能有"我"这个人。如果是 20 世纪，那么"我"可以写作查尔斯的故事，但绝不可能实实在在地出现在查尔斯乘坐的火车上。这种时序的逻辑混乱不同于意识流小说中时序的前后混乱，它打破的不仅是事件间的因果联系，而是从根本上打破事件的真实性。这种时间处理是服务于元小说自揭虚构的目的的。在《和家具杂物共度八月节》中，虚拟的即时性写作更是暴露了文本叙述时序的逻辑混乱。一开始叙述者就说："我就要动手写这篇小说了，但对人物和情节还一无所知，只知道题材是八月节。对这篇小说的其他方面，我脑子里一片空白，如同面前的这张纸。"如此，按照底本时间，在我们阅读的当时，作者正在进行写作，而还不存在一篇已成形的小说，因为"我脑子里一片空白，如同面前的这张纸"。而与此相反，我们又确确实实正在阅读这本"已经成形"的小说，所以底本中的"我"不可能是"就要动手写这篇小说了"，而应该是"已经写成了这篇小说"。这种逻辑混乱挫败了读者的惯性思维，即将述本中的事件作为真实事件而致力于重建底本时间的企图，它明明白白地将读者堵回到"虚构"。

　　站在今天的角度看，传统小说的再时序化是一种负载着明显的因果阐释意图的时间处理方式。问题是，历史现实并不服从一个固定的阐释体系。现代小说的非时序化叙述拒绝把历史现实规范化，从而更可能接近历史的真相。而后现代元小说时序上的逻辑混乱，表明后现代作家不是想打乱时序、接近历史真相，而且从根本上怀疑所谓"真实历史"和"真实现实"的存在。

　　以上论述了时序整饬与社会文化价值体系整饬的同一性关系。除此之外，说叙述时间的处理与社会意识形态密切相连，还因为述本对底本事件的时间段的选择，必定不是随意的。底本事件沉浸于延绵不尽的时间之流。要形成一个叙述文本，就需要从这延绵不尽的时间之流中进行裁剪和选择，以形成一个时间系列，并赋予此时间系列以完整封闭的形态——此时间系列的开始的局面导致了该时间系列终端的局面。这就涉及对世界的阐释、涉及因果化、涉及意识形态。英国小说家格林（Graham Greene）说："任何故事既没有开端，也没有结尾，人们武断地选择生活经历中的某一个时刻作为回顾过去和瞻望未来的起点。"① 因此一个叙述文本的时间链，从什么地方开始，从什么地方结束，表面看是纯粹的技术问题，实际上隐藏着意识形态倾向和价值判断。时间界限的改变将改变事件间的关系、改变阐释的主题。对一部历史而言，叙述者选择从什么地方开始，从什么地方结束，就决定了这是一部什么样的历史。

法国哲学家保罗·利科（Paul Ricoeur）在《时间与叙事》中从哲学解释学的层面探讨了叙事行为对时间的塑形（configuration），及其对人类的自我认识和身份塑造所具有的意义。② 利科认为，"无论叙事功能的结构同一性，还是一切叙事作品的真理要求，它们的最根本关键都是人类经验的*时间*特性"（斜体为利科所加）③。利科在此指出了两点：第一，时间是人文精神的深层所在。第二，叙事性与时间性有着密切关系。这种关系表现在，一方面，时间正是通过被叙述而成为人类时

---

① Graham Greene, *The End of the Affair*, London: Penguin Books, 1975, p. 7.

② 目前国内只出版了王文融译的《时间与叙事》卷二《虚构叙事中时间的塑形》，还没有《时间与叙事》的完整的中译本，其研究也只见于少量的论文。参见张逸婧《时间的叙事性——评保罗·利科的叙事理论》，硕士学位论文，复旦大学，2008年。

③ Paul Ricoeur, *Temps et recit*, Tome 1, Paris: Seuil, 1983, p. 17.

间；另一方面，叙事的意义正是在于对时间经验的描述。利科还进一步创造性地发挥了摹仿的概念，提出了叙事行为的"三重摹仿"理论及其时间性。"第一重摹仿是指日常生活中对'经验的叙事性质'的前理解。正如汉娜·阿伦特所言，我们对这种摹仿的理解是，生活，尤其是行动，需要被叙述。第二重摹仿指的是叙事的自我构造，它建立在话语内部的叙事编码的基础上。在这一层面上，第二重摹仿和情节构造活动相一致。最后，第三重摹仿指的是叙事对现实的重塑，相当于隐喻。"① 叙事中的三重摹仿与叙事对行动世界的三种构造功能相对应：第一重摹仿对应着对人类经验之叙事特征的日常前理解的"预塑"（Prefiguration），第二重摹仿对应着文本内部的情节构造活动对行动世界的"塑形"（configuration），第三重摹仿对应着读者通过阅读、通过文本的指称功能而对语言之外的世界的"重塑"（refiguration）。而每一种摹仿都是在特定的时间维度中进行的，都与时间性密切相关。利科提出时间具有三个"组织深度"："内在时间性""历史性""深度时间性"。就第一重摹仿而言，"对人类经验之叙事特征的日常前理解根源于日常实践安排我们的时间经验的方式"②。对此利科借用了海德格尔的"内在时间性"概念，此时时间在我们的意识中的再现是一种"普通的时间再现……即事件于中发生的时间"③，这是世界本身就存在的时间。第二重摹仿即情节构造活动，这里面有两种不同的时间性，一种是编年的时间性；一

---

① Paul Ricoeur, "Mimesis, reference et refiguration dans *Temps et Recit*", in *Etudes phenomenologiques*, Louvain：Louvain univertity press, 1990, p. 32.

② Ibid. p. 119.

③ Paul Ricoeur, "Narrative Time", *Critical Inquiry*, 1980（7）.

种是非编年的时间性。叙事中的偶然事件体现着编年的时间性，它"标志着历史是由事件组成的"这一特征①。非编年的时间性则是真正意义上的塑形，在此情节构造活动将编年史中"在时间内"存在的事件构成一个连续体。它把一个过程的结局与其起源联结起来，以便赋予中间发生的所有事件以一种只能通过"回顾"才能获得的意义。这种联结的能力是人类所特有的，海德格尔称之为"重复"。这种重复是事件于"历史性"中存在的样态，与事件于"内在时间性"中的存在样态相反。这种由叙述、由情节构造活动而造成的非编年的时间性，从某种意义上说，是我们活在这个世界上的方式：我们需要从事件中找出意义来。第三重摹仿与时间的关系即在于其重塑我们的时间经验的能力，它是"我们对混乱、不规则、甚至无声的时间经验进行重塑的有利手段"②。利科在《生动的隐喻》（La metaphore vive）中，指出诗歌话语具有重新描述现实的能力，这一能力被称为指称（reference）。利科将文本的这种指向语言之外的世界的能力叫作文本的指称功能。任何叙事必然具有指称功能，这是因为叙事服务于人类交流的目的。所以人类的叙事总是对世界有所指称，并召唤读者的参与，这体现在读者通过阅读文本而在时间维度中重新塑造世界。这个过程中的时间体现"深度时间性"，时间在人类意识中的再现是一种试图"掌握未来、过去和现在之多元统一"③ 的再现。

可见时间性与叙事性有着密切的关系。而研究时间性和叙

---

① Paul Ricoeur, "Narrative Time", *Critical Inquiry*, 1980 (7), p. 129.

② Paul Ricoeur, *Temps et recit*, Tome 1, Paris: Seuil, 1983, p. 12.

③ Paul Ricoeur, "Narrative Time", *Critical Inquiry*, 1980 (7).

事性的问题说到底是以人的自我理解为最终目标。自我理解问题是利科哲学解释学的中心问题。利科将这种人的自我理解、对自身身份的认同叫作"叙事同一性"。在自我认识的问题上，利科反对笛卡尔的立场。在笛卡尔的"我思"中，自我反思、自我理解的主体能够从自身出发直接达到对自我的认识。利科否定这种透明的我思，而认为自我理解必须经过语言的中介。他强调"叙事的重塑活动具有一个超出叙事之外的重要意义，它表明了自我认识所具有的一个特征：即自我不能以直接的方式认识自我，而必须以间接的方式，通过各种文化符号的迂回来进行。这些符号对应于象征的中介化过程，而象征的中介化过程（其中包括日常生活的叙事）总是已经表述着行动。叙事的中介化过程突出了自我认识的一个显著特点"。[①] 他指出单个的主体"在它向自身叙述的关于自身的历史（故事）中承认自我"[②]，正如犹太民族通过接受自己所创造的文本——《圣经》叙事而获得同一性。在人的自我理解和身份塑造这个叙事的终极问题上，叙事的三重摹仿功能出现了循环："第三重摹仿（文本的世界对行动的世界的重塑）通过第二重摹仿（文本内部的时间塑形）回到第一重摹仿（日常生活中对行动的世界的预塑），而第一重摹仿本来就是叙事活动的结果。"[③]

　　由于人类经验总是在时间维度中被叙述，我们也总是通过叙述文本对时间的塑形，而在时间的维度中重新塑造世界和塑造一个个体或一个民族的自我身份和自我意识，叙述时间正是

---

① Paul Ricoeur, "Lidentite narrative", in *Esprit*, Paris: Seuil, 1988, p. 295.

② Paul Ricoeur, *Temps et recit*, Tome 1, Paris: Seuil, 1983, p. 445.

③ 张逸婧：《时间的叙事性——评保罗·利科的叙事理论》，硕士学位论文，复旦大学，2008 年，第 24 页。

在这个意义上与人类的意识形态密切相关。

将利科的三重摹仿理论运用于元小说中，情况似乎是：第二重摹仿中文本内部叙述时间的时序混乱和逻辑混乱导致了第三重摹仿中对世界重塑的困难，最终导致了第一重摹仿中对传统预塑模式的质疑。在《印第安反叛》这样的非时序化的元小说中，文本内部的情节构造活动对世界的塑形体现的是编年的时间性，并且从根本上拒绝了非编年的时间性的可能。这等于拒绝了意义的可能。于是读者通过阅读文本而重塑语言之外的世界和自己的时间经验变得异常困难，"我们对混乱、不规则、甚至无声的时间经验进行重塑"的结果，还是"混乱、不规则的时间"。这最终导致我们对"日常生活中人类经验之叙事特征的前理解"有了新的理解：也许世界本身就是以混乱的形式存在的，"人类经验之叙事特征"不过是世世代代的叙事作用于人类思维的结果，换言之，是意识形态作用的结果。人类经验必然以叙事的形式存在，因为人类不可避免地生活于某种意识形态当中。而在《和家具杂物共度八月节》这样的自反式元小说中，虽然第二故事层作为一个传统小说中的娓娓动听、有头有尾的故事，体现非编年的时间性，这一故事层的情节构造活动对世界进行塑形，把零碎偶然的事件转化成历史。但当读者将第一叙事层和第二叙事层作为叙事整体来考虑，上文已经论述过的明显的叙述时间上的逻辑混乱，使得读者通过阅读文本而重塑时间经验变得"短路"（借用洛奇的术语），或者说，重塑的时间经验告诉我们经验世界的本质就是虚构。这导致对"人类经验之叙事特征的日常前理解"的更为激进的新认识：人是会做梦的，这表明人类深层的潜意识是按故事方式组织，人的本性就是会讲故事的。人不断地把经验组织成有因果、有时序的故事。而如果故事的本质就是虚构，那么人类就是一个被虚构掌握的存在。人类经验呈叙事特征，表明虚构不仅是经验世界的本质，而且内置于人性的深层，从这个角度来讲，它也是人性的本质。于是具有虚构本质的人，在日常生活中以虚构叙事的形式来安排虚构的时间经验。"预塑"这叙事活动的最终结果整个地建立在虚构之上，表现了典型的后现代意识形态。

　　以上从叙述视角、情节结构、叙述时间等几个叙述技巧出发，探讨了叙述形式与社会意识形态的关系。比起传统小说和现代主义小说来，元小说的形式技巧显得更加的新颖独特。也正是通过这种叙述形式的独特性，我们可以透视后现代的意识形态。在一般读者看来，小说的叙述形式只是表达内容的工具。工具再奇特，也并不具有本体的意义。而跟俄国形式主义一样，我们的考察表明，形式不仅是内容的载体，形式本身就是内容，或者说是一种更为深刻的内容。形式本身所具有的意识形态内涵使得它不是理解意义的手段，它本身就是意义。

第三章

元小说之"形式的政治"：
以形式来挑战意识形态

如果说第二章的主题是如何从元小说的形式来探视意识形态的话，那么本章的主题就是元小说如何以形式来挑战意识形态。

我们的目的不是研究元小说的形式，而是研究元小说为什么要使用这种形式，这种形式对现存意识形态又会起到什么样的作用。我们的考察基于这样的一个前提：如果真像阿尔都塞所言，社会上的一切事物都不可避免地处于意识形态的襁褓之中，那么对于文学而言，一个纯粹的、不带意识形态的形式技巧就是不可能的。换句话说，元小说内含着一个悖论：其自指性技巧的运用，从根本上说是它指的。

第一节　"自我指涉性"：自指？它指？

元小说最重要的特征是"自指性"或"自我指涉性"。而"自我指涉性"本身是一个包含歧义的、令人迷惑的概念。那些认为元小说是纯粹自指，而无它指功能的人，也许会找到结构主义者的理论作为依据。正如柯里所指出，结构主义叙事学在叙事的"所指问题"这个关于叙事的最根本问题上，其立场显得有些暧昧不明。一派结构主义叙事学家声称，叙事学是研究叙事的结构、技巧等形式层面的问题的系统的科学，它将叙事的所指内容悬置起来存而不论。而另一派结构主义叙事学家则激进地声称根本不存在所指内容，叙事永远只指向自身。索绪尔"语言中只有差异"的理论为他们提供了理论基础。他们声称索绪尔斩断了能指和所指的关联，因此任何语言都只指向自身，同样，叙事也只指向自身。在这些叙事学家（如巴特）看来，不仅对元小说而言，甚至就是对传统的现实主义小说而言，我们认为通过它而看到了客观世界，也只是一种所指幻觉，是被语言的自我指涉性所愚弄了的结果。然而如前所述，事实上我们在《普通语言学教程》中，并没有看到索绪尔断言能指与所指的结合是没有意义的。原因很简单，在现实生活中，不表示任何意义的语言符号是根本不存在的。所以索绪尔才说："所指和能指分开来考虑虽然都纯粹是表示差别的和消极的，但它们的结合却是积极的事实；这甚至是语言唯一可能有的一类事实。"① 而如果我们对文学研究中的"自我指涉性"这个概念的源流、内涵做一番考察的话，就会发现"自我指涉性"概念本身，也并没有蕴含否定它指维度的这层意思。恰恰相反，无论是俄国形式主义者，还是结构主义者，都指明了"自我指涉"的重要性，恰恰在于其它指功能。

① ［瑞士］费尔迪南·德·索绪尔：《普通语言学教程》，高名凯译，商务印书馆 2001 年版，第 167 页。

　　"自我指涉性"（self-referentiallity）是从语言学研究引入文学研究的一个重要概念，在 20 世纪西方文学批评的理论建构和范式转变中产生了重要影响。这一术语最早出现在关于形式主义和结构主义的研究著作中，如詹姆逊的《语言的牢笼》（1972）和霍克斯的《结构主义和符号学》（1977），但早在此前半个世纪的俄国形式主义和结构主义批评中，就已蕴含了这一思想。语言学家告诉我们，就功能而言，语言可分为两种：一种可用于指称和描述语言之外的对象世界，这种关于事物的语言叫作对象语言。它的这种指称和描述语言之外的对象世界功能叫作它指性。另一种可用于指称和描述语言自身，这种关于语言的语言叫作元语言。它的这种指称和描述语言自身的功能叫作自指性。深受索绪尔语言学影响的罗曼·雅各布森于1958 年发表著名的演讲《语言学与诗学》，他在对语言交流活动进行分析时区分了语言的"指称功能""情感功能""诗学功能"等六种功能。"诗学功能"即"朝向信息本身的倾向，因为信息本身的原因而聚焦于它"①。雅各布森指出的文学语言的这种将读者的注意力引向信息本身的功能，就是后来讲的"自我指涉性"或"自指性"。

　　雅各布森显然在自指性与诗学功能之间画了等号，而诗学功能正是俄国形式主义一直追寻的"文学性"之所在。俄国形式主义者最终在语言的（自我指涉的）层面上定义了文学性。那么，具有自我指涉性的文学语言，是否还指涉外部现实呢？

---

　　① Roman Jakobson，"Linguistics and Poetics"，in Krystyna Pomarska and Stephen Rudy ed. *Language in Literature*，Cambridge and London：The Belknap Press of Harvard，1987，p. 69.

　　对此我们需要考察自我指涉性内含的两个基本要点：一是"将注意力吸引到信息本身"；二是由于陌生化而导致的"更新意识的功能"。第二点虽然在雅各布森关于自指性的论述中没有明确提出，但与第一点有着内在的联系。什克洛夫斯基的"陌生化"思想将此两点间的逻辑关系做了清晰的阐述。

　　首先看第一点。它指出了自我指涉是通过什么途径实现的。雅各布森的回答是："诗性从何而表现呢？表现在词使人感觉到作为词本身、而不是作为所指称的事物或情绪的爆发而存在。表现在词、词的组合、词义因其外部的和内部的形式本身而获得重要性和价值，而不是因其直接指涉外部现实。"①在指称用法中，读者的注意力会越过语言符号而直达它所"指称的事物"，也就是"直接指涉外部现实"。而在诗的用法中，词的特殊组合、特殊形式或称"有组织的变形"，会形成一种强制性的力量，将读者的注意力吸引向语言本身，从而防止了注意力越过语言符号而直达所指。这样，符号与客体间天然的自动联系遭到破坏，符号与客体似乎"对立"起来。"诗学功能通过提高符号的可接触性，加深了符号与客体的分裂"②。于是从表面上看，雅各布森的自我指涉性似乎有否定指涉维度的嫌疑。但事实上，雅各布森是出于对"文学性"的追求、而反对建立在指称用法基础上的直接指涉，而不是否定语言指涉现实的维度。对此我们要考察自我指涉性的第二个要点"更新

---

　　①　Roman Jakobson, "What is Poetry?" in Ladislav Matejka and LrR. Titunik ed. *Semiotics of Art*, Cambridge: the MIT Press, 1976, p. 174.

　　②　Roman Jakobson, "Linguistics and Poetics", in Krystyna Pomarska and Stephen Rudy ed. *Language in Literature*, Cambridge and London: The Belknap Press of Harvard, 1987, p. 70.

意识的功能"。

　　语言的自我指涉为什么重要或者诗的用法为什么重要，是因为如果没有它所造成的符号与客体的对立，"概念和符号间的联系就会变得自动化，就不会再有人的活动及其对现实的意识"。① 也就是说，诗的用法不是不再指涉现实，而是为了对抗自动化，"更新人们对现实的意识"，从而更加深入地指涉现实。这与什克洛夫斯基的"陌生化"思想一脉相通。什克洛夫斯基的"陌生化"即"将事物奇异化、把形式艰深化"，从而"增加感受的难度和时间"，"因为对艺术而言感受过程本身就是目的，应该使之延长"②。这就是雅各布森讲的"诗的用法"和"文学性"。什克洛夫斯基认为自动化使我们感知生活的触角变得麻木，而陌生化的形式可以"恢复我们对生活的感觉"③。其实早在半个多世纪以前，王尔德就已经极端化地表述了什克洛夫斯基的观点，他的"生活模仿艺术"的著名口号看似从根本上颠倒了生活和艺术的关系，实则包含有艺术更新我们对生活的感知的深刻思想。总之，语言通过自我指涉、通过其艰深新奇的形式，阻止了指称用法中符号与客体的自动联系所导致的生活感知的麻木，而更新了人们对生活的感觉。因此自我指涉不是不再指涉现实，而是在另一维度上指涉现实。自我指涉性最终归于指涉性。

---

① Roman Jakobson, "What is Poetry?" in Ladislav Matejka and LrR Titunik ed. *Semiotics of Art*, Cambridge: the MIT Press, 1976, p. 175.

② Victor Shklovsky, "Art As Technique." in Ladislav Matejka and Krystyna Pomorska ed. *Russian Formalist Criticism*: *Four Essays*, Lincoln and London: the University of Nebraska Press, 1965, p. 12.

③ Ibid.

在自指性和它指性的问题上，我们还可进一步考察雅各布森关于语言交流模式的理论。前面已论及，雅各布森在《结束语：语言学和诗学》一文中提出了著名的六要素及六功能理论。他将一个特定的语言交流活动（即言语行为）看成说话者和受话者之间的信息传递过程，这个过程包含了六个要素：说话者、受话者、语境、信息、接触、代码。在一个具体的言语行为中，这六个要素的地位不是相等的，其中一个会占据主导作用，"交流活动在一种情景中会倾向于语境，在另一种情景中会倾向于代码，在其他情景中还会倾向于接触，等等"。①与交流过程中的六个要素相关联，语言体现出六种功能：若交流中"语境"要素占主导，则此言语行为是实践性的或传达信息的，其目的是指向语言本身之外的一个语境，并传达关于这个语境的具体的、客观的信息。雅各布森将语言的这种功能称为指称功能。这似乎是大多数日常交流的首要任务；若是"说话者"占主导，则此言语行为是情绪性的，雅各布森将语言的这种功能称为情感功能。它意在表达说话者一方的情感态度，而不是纯粹指称性地传达信息；若"受话者"占主导，则此言语行为是意动性（命令性）的，雅各布森将语言的这种功能称为意动功能。谈话中"看!""听!"之类的语言属于此类；若"接触"占主导，则此言语行为是接触性的，雅各布森将语言的这种功能称为交际功能。如"你好""早上好"之类的语言，其目的不是为了提供信息，而是为了建立语言的接触。大多数英国人关于天气的对话、恋人之间的融融不断的絮语，其

① ［英］特伦斯·霍克斯：《结构主义和符号学》，瞿铁鹏译，上海译文出版社 1987 年版，第 19 页。

情况都是如此；若"代码"占主导，则此言语行为是元语言性的，雅各布森将语言的这种功能称为元语言功能："当说话者与受话者需要检查他们是否在用相同的代码，话语就集中在代码上，它的功能就是元语言性的，或者说评注性的。"① 若信息本身占主导，则此言语行为是诗性的，雅各布森将语言的这种功能称为诗学功能。信息本身，准确地说是特指"信息本身的形式"，即信息自身的表达方式，它的韵律、结构、句法等。只有当符号指向自身时，其诗性功能才凸显出来，其他实用功能才退后淡化。雅各布森认为，语言的这六种功能存在于所有交流活动之中，即任何话语都能传达关于外部世界、关于说话者情感、关于话语本身等的信息。有些话语看上去要比其他话语更具某一个功能，但这并不是说它的其他功能就不存在了。比如说，文学语言让人更加注意其表达方式，此时语言的诗学功能得到了凸显，但这并不是说它的指称功能就不存在了。同样，日常对话注重传达信息，凸显了语言的指称功能，但并不是说在日常对话中就毫无诗学功能。我们可按雅各布森的语言交流模式来具体考察一部文学作品。文学作品作为语言交流活动的一种特殊形式，它同时具有雅各布森指出的六个要素。这六个要素都可在作品中起主导作用，从而形成不同的样态的文学。如果"说话者"占主导，则重在表达作者情感，如浪漫主义文学；如果"受话者"占主导，则重在对接受者产生命令作用，这就成了宣传文学；如果"代码"占主导，则是关于元语

---

① Roman Jakobson, "Linguistics and Poetics", in Krystyna Pomarska and Stephen Rudy ed. *Language in Literature*, Cambridge and London: The Belknap Press of Harvard, 1987, p. 80.

言、关于行为标准的，如社会主义现实主义文学；如果"语境"占主导，则强调关于外部世界的信息，如现实主义文学；如果"接触"占主导，则强调建立语言接触，如童话；如果"信息本身"占主导，则强调文本本身的表达方式、韵律、结构、构思等，如现代派诗歌和元小说。在语言的指称功能中，人们的注意力会越过符号直达它的所指。而现代派诗歌和元小说用不同的陌生化手法使形式变得新颖、艰深、困难，从而使符号本身的形式被凸显出来，吸引读者的感知。如果说"Poetry is language made felt"的话，那么同样的，"Metaficton is fiction made felt"。但如前所述，尽管在现代派诗歌和元小说中诗学功能处于支配地位，但这并不意味着指涉功能就不存在了，或者说外部世界就不存在了。

　　具体来看，现代派诗歌和元小说这两种强调"信息本身"、"自我指涉"、突出诗学功能的文类，其"自我指涉"的"自我"的内涵还有所不同、其实现自我指涉的方式也有所不同。现代派诗歌的"自我"指的是文学的语言层面，而元小说的"自我"主要指的是超语言层的文学程式。前者实现自我指涉的方式是靠语言的新颖奇特，是违反日常语言形式所造成的陌生化。而后者实现自我指涉的方式是靠对文本中的文学程式的点明和彰显，是违反惯用文学程式所造成的陌生化。前者是作为俄国形式主义者的雅各布森意义上的"自我指涉性"，而后者是法国结构主义者罗兰·巴特意义上的"自我指涉性"。

　　元小说要凸显自身的文本形式并使得形式本身吸引读者的注意力，就要采取一定的策略。这种策略就是自我指涉性在文本层面的表现。有学者根据马克·柯里对"施为的（performative）叙述学"和"陈述的（constative）叙述学"（二者的区别在对叙述学理论的表达方式，前者以自身的文本行为体现某个理论，而后者直接说出某个理论）的区分，将元小说吸引读者注意其形式的方式分为"表演"和"宣称"两种，相应地可称为"表演的自我指涉性"和"宣称的自我指涉性"①。前者通过特殊的文本行为而使得文本形式吸引注意，而后者通过使用理论话语直接点评自身（即侵入式叙述），而使得文本形式吸引注意。什克洛夫斯基在《斯特恩的项迪传：风格评论》这篇重要的专论中，对《项迪传》中这两种实现自我指涉的方式作了详尽的文本分析。什克洛夫斯基尽管没有用元小说这个词，但他明确指出了《项迪传》自我指涉的元小说性："总之，斯特恩突出了小说的结构。通过违反形式，他迫使我们注意到形式本身。并且，对他来说，正是这种通过违反规则而体现的对形式的意识，构成了小说的内容。"② 什克洛夫斯基具体分析了其实现自我指涉的方式。先看表演的自我指涉性。

《项迪传》中写道特里斯特拉姆的母亲偷听父亲谈话，在门口站得很累。此时叙述者突然插话："我决定让她保持这个姿势五分钟，等我将同时发生的厨房那边的事情交代完之后，再回到母亲这里。"③ 可是当厨房之事交代完后，母亲偷听谈话的情节却没有得到接续。几页延宕之后，叙述者才又回到这

① 步朝霞：《形式作为内容——论文学的自我指涉性》，《思想战线》2006 年第 5 期。

② Victor Shklovsky, *Sterne's Tristram Shangdy*: *Stylistic Commentary*. translated and with an introduction by LeeT. Lemon and Marison J. Reis, in Ladislav Matejka and Krystyna Pomorska ed. *Russian Formalist Criticism*: *Four Essays*, Lincoln and London: the University of Nebraska Press, 1965. pp. 30 – 31.

③ Laurence Sterne, *The Life and Opinions of Tristram Shandy*, *Gentleman*, New York: W. W. Norton, 1979, p. 258.

个情节:

"要是我忘了母亲还在那儿站着,我就该千刀万剐。"①

可即使这样,这个情节仍然没有顺利地得到发展,而是再次被一些离题的内容岔开了。又隔了几页之后,叙述者才把母亲从那个累人的姿势中解放出来:

"然后,母亲哎呀一声,推开门……"②

在传统小说叙述中,故事发展是线性的,其行进线索是连贯的。而在斯特恩的文本中,故事发展之连贯的线索却不断地被打断和岔离,于是习惯了传统小说叙述方式的读者,其阅读期待一次次地受挫。这个特异的文本行为使得读者的注意力偏离了小说的情节内容,而被吸引到叙事的线索问题上来,也即被吸引到文本本身的形式上来。之所以被吸引,是因为特殊文本行为所造成的陌生化使读者感觉到了久已熟悉却从未注意的惯用的文学程式的存在。

如果说表演的自我指涉性较为隐蔽、其陌生化的文本行为还依赖于读者对旧有文学程式的熟悉和识别的话,那么宣称的自我指涉性,其陌生化的文本形式则一望而知,也绝对吸引读者注意。再看《项迪传》中的这一段:

---

① Laurence Sterne, *The Life and Opinions of Tristram Shandy*, *Gentleman*, New York: W. W. Norton, 1979, p. 264.

② Ibid. p. 267.

"这个月，我比十二个月前又长了一岁。而且，就像您所看见的，本书已经写到了第四卷的中间——可是还没有讲完我第一天的生活——很明显，比开始写的时候，又多了 364 天要写。如此一来，我不但没有像一般的作家那样向前走，相反，我一边写，一边又把自己抛回到了很多卷之前。"①

这段讨论了文学作品中叙述时间和故事时间的分离。本来叙述时间和故事时间的分离是任何文学作品都内含的程式，完全没有时间变形的叙述文本是不可想象的，并且，正如前面所探讨的，文本正是通过对叙述时间的变形和处理而表达对世界的观点。但是，在以往的叙述文本中，这一文学程式却是隐而不彰的，作家们都在使用它，但没有一个作家会说"我在使用它"。而斯特恩的文本却公开讨论了这一文学程式，这样文本指向的就不是外在的情节内容，而是文学自身。

元小说的这种自我指涉，是罗兰·巴特所探讨的自我指涉性。巴特指出文学具有"二重性"，即文学既指向一定的外在内容，同时又作为自身而存在。在《零度写作》中，他说写作时"我一边向前面走，一边指着自己的面具"。② 这反映出巴特对雅各布森的继承，特别是吸收了后者对语言的指称功能和诗学功能的区分。不同的是，对雅各布森而言，自我指涉发生在语言的层面，符号不仅指向客体，也指向自身的语言形式。其更新意识的功能主要表现在更新人们对生活的感觉。而对巴特而言，自我指涉发生在文学程式的层面，文学不仅指向外部

---

① Laurence Sterne, *The Life and Opinions of Tristram Shandy, Gentleman*, New York: W. W. Norton, 1979, p. 206.

② Rolan Barthes, *Writing Degree Zero*. Trans. Annette Lavers and Colin Smith, New York: The Noonday Press, 1968, p. 40.

世界，也指向自身的文学程式，其更新意识的功能主要表现在使人们发现以前所未能发现的文学世界之隐蔽的构造机制和意义生成机制。这样巴特便深入到了文学程式的意识形态根源之中。巴特对戏剧家布莱希特创作中所表现出的自我指涉性极为赞赏。布莱希特的"间离效果"从字面上正相当于什克洛夫斯基的"陌生化"，不同的是间离效果主要发生在文学程式的层面而不是语言层面。布莱希特意识到了传统戏剧的逼真感是一系列文学程式的结果，"间离效果"就是要以用各种手段使这些文学程式引起观众注意，使戏剧同它的内容相间离（自暴虚构），同时与它的观众相间离（反共鸣），以阻断逼真感的意义生成机制，并凸显文学程式所制造的"自然""逼真"的文学幻象背后的资产阶级意识形态。布莱希特的创作不再是将语言符号作为能指，依据文学程式来建构"现实世界"，而是将文学程式本身作为能指，来传达相应的意识形态所指。

总之，"自我指涉性"这个术语难免给人错觉，似乎其只强调指涉自身，而否认了它指维度的存在，正如一些极端的结构主义叙事学家所声称的那样。但从以上的考察我们看出，无论是俄国形式主义还是法国结构主义，其对自指性的强调，最终都落在了形式的陌生化所导致的"更新意识的功能"，不管这种更新意识的功能指的是提出对生活的新观点，还是发现以前所未能发现的文学世界之隐蔽构造机制及其意识形态根源。自指性并没有否定它指，相反，自指性之所以重要，恰恰在于它指功能——自指在一个更新的维度上实现它指。

具体到元小说，情况就是，形式自指在一个更新的维度上实现意识形态它指。

以下我们就来考察，元小说究竟是如何以形式自指实现意识形态它指的。

第二节　露迹：抨击现实主义的文化霸权

露迹，即在文本中自我暴露叙述和虚构的痕迹，甚至采用侵入式叙述公开讨论各种文学程式和叙述技巧，从而自我揭示文本是如何被虚构的①。这是元小说在文本形式上最显而易见的陌生化。对传统小说而言，其叙事的程式和技巧是作家们不得不用而又藏之唯恐不及的东西，其虚构本质也是作家们心知肚明却又极力否认的东西。而元小说对小说惯用的程式和技巧的公开的暴露和点评使其指向了作为"小说"的虚构本质和虚构过程本身，这即前面谈到的"宣称的自我指涉性"。

自古希腊以来，"现实主义"就是最为强大的文学传统。亚里士多德"摹仿说"为西方文学发展奠定了基石。尤其到了19世纪，"现实主义小说"以其不可辩驳的"真实性""客观性"而指导了人们对世界的认识，塑造了人们的世界观和价值观。骑士文学、浪漫主义作品、幻想小说等都因其"不真实"而被踢到了一边，"现实主义小说"成了文化领域内最享有霸权的文学样式。而不少评论家认为，从"真实反映现实"这点来看，元小说更不是现实主义小说的对手。从表面看，现实主义小说与元小说的区别正对应于它指性和自指性的区别、对象语言和元语言的区别。现实主义小说如同对象语言一样，致力

---

① 露迹，为赵毅衡在《窥者之辨》中提出的概念，在此借用之。详见赵毅衡《窥者之辨》，时代文艺出版社1996年版，第157页。

于真实反映语言之外的客观世界及其本质规律，无疑具有它指性。这种小说所关注和表现的是文学之外的社会生活、时代洪流、复杂的人生际遇等。这种内容上的它指性，使得现实主义小说具有无可替代的巨大的社会历史认识价值，它是人们认识社会生活的百科全书。所以恩格斯会声称，他在巴尔扎克的小说里所得到的经济学、社会学、历史学的知识，比从所有的经济学家、社会学家、历史学家那里得到的知识都要多得多。而另一方面，元小说则由于自揭虚构而取消了小说指涉外部世界的权利，它是"自指"的，它指向的是小说本身的叙述语言、文本结构、构思技巧等。它斩断了与现实的关联而突显了小说文体的自我意识和文本形式，从而带着后现代文学的游戏性特点和虚无主义的色彩。所以洛奇在考察后结构主义小说时指出，在小说写作中存在两种倾向：一种是人本主义的倾向，强调小说对现实世界的模仿及对作者意图的传达；一种是后结构主义的倾向，否定上述方面的重要性。

马克·柯里和琳达·哈琴都不同意洛奇的看法。柯里在《后现代叙事理论》中批判了洛奇将后结构主义观和人本主义观两者的差异推到极端的错误做法："认为人文主义小说观相信对外部世界的指涉而后结构主义否认这种指涉，这是不对的。后结构主义采取两种立场，准许它们在同一文本中共存。"① 原因很简单，后现代主义喜欢矛盾。哈琴在《后现代主义诗学》中，用"悖谬"一词总括了后现代的本质特征。她指出后现代主义之所以是悖谬的，是因为无论其理论还是美

---

① 〔英〕马克·柯里：《后现代叙事理论》，宁一中译，北京大学出版社 2003年版，第 72 页。

学实践都无法摆脱其试图颠覆的体系。换言之，后现代主义是从自由人文主义内部发起的进攻，"它并没有取代自由人文主义，即使它严重地挑战了它"。① 哈琴认为，后现代主义拒绝任何非此即彼的二元论，如伊布斯·哈桑的那个著名的表格，——它和它所挑战的目标之间的关系只能用矛盾共存（both/and）而非非此即彼（eithor/or）的逻辑加以界定。换句话说，元小说作为后现代文学的典型样式，它并非只指涉自身而否认外部现实，而是既指涉自身，也指涉外部现实。而其对现实的它指正是通过其文本自指来实现的——暴露虚构痕迹的文本行为在造成文本自我指涉的同时，也展示了"现实"是如何被虚构的，从而起到了抨击现实主义的文化霸权的作用，也消解了一切利用小说的逼真度来制造意识形态神话的可能。

一 作为一种成规的现实主义

韦勒克在《批评的概念》一书中详细考察了文学中"现实主义"概念的缘起和流变。他认为"现实主义"的问题之所以特别重大，是因为它源自历史上一个强有力的传统：照"忠实描写自然"这种广义说法来讲，"现实主义"从古希腊以来，就一直是文学批评和一切造型艺术传统中的一个主流。从这个角度讲，现实主义并不只是 19 世纪西方文学史的一场运动，"而是属于一切文学史和艺术史的东西"。②

韦勒克基本同意将现实主义定义为"对当代现实的客观再

---

① Hutcheon Linda, *A Poetics of Postmodernism*: *History*, *Theory*, *Fiction*, New York and London: Routledge, 1988, p. 4.

② ［美］雷内·韦勒克：《批评的概念》，张今言译，中国美术学院出版社 1999 年版，第 215 页。

现"。他要求我们暂时抛开对""客观''现实'等究竟是什么"之类的终极问题的考察，而将对现实主义的这个定义"放进历史背景中当作一种反对浪漫主义的论战武器和当作一种既有包含又有排斥的理论来看待"①。如此定义的现实主义包括以下内涵："它所反对的是怪诞的、童话般的、寓言式的和象征性的、高度风格化的、完全抽象的和装饰的东西。"它"意味着我们不要神话、不要童话、不要梦幻的世界"，它"还意味着反对不大可能、纯属偶然以及非常离奇的事件"。它要求在题材上无所不包，"丑恶的、令人厌恶的、粗俗的东西都是艺术的合法题材"②，而"艺术方法上则力求客观，即使这种客观性在实践中难得完全实现"。③ 它塑造典型，以调和"描写与开出药房、真实与训诫之间的冲突"。④

　　作为马克思主义文论家，卢卡奇发展出了影响最大的现实主义理论。他认为文学是"对现实的反映"，这要求文学充分反映社会发展中的各种矛盾，并能洞察社会历史的未来发展方向，这样的文学才是现实的最真实的镜子。跟韦勒克一样，他强调作为"具体的共相"的"理想典型"的塑造。

　　韦勒克、卢卡奇等批评家从真实性、客观性、典型性等方面定义了作为一个时代概念的现实主义。符合上述特点的作品被认为是真实的。但其他一些形式主义者和结构主义者要问的问题是：如果19世纪的现实主义小说是真实的，为什么在此

---

　　① ［美］雷内·韦勒克：《批评的概念》，张今言译，中国美术学院出版社1999年版，第231页。

　　② 同上。

　　③ 同上书，第243页。

　　④ 同上书，第233页。

之前的作家就无力反映真实呢？难道古典主义的作家，高乃依和拉辛以及他们同时代的读者，就不认为他们的作品反映了真实吗？再者，如果现实主义作品因为"反映现实"而被认为是真实的，为什么那些读侦探小说和科幻小说有瘾的人，会认为冒险和科幻的世界是真实的？

在这些形式主义者和结构主义者看来，"现实主义"根本就不能根据其"真实反映现实"而被定义。一部作品是否是"现实主义"的，取决于一个时代对于"现实主义"的成规性认识，取决于读者是否愿意把自己的意识借予某种特殊的阅读经验，是否认同作品对世界的成规性表现，并把这种成规性表现当作现实。因此当韦勒克在与浪漫主义的对比中确认了"现实主义不是什么"的时候，他只是指出了19世纪的人们对于"现实主义是什么"的成规性看法。所以马歇尔·布朗才指出，19世纪人们对于"现实主义"一词的使用和定义并不表明他们突然发现了"现实"是什么，恰恰相反，它表明了对于"现实是什么"的"某种不言而喻的公认已经消失"。①

固然，从阅读的角度看，现实主义叙事之所以被认为是"现实主义"的，是因为与骑士小说或冒险小说相比，在现实主义小说中似乎没有任何可辨认出来的成规，这里文学技巧无影无踪，每一件事都像它在生活中那样自然地发生。然而只要我们承认"现实主义"作品具有某些与其他作品相区别的、内容和形式上的固定的特点，就是承认现实主义也是基于成规。韦勒克也指出："尽管现实主义自称直接深入生活与现实，在

---

① George Levine, *The Realism Imagination*: *English Fiction from Frankenstein to Lady Chatterly*, Chicago: University of Chicago Press, 1981, pp. 19 – 20.

实践中却有其固定的常规手法和限制。"① 乔纳森·卡勒在
《结构主义诗学》中全面考察了现实主义小说营造真实性的各
种手段。以他和雅可布逊为代表的俄国形式主义者和结构主义
者出色地论证了现实主义不等于真实，它不过是一种读者对其
阅读、接受已经程式化了的叙述成规。

　　乔纳森·卡勒的《结构主义诗学》认为，批评的目的不
应停留于新批评式的具体的文本阐释，而是"要建立一个理
论体系，以证明批评是一门学问"。② 这个理论体系就是要考
察读者用以理解和阐释文本的一套约定俗成的程式。他强调：
"文学作品之所以有了结构和意义，是因为读者以一定的方式
阅读它。"③ 而结构主义诗学的目的就是要揭示隐藏在文学意
义背后，致使该意义成为可能的理解和阐释程式系统。这是
对新批评的更高层次的超越。新批评是对具体文本的阐释，
而卡勒的结构主义诗学是说明这种阐释为什么成为可能。卡
勒明确指出，用结构主义的方法来进行文学研究，"基本上不
是一种阐释性的批评……与其说它是一种发现或派定意义的
批评，毋宁说它是一种旨在确立产生意义的条件的诗学。它
将新的注意力投向阅读活动，试图说明我们如何读出文本的
意义，说明作为一门学科的文学究竟建立在哪些阐释过程的
基础之上"④。

---

　　① ［美］雷内·韦勒克：《批评的概念》，张今言译，中国美术学院出版社
1999 年版，第 244 页。
　　② ［美］乔纳森·卡勒：《结构主义诗学》，盛宁译，中国社会科学出版社
1991 年版，第 16 页。
　　③ 同上书，第 113 页。
　　④ 同上书，第 16 页。

卡勒并不同意德里达关于文本中只存在无确定意义的延宕的观点，他认为一个基本的事实就是：文学中是有交流的。的的确确存在一些约定俗成的理解程式，使得人们理解文学作品、相互交流对某一作品的看法成为可能。正如这一页书，它并不希望被读作永无止境的差异变化，意义被不断延宕，而希望被当作一种交流活动，向读者阐释笔者对卡勒结构主义诗学的看法。它需要与阅读抒情诗不同的阅读程式。

程式的问题也牵涉到文学自身内含的矛盾：文学之所以吸引我们，乃是因为它与一般交流活动不同的奇特的形式。然而想要真正理解它的魅力，就需要我们把文学纳入交流，"化解它的奇特之处，并且借助阐释程式的一臂之力，使之能够对我们说道点什么"。① 为此卡勒详细分析了各种形式的"归化"（naturalization）或"逼真化"（vraisemblablisation）。所谓"归化"就是"把一切怪异或非规范因素纳入一个推论性的话语结构，使它们变得自然入眼"。② 巴特指出，"语句无论释放出什么意义，它总是仿佛要告诉我们某种简单、有条理、而且是真实的东西，这一起码的假设成为阅读这一归化过程的基础"。③ "逼真化"则"强调所谓'逼真'的文化模式，作为意义和内在凝聚力来源的重要性"。④ 换言之，"归化"和"逼真化"都是指对文本的构成因素——不管它的形式或内容是多么的奇特

---

① ［美］乔纳森·卡勒：《结构主义诗学》，盛宁译，中国社会科学出版社1991年版，第201页。

② 同上书，第206页。

③ ［法］罗兰·巴特：《S/Z》，屠友祥译，上海人民出版社2000年版，第16页。

④ ［美］乔纳森·卡勒：《结构主义诗学》，盛宁译，中国社会科学出版社1991年版，第207页。

或其属性是多么明显的属于虚构——吸收同化，对它进行阐释，也就是将它纳入由文化所造成的结构形态。"而要实现这一点，一般就是以被某种文化视为自然的话语形式来谈论它。"① 卡勒隐含的意思很清楚，他谈论的并不是"自然"，而是"视为自然"，并不是"真实"，而是"逼真"。真实是指世界本身的属性，它是世界本体的存在；而逼真是指文学的属性，它由特定文化中的阐释程式所决定。卡勒的研究正是在这点上与我们讨论的主题发生了联系。现实主义小说作为一种文学样式，它涉及的并不是"真实"，而是"逼真"，或者说是由特定的阐释程式、由小说文本与其他各种文本（社会大文本、或其他具体的文化文本、文学文本）的互文性关系而造成的真实性幻觉。当然，卡勒对"逼真"的定义重在指按照一套阐释程式而实现对文本的"理解"，这种理解的内涵并不只包括文本与现实相联系而产生的"真实性幻觉"，也包括了借助别的文本为参照而理解文本"真实意图"，而不管其意图是指向真实性幻觉，还是指向对别的文本的反讽等其他的（这体现在其论述的第五层次的逼真化"滑稽模仿与反讽"中）。但对现实主义小说而言，这种"逼真"主要指向的还是文本"与现实同一"的真实性幻觉。接下来我们看看卡勒所考察的造成这种逼真性的各种程式。

　　卡勒将逼真性分为五个层次，"也就是使一部文本与另一部文本接触，并按照与后者的关系、使之被理解的五种参照。"②

---

　　① ［美］乔纳森·卡勒：《结构主义诗学》，盛宁译，中国社会科学出版社1991 年版，第 206 页。

　　② 同上书，第 210 页。

（1）"实在者"（the"real"）

第一种是"实在者"（the"real"）。它涉及的是文学文本与社会造就的文本——所谓的"真实世界"之间的互文性关系。这种逼真性是运用"一个社会中被认为是符合自然的态度这个文本（'习惯'的文本），人们对这一文本习以为常，已经不觉察它就是文本"①。这种文本其真实性不证自明，因为它似乎直接来自世界本身。比如，当我们说"法国的首都是巴黎"或说"人能思考、有爱有恨"时，并不需要援引哲学论点来为其真实性作证明。因此，当一部文学文本运用这些东西时，它就具有内在的可理解性，它会被认为是"真实"的。现实主义小说的逼真性的来源之一，就是它大量运用这种这些真实性无须证明的、似乎直接来自世界的东西。这些小说的文本世界里充塞着众所周知的真实世界里的特定存在物（如彼得堡、十月革命、拿破仑、雾），这些东西的存在表明小说是忠于现实的。这些小说的情节喜欢以当时社会上发生的真实事件为蓝本，司汤达《红与黑》就是根据当时《法庭公报》上报道的一个家庭教师枪杀其门第高贵的情妇的真实案件创作的。文本通过运用这些来自现实世界的不证自明的真实事件，而有效地使读者产生逼真感。

（2）"文化逼真性"（cultural vraisemblance）

第二种是"文化逼真性"（cultural vraisemblance）。这一逼真性涉及的是文学文本与一般的文化文本的互文性关系。所谓"一般的文化文本"指的是在一定的文化中被认可为"真实"

---

① S. 希思：《小说文本的结构》，转引自［美］乔纳森·卡勒《结构主义诗学》，盛宁译，中国社会科学出版社 1991 年版，第 210 页。

的文化范式或公认的常识,作品借用这些范式或常识,来证明自身的真实性。托多洛夫曾在讨论这一题目的《交流》特辑的引言中,对"逼真性"提出三条定义,第一条是"所谓逼真性,是某一具体文本与另一种普遍而散漫的、或许可称之为'公论'的文本之间的关系"①,指的就是这种文化逼真性。这些被认可为"真实"的文化范式或公认的常识表现为文化成见、俗语、格言、箴言等。它们可能是过于简单化了的文化通则,甚至可能是偏见,但"它们至少能使这个世界初步让人理解,因此在归化过程中可以充任一种归宿语言"②。卡勒举巴尔扎克对朗蒂伯爵的描写为例对此进行了说明。巴尔扎克笔下的朗蒂伯爵,被描写为"矮小、丑陋、满脸的麻子,像西班牙人那样郁郁寡欢,又像银行家那样让人腻味"。卡勒指出巴尔扎克在这里运用了两种不同的逼真。前三个形容词"矮小""丑陋""满脸的麻子"是来自真实世界的、不证自明的东西,一个人具有这些属性,是自然的、可能的,它涉及的是第一层次的逼真——"实在者"。如果巴尔扎克说朗蒂伯爵是个"矮小、翠绿,和人口统计学的",那就违背了第一层次的逼真性。而后两项"像西班牙人那样郁郁寡欢,又像银行家那样让人腻味",则涉及在一定文化中被认可为真实的文化属性或范式。如果说他"像意大利人一样郁郁寡欢,像画家那样令人腻味",在19世纪的法国文化中,人们会认为是不逼真的。罗兰·巴特在讨论巴尔扎克的这一层次的逼真性时指出,作家仿佛调用

---

① 转引自〔美〕乔纳森·卡勒《结构主义诗学》,盛宁译,中国社会科学出版社1991年版,第208页。

② 〔美〕乔纳森·卡勒:《结构主义诗学》,盛宁译,中国社会科学出版社1991年版,第212页。

了资产阶级文化的全部常识来对人物进行塑造，虽然这些常识"完全来自书本，可是，在被资产阶级意识形态所允许的关系颠倒之后，文化便转化为自然，上述种种代码便成为真实的关系，'生活'的基础"。热奈特深刻地指出了这种文化逼真性与某一社会的意识形态的同一性关系。他发现，在 17 世纪的讨论中，逼真性相当于我们今天所谓的意识形态："这一箴言与偏见的混合体构成了对于世界的总的看法和一个价值体系。"而这个价值体系被作为了检验叙事的真实性的标准。如果一个人物符合当时普遍接受的类型和准则，读者就感到他是可信的。巴尔扎克、福楼拜等现实主义大家笔下塑造的诸多人物正是这样取得了自身的"真实性"。同样，如果一个行为与一条普遍认可的格言相符合，则被认为是真实的。格言对此行为起着诠释原则的作用。例如，《熙德》中罗德里克与伯爵决斗，原因是"任何事情也不能阻止一位贵族的儿子为他父亲的名誉复仇"，他的行为与此格言相符合，因此在今天看来也许过激和夸张的举动，放在 17 世纪的语境下，却是真实的。华莱士·马丁也举乔叟《水手的故事》为例，说明 14 世纪作家们就已经运用了这种文化逼真，作为保障故事可信性的方法。《水手的故事》中包含了"如果丈夫有爱花钱的妻子，他们最好为她们付账，不然别人就会乘虚而入""金钱之于商人犹如犁头之于农夫"等格言。

（3）"体裁程式"（models of a genre）

第三种是"体裁程式"所造成的逼真性。也即就每一种文学体裁而言，如果一部作品的叙述符合此体裁的共有程式，则作品会被认为是真实的。"亚里士多德承认，每一种体裁都规定了哪些行为是可以认可的，哪些则不能认可：悲剧表现的人比实际的人更好，喜剧则比实际的人更坏，两者都不违反逼真性，因为每一种体裁都有其特有的逼真性。"① 托多洛夫给逼真性下的第二条定义也是这个意思，他指出所谓逼真性，是在某一体裁中受到传统的认可或期待的东西，"有多少种体裁，就有多少种逼真"②。体裁对读者的阅读而言，事实上起到了原型的作用，或 "入门向导的半抽象模式"（热诺语）的作用。体裁的功能，是规定某种写作程式和释义程式，读者按此程式阅读，则能实现自己阅读之前就已经根据文本体裁所预设的释义期待，于是读者会认为文本是真实的。由此言之，现实主义小说作为一种文学体裁，其逼真性也是由其特定的体裁程式所决定的。这似乎有点难以理解。因为现实主义小说中的每一件事都像在现实生活中一样自然而然地发生，我们在其间没有像在悲剧或喜剧中那样，发现任何特定的 "程式"。但正如华莱士·马丁所指出："我们对于现实主义的自然性的印象部分地是下述事实的结果：我们从开始阅读起就习惯于它了。对于我们来说是自然的对于另一时代或文化的人来说则可能是成规性的。"③ 要证明这点很简单，俄国形式主义者们发现，"现实主义" 这个词的意义在文学史上是不断改变的。雅各布森指出，为了获得承认，每一代作家都倾向于宣称其前辈的作品是人为程式化的、不忠于生活的、不可信的。文艺复兴时代的作家这样指责中世纪的罗曼

---

① ［美］乔纳森·卡勒：《结构主义诗学》，盛宁译，中国社会科学出版社1991年版，第220页。

② 同上书，第208页。

③ ［美］华莱士·马丁：《当代叙事学》，伍晓明译，北京大学出版社1990年版，第59页。

司作家，19 世纪的小说家又说他们的前辈的作品没有如实地表现生活，现代派意识流作家再指责 19 世纪作家那些精心设计的戏剧性场景反映的远非真正的现实。以至于弗莱说，如果我们制作一张从中世纪到现代的小说名单，那么就会很清楚，在文学史上，"每一部作品相对于其后继者而言都是'浪漫的'，相对于其先辈而言都是'写实的'"①。那么在 19 世纪，现实主义小说用以营造真实感的体裁程式到底包括哪些呢？雅各布森指出其中之一是"包容非本质性细节"。如果在一本 18 世纪的冒险小说中，写道主人公遇到一个路人，那么这个路人必定会对情节的发展起到重要的作用。但在 19 世纪的现实主义小说中，在陀思妥耶夫斯基、托尔斯泰、哈代等的笔下，主人公却经常遇到无关紧要的路人，他们随意地交谈，而这个人对情节的发展不起任何作用。文本中的这种意义匮乏现象将整个故事搁置在了真实的层次上，它所表示的意义就是：这就是现实。正如罗兰·巴特指出的，"世界就在那儿摆着，而表示它的最好的方法就是随意地显示世界中一个一个的客体，它们唯一的功能就是搁在那儿"。——这是 19 世纪的人们心目中真实的现实，它不同于 18 世纪的人们心目中的现实，对 18 世纪的"基本文学成规——它规定，一切事物都应是有意义的——的这种背离导致了一种新成规的建立：对日常生活所特有的那种无意义的或偶然的细节的包容成为证明故事'真正发生过'的证据"②。

---

① Frye Northrop, *Anatomy of Criticism*, Princeton：Princeton University press, 1957, p. 49.

② ［美］华莱士·马丁：《当代叙事学》，伍晓明译，北京大学出版社 1990 年版，第 55 页。

我们还可以将雅各布森和卡勒的考察加以发展，以确定现实主义小说用以营造真实性的其他体裁程式。比如说"叙述者遵守叙述边界"。小说是虚构的。有越来越多的证据表明，那些"写实主义"的大师，无论是菲尔丁还是萨克雷、狄更斯等，他们对于小说虚构性的自觉意识，远远比过去人们所认为的更强。萨克雷在《名利场》中，就已经将自己创造的人物当作"木偶""搬进搬出"了。然而作家们却遵循着现实主义小说之文类叙述的边界，"正常的陈述——认真的，提供信息的，如实的——存在于一个框架之内，一个这类陈述并不提及的框架"①。遵循叙述边界就是使叙述囿于这个看不见的框架之内，而并不言及框架本身，"当作者在一篇叙事之内谈论这篇叙事时，他（她）就可以说是已经将它放入了引号之中，从而越出了这篇叙事的边界"②。现实主义作家们遵守着叙述的边界，他们不会在小说中谈论小说叙事本身，谈论小说作为虚构性人工制品之构成。相反，他们千方百计强调着、维护着叙事世界的真实。巴尔扎克往往在小说中一再强调（似乎在向读者保证），他的所有故事都是完完全全来自现实生活。为了更好地营造真实性效果，福楼拜甚至倡导"作家退出作品"，不要在作品中暴露自己的声音，不要泄露作家本人对人物的看法和意见。亨利·詹姆斯认为，如果一部小说中的叙述者向读者承认人物是想象出来的、小说是虚构的，则是非现实主义的，他称之为"可怕的罪行"。这就像一个电影演员突然转向镜头说：

---

① ［美］华莱士·马丁：《当代叙事学》，伍晓明译，北京大学出版社1990年版，第184页。
② 同上书，第184页。

"这剧本糟透了。"对于一部以"反映现实"为宗旨的小说和电影来说，这是不可想象的，因为这样做破坏了这两种叙述最基本的叙述边界。然而，掩盖故事的虚构性也只是19世纪用以营造小说真实性的一种成规，成规性的东西会随着时代的发展变化而变化，它们在一个时代中被认为是现实主义的，在另一个时代中则会被认为是非现实主义的。每一个时代都会有自己可界定为"现实主义"的新成规。现在，人们倾向于认为背离19世纪叙述的成规——承认故事的虚构性——才是小说真实的证明。

另外现实主义小说的体裁程式还包括"细节的真实"。细节的真实是现实主义小说这一体裁的内在规定性之一。巴尔扎克称小说为"庄严的谎话"，并说"如果在这庄严的谎话里，小说在细节上不是真实的话，它就毫无足取了"。小说中存在着大量真实的细节，这有助于使读者认为小说是真实的。现实主义小说家们通常非常注意这一点，甚至达到了苛刻的程度，巴尔扎克、托尔斯泰、福楼拜在这方面的成就尤为突出。《人间喜剧》对伏盖公寓所做的精细、冗长如细物画式的描写，成了保障小说真实性的手段之一。纳博科夫曾津津有味地分析《安娜·卡列尼娜》中从莫斯科到彼得堡的夜间火车的布置，认为这种细节设计体现了托尔斯泰真正的艺术。虽然纳博科夫心目中的"艺术"是指与现实无关的艺术品本身自律的运作，但其分析却客观地让读者感到托尔斯泰细节描写的真实是如何有助于小说整体氛围的真实性的。

此外马丁指出还有一些语言性质的程式，如"过去时态和人称代词的各种特殊的用法，这些用法模糊了作者与读者之间、过去与现在之间的界限"，① 上述这些体裁程式的综合运用确定了现实主义小说的"真实"。值得一提的是，现实主义小说的体裁程式还包括了作者进入文本，表露作者本人对作品人物的看法甚至直接对读者进行说教。正因为其已经成为了世世代代的读者习惯了的体裁程式，这种明显违反"客观性"和"真实性"的做法才会被认为是"真实"的。这可以解释为什么蓓基·夏泼、安娜·卡列尼娜、桑丘·潘沙看起来比亨利·詹姆斯或康拉德的一部作者退隐、完全客观的小说中的人物更加生动、更加"真实"。而上述这些体裁程式对习惯了阅读现实主义小说的我们来说是视而不见的，除非我们跳出惯性的思维和视野，在一个更高的批评层次来观照它、发现它。形式主义者和结构主义者正是在这方面做出了卓越的贡献。

不过，正如卡勒所指出，蕴含于体裁程式之中的阅读期待往往也会被违反。于是抵制体裁程式提供的逼真性，并揭露体裁程式营造真实性的作用——这种做法就产生了另一层次上的逼真性，这就是卡勒所论述的第四层次上的逼真性："成规性的自然"。

（4）"成规性的自然"（the conventionally natural）

卡勒论述的第四种逼真性是"成规性的自然"（the conventionally natural）。卡勒解释为"对于艺术性的符合自然的态度"，在这一层次中，作者可以援引或揭示第三层次的逼真性，以反证自身的逼真性。这里有两种情况。第一种是叙述者在按照某一体裁程式进行叙述时，直接表示他完全意识到了那种文

① ［美］华莱士·马丁：《当代叙事学》，伍晓明译，北京大学出版社 1990年版，第 60 页。

学惯用的程式，但仍然一口咬定，自己的叙述虽然正好符合这个程式，却是完全真实的。巴尔扎克的作品大量依靠了这方面的逼真性。卡勒引了《欧也妮·葛朗台》中的一段：

"常常有这样的情况，人的一生中有些行为看上去简直是完全不逼真的，然而却确有其事。难道这不是因为我们总不能对于我们的自发行动作出某种心理的解释，不能对产生这种行为的神秘的缘由作出解释么？"

巴尔扎克小说中众多人物性格都偏执夸张，情节也极富戏剧性，突兀地来看，读者也许会怀疑其真实性。但由于作家点穿小说惯用程式的那种坦诚态度，读者反而相信他的叙述尽管太小说化，但那毕竟是真实生活中的确可能发生的。

第二种情况是叙述者揭示出某种常规的用以营造逼真性的体裁程式，然后让自己的叙述偏离这种程式，创作出不按体裁逼真性层次理解的文本，从而达到了另一层次上的逼真性。——这并不是对程式的超越，尽管不遵循文学程式，但这种不遵循本身正是制造逼真性的文学程式的一种。正如第一种情况（坦诚地指出文学程式，咬定自己的叙述虽然符合程式但却真实）仍属于制造逼真性的文学程式一样。卡勒举的例子是《听天由命的雅各》中的一段，这段写到了雅各和他的主人撞上了一群手持棍棒的汉子：

　　"你或许以为，他们是我们方才说到的客栈中的那伙人，他们的侍从，以及那帮强盗……你或许以为，这帮人会向雅各和他的主人扑来，一场流血冲突就要发生……这完全取决于我是否让它发生；可是这样故事的真实性就荡然无存了！……显然，我这里并不是在写小说，因为我忽视了作为一个小说家绝不会弃之不用的手法。认为我所写的是确有其事的人，比起那些当作寓言故事来读的人，也许少犯点错误。"

很狡猾的伪装。作者明明是在写小说，却装成不是写小说的样子，并揭穿小说家们惯用的程式，然后宣布自己的叙述不合此程式，以此来作为故事真实性的证据。这就像电影里面的人说，"不会发生那样的事情，那种事只会发生在电影里"，结果使读者将本电影当作现实生活一样。其实这只是另外一种制造逼真性的程式。托多洛夫给逼真性下的第三条定义适用于此："只要一部作品试图让我们相信它与现实，而不是与它自身的规律相一致，那么，我们就可以说这是这部作品的逼真性。"①

"成规性的自然"也可以解释为什么现实主义小说喜欢写的主题之一，就是批判其主人公依照所读的书中的成规来解释世界。堂吉诃德总是按照骑士小说的描写来认识世界，包法利夫人总是按照浪漫小说的描写来憧憬生活，而他们总是在"现实"面前头破血流。伴随着他们的头破血流，骑士小说的成规和浪漫小说的成规在文本中被尽情地揭露和嘲弄，而这成了《堂吉诃德》和《包法利夫人》的文本世界脱离成规的真实性的标志。"一旦受到现实的检验，这些成规化的世界就崩溃了，于是我们被带回到塞万提斯和福楼拜所创造的自然化的现实之中。"②

---

① 转引自［美］乔纳森·卡勒《结构主义诗学》，盛宁译，中国社会科学出版社 1991 年版，第 208 页。

② ［美］华莱士·马丁：《当代叙事学》，伍晓明译，北京大学出版社 1990 年版，第 61 页。

相对于"体裁程式"造成的逼真而言,"成规性的自然"处于一个更高的层次,因为它是建立在对前者的阐释规范进行掌控的基础之上的。正如卡勒指出:"在卷帙浩繁的黑格尔传统的阐释游戏中,每一位读者都竭力达到理解领域其他一切的最外圈,然而这种阐释活动本身却未包括在内。于是,我们这里所谈的这一层次的逼真性,至少在现时条件下,便处于一个十分优越的地位,因为它有执掌并转化其他层次的能力。"① 但无论如何说到底,它也仍是程式之一种而已。

(5)"滑稽模仿和反讽"(parody and irony)

卡勒论述的第五层次的逼真性是"滑稽模仿和反讽"(parody and irony)。这是"由互文性产生的比较复杂的逼真,意指一部作品以另一部作品为基础或起点,因此理解时必须考虑与后者的关系"②。"第四层次的逼真性所发挥的功能,在这里已由滑稽模仿的观念本身所取代,后者充任了归化过程的强有力的手段。我们称某部作品是滑稽模仿,这已经道出它应该怎样阅读,我们已从严肃诗歌的要求下解脱,使模仿作品的种种稀奇古怪的特征变得可以理解。"③ 很明显,卡勒在此所述的"逼真"的意思是按照一套阐释程式(在此是参照另一文本)而实现对文本的理解。他给"归化"或"自然化"(naturalization)的定义是"对事物进行阐释,将其纳入由文化造成的结构形态,以被某种文化视为自然的话语形式来谈论它"④。

① [美]乔纳森·卡勒:《结构主义诗学》,盛宁译,中国社会科学出版社1991年版,第226页。

② 同上书,第210页。

③ 同上书,第227页。

④ 同上书,第206页。

这意思大体应该是使事物"归顺于人的普通思维，以一种自然而不是奇怪的方式使人理解"，这与现实主义所强调的与"现实"同一还有一定的区别。但正如马丁所做的那样，我们可以按照与现实主义的关系将此进行引申。

卡勒指出，在滑稽模仿某一具体文本时，读者必须在头脑中将两个文本的不同的组织结构联系在一起，但是并不能导致综合，不能导致就如第四层次那样的归化。也就是说，在滑稽模仿中包含着进行滑稽模仿的文本和作为滑稽模仿对象的文本的两种逼真性，它们并没有融为一体，没有任何标志指明哪种逼真性才是可取的。马丁极富洞察力地指出了这种文本状态的深刻的现实主义特征："将这类文本认作现实主义的会显得很奇怪，因为它们不仅破坏了在不同成规之间所做的选择，而且破坏了成规与现实之间的明确区别。在某种意义上，它们把我们转回到自然化的第一层次——实在者，因为它们表明，不管是事实还是行动，如果离开一个理解和评价他们的头脑，就是没有意义的。与此同时，它们揭示了现实主义的最重要的成规：我们假定生活有意义，同时又承认意义产生于人的视点。"①

总之，"现实主义"不等于"现实"，它不过是一种能有效制造逼真性幻觉的叙述成规。结构主义者的这一发现不啻是对现实主义以"现实"名义自居的优越性的一记猛攻。

除卡勒外，对"现实主义"的攻击越来越成为 20 世纪批评家们的共同立场。罗兰·巴特曾在《文学与今天》一文中，

---

① ［美］华莱士·马丁：《当代叙事学》，伍晓明译，北京大学出版社 1990 年版，第 63 页。

对文学中的现实主义提出过一系列的观点。巴特的观点代表了语言学转向、确定性消失的后现代的背景下，人们对现实的新的看法。在巴特看来，并不存在绝对客观的所谓"现实"，现实只是一种推论，每个人都基于自己的立场和视界来认定他所称为现实的东西。所以并不存在所谓"真实地反映现实"，当现实主义者如此宣称的时候，他们其实只是在其作品中选择了关于现实的某一种推论。其次，巴特指出，文学是一种语言，它所反映的现实只是语言之中的现实。文学符号的意义来自与语言体系中另一符号的差异，而不是来自与所指对象的关系。与现实生活中的这些对象相比，文学从根本上讲就是非现实的。换句话说，文学就是非现实本身。最"真实"的文学就是意识到自己最不现实的文学。

巴特的看法既深刻又极端。现实主义者的确只是在文本中选择了自己关于现实的推论，文学也的确只是一种语言符号的建构。但这种符号建构未必不能反映现实。既然现实不过是种种推论，那么用符号来表达自己关于现实的"某一种"推论——这就是最深刻的现实，是符号建构的所谓"现实"背后的真正现实：无处不在的意识形态。

二 解构真实：抨击现实主义的文化霸权，揭露现实是如何按照话语霸权被虚构

在卡勒等结构主义者看来，"现实主义"远非"反映真实"，与其说现实主义小说"反映了"真实世界，不如说它"建构了"真实世界。事实上卡勒的认识不过是当代普遍的文化思想与社会学思想在文学上的反映，正如批评家弗瑞斯特·汤普森所说："陷入一个陈旧落伍的文学传统的情况，可以看

作以下感觉的特殊症候：即我们陷入了衡量和理解世界的各种系统中，事实上，除了这些衡量系统之外，根本就没有什么'现实'"。① 所谓"陈旧落伍的文学传统"，即指对文学反映"客观现实"的传统信念。这种不再视现实为客观存在，而视之为人为建构物的观念已经在许许多多的学科中，通过哲学的、政治学的、社会学的、语言学的等角度得到了理论化的说明。在社会学方面阐述得最为清楚的是彼得·博格（Peter Berger）和托马斯·卢克曼（Thomas Luckman）的著作《现实的社会结构》（The Social Construction of Reality，1971）。他们认为现实并非被简单给定的东西，而是被"制作"出来的，是由世上之物表面上的"客观真实性"、与社会成规以及人们的观念之间的相互关系所产生的。这些社会成规、个人的或人际的观念存在于特殊的、历史性的权力结构和知识结构范围内。权力结构和知识结构发生变化，现实模式就会发生再组合。尤其当代的现实更是在不断地被重新评估、重新组合。人们再也无法体验一个稳定的、凝固的现实了，能够体验的只是一个相互关联的网络，以及多样化的现实。

语言学转向也为这种语言建构现实的观点提供了支撑。索绪尔关于意义产生于能指间的差异的观点暗示了现实是语言所产生的结果，而不是由语言所反映的先在状态。这等于根本颠倒了传统所认为的语言和存在的关系。美国语言学家萨丕尔、沃尔夫提出了"萨丕尔—沃尔夫假说"，同样认为现实由语言决定，而非语言由现实决定。是我们用以再现世界的那种具体

----

① Forrest-Thompson，"Necessary Artifice"，in Dan McIntyre，*Language and Style*，New York：Palgrave，1973，p. 4.

的语言，决定了我们对"真实世界"的感受。"不同的语言用不同的形式对世界进行编码，因此，可以认为'现实'与文化有关，它由具有区分关系的不同体系的语言用不同的方式生成。"① 由此可以解释为什么如果一种语言中某方面的词汇特别发达，那么在使用这种语言的人心中，该词汇所代表的"现实"就会比使用其他语言的人心中该词汇所代表的现实更丰富多彩。爱斯基摩人用来指"雪"的词汇有二十六个，而在我们的世界中绝没有如此丰富的关于雪的"现实"，我们根本就对这种现实毫无意识。中文的语法、时态远不如西方语言严谨，在中国人心中，"现实"并非按照理性、逻辑来严密地组织，而是诗性地存在并超越言说，所谓"道可道，非常道"。

具体到小说中，现实主义小说建构了真实世界，它远非客观，而是处处渗透着作家的主观意图、主观理解和对世界的主观切分。韦勒克在以"客观性"来定义现实主义时，就已经指出了这个定义所内含的矛盾。他提醒："我们必须认识到，在我们原来的定义即'当代社会现实的客观再现'中，就蕴含或者隐藏着说教。从理论上讲，现实地完全再现会排斥任何种类的社会目的或宣传。显然，现实主义理论上的困难即其矛盾性恰好就在这一点上。……描写当代社会现实这种变化本身就蕴含着一种教训，寓于人类同情、社会改良主义和批评之中，并且常常表现为对于社会的反抗和憎恶。在描写与开出药方、真实与训诫之间存在着一种张力，这种张力不能在逻辑上加以解决，而是我们正谈论的那种文学的特征。在'社会主义现实主

---

① ［英］马克·柯里：《后现代叙事理论》，宁一中译，北京大学出版社 2003 年版，第 41 页。

义'这个俄国新名词上，人们十分公开地承认这种矛盾：作家应该'如实地'描写社会，但他又必须照其应该或将要形成的样子来描写它。"① 这种矛盾同样存在于列宁取的"批判现实主义"这个广为流传的、奇怪的名称上。现实主义要求对现实的客观再现，而"批判"显然表明了对现实的主观态度。按理说，严格的客观再现必须把作者完全排挤出去，这样的小说只能全文写成对话体（如佩雷斯·加尔多斯的对话体小说《原来如此》），或者全文写成意识流。——也就是说，严格追求客观的结果恰恰会走到现实主义的反面：意识流是与再现客观现实相对的表现主观的艺术。且从最深层上说，即便是全文写成对话体或意识流，这样的文本也不能说就把作者的主观性完全排挤干净了。因为你选择把这些对话或意识流写下来的行为本身，就已经蕴含了价值判断：你认为它们是值得写下来的，是能表现点什么东西的，而不是毫无意义的。面对"现实主义"自身所内含的这个矛盾，韦勒克采取了一种折中的或矛盾的态度，他承认客观性是现实主义小说的标准，但不赞成将客观性理解为小说中消泯了作者意识："我怀疑法国现实主义者是否做到像福楼拜的理论所说的完全不进行说教。"② 他认为坚持福楼拜的观点是不妥的，因为"这会迫使我们把萨克雷和特罗洛普、乔治·艾略特和托尔斯泰从现实主义中排除出去"③。

　　相对于韦勒克的折中态度而言，卢卡奇、杜勃罗留波夫等文论家更加鲜明地强调现实主义的主观意识形态性。卢卡奇所

---

① ［美］雷内·韦勒克：《批评的概念》，张今言译，中国美术学院出版社1999 年版，第 233 页。

② 同上书，第 232 页。

③ 同上书，第 241 页。

倡导的文学的"进步性",文学典型的代表性、对社会历史发展的预示力等,主要都属于意识形态的范畴。杜勃罗留波夫则主张艺术家同时又是道德家和科学家。而所谓"科学",指的是"正确的"也即革命的、激进的、道德的思想。在这些文论家看来,"客观真实"与"意识形态倾向"似乎是并行不悖的。他们似乎将逻辑上的非矛盾律给悬置了。亨利·詹姆斯态度谨慎,他跟福楼拜一样主张作家隐身,不对作品进行干预。但即便如此,他也表达了跟福楼拜不同的观点,他承认这种做法只是有助于取得一种真实性的幻觉,在作品中完全不带个人因素是不可能的甚至是虚假的。韦勒克一言以蔽之:"现实主义就意味着说教、道德主义和改革主义。"[1] 韦勒克甚至警示,现实主义小说的问题在于它"很可能失去艺术与传递知识和进行规劝之间的全部区别"[2]。

除开批评家们,现实主义作家们对作品的主观性其实也是心知肚明的。菲尔丁在《汤姆·琼斯》的插话中就已经说过:"思想消遣的佳境,与其说包含于题材之中,毋宁说体现于作者如何将题材装束打扮起来的技巧之中。"作家们知道创作的开始就是主观表达和意图渗透的开始。且不论菲尔丁式或托尔斯泰式在作品中对读者进行的直接的道德说教,即便没有这种赤裸裸的意图渗透,作者的叙述也总是有高度选择性的。他必须从无边无际、无始无终的时间和空间中选择一段,组成一个有头有尾的事件。而选择就意味着倾向性,就意味着意识形态

---

① [美]雷内·韦勒克:《批评的概念》,张今言译,中国美术学院出版社1999年版,第243页。

② 同上书,第244页。

渗透。即使像自然主义作家那样声称巨细无遗地展示生活，并未对事件进行典型化加工，但你把它写下来，这就是一个选择。所以小说中呈现出来的东西与无边无际、客观自在的现实本身永远不可能等同。——而我们需要考察的，是作家们伪装等同的动机。

前面谈到，巴特在《文学与今天》中指出了文学就是非现实本身。但悖论的是，他在《零度写作》中阐明的观点，又深刻地反驳了"文学就是非现实本身"。巴特指出文学就是非现实本身，是基于对现实主义写作不"现实"的发现。——然而，既然不"现实"却又要装作"现实"，正是这点体现了真正的现实——"真实"背后的意识形态控制。对此巴特做了深入的阐说。

一直以来，现实主义写作被认为是对现实的"透明再现"，是一种趋向"天真"（innocence）状态的写作模式。巴特称之为"中性写作"或"白色写作""零度写作"。"真实反映客观现实"一直都是作家们的标榜，也是读者的信念，是现实主义小说的生命，也是作品的价值和意义所在。然而巴特却指出，"没有什么比白色写作更不真实的了"[①]"现实主义写作远非中性，恰恰相反，其中充满了最蔚为壮观的编造的痕迹。"[②] 而资产阶级把这种人为编造的东西宣称为"自然的""天真的"，正"暴露了资产阶级最后的历史野心：他们企图将人类的全部经验都并入自己对世界的特定看法中，并把它标榜为'自然

---

① Roland Barthes, *Writing Degree Zero*, Trans. Annette Lavers and Colin Smith, New York：The Noonday Press, 1968, p. 78.

② Ibid. p. 67.

的'和'标准的'①。"而这对读者起到的作用，就是价值观的
灌输和隐蔽的意识形态控制，"接受这种写作就是认可那些价
值，就是证实并进一步论证那种生活方式的本质"②。巴特认
为，传统的现实主义文学"反映现实"的自我标榜只是为自己
增加了更多的神秘色彩。而文学批评的任务就是"去神秘化"，
就是揭露"天真无邪"背后的意识形态控制。

正如卡勒所做的分析，现实主义小说采取了各种"自然
化"或"归化"的技巧来把作家们精心虚构的世界转化为
"真实"。卡勒在文学结构主义的层面论述的东西，巴特等人从
意识形态的层面做了更加深入的挖掘。跟巴特一样，华莱士·
马丁也一针见血地指出了这种假装真实背后的意识形态动机：
"通过掩盖所有那些能够表明他们使用了叙事成规的证据，现
实主义作家鼓励我们对他们的故事给予信任，而且他们必定会
极其小心，不让我们注意到他们那些控制我们反映的企图——
如果控制我们是他们的目的的话。如果我们开始疑心我们轻信
的投入是产生于作者玩弄的技巧，我们就会受到双重震动——
不仅被（作者的）欺骗所震动，而且被角色的颠倒所震动；不
是我们在读故事，而是作者在读我们解释我们。"③ 正是为了
抵制现实主义小说的真实性幻觉及其以"真实"的名义对我们
实施的隐蔽的意识形态掌控，巴特才再三强调文学批评的任务
是"去神秘化"。

---

① Roland Barthes, *Writing Degree Zero*, Trans. Annette Lavers and Colin Smith, New York: The Noonday Press, 1968, p. 77.

② Ibid. p. 80.

③ ［美］华莱士·马丁：《当代叙事学》，伍晓明译，北京大学出版社1990年版，第178页。

　　我们显然不能认为这样的"去神秘化"的文学批评是没有现实指向的,巴特甚至认为它是"一位知识分子采取政治行动的唯一有效方式"。① 这种"去神秘化"除了可以通过文学批评来进行之外,还可以以另外一种方式来进行——这就是元小说。如果说文学批评是从文学外部进行的去神秘化,那么元小说则是从小说内部进行的去神秘化。

　　很多人认为当代文化中缺少一种可明确定义的"先锋"运动。元小说以其新颖激进的形式冲击力,而成为后现代文坛一道引人注目的景观,但文学形式的革新并不能承担"先锋"的所有内涵,除非在形式革新的背后有着某种迫切的、有着现实指向的目标。特里林在《超越文化》(Trilling, Lionel, *Beyond Culture: Essays on Literature and Learning*, New York and London 1966)中将这个目标的讨论引向了个人与社会、与权力结构的关系。

　　在18、19世纪小说中,个人总是通过婚姻、奋斗或死亡等,被"整合"到社会结构中。而在现代主义小说中,个人的自主性的获得,却只能通过"反抗"社会结构和规范才能实现。这场斗争往往是关乎个人的异化,并以个人精神的崩溃而告终。而当代社会的权力结构却是更加变化多端、更为隐蔽、也更令人迷茫,这使得后现代作家在体验并表现这个"反抗"的对象时,变得更加抽象和困难。

　　元小说作家找到了解决这个问题的方法,这就是将关注点向内转移到自己的表达媒介上来,考察小说形式与社会权力结

_____

① ［美］乔纳森·卡勒:《罗兰·巴尔特》,方谦译,北京三联书店1988年版,第40页。

构的关系。如果现实主义小说是对现实的一种阐释模式的话，那么元小说要问的是：它为什么要采用这种模式来阐释现实？后结构主义告诉我们，重要的不是对事物进行阐释，而是对阐释进行阐释。

卡勒等结构主义者的分析表明，没有原生形态的、本在的"现实"，一切都取决于意义的组织方式和阐释方式。一篇现实主义小说是作者对经验世界的一种阐释，它只是一种个体化的阐释、一种个人化的关于现实的推论。如果没有文学程式赋予其力量，这种阐释不可能具有一般性。对阐释进行阐释，就是要在"元"的层次上保持批评的眼光，就是要分解文本，以发现意义在什么条件下生成、作者在什么样的条件下进行他对现实的阐释。对阐释进行阐释，就是要有能力发现假象与现实间的距离，也就是说，发现程式。

在元小说看来，"日常语言"总是通过持续的"自然化"过程来支持现存社会权力结构，赋予压制的形式以某种"天真无邪"的外观。这种"常识性""日常语言"在文学小说上的等价物，就是传统小说的语言——现实主义的叙述程式。元小说所反抗的，并不是"客观"的外部世界，而是现实主义小说的程式，因为它们与"客观"世界背后的那种压制性的权力结构相连。

元小说通过陌生化的文本形式所凸显的，正是这些程式。索绪尔区分了"语言"和"言语"，从而将语言系统和语言系统中的具体的言语行为区分开了。元小说即是有自我意识地将它个人的"言语"同小说传统的"语言"（符码或成规）进行比较对照，从而对文学传统的"语言"进行凸显。由此元小说可以帮助我们了解"现实"是如何被构造。正如沃所指出：

"如果我们对这个世界的知识如今被看作要借助语言来传达，那么文学小说（完全由语言所构成的世界），则成为一种了解'现实'本身之结构状况的有用模式。"①

元小说凸显程式的方式，常常是在一篇"现实主义"式的小说中，通过侵入式叙述来直接对现实主义小说的文学程式做点评，来自我暴露叙述和虚构的痕迹，暴露"真实"的意义生成机制。通过露迹，元小说解构了现实主义的"真实"，揭露出现实主义也不过是一种叙述成规，从而抨击了现实主义的文化霸权，并揭露"现实"是如何按照话语霸权被虚构。

三 拒绝在"现实主义真实"中迷失：《迷失在开心馆中》

美国当代最有影响的后现代主义作家之一约翰·巴思，是一位醉心于叙事艺术的学者型作家，后现代实验性小说的中坚分子。他在理论上和实践上都为后现代主义小说的发展做出了突出的贡献。巴思那篇著名的论文《枯竭的文学》被认为是"后现代主义小说的宣言书"，文中巴思最早宣告了传统文学形式的枯竭并倡导实验和创新，从而引起文学界惊觉，引发了美国小说界一场轰轰烈烈的后现代主义革命。1968 年出版的短篇小说集《迷失在开心馆中》与 1967 年发表的论文《枯竭的文学》遥相呼应，成了巴思后现代小说美学在理论与实践上互为印证的作品。在《迷失在开心馆中》，巴思全面实践了自己在《枯竭的文学》中所倡导的元小说技巧，他视之为拯救枯竭的文学的唯一出路：表现这种枯竭本身，以之作为作品的题材

---

① Patricia Waugh, *Metafiction: The Theory and Practice of the Self-Conscious Fiction*, London and New York: Routledge, 1993, pp. 2 – 3.

和内容。

《迷失在开心馆中》由 14 篇短篇小说组成，这 14 篇小说自始至终流露出了强烈、自觉的谈论小说自身的意识，是一部典型的"关于小说的小说"。巴思本人也对《迷》的实验性直言不讳。这 14 篇小说中，《自传》《标题》等都是以"小说"作为主人公和叙述者，让它自己讲述自己的形成过程、自己对文学的困境和出路的思考等。而标题小说《迷失在开心馆中》则是实验性最强、最受评论界称道的作品。同为学者型作家、实验性小说家、同样醉心叙事艺术的纳博科夫对之推崇有加，以为是盖世之作。

《迷》有两条线索，一条是以"现实主义"方式（尽管是"不太正常的"现实主义方式）叙述的少年安布罗斯随家人外出游玩而迷失在开心馆中的故事；一条是对这个故事的写作方式的评论。前者主要是"叙"，而后者主要是"议"。在前者的意义上我们感受到了青春期的主人公微妙的性心理，及其作为一个早熟少年对各种问题的思考；而在后者的意义上，我们看到了诸多对传统现实主义小说之写作程式的点评和嘲弄，议论所及包括专有名词的使用、细节描写、开头中间结尾的程式化内容、对话写作、情节发展模式、第三人称叙述等。这些点评既针对本小说文本的写作，也针对整体意义上的传统小说文类的写作。也即是说，《迷》作为元小说文本，其自我指涉的方式，既包括特自指，也包括类自指。

叙述者采用了典型的侵入式叙述来自揭虚构。在叙述安布罗斯迷路故事的过程中，叙述者突然跳出来说："是真的有安布罗斯这样一个人，还是不过是作者凭想象臆造的呢？……这篇小说中还有别的事实方面的错误吗？"① 这属于宣称的自我指涉性，明白无误地告诉读者正在阅读的东西不是真实事件的记录，而是小说，是作者的虚构。

此外叙述者还在叙述故事的过程中不断地闯入，对自己使用的写作手法横加评论：在记叙了安布罗斯一家去欧欣城旅游一路上的各种细节之后，叙述者突然说："出了什么毛病了；这些东拉西扯的开场白看来没有多少是切题的。"② 在记叙了安布罗斯和哥哥、马格达三人在开心馆中的种种经历之后，叙述者说："整段上文，除了最后几句以外，是展示部分，它应该早就写出，或者散布在目前的情节中，而不应该归并在一起。这样冗长的段落是没有一个读者容忍得了的。"③

叙述者在使用侵入式叙述对自己的写作手法横加评论的同时，也对传统小说的写作程式做了点评和嘲弄。侵入式叙述所造成的陌生化显豁地提请读者这些程式的存在。在此过程中，现实主义小说的意义生成机制被全盘暴露和解析，让读者看到现实主义小说的"真实"不过是一种幻觉，它的背后是作家们用以营造真实感的各种隐蔽的程式。

小说开始不久，交代了马格达住在马里兰州 D 城 B 街上。这里叙述者采用了现实主义小说通常采用的手法：用大写字母来表示专有名词，而并不将此专有名词直接写出。接着叙述者写道："在 19 世纪的小说中，大写的首字母、空白或两者一起，常被用来代替专门名词以加强真实感。好像为了策

---

① ［美］约翰·巴思：《迷失在开心馆中》，载罗钢选编《后现代主义文学作品选》，高等教育出版社 2002 年版，第 236 页。

② 同上书，第 229 页。

③ 同上书，第 241 页。

略上的原因或者不负法律责任起见，作者觉得非把名字删去不可。有趣的是，同现实主义的其他手法一样，这种真实感纯粹是靠人为的手段来加强的。"① 在此叙述者使用了、接着又分析了现实主义小说以大写字母代替专用名词的惯用程式，指出其目的是为了"加强真实感"。接下来的一句话可谓提纲挈领："同现实主义的其他手法一样，这种真实感纯粹是靠人为的手段来加强的。"叙述者指出了现实主义小说的真实感不等于真实，而是依赖于各种"人为的手段"，用卡勒的话说，就是依赖于特定文化中有助于实现读者所认定的"逼真"的各种写作程式。在卡勒所分析的五个层次的"逼真"中，用大写首字母来代替专有名词的这种做法属于第一层次的逼真："实在者"。之所以要用大写字母来代替，是为了反证这个实在者的存在，使其实在性更加的言之凿凿。《迷》对安布罗斯一家旅行途中的各种琐碎事情的冗长叙述可能会使读者感到厌烦，但它对现实主义小说写作程式的点评无疑会真正吸引读者的注意，从而让读者意识到本小说的真实意图所在。而旅行迷失一事不过是表达真实意图的手段或寄托，或者，一个整体的隐喻。

小说开头记叙驾车途中的各种事情，这个开头显得冗长不堪，因为情节迟迟徘徊不前，似乎离题太远，毫无达到开心馆的希望。在读者的倦怠中，叙述者笔锋一转，对传统小说的开头程式做了讨论："一篇小说的开头部分的作用在于介绍主要人物，确立他们之间最初的关系，为主要情节准备场景，如果

① ［美］约翰·巴思：《迷失在开心馆中》，载罗钢选编《后现代主义文学作品选》，高等教育出版社 2002 年版，第 225 页。

需要的话，揭示戏剧场面的背景，在适当的地方安排主题和预示，并且引进那'情节高涨阶段'的第一个纠葛或者诸如此类的东西。"① 这是传统小说开头的程式，我们在狄更斯、哈代等传统小说家的作品中对此程式再熟悉不过。符合此程式的小说我们会认为是"正常的""真实的"。在卡勒对逼真性所作的五个层次的分析中，这属于第三层次："体裁程式"所造成的逼真性。《德伯家的苔丝》的开头，当叙述者写到苔丝和一个"俊秀的青年"在草坪舞会上相遇而不得与之共舞，只能遗憾地看着他离开的时候，已经向我们预示了这个青年还会在后面的重要情节中出现，对苔丝的命运发生重要影响并最终与她失之交臂了。我们期待着这个"真实故事"一步步地展开。作为 20 世纪的后现代作家，约翰·福尔斯也深知此传统小说写作程式对于读者心中的真实感的效力。《法国中尉的女人》的开头严格遵循了此程式。小说开始是一段细致的场景描写，像俯视镜头由远及近展示着科布堤，堤上站着小说的主要人物萨拉，正在散步的一对恋人福尔斯和欧内斯蒂娜与之相遇，三角恋的开始。一个"真实的故事"的开始。如果不是小说后来对现实主义小说写作程式的点评和嘲弄使读者惊醒的话，我们就要沉浸于福尔斯惟妙惟肖地构筑的"真实故事"了。而巴思的小说没有遵循此程式，这让读者感到了某种不正常或不安，小说花去大量的篇幅，而"到现在为止，还没有真正的对白，极少表达感觉的细节描写，关于主题方面则什么也没有。好长的时间已经过去了，什么都没有发生；这叫人纳闷。我们连欧欣

---

① ［美］约翰·巴思：《迷失在开心馆中》，载罗钢选编《后现代主义文学作品选》，高等教育出版社 2002 年版，第 228 页。

城也还没有到达！我们将永远走不出这开心馆了"①。读者对
"正常故事"的阅读期待一再地受挫，这个故事好像显得"有
问题"、不怎么"真实"。而怎样的写法我们才会认为是真实
的呢？叙述者将此写作程式和盘托出："说实话，如果有人设
想写一篇名叫《开心馆》或者《迷失在开心馆中》的小说，
驾车去欧欣城一路上的细节未必显得特别恰当。开头部分应该
描述安布罗斯在下午刚开始时第一眼看到开心馆起到傍晚跟马
格达和彼得一起进开心馆之间的那些事情。中间部分应该叙述
从他进去时到他迷路时之间所有有关的事情；中间部分具有双
重的、相互冲突的作用，一方面推迟高潮的到来，另一方面却
给读者思想准备，引导他去迎接高潮。接着是结尾，将讲述安
布罗斯迷路后干些什么，他最后如何找到出路，还有别人怎样
看待这段经历。"②"开头部分应该描述""中间部分应该叙
述"——换句话说，不是"真实"是怎样，而是我们习惯了的
"真实""应该是怎样"。应该的背后是体裁程式。巴思以正在
写作的文本现身说法，向我们剖析了一篇"正常的小说"的构
造机制及其真实感的生成机制。他的《迷失在开心馆中》并没
有遵循这个机制。——之所以不遵循，是因为清醒地认识到依
照程式制造的真实是一种伪真实。

　　同样予以了清醒的观照的是传统小说的情节模式：弗赖伊
塔格三角。"其中 AB 代表展示部分，B 为冲突的出现，BC 为
'情节高涨阶段'、纠葛或冲突的发展，C 为高潮或情节的转折

---

　　①　[美] 约翰·巴思:《迷失在开心馆中》，载罗钢选编《后现代主义文学作品选》，高等教育出版社 2002 年版，第 228 页。
　　②　同上。

点，CD 为结局，或冲突的解决。"① 这个三角模式内置于传统小说之中，读者如痴如醉地沉浸于它的戏剧化效果，与小说人物同命运共悲欢，它早已成了世世代代的读者乐于接受的逼真程式。正如叙述者所说："虽然没有理由把这个模式看作绝不可少，但它和其他许多常规的东西一样，变得常规化了，因为多少年来，许许多多人通过反复试验和犯错误懂得它是行之有效的；因此，你不应当丢掉它，除非你打算同时丢掉戏剧效果，或者，有明确的理由可认为：故意违反这'正规的'模式能更好地造成那种效果。"② 叙述者的意思是，传统小说的情节是基于一个反复试验行之有效的写作程式，此程式能有效地制造戏剧效果，使读者忘情投入一个"真实故事"。但这是"逼真"而不是"真实"，是程式而不是生活——我们知道，真实的生活并不按弗赖伊塔格三角来发展。正如眼下的这部"不正常"的小说，它缺少高潮，弗赖伊塔格三角在安布罗斯的经历中变得面目全非："我们很久以前就该越过弗赖伊塔格三角的顶点，极简短地处理那结局；这情节并不意味深长地一步步向上发展，而是环绕着自身转圈子，离开主题，朝后退却，踌躇不前，唉声叹气，土崩瓦解，终于死亡。小说的高潮该是它的主角发现走出开心馆的一条路。可是他什么出路也没找到。很可能就不去找了。"③

生活的发展如流水般自然，不遵照任何程式。而我们按照程式，将生活建构成了我们所认为的"真实"。我们就像习惯

① ［美］约翰·巴思：《迷失在开心馆中》，载罗钢选编《后现代主义文学作品选》，高等教育出版社 2002 年版，第 242 页。
② 同上。
③ 同上书，第 243 页。

了弗赖伊塔格三角的小说家一样来描述平常的现实甚至自身平淡的历史，最终我们分不清楚生活和小说、逼真和真实。正如安布罗斯的自传："他时不时又习惯地管自复述着自己那毫无冒险性的生活经历，从第三人称的观点来描述，从他最早的回忆圆括号在马里兰州沿海低洼地区枫叶在夏风中轻轻摆动圆括号直到现在。这些主要事迹，在这次讲述中，会是像 A、B、C 和 D 那种图形。"①

在小说末尾，我们可以再次考察"迷失在开心馆中"，开心馆究竟是指什么？从字面上看，它指的是游乐场中的一种游乐设施，小说叙述的是主人公安布罗斯的一次奇妙惊险的旅程。然而作为一个整体的隐喻，"迷失在开心馆中"讲的是作家安布罗斯迷失在一座迷宫中，"他在黑暗里自言自语地讲一个个故事，一直讲到死去"②。因此开心馆又象征着艺术创造的迷宫、象征着写作本身。这座迷宫中作者扮演着上帝，君临天下，贯彻自己的意志，当不露面的操纵者。正如安布罗斯的愿望："他展望这一座真正惊人的开心馆，复杂得叫人难信，然而由一个大规模的中央交换台来操纵一切，就像管风琴的控制台一样。……他要当它的操作者；操纵台上的小灯会显示出这五花八门的庞大场所的每个奥秘的角落里发生些什么；啪地扳一个开关会使这个人的路变得好走，使另一个人的路变得复杂，使情况保持平衡；如果有人看来迷了路或者吓着了，操作人员只消这样。……他要替别人建造开心馆，当不露面的操作

① ［美］约翰·巴思：《迷失在开心馆中》，载罗钢选编《后现代主义文学作品选》，高等教育出版社 2002 年版，第 243 页。
② 同上书，第 242 页。

人员。"① 在这座艺术创造的迷宫中，这个不露面的操作人员操纵了迷宫中的一切。每一个人都是他的意志的玩偶，并且都把按他的意志建造的世界视为唯一真实的现实。再引申，开心馆还可能象征着语言这一迷宫。这座迷宫供人游乐、嬉戏。这座迷宫中挂满了哈哈镜和旋转盘，充满了机巧和欺骗，使人恍恍惚惚迷失其中，分不清真实和虚假。最后，说到底，开心馆还可能从整体上象征着这个结构诡谲的世界本身。

世世代代的读者们也迷失在了文学创作和语言的开心馆中，他们没有注意到开心馆那不露面的操作人员，他们分不清梦幻和现实、真实和虚假。而 19 世纪的现实主义小说可谓是最为规模巨大的开心馆。

巴思曾在一次访谈中说："世界是一部小说，上帝就是小说的作者。……上帝所面临的麻烦并不在于他是一个拙劣的小说家，而仅仅是因为他是一个陈腐不堪的现实主义小说家。"巴思对传统现实主义抱着调侃和嘲弄的姿态。作为后现代作家，他比传统时代那些在现实主义小说的开心馆中乐不思蜀的人升了一级，他要研究的是这座充满了幻景、使众人迷失其中真假不分的开心馆的构造机制，以及不露面的操作人员的个人意志。事实上关注"文学传统"一直是巴思元小说创作的一个核心主题，这使得他可以一举三得：讨论传统小说得失、评论自己的作品、创作自己的小说。在后现代的语境中审视传统，巴思发现现实主义的小说叙述问题重重。

问题存在于现实主义的"真实"神话中。传统小说家再现

---

① ［美］约翰·巴思：《迷失在开心馆中》，载罗钢选编《后现代主义文学作品选》，高等教育出版社 2002 年版，第 244 页。

世界的信心、做"社会历史的书记"（巴尔扎克）的勇气，是以相信语言乃是我们与世界之间的透明中介为前提的。而在语言学转向、"表征危机"已成共识的后现代，人们对"语言反映世界"嗤之以鼻，对"语言建构世界"深信不疑。后现代哲学家们和结构主义叙事学家们一样，不再把"真实"设想为语言与现实之间的关系，而把它看作语言运用中包含的种种成规的一个衍生物——语言建构了真实、建构了世界。而在建构的背后，是无处不在的意识形态和话语霸权。正如伊格尔顿所指出，我们总是在政治化的环境中行动和使用语言。现实主义小说通过其所建构的"真实"世界，来向我们灌输作家们对于世界的特定看法，来对我们实施隐蔽的意识形态掌控。在托尔斯泰呈现的乡下地主列文的真实的农村生活中，充满了托尔斯泰式道德自我完善的说教，贵族们应该效仿行之，而平民们应该相信贵族的自我改造，他们没有暴力革命的必要。在匹克威克先生游历所见的英格兰真实生活中，狄更斯告诉我们维多利亚时代尽管充满了各种阴暗面，但那只是阳光下的阴影，总的来说，我们生活于一个童话般"快乐的英格兰"。因此现存社会制度是最好的，它的不完满只须改良，无须推翻。——总之，在每一个现实主义的"真实世界"背后，都有一个意识形态的潜台词。

巴特发现了语言的这种建构世界，并以"真实"的名义进行意识形态控制的功能，所以他强调"去神秘化"。我们对熟视无睹、已经被当作"自然"（nature）的东西——比如现实主义小说——进行去神秘化的工作，发现它们其实是文化（culture），是一定文化中人们所认可的"逼真"程式的建构物。元小说是从小说内部对现实主义小说的"真实"进行的去神秘化。在《迷失在开心馆中》，当巴思的关注从"事情的开头是什么"到"故事的开头应该是什么"的时候，他说的，事实上就是小说程式与"真实"神话、与意识形态之间的联系。他在安布罗斯的故事中对自身的现实主义写作程式的自我点评，为的就是解构传统现实主义的"真实"，抨击现实主义的文化霸权，揭露"现实"是如何按照特定的意识形态世界观和话语霸权被虚构。沃指出："元小说并没有因为想象的那咯索斯式的愉悦而放弃'真实世界'。它要做的事，就是对现实主义的成规进行再检验，目的在于发现——通过他的自我反射——一种虚构形式。……元小说通过向我们展示文学小说是怎样创造它的想象世界的，从而帮助我们理解我们生活于其中的现实是怎么同样被建构的，怎么同样被'写成'的。"①

韦勒克指出，"摹仿说"自亚里士多德以来在全部批评理论中占据统治地位，这表明作家、批评家一直关心现实问题。而巴思作为一个典型的后现代元小说作家，并不以摹仿现实为己任，相反，他的小说的主要目的就是将文学的虚构性和人为性公之于众。他并不企图使读者相信小说世界的真实并吸引读者忘我投入，而是竭力使读者明白，所有的"真实"都不过是人为程式的结果。鄙弃了反映现实的宗旨，于是巴思的创作指向了自身。——然而，这是否表明巴思的小说就"与现实无关"呢？元小说家们反对现实主义的原因与柏拉图反对摹仿的理由如出一辙："现实主义之所以是最虚假的艺术形式恰恰是

---

① Patricia Waugh, *Metafiction: The Theory and Practice of the Self-Conscious Fiction*, London and New York: Routledge, 1993, p. 18.

因为它显得真实，从而掩盖了它是幻觉这一事实。"① 因此，元小说对虚构的揭示又在一个更高的层面上关注了现实，文本的自指又在一个更新的维度上实现了它指：它解构了"真实"，从而消解了一切利用小说的逼真度实施隐蔽的意识形态掌控的企图。当然，巴思这样的后现代作家关注现实的方式、表现现实的手法都与传统现实主义作家迥然不同。传统现实主义作家表现的现实被他们视作伪真实，他们全部的努力就在于揭露这种伪真实的本质。然而正是在这种揭露中，元小说作家们指向了另一意义上的真实——无处不在的虚构及其意识形态本质。由此我们可以理解为什么巴思这样激进的后现代实验性作家却自称"一个披着现代主义外衣的传统主义者"。除了其元小说在形式上对传统现实主义小说的滑稽模仿使得其与传统之间有着千丝万缕的联系之外，更重要的是，作家并没有脱离传统文学精神最重要的内涵，他们并没有忘记现实。正是在这个意义上，布雷德伯里称巴思们为"新现实主义作家"。

可见元小说在理论上高唱"反对现实主义"的论调，却在另一层面上回归了现实主义精神。在元小说中，文本内的世界与文本外的世界有着根本的联系。这种联系的存在并不是因为元小说像传统现实主义小说那样宣称小说是现实的镜子，而是因为它通过自揭虚构的文本行为，而向我们揭露了"真实的现实"是如何被文本化、如何被虚构的，这种虚构与现存意识形态和权力结构又有着怎样的关系。换句话说，"反对现实主义"正是为了揭示真正的现实。正如戴维·洛奇深刻地指出："元

---

① ［美］华莱士·马丁：《当代叙事学》，伍晓明译，北京大学出版社1990年版，第178页。

小说表面上是反现实主义的，但事实上它突出表现了现实与文学的关系，是对现实主义文学观念的进一步发展。"① 在此我们进入了艺术与现实之间的关系的基本认识论领域。韦勒克指出："艺术避免不了同现实打交道，不管我们怎样缩小现实的意义或者强调艺术家所具有的改造或创造的能力。……全部过去的艺术都以描写实在为目的，即使在它讲到更高一层的实在时也是如此。"② 因此韦勒克才在讨论 19 世纪特定时期的现实主义之前，在艺术之与现实世界相联系的本体论意义上，区分出了另一种现实主义，他称之为"永恒的现实主义"。致力于"自揭虚构"的元小说与现实之间的深刻联系，正是基于这种"永恒的现实主义"。

第三节　虚构：揭露历史文本中的
叙事逻辑和意识形态

一　讲故事：历史与意识形态

从亚里士多德开始，就有着悠久的传统，认为文学不仅不同于历史，而且优于历史。历史只叙述偶然的、特定的事情。而文学叙述普遍的、规律性的事情。然而，正是对"文学的"和"历史的"区分，如今正被后现代的理论挑战，新历史主义等理论更多地聚焦于文学和历史这两种写作方式之间的相似点

---

① David Lodge, *After Bakhtin: Essays on Fiction and Criticism*, London and New York: Routledeg, 1990, p. 43.
② ［美］雷内·韦勒克：《批评的概念》，张今言译，中国美术学院出版社1999年版，第216页。

而非相异处。它们都被认为其内在力量更多地是来自其"逼真性"而非来自所谓的客观真实。它们都被认为是语言的建构物，这种语言建构物在其叙述形式上是高度惯例化的。它们都同样是互文性的，在其自身的文本内组织进过去的文本。并且，事实上，历史和小说这两个术语本身也是历史的概念，它们之间的区分和相互关系也是历史地决定的，并随着时间而改变的。

在 19 世纪以前，至少在兰克提出所谓"科学的历史方法"以前，文学和历史就一直相互渗透、相得益彰。"司各特认为自己既是一个小说家又是一个历史学家。在《法国革命史》里，卡莱尔的创作更像是出自一个小说家而不是一个现代历史学家之手。"①

在后现代，从海德格尔到列维—斯特劳斯、福柯和海登·怀特，都强调历史的虚构性，向历史以"科学"自居的地位提出挑战。怀特引用克罗齐的话："没有叙事，就没有历史。"②在他看来，历史是一种叙事，是语言的虚构，"其形式与其说与科学的形式相同，不如说与文学的形式相同"③。怀特区分了历史著作的几个层面：（1）编年史；（2）故事；（3）情节编排模式；（4）论证模式；（5）意识形态含义模式。在历史话语

---

① ［英］戴维·洛奇：《小说的艺术》，王峻岩译，作家出版社 1998 年版，第 226 页。

② ［美］海登·怀特：《当代历史理论中的叙事问题》，载［美］海登·怀特《后现代历史叙事学》，陈永国、张万娟译，中国社会科学出版社 2003 年版，第 127 页。

③ ［美］海登·怀特：《作为文学仿制品的历史文本》，载［美］海登·怀特《后现代历史叙事学》，陈永国、张万娟译，中国社会科学出版社 2003 年版，第 170 页。

中，叙事用来改造一系列编年史中的事件。怀特指出，编年史中的"事件"不同于历史中的"故事"，编年史中的事件是在现实世界中被"发现"的，而不是"发明"出来的，它不具有"叙事性"。历史学家要对这些事件进行选择、排除、强调、归类，将其变成一种特定类型的故事，也即通过"情节编排"而将编年史中的事件建构成历史叙事。"情节编排则是把一系列事件变成一个故事，通过逐渐展开使其成为一个特殊种类的故事。"① 在这个过程中，历史学家会运用人物刻画、主题表现、叙述声音和叙事视角的变化等手段——总之，我们可以在小说的情节建构中找到所有的技巧。怀特根据弗莱《批评的剖析》识别出四种"故事类型"，即四种"情节编排模式"：罗曼司、悲剧、喜剧、讽刺。不同的历史学家采用不同的情节编排模式来编造他的故事，如米什莱用浪漫模式，兰克用喜剧模式。如何再现特定的历史状况取决于历史学家将某种特定的情节结构与某一组特定的历史事件相匹配的感性。而"这从根本上讲是文学的，即小说创作的运作"②。怀特强调，将其称为文学并不是贬低历史的价值，因为"用这样的情节结构给事件编码是某一文化理解其个别及公共历史的方法之一"③。这些情节结构是特定文化所培养的故事类型，它存在于神话、寓言、民间传说、文学艺术之中，是读者所熟悉的文化遗产的一部分。只有

---

① ［美］海登·怀特《元历史：19世纪欧洲的历史想象》之前言《历史的诗学》，载［美］海登·怀特《后现代历史叙事学》，陈永国、张万娟译，中国社会科学出版社2003年版，第376页。

② ［美］海登·怀特：《作为文学仿制品的历史文本》，载［美］海登·怀特《后现代历史叙事学》，陈永国、张万娟译，中国社会科学出版社2003年版，第178页。

③ 同上。

当读者把历史叙事中所讲的故事看作一种特殊的故事类型时，才可以说他"理解"了这个话语所产生的"意义"。而"这种'理解'只不过是叙事'形式'的识别而已"①。

　　总之，历史话语就题材而言有别于文学话语（前者的题材是"实际发生"的事件，后者的题材是"想象"的事件），但在形式上却不然。这里的"形式"不仅指话语的表面形式，即历史和文学都以"故事"形式存在，而且指意义生产系统，即情节编排模式，这是历史修撰与"文学"和"神话"之间的共性。但这种共性不应该使我们感到窘迫，"因为这三者所共有的意义生产系统乃是一个民族、一个群体、一种文化的历史经验的精华"②。历史叙事起到了在我们所不熟悉的历史事件和我们所习惯用来赋予不熟悉的事件以可理解性的情节结构之间的媒介作用，正是这种媒介作用使得怀特将历史叙事看成一种隐喻或象征结构："历史叙事并非是它所标识的事物的意象，它与隐喻一样使人们回忆起它所标识的意象。……将其中记录的事件'比喻'成我们在文学文化中已经熟知的某种形式。"③因此，在所有历史叙述中都有诗歌要素，因为我们需要依靠比喻性语言技巧。为了再现过去"真正发生的事件"，历史学家

――――――――

① ［美］海登·怀特：《作为文学仿制品的历史文本》，载［美］海登·怀特《后现代历史叙事学》，陈永国、张万娟译，中国社会科学出版社 2003 年版，第 150 页。

② ［美］海登·怀特：《当代历史理论中的叙事问题》，载［美］海登·怀特《后现代历史叙事学》，陈永国、张万娟译，中国社会科学出版社 2003 年版，第 152 页。

③ ［美］海登·怀特：《作为文学仿制品的历史文本》，载［美］海登·怀特《后现代历史叙事学》，陈永国、张万娟译，中国社会科学出版社 2003 年版，第 181 页。

必须首先"预设"一个可能的认知客体，即历史文献中的那个事件。而这种预设行为是诗意的，因为就历史学家而言，它是前认知的、前实证的。并且，在历史学家的虚构中，一个事件的不同阶段被视为清晰规整的开始、中间和结尾。但是历史原本像流水一样自然，无始无终、无高潮无结局。因此无论是开始还是结尾都不可避免地是诗意的建构，因而依赖于赋予它们表面连贯性的比喻性语言。总之，我们通过将形式连贯性强加于现实世界来理解现实世界，而这种形式连贯性通常来自文学作品。但这并不贬低史学的知识地位，"小说化"不过是"理解"和"解释"的一种方式，正如伟大的小说是对我们所居于其中的世界的解释一样。

　　总之，后现代的历史理论家们已经颠覆了传统的将历史等同于客观存在的信念，而将其等同于文学叙事，当前的历史理论关注的是讲故事——更准确地说，叙事话语模式——是否本质上是意识形态的。一种观点认为"讲故事"仅仅具有修辞功能，它只是一种中性的话语形式，本身不带任何信息，我们可以简单地用"叙事形式"来再现任何认知内容，不管是史学的，还是经济学的、统计学的、人种学的等。但当代的叙事学研究表明，叙事绝不是一个可以清晰地再现事件的中性媒介，它具有隐蔽的意识形态功能。史学研究中的年鉴派以及文学结构主义者对历史"客观性""科学性"的攻击正是基于对历史叙事的这种认识。罗兰·巴特《历史的话语》（1967）典型地体现了结构主义者对"叙事性历史"的那种敌意。在这篇文章中，巴特攻击了传统历史修撰所夸耀的客观性，指出"历史的"话语与"虚构的"话语毫无区别，其原因就在于历史修撰采用叙事性再现。巴特反问："这种叙事形式真的以某种特性、某种不可否认的独立性区别于我们在史诗、小说和戏剧中看到的那种想象的叙述吗?"① 巴特发现了一个悖论,原本在虚构的地基上(神话和史诗)发展起来的叙事结构,在传统的历史修撰中居然"既是现实的符号又是现实的证据"②。

巴特正是在叙事"虚构"中发现了历史叙事的意识形态功能。他指出,任何历史再现都是一种幻觉,它将散乱的、自在的外部世界再现为拥有全部形式连贯性的叙事,这就等于将"意义"(人为建构的)错当成了"现实"(客观存在的)。因此"(叙事性)历史话语在本质上就是一种意识形态制作,或更准确地说是想象制作"③。巴特进一步区分了进步的与反动的意识形态。在《历史的话语》中,他指出历史再现可以采取多种方式,其中一些方式公开宣称自身"被建构"而非"被发现"的性质,因而不像另一些那样具有"神话性"。而传统历史话语比之现代艺术要倒退得多,这是因为现代艺术充满自我意识地表明了其自身"被发明"的性质,而传统历史仍然冥顽地宣称自身的"科学性"地位,成为"指涉性谬误"的牺牲品。

巴特的最终目的是要推翻 19 世纪的"现实主义"——那种以崇高的"人文主义"形式出现的意识形态的伪科学。对他而言,在 19 世纪,"现实主义"小说与"客观的"历史修撰并行发展,这绝不是偶然的。二者都依赖于一种叙事话语模

---

① Roland Barthes, "le discourse de l'histoire", trans. Stephen Bann, in Elinor Shaffer ed. *Rhetoric and History*: *Comparative Criticism Yearbook*, Cambridge: Cambridge universtity press, 1981, p. 7.

② Ibid. pp. 16 – 17.

③ Ibid. p. 7.

式，这种叙事话语模式能用概念内容（所指）来隐蔽地替换它在真实世界中的指涉物："在客观历史中，真实的东西从来只不过是一个未经表述的所指，在显然全能的指涉物背后隐藏。这种情况标志着所谓现实主义效果的特点。"① ——这正是以巴特为代表的符号学家对历史意识形态化作出的解释。意识形态，即巴特所谓的"神话思想"，在历史再现中发挥的作用就在于，秘密地用"所指"（一个被视为本质的特殊概念，如"美国性""法兰西风格"）来代替真实世界中的指涉物（如"美国公民""法国时装样式"）。从符号学的角度来考察历史意识形态生产的过程，就是用假定的"本质"隐蔽地替代具体的历史现实（如马克思在《路易·波拿巴的雾月十八日》中，以一种本质的"滑稽性"代替了雾月十八日发生的所有事件）。因此，只要历史再现仍然在使用叙事模式，它就只能是一种伪科学，一种意识形态行为。而历史故事中的这种意识形态是压制人的："历史故事在把历史事件转换为'戏剧'成分这方面是意识形态的。这种转换让读者占据'观众'的想象位置，舞台上超人'演员'在扮演各种'角色'，代表神话的而非自然的力量。普通人只是对舞台上发生的事情赞叹不已；他们永远不敢奢望自己有效地身临其境或用自己的行为改变其中的力量。通过讲故事而使历史戏剧化，这样做的一般意识形态效果是创造了'主体'，他们满足于作为历史'力量'的'承受者'，因为他们已经没有希望靠自己的力量——不论是作为

① Roland Barthes, *"le discourse de l'histoire"*, trans. Stephen Bann, in Elinor Shaffer ed. *Rhetoric and History*: *Comparative Criticism Yearbook*, Cambridge: Cambridge universtity press, 1981, p. 17.

个人还是作为社会集团的成员——成为'行为者'了。这样看来，进步的批评和理论的任务就是不仅在历史写作的领域，而且特别要在小说创作中捣毁叙述的权威。"①

总之，在巴特、克里斯蒂娃、德里达等人的攻击下，正如詹姆逊（Fredric Jameson）所说，历史再现正像传统小说一样，面临危机。詹姆逊认为，对此危机的最为聪明的"解决办法"并不在于将历史编撰作为一种不可能达到目的的行为或一种意识形态的表现形式而统统抛弃，而是相反——在于在一个不同的层面上对其进行认识和定义。阿尔都塞（Althusser）的建议似乎是对此问题的最聪明的解决：由于"现实主义的"历史编撰已经变得问题重重，历史学家们就应该重新对其工作进行界定——不再是"像真实发生过一样"制造一些对历史的生动的再现，而是制造关于历史的"概念"。新历史主义者所从事的正是这样的工作，他们公开承认历史的虚构性质及其意识形态功能，认为这正是历史的本质。怀特指出，叙事性历史之所以被贬斥为"非科学的"事件叙述（正如法国"年鉴派"所攻击的那样），其原因就在于它与文学之间的亲缘关系。但他反问，既然"过去"是业已逝去不可再见的，那么，"除了以'想象的'方式之外，还能有什么别的方法使其再现于意识或话语之中吗？"② 怀特充分肯定"想象"在特定人类真理的生产中的作用。"人们可以就真实事件生产想象的话语，但这种真实事件却可能比不上'想象的'事件那样真实。"③ 的确，

---

① ［美］海登·怀特：《后现代历史叙事学》，陈永国、张万娟译，中国社会科学出版社 2003 年版，第 349 页。

② 同上书，第 168 页。

③ 同上。

历史是虚构的、文学性的，但怀特的结论是，我们没有理由因此而否认历史所具有的潜在的"真理价值"——这只说明它所涉及的真理属于另一个秩序，一个不同于科学的秩序。正像我们不能否认文学能教我们有效地认识"现实"一样。

为历史的"文学虚构性"辩护的同时，怀特充分指出历史叙事的意识形态本质。怀特的"情节建构"指的是对编年史中的事实进行编码，而"绝大多数的历史事件都可以有多种不同的编码方式，结果就有关于历史事件的不同解释，赋予它们不同的意义"[①]。例如，没有哪个历史事件本质上就是悲剧，只有从某个特定角度或将其置于某个特定语境时，才能看出悲剧因素在这个事件中的地位。而从另一个角度（比如，换一个阶级立场）看，同样的这个事件就可能是喜剧。我们可以对同一组事件进行同样合理的、但显然是相互排除的编码，这足以破坏人们对历史所声称的"客观性""科学性"的信念。也正是在此处，在把特定的情节类型投射到特定历史事件系列时，才出现了历史叙事的意识形态本质问题："特别历史陈述的意识形态内容与其说存在于它所采取的话语模式中，不如说存在于主导情节结构中，我们用这种结构赋予所论事件以可辨认的故事类型。"[②] 意识形态话语按照自身的立场、选择特定的情节类型来编排历史事件，它力图讲述关于这些事件的"真实故事"，解释它们何以这样发生，最后宣称揭示了事件的真正的历史意义。而"一个原本以一种形式被编码的系列事件只是通

---

　　① ［美］海登·怀特：《后现代历史叙事学》，陈永国、张万娟译，中国社会科学出版社 2003 年版，第 177 页。

　　② 同上书，第 357 页。

过以另一种形式被再编码而得到了解码。事件本身并未在根本上从一种叙述变为另一种叙述。换言之，应该分析的数据在不同的叙述中并未有本质上的差别，所不同的是它们的关系形态"①。怀特所划分的历史著作的几个构成层面中的最后一个层面是"意识形态模式"。怀特定义的"意识形态"，指的是"为在现在的社会实践世界中采取某种立场并按照这个立场行事（要么改造世界，要么维持它的现状）所需要的一套规定"②。历史叙述的意识形态维度反映了历史学家对过去的研究所包含的对现在事件的意义。怀特根据曼海姆在《意识形态与乌托邦》中的分析，区分了四种基本的意识形态立场：无政府主义、保守主义、激进主义、自由主义。他认为，历史学家的历史叙述不可避免地具有意识形态的含义："正如每一种意识形态都含有关于历史及其进程的特定思想一样，我认为每一种关于历史的思想也都伴随着可特别明确限定的意识形态含义。"③ 同时，他并不认为一种意识形态所建构的历史比另一种更"现实"，因为"现实主义"的标准正是不同的意识形态的分歧所在。

　　总之，历史不是"科学"，而是"故事"，这个故事可以有不同的情节编排模式，进而得出不同的主题意义、宣称不同的"历史真实"、服务于不同的话语立场。历史叙事正是在此

---

① ［美］海登·怀特：《作为文学仿制品的历史文本》，载［美］海登·怀特《后现代历史叙事学》，陈永国、张万娟译，中国社会科学出版 2003 年版，第189页。

② ［美］海登·怀特：《元历史》，载［美］海登·怀特《后现代历史叙事学》，陈永国、张万娟译，中国社会科学出版社 2003 年版，第393页。

③ 同上书，第396页。

处显露了其意识形态本质。——这正是后结构主义的历史理论力图告诉我们的。而后现代的"历史编撰元小说"以小说的形式、形象的话语重述了后结构主义以理论的形式告诉我们的这一思想。

二 历史编撰元小说：揭露历史文本中的叙事逻辑和意识形态

新历史主义关于历史叙述的虚构本质及其意识形态性质的认识，正是后现代"历史编撰元小说"（historiographic matefic-tion）通过元小说自我反射的技巧所要揭示的内容。历史编撰元小说是加拿大著名后现代主义批评家琳达·哈琴（Linda Huteheon）在《后现代主义诗学》中提出的概念。琳达·哈琴现为多伦多大学比较文学教授，主要代表作有《自恋的叙事：元小说的悖论》（*Narcissistic Narrative：The Metafictional Para-dox*，1980）、《戏仿理论：二十世纪艺术形式的训导》（*A Theory of Parody：The Teachings of Twentieth Century Art Forms*，1985）、《后现代主义诗学：历史、理论、小说》（*The Polities of Postmodernism：History，Theory，Fiction*，1988）、《后现代主义政治》（*The Politics of Postmodernism*，1989）等。她的"历史编撰元小说"理论、她对戏仿和互文的研究，纠正了詹姆逊、伊格尔顿等大多数后现代主义研究者认为后现代小说纯属"文字游戏""缺乏深度""价值中立"等的片面看法，在学术界引起较大的反响。哈琴的研究采取后经典叙述学的立场，采用形式分析与意识形态批评相结合的方法，其论证涉及庞杂的理论体系，包括索绪尔语言学理论、巴赫金对话理论、福柯话语权理论、克里斯蒂娃及罗兰·巴特互文性理论、海登·怀特新历史主义理论、西方马克思主义意识形态理论等。就其整体研究的理论立场而言，意识形态立场是一以贯之的。

哈琴用"悖谬"来概括了后现代主义的最根本的特征。她指出，在所有流行的文化理论术语之中，"后现代主义"一词是被最过分定义和最未充分定义的。伴随它的通常是许许多多否定化的词汇：不连续性（discontinuity）、分裂（disruption）、混乱（dislocation）、解中心（decentring）、不确定性（indeterminacy）、反总体化（antitotalization）。而所有这些词汇在字面上所做的（通过它们那否定性的前缀——dis/de/in/anti），正是将自己同自己想要挑战的东西结合起来——后现代主义（post-modernism）这个术语本身也是一样。她指出这个简单的文字上的事实是为了指出后现代主义是一个自相矛盾的文化事业。它与它所反对的东西紧密牵连，二者之间存在着既挑战又共谋的悖谬关系。它既利用又滥用那些它所作业于其上的结构和价值。"尽管'后现代主义'这个术语的含义显得非常混乱和含糊，我仍然坚持，对我来说，后现代主义是一个矛盾的现象，它既利用又滥用、既设立又颠覆它自己所挑战的那些概念——不管这些概念是关于建筑的、文学的、绘画的、雕刻的、电影的、电视的、舞蹈的、音乐的、哲学的、美学理论的、精神分析的、语言学的、还是历史编撰的。"① 哈琴用"矛盾"或"悖谬"来概括后现代主义，是想要避免那些对"后现代主义"的含义的武断的概括——它们通常对后现代主义充满了敌意：比如詹姆逊《后现代主义，或晚期资本主义的

---

① Linda Hutcheon, *A poetics of Postmodernism*: *History*, *Theory*, *Fiction*, New York and London: Routledge, 1988, p. 3.

文化逻辑》、伊格尔顿《资本主义，现代主义和后现代主义》、纽曼《后现代气氛：经济膨胀时代的小说艺术》——这些概括只能让我们模模糊糊地去"猜测"到底什么是被称作后现代主义的东西。一些人（如 Caramello）假想了一个被普遍接受的"默许的、不言而喻的"定义。另一些人（如詹姆逊）通过时间的或经济的路标（晚期资本主义）来对这个"老顽固"进行定位。但哈琴认为，在今天的西方世界这样多元化和碎片化的文化景观中，这样的指示并不是十分有用，如果它们想要对我们文化中的所有变化无常进行概括的话。

　　哈琴认为后现代主义，"从根本上说是矛盾的"。它的矛盾也许是来自晚期资本主义社会的矛盾，但不管其矛盾的原因是什么，这些矛盾都集中于对"过去的呈现"（the presence of past）这个重要的后现代概念身上。"过去的呈现"，这是 Venice Biennale 在 1980 年所使用的标题，他在建筑学中标明了对后现代主义的学院化的认识。这种认识正如意大利建筑学家 Portoghesi 所说："我们所声称呈现的过去并不是可被复原的黄金时代。"哈琴的《后现代主义诗学》整本书的一个主导性的关注点就是：后现代主义对历史的问题化。哈琴认为，尽管别人恶意诽谤，但后现代并不是反历史化的，虽然它的确质疑了我们对"什么构成了历史知识"这个问题的假想。海登·怀特、保罗·维因（Paul Veyne）、多明尼克·拉卡普拉（Dominick LaCapra）、詹姆逊（Fredric Jameson）、列昂奈尔·戈斯曼（Lionel Gossman）、赛义德（Edward Said）的著作，都提出了（与历史编撰元小说一样的）关于历史与文学的关系这个问题：比如说关于叙述形式的问题、关于互文性的问题、关于表现策略的问题、关于语言所扮演的角色的问题、关于历史事实与经验的事件之间的关系的问题，以及，一般而言的，将历史编撰和文学曾经认为理所当然的东西进行"问题化"，所带来的认识论的和本体论的后果。

"问题化"（problematize）是哈琴所创造的一个术语。她承认"问题化"是一个尴尬的术语——就像她在研究中所使用的其他术语一样，比如：理论化（theorize）、互文本化（contextualize）、总体化（totalize）、特殊化（particularize）、文本化（textualize）等。这些术语对一些读者来说显得在语言上不规范，哈琴选择使用它们的原因是它们现在统统已经是后现代主义的话语的一部分。就像新的事物需要新的名称一样，新的理论概念也需要新的名称。使用这些术语的"‑ize"形式的第二个原因，是强调位于后现代主义的中心的"过程"的概念：不管是在 Graham Swift 的 *Waterland* 这样的小说中，还是在 Maximilian Schell 的 *Marlene* 这样的电影中，都是与后现代的矛盾进行协商的过程处于显要地位，而不是来自其解决方法的任何令人满意的、已完成的和封闭的结果。哈琴指出，从 19 世纪 60 年代以来，当代文化的遗产之一，就是相信挑战和质疑是正面的价值（即使并没有提供解决问题的方法），因为从这种质询而来的知识也许是产生改变的唯一可能的条件。罗兰巴特在 19 世纪 50 年代末的《神话学》中，就已经预示了这种思想。在这本书中，巴特对我们文化中所有"自然的"或者"理所当然"的东西，所有被认为是普世的、永恒的、因此不可改变的东西，进行了布莱希特（Brechtian）式的挑战。他首先表示了进行质疑和去神秘化的必要性，然后他力图改变。对许多 19 世纪 80 年代的后现代思想家和艺术家来说，19 世纪 60 年代是其意识形态形成的时期。而现在，我们已经可以看到其意识形态形成的结果。

虽然所有形式的当代艺术和思想都为后现代主义的"矛盾"提供了例子，但哈琴认为尤为体现后现代的"矛盾"特征的是小说领域中的"历史编撰元小说"："它是指那些众所周知的流行的小说，它们既具有强烈的自我反射性，同时又悖论地主张拥有历史事件和历史人物"（"By this I mean those well-known and popular novels which are both intensely self-reflexive and yet paradoxically also lay claim to historical events and personages."）①。我们知道，元小说最大的特点就是自我意识、自我反射、自揭虚构。它不再像传统小说那样强调故事的"真实性"，而是采用侵入式叙述、戏拟、情节开放等一系列手段有意暴露自身的虚构性，暴露小说作为人工制品是如何被"创作"出来的。为此元小说家们进行了一系列激进的形式实验，甚至堕入了语言游戏的极端。其作品也由于自揭虚构而取消了小说指涉外部真实世界的权力，从而带着后现代文学的游戏性特点和形式主义、虚无主义的色彩。

历史编撰元小说的出现似乎是当代元小说在经历了激进的形式实验之后，向社会历史内涵的重新回归。小说文类从传统时期的历史现实主义模式出发，经过激进元小说的极端的形式主义实验，又进入到了历史编撰元小说的一种"新的反讽式的历史状态"②。哈琴对纯粹"自指"式的元小说和以一种悖谬的方式关注历史和社会的元小说作了区分。她指出，

---

① Linda Hutcheon, *A Poetics of Postmodernism: History, Theory, Fiction.* New York and London: Routledge, 1988, p. 5.

② ［英］马克·柯里：《后现代叙事理论》，宁一中译，北京大学出版社 2003 年版，第 74 页。

的确有一部分进行极端的形式实验、沉迷于文字游戏、卖弄形式技巧的元小说，其唯一的意义就是自暴虚构以凸显小说作为人工制品的自我意识。这些作品因其精英主义和形式主义的倾向而远离了普通读者，加重了文学被边缘化的程度，哈琴称之为"晚期现代主义激进元小说"（如美国一部分作家创作的超小说 surfiction、法国的新新小说等）。但另一部分元小说将后现代实验性写作与社会历史语境相联结，自我指涉的同时却又悖谬地关注社会历史，而其"自指性"不仅没有削弱、反倒增强了文本对社会历史的"它指"功能，从而将文学从边缘化的境地中拯救出来，哈琴称之为"历史编撰元小说"。

历史编撰元小说典型地体现了后现代的"悖谬"特征：既自指，又它指；既是元小说式自我反射的，同时又有力地告诉了我们真实的政治现实和历史现实。——而其"告诉我们真实的政治现实和历史现实"的方式，正是通过元小说的自反性来揭露历史文本中的虚构，以及虚构背后的话语和权力。

具体来说，历史编撰元小说采用历史题材，以自揭虚构等元小说的形式技巧写出了后现代主义关于历史叙事的看法，它在将历史作为故事来讲的过程中凸出了历史的虚构性和叙述性，并揭露其虚构背后所隐藏的权力话语和意识形态。历史编撰元小说是元小说手法与历史编撰学的结合，它包含以下要素。（1）它是元小说，具有一般元小说的自我指涉、自我暴露、自揭虚构的特点。（2）它运用历史素材，"虽然对自身的文学传承及模仿的局限性有着自我意识"，但仍然试图通过对历史和历史人物的频繁调用而"使它的读者和书页以外的世界重新联结起来"①。（3）它通过对历史的重访（revisiting）和重构（reworking）以及在此过程中对虚构的暴露，凸显历史被"编写"、被"建构"的特征，进而揭露"客观""真实"的历史文本中隐藏的叙事逻辑和意识形态，揭露历史、甚至我们生活的现实世界，是怎样按照话语霸权被虚构的。

　　历史、小说、权力、意识形态的关系构成了这类小说的话语场。在亚里士多德那里，历史和小说分属不同的领域。历史谈论"已然的事情"，是对过去发生的事件的记录。而诗人谈论"可能的事情"，是根据规律性描述的更高、更普遍的东西。这种历史与文学区分的观念一直延续到 20 世纪的形式主义者和传统历史学家们。他们都认为二者的界限是泾渭分明的。文学叙述想象的、虚构的事，因而是不真实的。历史则叙述真实的事件。这种文史二分的做法受到了新历史主义等后现代理论的挑战。当保罗·维因称历史是"一种真实的小说"时，他是指史学家在进行历史修撰的过程中，对历史事件进行编排、裁减、阐释、拼贴，事实上它与文学共享着情节类型、形式技巧和语言表述模式。怀特一言以蔽之：历史的深层结构本质上是诗性的。正是基于新历史主义的历史观，历史编撰元小说致力于利用元小说自我反射、自揭虚构的各种形式技巧，来揭露历史的文本性和虚构性。在这个过程中试图拓展关于意识形态内涵、关于福柯将"知识"（对读者而言，以及对历史本身作为一门学科而言）和权力相联系的讨论。与早期的马克思主义者不同，当下的批评话语将"意识形态"更宽泛地定义为意义生

---

① Linda Hutcheon, *A Poetics of Postmodernism*: *History*, *Theory*, *Fiction*. New York and London: Routledge, 1988, p. 5.

产的一般过程。换句话说，所有的社会实践（包括历史、文学）都存在于意识形态中，也通过意识形态来存在。它们都具有一个意识形态的潜台词。历史编撰元小说正是通过公开其虚构本质与其历史指涉之间的关系，来告诉我们这个意识形态的潜台词。它对历史内涵的重新回归不再是对"真实历史"的天真回归，而是"批评性的重访"，是"与艺术的过去和社会的过去的反讽性的对话"①。在这个过程中，"历史真实""语言再现"等历史编撰以及文学曾经以为"常识的"和"自然的"东西都被"问题化"了。问题化不等于否认过去和历史的存在，只是这意味着传统认识上历史再现的客观性、透明性、中立性受到了质疑。而历史话语的虚构本质、虚构背后的权力关系、历史再现的意识形态内涵，则被凸显了出来。这些"问题化"是利奥塔所称的后现代"合法化危机"的一部分。历史编撰元小说正是在这点上凸显了自身对社会历史的批判性力量。

在以上的这些方面，历史编撰元小说与传统的历史小说表现出了本质的差异。艾科（Umbert Eco）曾认为，有三种叙述过去的方式：浪漫主义的（the romance）、浮夸传说的（the swashbuckling tale）、历史小说的（the historical novel）。他声明在《玫瑰之名》中他想采用的正是第三种方式。他认为历史小说"不仅在关于过去的历史中鉴定那些引发了后来的事件的原因，而且追踪这些原因慢慢地衍生出其结果的过程"②。这是

---

① Linda Hutcheon, *A Poetics of Postmodernism*: *History*, *Theory*, *Fiction*. New York and London: Routledge, 1988, p. 4.

② Umbert Eco, *Postscript to The Name of the Rose*, trans. William Weaver, San Diego, Calif, New York and London: Harcourt Brace Jovanovich, p. 76.

为什么他的一些中世纪的角色，说话的时候像维特根斯坦一样的原因。然而，哈琴加进第四种叙述过去的方式：历史编撰元小说——而不是历史小说——前者关于自己叙述过去的方式，具有清醒的自我意识。

哈琴参照著名的卢卡奇在《历史小说》中对历史小说的定义，指出19世纪的历史小说与历史编撰元小说有三点不同：第一，关于典型的观念。第二，细节和历史资料的运用。第三，历史人物处理。

卢卡奇（Georg Lukacs）认为，历史小说通过呈现一个概括和集中化了的微观世界来演示历史进程。因此，小说中的人物，应该是一个典型，是普通和特殊的综合，是"所有人类的和社会的基本决定性人物"的综合。与此相对照，历史编撰元小说的人物绝非属于"典型"：他们是非中心的、边缘化的，是历史小说的外围的人物。历史编撰元小说拥护后现代关于多样性的观念，承认差异。"典型"在此没有任何作用，除非是作为讽刺和贬低的对象。后现代小说（像Doctorow的《但以理书》）的主人公公开地是特殊化的、个人化的、被特定的文化和家庭限定的，他既是公众的又是私人的。

第二个不同在于历史编撰元小说使用细节或历史资料的方式。历史小说，正像卢卡奇指出的，"往往合并和吸收这些历史资料来对自己虚构的世界造成一种真实感。历史编撰元小说合并，但很少吸收这些历史资料。相反，'试图'吸收资料的过程则成了其着意凸显的对象"①。我们看到Ondaatje的 *Run-*

---

① Linda Hutcheon, *A Poetics of Postmodernism：History，Theory，Fiction.* New York and London：Routledge，1988，p. 114.

ning in the Family 或者 Findley 的 *The Wars* 的叙述者试图了解他们所收集的历史事实的含义。作为读者，我们既看到对资料的收集过程，又看到赋予其叙述秩序的努力。怀特认为，人不可能去找到历史，因为那是业已逝去不可重现的，而只能找到关于历史的叙述，或仅仅找到被阐释和编织过的历史。同样，"历史编撰元小说承认关于过去的悖论：它既是一种确实发生过的'现实'，但这种'现实'，对今天的我们而言只是一种文本化的可及性。"①

卢卡奇对历史小说的第三点主要的定义在于其对历史人物的贬黜，把他们贬为次要的角色。在许多历史小说中，历史真实人物的存在被用来确证虚构世界的真实性，仿佛是作为一种形式的和本体论的手法技巧，用来掩盖小说和历史之间的连接处的。历史编撰元小说的自揭虚构、自我反射性阻止了任何这一类的诡计，并对"历史真实"的可及性提出质疑：我们怎么知道过去的？现在的我们知道些什么？又通过什么知道？

也即是说，历史编撰元小说强调在认识论的意义上，我们了解过去的能力的局限性。通过历史叙述中的元小说式的自我意识、自我揭底，它指出了历史编撰在面对事件的具体性（在档案馆，我们只能找到它们的"文本化"的痕迹）及其可及性（我们占有充分的痕迹，还是部分的痕迹？哪些痕迹被当作非事实的材料而被省略了或抛弃了？）时不可避免的困难。并进一步强调了"历史事件"（event）和"历史事实"（fact）之间的区别，这个区别也被许多的历史学家所认可。怀特指出，

---

① Linda Hutcheon, *A Poetics of Postmodernism: History, Theory, Fiction*. New York and London: Routledge, 1988, p.114.

"事实并不是给定的，而是通过我们对过去的事件进行提问的方式来建构的。"① 事件，通过与某些概念矩阵相联系，而被塑造成事实。按斯坦利·费什（Stanley Fish）的说法，它必须归属于一套"决定哪些东西可以被认定为'事实'的话语协议"②，如果它会被认定为事实的话。也就是说，"事实"是被话语定义的，而"事件"则不是。历史编撰元小说通过元小说式的自我反射揭露的是历史编撰和小说"建构"了它们所关注的客体。换句话说，它们决定了哪些事件会变成事实。雅克·厄尔曼（Jacques Ehrmann）极端地认为："历史和文学就其本身而言无所谓存在。是我们将之作为我们理解的客体而建构了他们。"③ 历史编撰元小说突出了这个建构过程的人为性和意识形态性。正如 Dominick La Capra 指出的，历史学家所使用的所有的文献档案或人工制品，在重新建构历史现象（这些历史现象被假定在历史学家之外独立地存在）的过程中，都不是一些中立的证物。所有的文献都对信息进行加工处理，而它们对之进行加工处理的方式本身也是一个历史事实。正是这种洞见导致了历史符号论的产生，因为文献成为了历史事件的符号，历史学家将这些历史事件转变为历史事实。当然，这些文献也是已经被符号化地建构了的语境中的符号，它们本身也依赖于公共机构（如果它们是官方记录）或个人（如果它们是

---

① Haydern White, *Tropics of Discourse: Essays in Cultural Criticism*, Baltimore, Maryland: Johns Hopkins University Press, 1978, p. 43.

② Stanley Fish, *Is There a Text in This Class? The Authority of Interpretive Communities*, Cambridge, MA: Harvard UP, 1980.

③ Jacques Ehrmann, "The Death of Literature", trans, A. James Arnold, in Raymond Federman ed. *Surpiction: Fiction Now…and Tomorrow*, Chicago: Swallow, 1981, p. 253.

目击陈述）。就像在历史编撰元小说中，这儿得出的结论是，过去曾经存在过，但我们对它的历史知识是被符号化地传达的。

总之，历史编撰元小说既设置又模糊了小说和历史之间的界限。从古典史诗和圣经以来，这两种类型的界限的模糊就是文学的特征之一。但是公开的宣称和跨越这两种类型的边界则是后现代才发生的事。"历史编撰元小说刻意混淆了'历史的问题是查证，而小说的问题是逼真'的概念。历史和小说两种叙述形式都是我们文化中的表意系统。两种都是 Doctorow 所称的'为了得出意义而与世界进行调解'的方式。"① 历史编撰元小说，像库弗的《公示火刑》，揭示出这种意义的性质是人为建构和强加的。（对我们人类而言，似乎也有制造意义的必要性）。这个小说告诉我们"历史为了呈现一个'真实发生过的事件'，是依赖于叙述、语言和意识形态的惯例的"②。而其意识形态正包括了使历史看起来是客观、自足的。

历史编撰元小说提出了许多关于历史编撰与小说之间的相互关系的特殊的问题，进而导致了更多更为具体的研究：身份与主体性的性质的问题；过去的互文的性质的问题；指涉和再现的问题；书写过去时的意识形态内涵等。

首先，历史编撰元小说喜欢采取两种叙述的方式，这两种叙述方式都把"主体性"的概念问题化了：多角度叙述（像 D. M. Thomas 的 *The White Hotel*），或者一个公开的控制一切的

---

① Linda Hutcheon, *A Poetics of Postmodernism*: History, Theory, Fiction, New York and London: Routledge, 1988, p. 112.

② Ibid.

叙述者（像 Graham Swift 的 *Waterland*）。然而在这两种叙述方式中，我们都不能找到一个确信其有能力了解过去的主体。正如"叙述视角"一节所分析的，元小说的这两种叙述视角都不能提供真实稳定感。我们听到的都是些不可靠的叙述声音：比如 Burgess 的 *Earthly Powers* 和 Williams 的 *Star Turn*。前者拒绝对事实的可靠性做出保证，而后者自己承认自己是一个撒谎者。历史编撰元小说由此设置并颠覆传统的关于主体性的概念。这并不是对历史的超越，而是对历史主体性的问题化。

历史编撰元小说最喜欢采用的写作方式就是互文和戏拟，它们是将文本化的过去组织进今天的文本的一种后现代方式。"后现代的互文性是对以下两种渴望的形式上的表现：既想填平过去和今天的读者之间的鸿沟，又想在新的语境中重写过去。"① 这不是一种现代主义式的渴望，即想要通过过去来重整今天的秩序，相反，它直面文学文本表现的过去，以及历史编撰的过去。它既利用又滥用这些互文性的文本，有力地提及，然后又通过讽刺来进行颠覆。总之，这儿没有现代主义式的独一无二的、幻想的"艺术品"，只有文本，已经写成的文本。

历史编撰元小说的语言到底指向了什么？一个历史的世界，还是一个小说的世界？人们普遍认为这两种指涉是绝不可能同时具有的。历史的对象被认为是真实的，小说的则不是。但是，历史编撰元小说告诉我们的是，不管是指向历史的世界还是指向小说的世界，他们首先都指向了其他的文本：我们只

---

① Linda Hutcheon, *A Poetics of Postmodernism: History, Theory, Fiction*, New York and London: Routledge, 1988, p. 118.

能通过其文本化的残余来了解过去（一种的确真实存在过的东西）。历史编撰元小说由此提出了关于历史指涉的新的问题。这个问题不再是"历史的语言指向了什么样的过去的经验的、真实的客体？"，而是"这种语言可归属于哪种七嘴八舌的语境？我们必须参考哪种先在的文本化？"① 与其说历史编撰元小说失去了对存在一种真实的外部现实的信念，不如说它失去了另一种信心：即我们有能力去（毫无疑义地）了解那种现实，并有能力用语言来再现它。在这个层面上，小说和历史编撰并无区别。

历史编撰元小说通过对历史文本的虚构本质以及虚构背后的权力话语的揭示，而指向了历史再现的意识形态内涵。海登·怀特指出："任何对过去的再现都带有特定的意识形态内涵。"② 当代的历史哲学家像 Michel de Certeau 也提醒历史编撰者，没有任何对过去的研究能够免于社会经济的、政治的和文化的制约。像《公示火刑》或《拉格泰姆》（Ragtime）之类的小说，在其"玩游戏"中并没有轻视历史的和现实的东西，而是通过其对历史和小说之间的认识论的和本体论的关系的元小说式的重新思考，使这些历史的和现实的东西政治化了。

所有这些问题——主体性、互文性、指涉、意识形态——构成了后现代主义中"问题化"了的历史和小说之间关系的基础。但是正像怀特、詹姆逊等许多理论家指出的，"叙述"是包裹住这所有问题的一个最重要、最根本的问题。叙述化的过

---

① Linda Hutcheon, *A Poetics of Postmodernism*：*History*, *Theory*, *Fiction*. New York and London：Routledge, 1988, p. 119.

② Haydern White, *Tropics of Discourse*：*Essays in Cultural Criticism*, Baltimore, Md：Johns Hopkins University Press, 1978, p. 69.

程被看作是人类理解世界的一个中心形式，是赋予混乱的事件
以意义并使这些混乱的事件具有形式上的连贯性的一个重要形
式。叙述即是把所知的转化为所述的，也正是这种转化以及转
化过程中所不可避免地携带的主体意图和意识形态因子困扰着
后现代的小说。叙述成规被证明绝不仅仅是一种形式技巧，而
正是特定意识形态的传达手段。在历史编撰元小说中，通过自
我反射、自我揭底，这些叙述惯例既被设置又被颠覆。在这些
小说中，"叙述被运用，但只是被用来质疑一个体系化的情节
结构所暗示的'秩序'的性质"①。叙述的问题还包含了许多
其他的问题，这些问题都指向了一种后现代的观点：即我们只
能按其被"制造"的样子、被各文化所表现所描绘的样子来知
道"历史"和知道"现实"。而在其制造和文化表现的背后，
是无所不在的意识形态。

三　从"历史编撰元小说"的角度看《法国中尉的女人》

《法国中尉的女人》是英国当代小说家约翰·福尔斯的名
著，从问世之日起就受到了普通读者和学院派批评家两方面的
高度赞扬，被认为是将后现代文本的实验性、创新性与通俗小
说的趣味性、可读性相结合的典范之作。它的成功，有力地回
击了约翰·巴思在《枯竭的文学》一文中认为当今的西方小说
已经黔驴技穷的那种悲观论调。

从表面看，《法国中尉的女人》讲述了一个维多利亚时代
的爱情故事。贵族青年查尔斯与富商之女欧内斯蒂娜订婚，却

---

① Linda Hutcheon, *A Poetics of Postmodernism*: *History*, *Theory*, *Fiction*. New York and London: Routledge, 1988, p.121.

被法国中尉的女人萨拉身上的神秘、独特、忧郁、野性所吸引，二人相爱了。查尔斯最后与蒂娜解除婚约，萨拉却不知所终。但小说远远超出了传统爱情故事的范畴，福尔斯在小说中实践了纯熟的后现代写作技巧，使小说呈现出典型的元小说特征。在讲述故事的同时，作者通过露迹、戏拟、时空错位、情节开放等手段自我暴露文本的虚构性。小说的前12章，叙述者模仿传统的全知全能叙述方式向读者讲述了一个维多利亚时代的爱情故事，他从容自信地介绍人物、安排他们经历悲欢离合、他上帝般地透视人物的心灵、告诉读者人物最幽曲精微的内心情感。在此，叙述者的可靠性和故事的真实性是读者与作者之间心照不宣的阅读契约。但到了13章，突然一个声音站出来，对这种叙述方式指指点点、评头论足，开诚布公地宣布故事的虚构性，甚至邀请读者一起商讨写作技巧。12章结尾："萨拉是谁？她是从什么样的阴影里冒出来的？"① 叙述者的这一问显示出了与传统小说的本质差别。13章的开头叙述者答道："我不知道。我正在讲的这个故事完全是想象的。我所创造的这个人物在我脑子之外从未存在过。"② 叙述者的侵入式叙述暴露了文本的虚构性，提醒读者：你沉醉其中的并非真实世界，而不过是虚构小说。

在传统历史小说中，叙述者把读者引入一个仿佛天衣无缝的过去的世界，很少或几乎不使用自己因处后来时代所获得的那种优越的视角。但《法》的叙述者不停地站在自己时代的高

① ［英］约翰·福尔斯：《法国中尉的女人》，陈安全译，云南教育出版社2007年版，第67页。
② 同上。

度对过去的人物和事件发表评论, 而且对这种做法不仅毫不隐讳, 反而津津乐道。于是我们看到叙述者在讲述一个 100 年前的故事时, 镜头又突然拉回到 20 世纪, 喷气式飞机、雷达、电视、原子弹等当代产物在故事中唐突地露面, 罗伯-格里耶、罗兰·巴特、萨特、弗洛伊德等 20 世纪的人物及其思想在行文中不断地出现, 并与主人公的行为思想互为观照。这种"任意时空"的手法强烈地暴露出文本展示的并非浑然天成的"真实"的过去, 而是站在现代的立场上虚构的一个世界。

最为明显暴露虚构性的是小说的结尾。叙述者为故事的发展安排了三个可能的结局。第一个结局出现在第 44 章, 查尔斯离开萨拉, 与欧内斯蒂娜结婚, 婚后平静地度过余生。第二个结局出现在第 60 章, 查尔斯勇敢反叛社会的礼教和陈规, 历经磨难之后找到萨拉, 有情人终成眷属。第三个结局出现在第 61 章, 查尔斯找到萨拉, 但萨拉拒绝了他, 查尔斯真正开始了体会生活和对自由进行选择。三个结局的并行出现明确暴露了小说的虚构性, 因为真实的现实是一次既定、无法选择的, 而小说虚构则有无数的可能。

很明显, 这不是一部传统小说, 而是一部自揭虚构的后现代元小说, 它强烈地指向了作为人工制品的小说自身。这一点福尔斯本人也不否认, 他说:"《法国中尉的女人》是一个骗局……""它是一次技巧上的练习"。他还在 1973 年出版的《诗集》中深刻地阐述了小说的虚构性和游戏性:"小说与谎言是最亲密的表亲。"但《法》是否就没有指涉文本以外的真实世界呢? 我们发现, 尽管作者不承认这是一部历史小说, 尽管叙述者拼命突出文本的虚构性、非真实性, 但小说对维多利亚时代几近乱真的模仿和对历史事件、历史人物的频繁调用还是把读者的注意力引向了文本外的历史和现实。福尔斯以令人惊叹的笔法精确地描摹出维多利亚时代的神韵和社会百态，从人们的语言、服饰、习俗、礼仪到真实的历史人物和历史事件，无不建构出浓浓的维多利亚风味，为故事人物营造了一个仿真的历史环境。小说征引的有案可稽的史实之多：1859 年达尔文发表《物种起源》、1867 年马克思在大英博物馆撰写《资本论》、1867 年英国议会讨论赋予妇女平等选举权、1869年格顿女子学院成立、历史人物前拉斐尔派画家但丁·加布里埃尔·罗塞蒂及他的妹妹诗人克里斯蒂娜·罗塞蒂，甚至 1835年的拉龙谢中尉冤案都出现在文本中。真人真事的引用再加上随处可见的客观性十足的维多利亚时代社会调查报告、统计数字等，为小说建立起了浓厚的历史真实感。

然而读者却又悖谬地发现，《法》呈现的这段历史与传统的历史小说不一样，它缺乏一个稳定的支撑，——这个经历和讲述历史的人，或者说这个历史主体，不能提供任何的稳定感和可靠感。在传统的历史编撰中，历史的真实性来自于它是可靠的历史主体的文字记录。可靠的历史主体在文本中的体现就是一个统一、稳定的叙述者。然而我们发现，在《法》呈现的这段历史中，叙述者、或者说历史的主体性，被问题化了。

在《法》中读者会遭遇到三个叙述层，第一叙述层按传统现实主义手法，以第三人称全知视角讲述查尔斯和萨拉的故事，力图"真实地"营造出维多利亚时代的历史氛围。第二叙述层（第一人称"我"的叙述层）在现实与历史之间穿梭，并立足于现代立场对旧时代进行批评和嘲讽，他引证历史资料、调查报考、采用学究气十足的"脚注"等，其叙述语气显得既权威又可靠。第三叙述层仍是"我"的叙述层，"但这一叙述层与第二叙述层不同,这个'我'是个自省式的叙述者,或者是个'元叙述者'。在这一叙述层里,'我'讲的不再是故事,而是对叙述行为进行评判"①。

在结构主义叙事学看来,历史叙事的客观性可由语言学的术语来进行界定。怀特步热奈特的后尘,认为"一篇话语的客观性是由其语法特点决定的,这些特点或突出或遮蔽叙事声音"②。主观性叙述中有标明叙述者的人称代词"我",有标明写作时间和地点的词"现在""这里"等,能使读者注意到一个具有人格特点的叙事声音。相反,"客观性叙述不会标明谁是叙述者,陈述事件时似乎事件在自述一样,好像没有谁在说话"③。由此我们能区分出公然对世界持主观态度的话语和"佯装使世界自述"的话语。怀特将凸显叙述者及叙述声音的这一种称为"叙述"(narration),而将叙述事件时装作没有叙述者的这一种称为"叙述性"(narrativity)。

《法》正是通过从"叙述性"到"叙述"的转换,暴露历史建构的主观性。在第一叙述层,叙述者隐蔽自身,"客观地"呈现一段维多利亚的历史,让历史自行上演。第二叙述层,传统的维多利亚小说的客观声音受到 20 世纪的叙述评论的不恰当的干预。"我"堂而皇之地穿行于历史档案当中,毫不在乎地暴露"我"的存在、"我"的主观见解、"我"站在 20 世纪的高度对 19 世纪历史的批评和阐释。第三叙述层,"我"干脆

---

① 胡全生:《英美后现代主义小说述结构研究》,复旦大学出版社 2002 年版,第 211 页。

② [英]马克·柯里:《后现代叙事理论》,宁一中译,北京大学出版社 2003 年版,第 74 页。

③ 同上。

公开申明叙述事件的虚构性,对第一层和第二层进行拆台:
"我正在讲的这个故事完全是想象的,我所创造的这个人物在
我脑子之外从未存在过。"《法》由一开始第三人称全知视角、
叙述者隐身的客观叙述到后来作为 20 世纪评论者的"我"主
观性十足地出现,再到第 13 章作为元叙述者的"我"解构性
地揭底,从第一层到第二、第三层——从隐蔽叙述者的"叙述
性"到凸显叙述者的"叙述"。《法》中叙述者"我"的露面
圆满地完成了两项任务:显示主观、揭露虚构。这个叙述者的
凸显不仅突破了传统历史小说的规约,而且越出了所有传统小
说的边界。传统历史小说历来恪守"叙述性",叙述者几乎从
不以"我"的身份露面。其他非历史的传统小说中"我"的
露面倒是常有的事,但其目的是强调真实,而非自揭虚构。
《法》中叙述和叙述性这两级共同形成一种悖论,将叙述者隐
身的历史叙事背后的主观因素和虚构本质暴露出来,而叙述者
隐身、佯装使世界自述,正是历史叙事的客观性和真实性赖以
建立的基础。

《法》的叙述者不仅自暴主观、自揭虚构来解构传统历史
小说的叙述者权威,他甚至还把自己变成了个滑稽的人物出现
在故事中,对自身进行嘲讽挪揄,让自己作为叙述者的威严扫
地。我们看到在小说的第 55 章,叙述者赫然成了自己的叙述
对象,出现在查尔斯乘坐的火车车厢里,他"蓄着一脸大胡
子","显得颇为放肆,对什么都志在必得的样子",他死盯查
尔斯看并盘算着该如何处置他,引起了查尔斯的厌恶。热奈特
根据叙述者和叙述对象的关系区分了同故事叙述和异故事叙
述。所谓同故事叙述,指叙述者是所述故事中的人物,他讲述
的是自己的故事或与自己有关的故事。所谓异故事叙述,指叙

述者不是故事中的人物，他讲述的是别人的故事。在《法》中，这种划分的界限模糊了。在大部分的篇幅，叙述者以上帝般的视角讲述查尔斯和萨拉的故事，他竭力告诉读者所讲的故事是想象的、虚构的，是距离"我"100年前的维多利亚时代的故事，由此可把他视为一个异故事叙述者。但在第55章中，他又的的确确地出现在故事中并与主人公在同一车厢中会面并进行了思想交锋，第61章中他还再次出现，"看上去像是纨绔子弟"（333页），神气活现地调快了怀表乘马车离去。由此他又是与主人公同故事的人物。叙述者的威严正是跌落于异故事叙述者向同故事叙述者滑稽转换的那一刻。一方面，作为异故事叙述者，他置身故事之外，游刃有余地介绍故事的来龙去脉、大大方方地透视人物内心世界，对人物事件进行褒贬臧否，享有全知叙述者不容置疑的权威。另一方面，作为查尔斯、莎拉等的同故事人物，他又显得趾高气扬、傲慢无礼而失去其叙述者的威严，并成了被讽刺的对象。叙述者由上帝般的主宰地位跌落到被审视、被挪揄——叙述者去神圣化的过程即是真实历史去神圣化的过程，因为历史叙述的客观权威性正是建立在叙述者的客观权威性之上的。而福尔斯的创作表明，任何专横武断以上帝自居的历史叙述者都不过是历史长河中被讽刺的傲慢自大、滑稽可笑的叙述对象。

　　读者最终发现，《法》的叙述者是一个不可靠的叙述者，他呈现了一段历史，但拒绝对事件和人物的真实性做出保证，并公开声明其虚构，且毫不留情地挪揄、解构自己的叙述者权威。正如哈琴指出，这样的后现代小说"建立、分化、离散那回忆过去并试图赋予其意义的稳定的叙述声音（和叙述人），它设置并颠覆传统的关于主体性的概念"①。颠覆主体性的后果就是影响了我们如何看待历史,它(历史)是主体性在语言中的表现和记录。历史在意义制造中变成了不稳定的、可疑的过程,不再是记录过去的固定意义的最终结果。

元叙述层中自揭虚构的不可靠的叙述者颠覆了第一叙述层所建构的历史的真实稳定感。然而,第一叙述层何以"显得"是真实的呢?这是元叙述层进一步揭露的问题。

如前所述,新历史主义等当代理论认为,历史和小说一样,是语言的建构物,这种语言建构物在其叙述形式上是高度惯例化的。历史所宣称的"真实"更多地是来自其形式上的"逼真性"而非来自客观真实。换句话说,历史文本之呈现一个"真实"发生过的事件,不是依赖于事件本身的真实性,而是依赖于叙述惯例。华莱士·马丁指出,事实上,"历史编撰和小说中的叙述惯例,不是制造意义的约束,而是意义制造的必要条件"②。《法》中具有清醒的自我意识的元叙述者,对这些叙述惯例——进行自我揭底,从而解构了"历史真实"。

当然,《法》中的元叙述者自我揭底的主要是现实主义小说的叙述惯例。但只要我们承认,在凭借着形式上的逼真性而宣称反映"客观真实"这一点上,历史叙事与现实主义小说并无区别,我们就会明白叙述者揭露现实主义小说的叙述惯例,所带来的历史认识论上的后果。

---

① Linda, Hutcheon, *A Poetics of Postmodernism*: *History*, *Theory*, *Fiction*, New York and London: Routledge, 1988, p. 118.

② Wallace Martin, *Recent Theories of Narrative*, Ithaca, New York: Cornell University Press, 1986, p. 86.

我们对历史的真实性信念事实上是假定了作为一种叙事的历史文本对于世界的忠实再现,即历史叙事往往以"现实主义"的面目出现。而现实主义叙事之所以被认为是"客观真实"的,从阅读的角度看,是因为这里没有任何可清晰辨认的成规,这里文学技巧淡化无痕,每一件事都像它在生活中那样自然地发生。然而只要我们承认"现实主义"作品具有某些叙述上的共同特点,就是承认现实主义也是基于成规。前文已述,乔纳森·卡勒在《结构主义诗学》中全面考察了现实主义小说营造真实性的各种手段,从而雄辩地证明了现实主义不等于真实,它不过是一种读者对其阅读、接受已经程式化了的叙述成规。历史与现实主义小说共享着这些叙述成规,如叙述者隐藏自己的声音,而仅仅记录事件,仿佛世界在自主呈现,而未沾染任何主观色彩。怀特说,在历史中,与在文学中一样,是叙事成规决定着一个被描述的事件是否是"事实"。当我们阅读这些历史和小说文本的时候,会发现随着情节的进展,它们在按照我们对"真实"的成规性认识来对事件进行表现和解释,它们预期我们的反映,用各种成规技巧来鼓励我们的信任。它们其实早就抓住了我们意识中的经验世界的真相。于是我们最终尴尬地发现,不是我们在读小说,而是小说在读我们。

历史与现实主义小说的虚假性正是在叙述成规被揭露出来时暴露的。《法》的第一叙述层以"现实主义"的方式"真实地"呈现了一段维多利亚历史。而元叙述层的叙述者却在安排故事进展的过程中公然站出来讨论叙述技巧,把现实主义叙事小心隐藏的用以营造"真实性"的成规伎俩全盘抖搂出来。"如果我到现在还装成了解我笔下人物的心思和最深处的思想,那是因为正在按照我的故事发生的时代人们普遍接受的传统手法（包括一些词汇和‘语气’）进行写作：小说家的地位仅次于上帝。他并非知道一切，但他试图装成无所不知。"[1] 在小说的第 55 章，叙述者拿不准是否应该让查尔斯找到萨拉，于是公开向读者讨论他的叙述困境，并揭露此种情况下传统小说的叙述方法："小说往往伪装与现实一致：作家把冲突双方放在一个圈子里，然后描绘它们之间的争斗，但是实际上争斗是事先安排好的，作家让自己喜欢的那个要求获胜。"[2] 通过把现实主义作家所掩盖的"使事件显得真实"的各种叙事成规和叙述策略暴露出来，《法》的元叙述者解构了现实主义的"真实"，也消解了一切利用现实主义叙事的逼真度制造"历史真实"的可能。

而制造历史真实的目的，是打着"客观真实"的幌子向人实施隐蔽的意识形态渗透。似乎在客观世界的历史事件本身中，而不是在历史学家的叙述结构中，存在着某种意义。事实上，正如《法》的元叙述者指出的，小说家（或历史学家）安排冲突，并把它伪装成"与现实一致"，但事实上他并不是在"真实地"展示这个世界，"他安排冲突的主要目的是向读者展示作家如何看待他身边的世界"[3]。"如何看待"，即意识形态渗透。《法》的元叙述者通过对历史和小说营造"真实性"的叙述惯例进行自我揭底并指出其营造真实性的目的，而"凸显了叙述、再现与我们在自己的文化中制造意义的策略之

---

① ［英］约翰·福尔斯：《法国中尉的女人》，陈安全译，云南教育出版社2007 年版，第 67 页。

② 同上书，第 292 页。

③ 同上。

间的牵连"①。总之，《法》中的元叙述者对虚构的自我暴露、对叙述惯例的自我揭底，不仅破坏了统一、稳定的历史主体，使历史在意义制造中变成了不稳定的过程，从而质疑了历史真实，而且还进一步揭露了所谓的"历史真实"不过是叙述惯例的建构物。

《法》中的元叙述者告诉我们：没有客观、本在、"真实"的历史，历史是人为建构（或虚构）的。不仅如此，这个叙述者还通过元小说式的自我意识，以自己的历史版本为范例，来对此建构的过程进行凸显。

历史对我们而言只能是一种"文本化的可及性"，这是历史编撰元小说着力彰显的问题。就像保罗·维因所主张的，即使是距离我们最近的事件，都只能后来通过其残留物而被我们所知晓：记忆只能创造文本。我们对历史的了解只能来自各种被阐释和编织过的"文本化的残余"——文献、档案证物、目击证据等②。这些文本化的残余"不能被视为仅仅是偶然形成的，而应被视为至少其中的一部分必然是经历了选择性保存和涂抹的微妙过程"③。也即文本并不是客观被动地对历史进行"反映"，而是通过人们选择性的保存和涂抹来对历史进行"文本建构"。这个建构或虚构历史的过程受权力关系和意识形态制约，因而并非是随意的。在怀特看来，历史事件（events）不同于历史事实（facts）。历史事件是构造历史事实的基础，

---

①　Linda Hutcheon, *A Poetics of Postmodernism*：*History*，*Theory*，*Fiction*，New York and London：Routledge，1988，p. 183.

②　Ibid. p. 96.

③　Louis A. Montrose，"The Poetics and Politics of Culture"，in H. Aram Veeser ed. *The New Historicism*，New York and London：Routledge，1989，p. 15.

而历史事实则是经过选择、阐释和情节编排的、"被赋予意义
的事件",是受话语和意识形态制约的。不同的意识形态立场
可以从同一个历史事件中找出不同的事实,"一个叙述性陈述
可能将一组事件再现为具有史诗或悲剧的形式和意义,而另一
个叙述则可能将同一组事件——以相同的合理性,也不违反任
何事实记载地——再现为闹剧"①。因此在怀特看来,历史就不
是一种,而是有多少种意识形态、有多少种理论阐释,就有多
少种历史。历史编撰元小说并不假装复制事件,而是相反,它
将我们导向事实,或是导向思考事件的一个新的维度。《法》
毫不掩饰自己基于特定的意识形态立场而对历史进行"文本建
构"的过程。它在史料的运用上与传统的历史小说不同。如前
所述,传统的历史小说,正像卢卡奇指出的,往往合并和吸收
历史资料来给自己虚构的世界造成一种真实感。《法》之类的
历史编撰元小说则很少吸收这些历史资料。相反,试图吸收资
料的过程往往成为其着意凸显的对象。读者能清楚地看到收集
资料的过程以及赋予其叙述秩序的努力。② 它往往用元小说自
我反射的方式,来对自己所做的这一切进行暴露。在此文本建
构过程中,小说常常从新的视角来对史实间的等级秩序、因果
关系等进行阐释,以建构全新的历史版本,对已被普遍接受的
历史进行质疑,并通过元小说的自我揭底,向读者揭露出不同
的历史版本背后隐藏的权力话语的真相。这样的元小说的确使
其读者与外部真实世界建立起了联结——通过让我们意识到质

---

① [美] 海登·怀特:《后现代历史叙事学》,陈永国、张万娟译,中国社会
科学出版社 2003 年版,第 326 页。

② Linda Hutcheon, *A Poetics of Postmodernism*: *History*, *Theory*, *Fiction*., New
York and London: Routledge, 1988, p. 114.

疑已被接受的历史版本的必要性。它对过去的历史版本之接受、对其读者的公开的（和政治化的）关注，会挑战 Struever 所做的以下区分："历史小说不是历史，不是因为其喜欢采用非真实的事件，而是因为其作者—读者契约否认读者对社会事业的参与。"① 事实上，"历史编撰元小说对其处境的强调——文本、制造者、接受者、历史的和社会的语境——重新设置了一种（非常问题化）的社会事业"②。

　　福尔斯在写作之前做过大量的历史研究，这点从他广泛征引各种社会调查报告和统计数字不难看出。他把大量真实的历史事件和历史人物组织到小说的虚构文本中，使真实人物与虚构文本相交织，造成了似真似幻的效果。书中写道，欧内斯蒂娜朗读 19 世纪女诗人卡罗琳·诺顿夫人的诗集《加拉夫人》，且就在欧内斯蒂娜读诗的那天晚上前一个星期，经济学家约翰·斯图亚特·米尔在西敏寺会议上提出给妇女同等选举权的要求。萨拉这个虚构人物后来成为历史人物前拉斐尔派画家但丁·加布里埃尔·罗塞蒂及他的妹妹著名女诗人克里斯蒂娜·罗塞蒂等人中的一员。——必须强调指出的是，文本中涉及的所有这些历史资料、历史事件都经过了作者的精心筛选和独特阐释，以此来重构另一版本的维多利亚历史。美国历史学家多明尼克·拉卡普拉（Dominick LaCapra）曾指出，对过去的再现是经过了历史学家的选择的，他们以此来表明他们想要表明的任何东西。

---

① Nancy S Struever, "Hishorical Discourse", in Teun A. van Dijk ed. *Handbook of Discourse Analysis*, London and New York: Academic Press, 1985, p. 264.

② Linda Hutcheon, *A Poetics of Postmodernism: History, Theory, Fiction*. New York and London: Routledge, 1988, p. 115.

在维多利亚主流意识形态的正史版本中，维多利亚社会保守克制、秩序井然，当时的"妇女不得越雷池半步"①，她们都是标准的淑女，"仿佛一旦有男人敢于开口对她说话，她马上就会晕倒"。②总之，父权制就跟以往的很多个世纪一样，牢固、稳定、理所当然。历史一旦成为文本（特别是官方文本），就往往以一元化的、连续性的面目出现。作为后结构主义灵魂人物的福柯向这种宏大叙事的历史观发出挑战。在其《知识考古学》中，福柯指出这种一元、整体性、连续性的历史是一种话语表述，它压制了运动、变化、偶然和差异。③福尔斯自称女权主义者，"1867年英国议会讨论赋予妇女平等选举权"、"1869年格顿女子学院成立"、萨拉与"罗塞蒂兄妹"的交往以及她所展现出的独立女性的风采——《法》中这些史实的征引和历史人物的调用显然表明福尔斯在对被正史所压制的女权主义运动的历史作出回应。

过去无数的历史文本和文学作品塑造了我们对维多利亚时代的认识：一个道德严谨和彬彬有礼的时代。维多利亚时代"在杰出的文学作品中，没有一部小说、一出戏或一首诗的性描写超出接吻的范围"，人们生活中有关性方面的内容，"狄更斯和其他一些与他齐名的作家把这方面的内容全部略去"④。在哈代的作品中，未婚农村姑娘遭到了男性的奸污，于是背负

---

① ［英］约翰·福尔斯：《法国中尉的女人》，陈安全译，云南教育出版社2007年版，第81页。
② 同上书，第18页。
③ ［法］米歇尔·福柯：《知识考古学》，谢强等译，北京三联书店1998年版，第8页。
④ ［英］约翰·福尔斯：《法国中尉的女人》，陈安全译，云南教育出版社2007年版，第193页。

着沉重的道德十字架，周围的人群起而攻之让她简直无法活下去。而《法》的叙述者征引了 1867 年的《儿童雇佣委员会报告》，这则报告表明维多利亚社会在男女关系上远不是我们想象的保守克制：这则报告中的"我"曾"亲眼看到十四到十六岁之间男女少年不堪入目的非法行为"。有一次"我看到一个姑娘在路边被五六个小伙子侮辱，其他一些年长的人们离他们约是三十米远，但他们熟视无睹"。也曾"看到一些小伙子在小溪里沐浴，而十三至十九岁的姑娘们则在岸上观看"①。随后《法》的叙述者还引用了一位夫人的见证，她的父亲是哈代的医生。她指出在维多利亚时代英格兰农村所谓的"尝后再买"（即婚前性交），是规则而不是例外："婚前怀孕在多塞特的农民中完全是正常的，等到肚子藏不住了才结婚……原因是工人工资低，每个家庭都需要保证有更多的人手去挣钱。"②叙述者甚至采用了"脚注"这种客观性十足的历史编撰的类文本的惯例，在第 35 章的一则脚注中，引用了 18 世纪后期乔治·德赖斯代尔博士的著作（这本著作名字取得相当隐晦，但内容就相当于现在的·"性知识手册"），来详细考察了 19 世纪人们对避孕套使用方法的掌握情况。叙述者征引这些文献显然是为了建构自己版本的历史。这些文献彼此指涉，形成了一个巨大的互文之网。正像文学文本总是指向别的文学文本一样，历史也是互文的，它指向的不是外在的经验世界，而是其他一些历史文本。在《法》的叙述者征引的历史文献的互文网络中

---

① ［英］约翰·福尔斯：《法国中尉的女人》，陈安全译，云南教育出版社 2007 年版，第 191 页。

② 同上书，第 194 页。

建构起来的这个历史，与保守、克制的维多利亚官方正史相去甚远。但《法》的叙述者并不想像其他的历史叙述者一样，将历史建构做得巧妙、狡猾而不着痕迹。相反，这个元叙述者充满自我意识地声明，他所引用的文献（并暗示所有历史学家所引用的文献及其所省略和抛弃的文献）都经过了自己的高度过滤，引用者以之作为表达自己意识形态立场的工具："在每一个时代，大多数见证人和记者都属于受过良好教育的阶级，因此在整个历史发展进程中就产生了一种少数人歪曲现实的现象。我们认为维多利亚时代的人过分拘谨，坚持清教徒式的生活准则，而且还渐渐把这种观点扩大到维多利亚社会的一切阶级，其实那只是中产阶级对中产阶级精神特质的看法。"[1] 因此"如果我们要寻找客观的现实，我们必须到别的地方去找——查梅林的著作，查各种委员会的报告等等"[2]。他还指出，历史学家所宣称的"客观再现历史"的虚伪性"极为明显地表现在对出版物狂热的删节和修订……用虚假的外表冒充真实传给容易受骗上当的子孙后代"[3]。

这样一来，叙述者建构了自己版本的维多利亚女权主义运动的历史，然后又通过元小说式自我暴露的行为，把自己建构历史的过程（以及暗示所有历史建构的过程）进行公开化和自我揭底。叙述者让读者明白，并不存在"客观""本然"的历史，不管是维多利亚男权主义的官方正史，还是自己版本的女权主义运动史，都不过是不同的阶级、不同的话语、根植于不

---

① ［英］约翰·福尔斯：《法国中尉的女人》，陈安全译，云南教育出版社2007年版，第191页。

② 同上书，第193页。

③ 同上书，第265页。

同的权力系统，而进行的不同的建构而已。这两套话语的抵牾不是否认"历史真相"的存在，它只是表明我们对历史的知识不再是没有争议的问题了。维多利亚的"历史"寄居于官方正史的、哈代的、《儿童雇佣委员会报告》的等各种文本之中，这些文本的保存和涂抹都不可避免地受话语虚构性和权力性的编码。而这些不同权力系统所建构出的历史版本，都能以"真实历史"的名义来对人们实施意识形态掌控，从而与现存权力系统的维持或改革紧密相连。《法》中的元叙述者"对于历史意义的公开的和任意的建构并没有使人们对文本的严肃性产生怀疑，而是定义了另一种后现代意义上的严肃性，这种严肃性承认记录或书写过去时所固有的限制及其力量"①。

《法》的历史建构凸显了被过去的历史版本所压制的边缘和差异。正是对边缘和差异的凸显，表达了新的意识形态内涵。列维—斯特劳斯在一篇关于史学的神话性的文章中指出，当试图以故事形式叙述历史时，历史学家在历史记录中发现的所谓的历史的"连续性"，只有通过其强加于历史记录的"欺骗性概要"才能获得。因为历史记录是庞杂无章的，只有舍弃一些包含在历史记录中的事件，历史学家才能建构一个关于过去的完整的、连贯一致的故事。因此，"我们关于历史的解释与其说是受我们所加入的内容的支配，不如说是受我们所漏掉的内容的支配"②。历史学家的理解和鉴别力就表现在为使一些事实适合于一个完整的故事形式而无情地剔除掉其他一些事

---

①　Linda Hutcheon, *A Poetics of Postmodernism*：*History*，*Theory*，*Fiction*. New York and London：Routledge，1988，p. 117.

②　Claude Levi-Strauss，"Overture to le Cru et cuit"，trans. Joseph H. McMahon，*Yale French Studies*，Nos，p. 57（1996）.

实的能力。任何历史的"整体一致性"都是"故事的一致性",而这必须通过修改、剔除一些事实以使其他事实适合于故事形式来实现。列维—斯特劳斯的结论是:"应该承认,一个清晰的历史永远不可能完全摆脱神话的本性。"① 以及还有,意识形态的本性。女权主义这条 19 世纪暗存的潜流正是以往的官方历史文本所漏掉或剔除的。历史编撰元小说或新历史主义的批评策略不过是"运用符号学的基本观点——任何符号都带有其他不在场的符号的印迹,符号的意义只能参照符号所掩盖着的整个体系的关系才能得以解释——并把它上升为统摄整个话语的原则"②。跟符号一样,任何单一、线性的历史叙事都是表面上自足,实质上却有赖于它所忽略的东西才能存在。正像德里达指出的符号是一种排除结构一样,"叙事史也是一种排除结构,它带有其他故事的痕迹,带有未被讲述的故事、被排除了的故事以及被排除者的故事的痕迹"③。因此对任何单一、线性叙事的标举都同时意味着对差异、对其他叙事的压制,在此,"假定的语篇的线性可被视为特别的意识形态倾向的代理者"。④ 历史编撰元小说所做的,就是标举新的意识形态立场,重构一个关于被排除者的历史文本,以抵消以往的一元、整体性历史叙事的排除作用,进而抵消它对我们实施意识形态渗透的功能。福尔斯对以往史家忽略、回避的历史事件及

---

① Claude Levi-Strauss, "Overture to le Cru et cuit", trans. Joseph H. McMahon, *Yale French Studies*, Nos, p. 57 (1996).

② [英] 马克·柯里:《后现代叙事理论》,宁一中译,北京大学出版社 2003 年版,第 94 页。

③ 同上书,第 93 页。

④ 同上书,第 90 页。

历史文献的征引和缝合生成了一个独特的文学文本，这个文本最终变成了不同于以往父权制叙事的关于那个时代的另一部历史。这部历史让我们注意到以往的历史文本中叙事性排除的存在。在过去，正是剔除这些话语中没有的东西构成了话语。而现在，也正是对这些没有的东西的凸显，构成了新的话语。正如哈琴所言，"小说没有像镜子般反映现实，它也没有复制现实……小说只是提供了另一种话语，让我们建构我们自己版本的现实。后现代小说正是把这种建构的过程以及建构的必要性进行凸现而已"①。

《法》这样的后现代小说表明，不管是在小说的领域中，还是在历史的领域中，重写或重新呈现过去，都是向当下敞开的一个过程，都是阻止过去成为结论性的或目的论的。过去的事件可以被改变。历史可以被重写。现实世界同样如此。

福尔斯还采用福柯知识考古学的方法，将经鲍德勒博士删去了猥亵词语的《家用莎士比亚戏剧集》、将狄更斯的文本、甚至将《法》文本本身第一叙述层的维多利亚故事等文献作为遗迹，"考察它们的成因，揭示它们在叙述中隐藏的秘密——它们在记录什么，回避什么，它们是如何叙述的，又是为什么要这样叙述"②。其目的倒不在于"历史真相"，而是对当时的话语体系进行描述。最终我们发现，主人公查尔斯痛斥的"虚伪"和"欺骗"不仅是道德的虚伪，也是"现实主义"的虚伪；不仅是权力话语的欺骗，也是历史叙事的欺骗。

---

① Linda Hutcheon, *A Poetics of Postmodernism*：*History*，*Theory*，*Fiction*，New York and London：Routledge，1988，p. 40.

② 赵一凡主编：《西方文论关键词》，外语教学与研究出版社 2006 年版，第 672 页。

《法》中我们看到了历史编撰元小说中常见的对戏拟和互文的运用。《法》无疑戏拟了维多利亚小说，当然它戏拟的并不是任何一个特定的维多利亚时代小说家的小说，而是作为原型的维多利亚小说，是维多利亚时代所有小说的总和。《法》在忠实摹仿维多利亚小说的叙述方式、词汇、语气等的同时又通过元小说式的自我揭底来反讽维多利亚小说"真实再现现实"的虚伪和叙述者的傲慢自大。小说每章章首引文，不管是科学著作（达尔文的《进化论》）、哲学著作（马克思《资本论》），还是历史文献（《儿童雇佣委员会报告》），还是哈代、丁尼生、奥斯丁等的诗文，都与小说文本形成互文。小说行文中提到的《家用莎士比亚戏剧集》、狄更斯的作品、脚注中提到的乔治·德赖斯代尔博士的介绍避孕套使用方法的著作，也与小说本身形成互文。在这里戏拟和互文的运用是将文本化的过去编织进今天的文本的一种后现代方式。它隐含着以下后现代的历史观，即历史是一个文本、是各种七嘴八舌互文本的建构物。它迫使我们思考的不再是过去究竟是什么样子，而是它如何由其他的文本来进行表现，这些文本背后又隐藏着怎样的意识形态。

尽管《法》的叙述者重构了自己版本的历史，尽管萨拉这个人物的塑造的确会让我们联想到历史上一些确有其人的女权主义者，或者至少成为我们认识那个时代的历史的一种参照，但这个叙述者从来没有宣称过自己版本的历史的真实性。相反，他在重构历史的同时又不时地跃上前台，向我们强调文本的虚构性，并提供了三个并行出现的结尾，让我们认识到人物的思想言行及其命运选择并非必然，而只是小说虚构的无数可能性中的一种。于是读者发现，叙述者指出了过去的历史版本的虚构性，他自己重构了自己版本的历史，但又指出自己版本的历史仍然不过是虚构。

那么，到底有没有"真实"？

《法》通过不同版本的维多利亚历史向我们表明，那个超验的、唯一的、大写的、客观的"真实"（Truth）对我们来说是不可企及的，我们只能按照其被语言所建构的样子、被各种话语所"制造"的样子，来知道"历史"，以及知道"现实"。在过去，历史学家们和文学形式主义者（比如瑞恰慈）都认为文学是由"虚假陈述"构成的。对弗莱而言，艺术是虚伪的，不是真实的——它是模仿真实命题的陈述。而像《法》这样的历史编撰元小说表明，"真实"和"虚假"也许并非讨论小说时适合的术语，《法》以及 Flaubert 的 *Famous Last Word*，以及 *A Maggot* 这样的作品公开宣称只存在复数的"真实"，而不存在唯一的"真实"。几乎不存在本质上的"虚假"，而只存在其他人的真实。传统时代人们对谎言的关注变成了后现代人们对"真实"的多样性和分散性的关注，这种多样性和分散性与不同的话语及意识形态立场相连。《法》的叙述者并不想"讲述真实"，它质疑的是："谁的"真实被讲述了？他并没有"再现历史"，他关注的是，"谁的"历史能够幸存？正像拉什迪的 *Shame* 的叙述者所说："历史是自然选择的结果。……变异的历史版本与过去占统治地位的历史版本做斗争。新的关于事实的物种产生，而旧的事实推到墙角。在变异中，只有强者能够幸存。软弱的、无名的败者几乎没留下痕迹。历史只喜欢统治她的人：这是相互奴役的关系。"①

---

① Salman Rushdie, *Shame*, London：Picador, 1983, p. 124.

通过对"维多利亚正史"的解构和重构，福尔斯力图告诉我们历史根植在叙述法则和权力话语的土壤里，并非存在客观"历史真实"，而是权力话语创造"历史真实"。萨拉的故事正是对这种后现代历史观的形象化说明。萨拉个体的历史可看作维多利亚历史或任何历史的微缩版本。

萨拉的"历史真实"是，她是一位妓女，是法国中尉的婊子。这个历史真实是不容置疑的，因为莱姆镇的人们都这样说，蒂娜的姑姑、波尔坦尼太太、镇上的牧师等，他们代表着维多利亚时代作为社会秩序维护者的主流意识形态。权力话语创造了萨拉的"历史真实"，并将她边缘化。只是令权力话语始料不及的是萨拉居然主动用自己的边缘话语与主流话语合谋，主动利用自己的边缘地位去追求自由。事实上真正的话语权掌握在萨拉的手中。她的历史是她自己所讲的故事——她如何委身于法国中尉。这个故事后来被证明是假的。但在这个假的故事中，萨拉完成了从"被说"到"说"的转换，拥有了男权社会里作为他者的话语权，并利用此话语权去创造自己的"历史真实"。我们完全可以把萨拉的历史看作关于历史之"叙述性""虚构性""权力话语操作性"的隐喻——她的历史不过是她讲的一个故事、这个"虚构的故事"后来在流传中变成了"真实的历史"，而这完全得力于权力话语的创造和维护。

后现代话语表明没有具有特权的通往现实的途径。真实的东西存在（以及存在过），但我们对它的理解总是被各种话语、被我们谈论它的各种不同的方式所限定。《法》对唯一的、大写的"真实历史"的解构，对过去的历史版本以及自己的历史版本的权威性的质疑，其矛头指向了利奥塔所谓的"宏大叙事"。对利奥塔来说，后现代最本质的特征，就是这种对宏大叙事的怀疑。"所谓总体化的宏大叙事，就是一些我们通常统一和整顿（以及掩饰）矛盾以使一切看起来合适的那些体系。"① 这种总体化的力量正是后现代所力图抵制的，因为"总体化"不仅意味着统一化，更意味着着眼于权力和控制而进行的统一化。"它指向了我们对毫不相同的物质进行统一化的人文主义和实证主义体系背后所隐藏的权力关系。"②

《法》向我们表明，不管是维多利亚官方正史的父权制叙事，还是自己版本的女权主义叙事，这种压制了运动、变化、偶然和差异的总体化的宏大叙事都是着眼于权力关系而人为建构和强加的。它以元小说自我暴露的方式，凸显了我们是如何从自己的意识形态立场出发来选择、裁剪过去的历史文献（比如，1867 年的《儿童雇佣委员会报告》，用还是不用?），是如何从自己的意识形态立场出发来从过去的历史事件中"制造"出历史事实，来赋予这个混乱的经验世界以意义（比如，"1867 年英国议会讨论赋予妇女平等选举权""1869 年格顿女子学院成立"，是历史洪流中偶然的、琐碎的、可不必过多注意的事件，还是应把它们联系起来并从中提炼出某种重要的历史事实?）。所以《法》的叙述者在重构历史的同时又再三强调虚构，因为他并不想使其读者相信某一种阐释这个世界的特殊方式的正确性。相反，他使其读者"质疑"他自己的（同时也暗示其他人的）阐释。"它拒绝安置任何结构，或者利奥

---

① Linda Hutcheon, *A Poetics of Postmodernism*: *History*, *Theory*, *Fiction*, New York and London: Routledge, 1988, preface.

② Ibid.

塔所称的'宏大叙事'——这些东西对现代主义者来说，可能是可借以慰藉的。它认为这些结构的确是吸引人的，甚至也许是必要的，但这并没有减少其虚幻性。"①

后现代对总体化的抨击似乎也摆脱不了自身的悖论——利奥塔对宏大叙事合法性的挑战似乎陷入了另一种宏大叙事的悖谬怪圈：即关于我们"对宏大叙事的怀疑"的宏大叙事。哈琴虽然宣称"力图避免以后现代的名义进行的任何这样或那样的'总体化'"②，但她以"悖谬"来统摄所有的后现代理论和艺术实践，也不见得就没有总体化的冲动。比照而言，《法》指出了过去历史版本的虚构性，却也并不肯定自身历史版本的真实性，拒绝安置一切宏大叙事，就显得尤为可贵。

总之，《法》不愧为将后现代实验性写作与通俗小说相结合的佳作。从普通读者的角度看，它是爱情小说，是维多利亚时代爱情故事的一次浪漫演绎。从批评家的角度看，它又是典型的"历史编撰元小说"，是对激进的后现代思潮，如新历史主义历史观、福柯话语权理论、利奥塔反宏大叙事等的一次形象化的说明。它既具有元小说自我指涉的特征，又悖谬地指向了外在的历史现实。它以元小说自揭虚构、自我暴露的方式，揭露出一切历史文本的人为建构（或虚构）的本质，并指出了一切虚构背后隐藏的话语和权力。这样一来，元小说的"自指性"不仅没有削弱，反倒增强了文本对社会历史的"它指"功能。所以哈琴指出："元小说的自我意识

---

① Linda Hutcheon, *A Poetics of Postmodernism*: *History*, *Theory*, *Fiction*, New York and London: Routledge, 1988, p.6.

② Ibid. preface.

带来的解构的确'在最深刻的意义上'是革命性的。"① 作为历史编撰元小说，《法》既是对"真实地再现历史"的天真的现实主义观念的挑战，也是对同样天真的现代主义者和形式主义者对于艺术与世界截然分离的观念的挑战。它不再是激进元小说式的脱离历史、无关现实、"自我沉醉、毫无前途"（马克·柯里），福尔斯的创作鲜明地展现了它对社会历史的介入及其批评潜能。

对于美国的一些极端的超小说和法国的新新小说之类的作品，元小说理论家们声称其不再试图反映现实或讲述任何关于现实的真理②。对此哈琴将之视为——不是视为后现代主义——而是"现代主义"的艺术自律式的自我反射的一个极端的后果。因为这个原因，哈琴甚至主张小说中"后现代主义"这个术语只是用来指称"历史编撰元小说"这一更为悖谬、历史内涵更为复杂的形式。超小说和新新小说就像抽象艺术，它们更多的是不理睬表现代码，而不是违反它。而历史编撰元小说使用叙述再现、使用表现代码，并使其"问题化"了。

历史编撰元小说小说（福尔斯的《法国中尉的女人》、*A Maggot*，拉什迪的《午夜孩童》、Doctorow 的《拉格泰姆》、库弗的《公示火刑》、艾柯的《玫瑰之名》等）不仅是元小说式自我反射的、滑稽模仿的，而且也声称某种（新的、问题化了的）历史指涉。它不是否认，而是挑战现实和小说中的

----

① Linda Hutcheon, *A Poetics of Postmodernism*: *History*, *Theory*, *Fiction*, New York and London: Routledge, 1988, p. 183.

② Larry McCaffery, *The Metafictional Muse*, Pittsburgh: University of Pittsburgh Press, 1982, p. 5. Ronald Sukenick, *In Form*: *Digressions on the Act of Fiction*, Carbondale and Edwardsville: Southern Illinois University Press, 1985, p. 3.

"真实"——"真实"是被"话语们"（复数形式）"建构"的——后现代主义努力想要告诉我们这点。它承认那个非叙述、非再现的历史的确曾经"存在"过，但今天的我们只能通过各种文本化的痕迹来"知道"它。在这点上，哈琴和詹姆逊的立场倒是一致，她承认"历史本身"的存在（只是我们只能通过各种人为建构的"历史话语"来知道它），而与萨丕尔、沃尔夫等认为现实、历史本身即是建构物的激进观点不同："历史编撰元小说并不否认现实'是'（或'曾经是'），而那种激进的建构主义否认这点（根据他们的观点，现实只是一种建构物）。历史编撰元小说只是质疑我们如何'知道'现实、现实'怎样'是（或曾经是）。在这样做的过程中，它同时反对了又加入了马克思主义者和常识拥护者的队伍，这些人拒绝将语言与现实分离。这正是其作为历史编撰元小说的性质的悖论。"① 而历史话语的文本性、建构性、意识形态性，正是历史编撰元小说通过元小说技巧所要强调的。的确，与传统历史小说相比，历史编撰元小说通过自揭虚构等陌生化的手法突出了形式技巧。但它与形式主义的文本有本质的区别，它不是要斩断文学与社会、与政治的联系，恰恰相反，是要突出它们之间的联系。［哈琴指出，过去占统治地位的意识形态（即"自由人文主义"），如今受到了后现代主义的挑战：从作者原创性和权威的概念到将美学与政治分离的做法。］后现代主义告诉我们所有的文化实践都具有一个意识形态的潜台词，这个意识形态的潜台词决定了它们的意义制造的可能性的条

---

① Linda Hutcheon, *A Poetics of Postmodernism*: *History*, *Theory*, *Fiction*, New York and London: Routledge, 1988, p. 146.

件。并且，在历史编撰元小说中，它是通过公开化其自我反射及其历史指涉之间的矛盾，来告诉我们这个意识形态的潜台词。它公开地暴露自身的虚构性，并且正因为暴露其虚构性，它才得以指出了历史的真实和意识形态的真实。在过去，"虚构"乃是和"历史小说"不相容的。和卢卡奇一样，Mary McCarthy 曾指出，历史细节的精确性，对小说而言是至关重要的："如果托尔斯泰关于 Borodino 战役或拿破仑的性格的描写完全是错误的，《战争与和平》就完蛋了。"① 但是，是否因为Findley 对于温莎公爵和公爵夫人的描写是"错误的"（或虚构化的），*Famous Last Word* 就"完蛋了"呢？有人攻击 Doctorow 在《拉格泰姆》中对弗洛伊德、福特总统、Morgan 等人的虚构化，Doctorow 在对此攻击做出回应时，为所有的历史编撰元小说做了辩护："我很满意我关于 Morgan 和福特总统所虚构的一切都是真实的，不管它发生过还是没有发生过。也许正因为它没有发生过，才更为真实。"② ——这话听起来似乎有点悖谬，Doctorow 的意思是说，我们所阅读的"历史"，不是"既定的"，而是"建构的"，这才是关于历史的"真实"。——而我们完全可以用另一种话语来建构另一种版本的现实，以抵消任何话语以"真实历史"的名义对我们实施的意识形态掌控。这种建构以及这种建构的必要性，正是历史编撰元小说力图凸显的东西。

---

① Mary McCarthy, *On the Contrary*, New York：Farrar, Straus & Cudahy, 1961, p. 263.

② Richard Trenner ed. *E, L, Doctorow*：*Essays and Conversations*, Princeton, New Jersey：Ontario Review Press, 1983, p. 69.

第四节　戏拟：消解制约着文学与社会的
形式框架与意识形态框架

戏拟（parody），又译为滑稽模仿、戏仿等。parody 一词来源于希腊语 parodia，希腊文前缀"para"既有"在……旁边"的意思，又有"与……对抗""反对……"的意思。这个前缀彰显了 parody 的两点最重要的内涵：它既是对对象的模仿，又是对对象的批评和抨击。所谓戏拟，即用表面上忠实、事实上却具有颠覆性的方式，来对某个在叙事成规和意识形态方面具有代表性的前文本，或某种已成为模式的叙事技巧进行扭曲和夸张的模仿。在诸种元小说技巧当中，戏拟是最早出现的一种。《堂吉诃德》等早期的元小说都是用这种方式写成的。戏拟使得文本的虚构性一目了然，它鲜明地彰显了文本作为人工艺术品的身份，而不是"摹仿说"意义上的对现实的真实反映。

一　"戏拟"概念内涵的演变及其后现代含义

直到现在，西方许多批评家对戏拟都持一种基本否定的态度，它被看作一种不登大雅之堂的、颓废的、寄生的艺术。一旦一部作品被描述为滑稽模仿的、反话连篇的，"就等于将它与严肃的、规范的、'伟大'的文学区别开来了"①。《牛津英

---

① ［美］华莱士·马丁：《当代叙事学》，伍晓明译，北京大学出版社 2005 年版，第 184 页。

语大词典》中对 parody 一词有两条释义：第一将之解释为"一种模仿性的诗文，模仿某一作家的思想或语言特色，使之产生荒谬可笑的效果，尤其是当被运用于可笑的或不合适的主题的时候"。第二条释义则是"一种低能的、拙劣的模仿"（a poor or feeble imitation，a travesty）。玛格丽特·罗斯在《戏拟：古代、现代和后现代》中详细考察了 parody 一词的含义从古代到后现代的演变。① 根据罗斯的考察，parody 在古希腊就用来指称对史诗的滑稽模仿及改造。这个词在当时并无贬义。亚里士多德在《诗学》中曾经称赫格蒙（Hegemon）为"第一个戏仿作家"，他曾经戏拟庄严的史诗。parody 带上贬义大概是在文艺复兴时期。此时批评家们片面强调 parody 的"滑稽"的一面，从而将 parody 降格为 burlesque（嘲弄严肃主题或夸张琐碎小事的"滑稽讽刺作品"，源于意大利文 burla，本义为笑话、恶作剧），以及降格为 travesty（"拙劣的模仿作品"），视之为一种低劣而不严肃的作品。

直到 20 世纪，随着乔伊斯《尤利西斯》等公认的戏拟杰作的出现（阿佩尔认为，正是乔伊斯的这部小说证明了戏拟"是一种高级文学样式"②），批评家们才开始对 parody 进行重新定位，赋予其积极的意义。俄国形式主义批评家在这方面做出了突出的贡献，他们的文学进化理论对 parody 持有最为肯定的观点。俄国形式主义理论始于什克洛夫斯基的"陌生化"概念，在他看来，所谓文学，就是对日常语言、对习惯和传统的

---

① Margaret A Rose, *Parody：Ancient，Modern，and Postmodern*, Cambridge：Cambridge University Press, 1993.

② L. S. Dembo Nabokov, *The Man and His Book*, Wisconsin：The University of Wisconsin Press, 1967, p. 115.

表达方式进行陌生化，从而达到更新感觉的目的。这导致了他的第二个主要概念："显示手段"（laying bare the device）。意即通过"显示手段"以获得"陌生化"。当"显示手段"用于文学作品本身时，就产生了自我意识的滑稽模仿。因而在俄国形式主义的文学进化词汇中，滑稽模仿被视为文学发展中一个积极的更新点，它所导致的"陌生化"意味着一种文学动力学。除"陌生化"之外，俄国形式主义将文学视为"系统"的观念，也为我们提供了小说进化领域内有关滑稽模仿策略的积极看法。文学是一个系统，这个系统通过系统内因素的重新组合，也通过吸收系统外的因素而得以发展。显然，根据这样的观点，那些被降格为"通俗"层次的陈旧手法、那些已经过时的陈规，就通过在一种新的并且常常是不协调语境中的戏拟式的重复，而重新发挥作用。

事实上，小说的发展史就是一部对旧有的、俗滥的成规进行滑稽模仿的历史，换句话说，小说正是通过滑稽模仿而得以进化的。塞万提斯的《堂吉诃德》对过时的骑士小说成规进行了戏拟。菲尔丁在《莎米拉》和《约瑟夫·安德鲁斯传》中对以理查生为代表的感伤主义小说成规进行了戏拟。在理查生和菲尔丁之后仅几年时间，他们的作品义被斯特恩在他的小说《项迪传》中所戏拟。什克洛夫斯基、帕特里夏·沃都将《项迪传》视为典型的元小说。这部小说戏拟的是所有小说叙述的最基本的成规：那些关于时间表现的成规。整部小说充满了对正常的线性因果叙述时序的打断和岔离，从而演示了一个"延迟"的过程：那对于最终结局的羁留。而这正是所有叙述的基础。小说通过戏拟时间表现的成规，而展示了小说内部的一种最基本的关系，即什克洛夫斯基所称的"主题"与"表达"

之间的关系，更通常的说法是"故事"与"情节"之间的关系。这正是"关于小说自身的小说"，典型的元小说。事实证明，滑稽模仿在小说发展的危机关头一再出现，它正是小说本身得以发展的动力和借以发展的方式。在"文学枯竭"、"小说死亡"、传统现实主义小说越来越暴露出其不"现实"的今天，对小说本身的叙述成规的自我暴露和戏拟形成了一股强有力的后现代元小说创作潮流，成了医治"枯竭的文学"的一剂药方。

如果说俄国形式主义从"形式更新"及"系统因素重新组合"的层面对 parody 提供了积极观照的话，那么巴赫金则进一步发现了 parody 形式背后的意识形态。巴赫金是在研究"双声语"时提到 parody 的，他将 parody 视为双声语的一种形式。在巴赫金看来，语言是一种意识形态符号，是不同的意识形态斗争和栖息的场所。"语言的整个生命，不论是在哪一个运用领域里（日常生活、公事交往、科学、文艺等），无不渗透着对话关系。"① 而小说与诗歌最本质的区别就在于，与诗歌一般采用抒情主人公独白形式不同，小说是杂语对话的世界，是代表着不同社会意识形态的各种语言对话交锋的舞台。小说内不同语体之间、不同社会阶层的语言之间、甚至话语片段中的一个单词中，都可能蕴含着对话关系，只要我们能从中听出别人的声音来，只要它们代表着不同的看法立场、不同的世界观。巴赫金在《陀思妥耶夫斯基诗学问题》的第五章《陀思妥耶夫斯基的语言》中，对小说语言进行了一个精细的分类，第一

---

① ［俄］巴赫金：《陀思妥耶夫斯基诗学问题》，白春仁译，北京三联书店1988 年版，第 252 页。

类是直接指述事物的语言，目的在于使人们直接了解事物。第二类是作为描绘客体的言语，典型的就是主人公的直接引语。这里作者的干预并不深入到客体语言的内部，他是从外面观望人物语言的，并不赋予其另外一种什么指物的含义。这两类语言中都只存在着一种声音，它们都是单声语。第三类是包容了、考虑到了他人话语的语言，"在自有所指的客体语言中，作者再添进一层新的意思，同时却仍保留其原来的指向。根据作者意图的要求，此时的客体语言，必须让人觉出是他人语言才行。其结果，一种语言竟含有两种不同的语义指向，含有两种声音"①。这便是"双声语"：一种语言中有两个声音在交锋、各自在争夺控制权。双声语的类型包括仿格体、讽拟体（parody）、暗辩体等。仿格体模仿别人的风格，借花献佛，使其服务于自己的意图，即作者意向和他人意向是一致的。巴赫金称之为"单一指向的双声语"。当此类中客体语言的"客体性减弱的时候，便趋向于不同声音的融合，即趋向于变为第一种类型的语言"②。parody 则不同，它同样是模仿他人风格，但作者赋予这个"他人语言"的意向却与原来的意向完全相反。"隐匿在他人语言中的第二个声音，在里面同原来的主人相抵牾，发生了冲突，并迫使他人语言服务于完全相反的目的。语言成了两种声音斗争的舞台。"③ 巴赫金称之为"不同指向的双声语"。此类当客体语言的"客体性减弱、他人思想积极化时，便出现内在的紧张的对话关系，并趋向于分解为两个第一

① ［俄］巴赫金：《陀思妥耶夫斯基诗学问题》，白春仁译，北京三联书店1988 年版，第 260 页。
② 同上书，第 273 页。
③ 同上书，第 266 页。

种类型的语言"①。暗辩体跟仿格体、讽拟体不同，后两者都是利用他人语言来表现自己的意图，而在暗辩体中，他人语言并不出现在作者语言中，但作者语言却考虑到了他人语言，并且是针对他人语言而发的。巴赫金称仿格体、讽拟体等为"消极型"，因为他人语言被作者掌握在手里，处于完全被动的地位。暗辩体被称为"积极型"，因为他人语言积极地影响到作者语言，强迫作者语言相应地作出改变。

在这个精细的分类中，与其说巴赫金是从语言学、叙述学、文体学的角度来对小说语言进行划分，不如说他更多是从话语的、意识形态的角度来进行划分的。他的"双声"指的是两种语言、两种文本，其实质乃是两个不同主体的意识形态立场。正因为如此，巴赫金称自己的研究为"超语言学"，因为无论"双声""对话""话语"等，关注的都是超出了纯语言学、纯形式层面的东西。显然在巴赫金那儿，parody 远远不是一种低劣的、不严肃的滑稽作品，而是蕴含了深层的意识形态斗争的功能：parody 在其双声语的形式背后，显现了意识形态对话的本质。

克里斯蒂娃由巴赫金的对话理论而发展出了"互文性"（intertextuality）概念。Parody 作为"互文性"的一种表现而受到关注。但这种关注更多是集中在其"文本互涉"的形式层面上，无论是广义互文性还是狭义互文性，对 parody 中所隐含的主体意识形态立场，都是否认或忽视的。

克里斯蒂娃将互文性概括为"一个文本与其他文本的关

_____

① ［俄］巴赫金：《陀思妥耶夫斯基诗学问题》，白春仁译，北京三联书店1988 年版，第 274 页。

系":"任何文本的构成都仿佛是一些引文的拼接,任何文本都是对另一个文本的吸收和转换。"① "任何文本都处在若干文本的交汇处,都是对这些文本的重读、更新、浓缩、移位和深化。从某种意义上说,一个文本的价值在于它对其他文本的整合和摧毁作用。"② parody 表现出了一个文本在风格和意义建构上对另一文本的指涉、依赖、吸收和转换,是明显的互文性的表现。值得注意的是,互文性概念在后来的发展中出现了广义互文性和狭义互文性(或称"解构的互文性"与"建构的互文性"、"后结构主义的互文性"与"结构主义的互文性")两种倾向。前者倾向于对互文性概念做宽泛的解释,将互文性视为一切文本的本质特征(巴特:"任何文本都是互文本"),其"文本"概念也泛指一切社会历史文本。这一倾向的互文性概念带有明显的意识形态论战色彩,是针对建立在理性主义基础上的主体性、原创性、作者权威、创作意图等"神学概念"的批判武器,并最终与解构主义、新历史主义、女权主义等合流。这一倾向的代表是克里斯蒂娃和巴特。后者倾向于对互文性概念做精密的界定,其"文本"不是泛指社会历史文本,而是专指文学作品和整个文学遗产,其"互文性"指的是"一个文本内部所表现出来的与其他文本关系的总和(引文、戏拟、转述、否定等)"③。普林斯在《叙事学词典》中给互文性

① Julia Kristeva, "Bakhtine, le mot, le dialogue et le roman", in *Semeiotike: Recherches pour une semanalyse*, Paris: Seuil, 1969, p. 146.

② Philippe Sollers, "Eeriture et revolution", in *Theorie d'ensemble*, Paris: Seuil, 1968, p. 77.

③ Maingueneau, *Introduction aux methods de l' analyse du discours*, Paris: Hachett, 1976, p. 17.

下的定义是："一个确定的文本与它所引用、改写、吸收、扩展或在总体上加以改造的其他文本之间的关系，并且依据这种关系才能理解这个文本。"① 这个向度的互文性事实上与传统的实证性的来源——影响研究相类似，因为研究者必须要寻找具体的"前文本"。其研究的目的不是要质疑作者权威，而是要在整个文学传统的范围内更好地把握和理解文学文本。这一向度的"互文性"是一种操作性很强的分析工具，它不属于意识形态批判的范畴，而基本属于诗学和修辞学范畴。其代表是热奈特和里法泰尔。不管广义还是狭义的互文性，都突破了结构主义认为文本具有单一、封闭的意义的观念，而认为应当在文本与其他文本的动态关系中来理解文本的意义。罗兰·巴特曾经将互文性定义为"'在无限的文本之外存在'的不可能性"②，因此认为互文性正是文本性的存在状态。也就是说，一切文本都是关于其他文本的文本。再进一步，一切小说都是关于其他小说的小说，在这个意义上，元小说也是从古至今无处不在的。所以沃指出："元小说是所有小说所固有的一种倾向或功能。"这一点批评家拉赫曼表述得更清楚，他指出还有许多其他的术语可以用来表达互文性的意思，如互文本（inter-text）、亚文本（subtext）、后文本（anatext）、元文本（metate-xt）等。③ 换句话说，互文的就是元小说的。互文性无处不在，

---

① Gerald Prince ed. *A Dictionary of Narratology*, Nebraska：University of Nebraska Press, 2003, p. 56.

② Roland Barthes, *The Pleasure of the Text*, trans. Richard Miller, New York：Hill & Wang, 1975, p. 36.

③ see Rose, Margaret, *Parody/Metafiction：An Analysis of Parody as a Critical Mirror to the Writing and Reception of Fiction*, London：Croom Helm, 1979, p. 181.

所以元小说无处不在。

本文意义上的 parody 研究的是一个具体的文学文本对另一具体的文学文本或文类体裁的有本可依的、可辨认的戏拟关系，主要属于狭义互文性的范畴。从表面上看，这种文学内部的文本、体裁、形式之间的戏拟的研究是向内观照的，可以说它谈论的是文学自身的演进和历史。但在笔者看来，尽管克里斯蒂娃等广义互文性理论家在解构之维中根本否认 parody 所携带的确定的主体意图，尽管热奈特等狭义互文性理论家极力回到形式的层面，剥离互文性这个术语的意识形态论战色彩，但悖论的是，向内观照的 parody 未必就没有向外指涉的维度，诗学的技巧未必就不能达到意识形态批判的意图。这是因为 parody 不仅仅是一种文本构成方式和形式技巧，互文性并不能像克里斯蒂娃所希望的那样脱离作者的主体性。

克里斯蒂娃提出互文性概念的目的是想用"互文性"取代"互主体性"。克里斯蒂娃和巴特的广义互文性与解构主义合流，文本的意义在无穷无尽的与另一文本的互文关系之网中变得不确定，它是永无止境的能指的滑动、永无止境的意义的延异和散播。在这个互文之网中，文本不再具有任何稳定的、封闭的意义，作者也不再具有任何主体性、原创性，他不再是创造出某一具有终极意义的文本的权威，而不过是无穷无尽的互文空间中的一个游戏者。克里斯蒂娃的主体批判思想直接呼应了巴特提出的"作者之死"的论点。

——然而，作者真的死了吗？

热奈特和里法泰尔的研究承认文本的稳定意义，对作者死亡论持怀疑态度。笔者则认为，作者不仅没有真正死亡，而且在他死而复活的脸上还写满了明显的意识形态意图。美国后现代主义理论家斯潘诺斯对此做了深入论说。斯潘诺斯标举一种"后现代主义化"了的存在主义，强调一种注重历史性、偶然性的新"本体"。他一反罗兰巴特"作者之死"的论调，坚持认为作者不仅没有消逝，而且正是后现代文学不可或缺的维度。区别只是作者不再是某种创世者般的"权威"，而是身处历史之中、偶然之中、生命过程之中的说话人，一个在话语世界中既游戏又颠覆的"写作者"。这是一种后现代的主体，它既非神性主体亦非理性主体，而是一个生命过程中的主体、历史偶然中的主体。他不管说什么、写作什么，都是在其特定历史语境中与人们对话。这决定了其文本不再是超时空超历史的存在，它的意义存在于不断的阐释再阐释之中。但也正是在这个过程中，后现代的文艺本体展示了个体的处境、个体的无蔽本真、个体的生命意义。在最近的批评界中，主体性问题、作者问题正在以新的方式死而复活。法国批评家拉博在其《互文性》一书中就认为，互文性概念并不能像克里斯蒂娃希望的那样取代作者概念，恰恰相反，互文性问题凸显了作者问题，例如布鲁姆"影响的焦虑"事实上谈论的是作者的创作心理。孔帕尼翁在《理论的魔鬼》中认为，"意图"是文学批评无法规避的概念，"意图"不等于"预谋"。而我们认为，只要在parody 的互文世界里仍然不能脱离作者的主体性和历史语境，它就不可能没有意识形态的维度。乔伊斯《尤利西斯》是对荷马史诗《奥德塞》的戏拟，两者在情节、结构、人物塑造上都有明显的互文关系，以至于在《尤利西斯》初稿的每一章，乔伊斯都为之取了一个与《奥德塞》中的人物或情节对应的名字。正是猥琐卑微的布鲁姆与顶天立地的奥德塞之间、空虚颓废的斯蒂芬与勇敢无畏的忒勒玛柯斯之间、轻佻纵欲的莫莉与忠贞不渝的佩涅洛铂之间的互文对应关系，充分体现了英雄悲壮的历史与平庸猥琐的现实之间的强烈反差，凸显了乔伊斯对现实的批判。换句话说，作者的明确的意识形态维度正是依赖于互文原则而建立：离开了《奥德塞》，《尤利西斯》的反讽和批判意图也将荡然无存。现代主义的戏拟是如此，后现代主义的戏拟也一样。事实上后现代的文本游戏是一种文学内部的元批评行为，是对以往的文学携带的意识形态框架的游戏性颠覆。区别只在于在现代主义文本戏拟的背后，仍然保留着一种深层的、对秩序的渴望。《尤利西斯》旨在批判当代西方社会的腐朽堕落，戏拟的目的还是为了寻求一个有序的世界。而后现代作家在颠覆旧有框架之后，不再试图给文学套上新的意识形态框架，不再试图重建新的价值和意义。但尽管如此，其批判、颠覆旧有意识形态框架的意图，却是明白无误的。

总之，在 20 世纪的前 60 年（即现代主义时期），parody 虽然重新作为一个具有积极意义的概念而受到批评家们的重视，但俄国形式主义者是从形式更新的角度来肯定它的，并未注意（或者说是有意放逐）其意识形态功能。后来 parody 虽然作为"互文性"的一种表现方式，随着"互文性"概念的流行而广受肯定，但克里斯蒂娃的广义互文性意在解构作者、主体性等概念，根本不承认 parody 的文本游戏中含有任何确定的主体意图、能够表达任何确定的主体意识形态立场。而热奈特的狭义互文性致力于形式层面的文本之间相互关系的研究（他将"互文性"定义为他的"五种跨文本关系"之一①），极力

---

① Gérard Genette, *Palimpsestes: la littterature au second degree*, Paris: Seuil, 1982, pp. 8 – 14.

排除其意识形态色彩。唯有巴赫金将 parody 作为"双声语"的一种形式而发现了其内含的意识形态对话的功能，这一功能到了后现代主义时期，在以琳达·哈琴为代表的理论家的研究视野中，得到了突出的关注。

在哈琴的研究中，意识形态立场是一以贯之的。她对戏拟和互文的研究，有力地挑战了詹姆逊、伊格尔顿等大多数后现代主义研究者认为后现代小说纯属"文字游戏""缺乏深度"的看法。哈琴开宗明义地将矛头对准了詹姆逊、伊格尔顿、纽曼等后现代主义的大师级的辩手——他们通常对后现代主义"充满了敌意"①。詹姆逊将后现代艺术视为晚期资本主义的文化逻辑的表现，它因为被资本主义的商品经济统摄而完全失去了与之对抗的力量甚至企图，后现代艺术不再追求深度模式、不再具有历史意识、不再保有完整的主体，它已经蜕化成了一种彻底的语言游戏和供人消费的文化商品。哈琴对此持相反意见。她认为詹姆逊、伊格尔顿、纽曼等批评家最大的问题就是理论脱离实践。也就是说，这些批评家都只是囿于一个非常抽象的理论分析的层面，而忽视了实际的、具体的艺术作品，才对后现代艺术作出了如此片面的概括。哈琴对后现代小说、电影、绘画、建筑、摄影等诸多艺术领域的具体艺术作品作了广泛的分析和考察，得出了与詹姆逊等后现代批评家完全不同的结论。她用"矛盾""历史"和"政治"来概括了她对后现代主义的总体看法："我所称的后现代主义，从根本上说是矛盾的、绝对历史的、不可避

---

① Linda Hutcheon, *A Poetics of Postmodernism*：*History*，*Theory*，*Fiction*，New York and London：Routledge，1988，p. 3.

免地政治的。"① 她强调后现代主义的"悖谬特征""历史维度"和"政治内涵",这三个词针对的是以往的后现代主义研究者对后现代主义的认识"简单化",认为其"反历史"和"无价值偏向"。哈琴认为,后现代主义从根本上说是一种悖谬的文化现象,"它既利用又滥用、既设立又颠覆它自己所挑战的那些概念"②。之所以悖谬,是因为后现代主义是从晚期资本主义和自由人文主义内部发起的攻击,它总是在其试图颠覆的体系的内部进行作业,而无法摆脱与这个体系的牵连,因此并未能产生库恩式的范式的转型。"它知道自己不能逃脱与自己的时代的经济的(晚期资本主义)和意识形态的(自由人文主义)主要因素的牵连。在此没有'外在于'。它所做的任何事情都是从内部来进行质疑。它只能将巴特所称的我们文化中的那些既定的或者理所当然的东西进行问题化。"③ 在对过去所认为"自然的"东西进行"问题化"的过程中,后现代艺术表现出了公开而坚决的历史维度及"暧昧的政治性"(politics of ambivalence),这种暧昧的政治性表现在它对其所挑战的目标(西方社会的两大基石,经济上的资本主义和文化上的自由人文主义)既共谋又批判。詹姆逊的问题在于他只看到了"共谋"的一面,而忽视了"批判"的一面。"它并没有取代自由人文主义,即使它严重地挑战了它。然而,它可以标明一些新出现的事物进行斗争的据点。"④ 哈琴认为,最能体现

---

① Linda Hutcheon, *A Poetics of Postmodernism*: *History*, *Theory*, *Fiction*, New York and London: Routledge, 1988, p. 4.

② Ibid. p. 3.

③ Ibid.

④ Ibid. p. 4.

后现代主义的悖谬特征、历史维度和政治内涵的，就是历史编撰元小说和戏拟。

尽管自古以来的文学作品就使用了戏拟手法，但它无疑对后现代文学具有特别重要的意义，它是后现代文学广泛采用的、占统治地位的文本策略。詹姆逊将戏拟、拼贴等后现代主义的文本策略看作一种"平面而无深度"的表征，是东拼西凑、"绝不多作价值增删"、失去历史意识的大杂烩："文化作者在无可依赖之余，只好旧事重提，凭借一些昔日的形式，仿效一些僵死的风格……把里面所藏的历史大杂烩，七拼八凑地炮制成今天的文化产品。"①

哈琴的观点与之相反，她将戏拟称作"一种完美的后现代形式"，因为它集中体现了后现代的悖论特征、历史维度和政治内涵。

哈琴将戏拟定义为"带着批判距离的重复，在相似性的中心表现了反讽性的差异"。② 在此，"距离"与"重复"的共在、"相似"与"差异"共在彰显了戏拟所内含的悖论："距离"标志了与过去的差别，而互文的回声同时也断言了——文本地和阐释学地——与过去的联系。而"批判""反讽"的存在又指向了另一层悖论：向内观照与向外指涉。戏拟从表面上看是文学形式内部的自恋式的作业，但"反讽"的存在不可避免地提示了意识形态的维度，提示了对文本之外的社会的意义构筑体系和话语世界的批判。赛义德曾经指出，我们必须认识

① ［美］詹明信：《晚期资本主义的文化逻辑》，陈清侨等译，北京三联书店1997年版，第454页。

② Linda Hutcheon, A Poetics of Postmodernism: History, Theory, Fiction, New York and London: Routledge, 1988, p. 26.

到所有的艺术都是有独特话语的（discourse-specific），都是在某种程度上"世界的"（worldly），即使在它似乎否认这种联系的时候。

哈琴指出，戏拟的暧昧的政治性表现在它对自己所模仿的对象——它们通常是过去的经典文本中所沉淀的已经成规化了的、理所当然的世界观——的"问题化"（problematize）。在她看来，后现代最大的功绩就在于，它对现代人习以为常的生活中那些其实并不"自然"的东西提出质疑："后现代是我们今天的文化中的'问题化'的一种力量：它对常识的以及'自然的'东西提出质疑。但是它不提供任何非暂时性的、非被语境决定和限制的答案。"① 因此后现代文学总是嘲弄的、讽喻的、戏拟的。这点与现代主义文学形成了鲜明对照。现代主义艺术的唯美主义、精英主义、与世隔绝主义倾向带来的必然后果，就是其政治上的自我边缘化。而后现代主义与现代主义的区别，正在于其通过戏拟的形式、对"自然的"东西进行"问题化"时，与话语、与权力、与政治历史语境的牵连："如果在许多艺术中，现代主义的自我意识的形式主义导致了艺术从社会语境中孤立，那么后现代主义的更加自我反射式的、滑稽模仿的形式主义，则揭示出，正是作为话语的艺术，与政治的和社会的东西密切相连。"② 当批评家们将后现代戏拟指控为搞笑的、游戏的——因此也是拙劣的、微不足道的时候，其所忽视的，正是这种在形式的向内观照下隐含的、与形

---

① Linda Hutcheon, A Poetics of Postmodernism: History, Theory, Fiction, New York and London: Routledge, 1988, p. XI.

② Ibid. p. 35.

式所借以孕育的政治历史语境的牵连，或与被戏拟的经典文本
中所积淀的人们视之为理所当然的占统治地位的文化意识形态
的牵连。人们似乎假定，经验和表达的严肃性是与双重声音或
滑稽幽默不相容的。不仅马克思主义批评家（詹姆逊、伊格尔
顿）持这种观点，而且一些女权主义批评家也是如此。而事实
上正是女权主义作家，和其他黑人作家一样，利用这样反讽的
互文性，来造成既在意识形态上，又在美学上（如果这两者可
以被轻易地截然分开的话）有震撼力的效果。戏拟对这些作家
来说并不是一种"表里不一"或"奸诈狡猾"的写作策略
（这种看法只是沿用了中世纪或文艺复兴时期的思维），而是女
性和其他非中心既利用又滥用（use and abuse）、既建立又挑战
艺术中的男权中心的一种主要方式。Alice Walker 在《紫色》
中唤起了我们所熟悉的童话故事的版本：《白雪公主》《丑小
鸭》《睡美人》等。但是直到读者注意到由作者的反讽而实现
的性别的和种族的反转，戏拟的重要意义才得到了彰显：她从
此以后一直快乐生活的世界，是一个女性的、黑人的世界。

　　哈琴指出，事实上，戏拟已经成了后现代艺术的一个具有
特权的模式，因为在以"悖谬"为特征的后现代、"从批判对
象的内部向批判对象发起攻击"的后现代，戏拟似乎（在现在
和过去之上）提供了一个视点，这个视点允许艺术家从一种话
语的"内部""向"这种话语说话，但并没有被这种话语完全
地吞噬。因为这个原因，戏拟似乎已经成了那些"外中心"
（ex-centric）、那些被占统治地位的意识形态边缘化的人最喜欢
采用的一种策略。这些人既在一种文化上与己有别的、又占统
治地位的语境之内、又在此语境之外进行作业。这些"外中
心"——黑人的、异教的、同性恋的、女权主义的艺术家

们——力图与仍然占统治地位的白人的、异性恋的、男权的文化相妥协，但同时又力图对之做出批评性的回应。戏拟对于这些"外中心"而言，就成了一种最普遍和最有效的策略。当然，后现代戏拟具有的是一种"双重赋码的政治性"（double coded politics）：它对其所戏拟的对象既合法化又颠覆，对各种成规既利用又滥用（use and abuse）、既安置又挑战。但这种暧昧的立场并不能抹杀它的批评潜能。

总之，如果说在现代主义时期，parody 被视为一种"形式革新"的动力而受到肯定的话，那么在后现代，parody 的重要意义则远远不限于形式层面，它既是一种文学内部的形式游戏，又是一种暗含着意识形态立场的颠覆和抨击。用哈琴的话说，它是悖谬的："在后现代主义艺术中包括了反话和游戏，但这绝不必然就排除了严肃性和目的。"[1] "它（指'戏拟'——作者注）不可避免地是政治的，而这正是因为它在形式上是滑稽模仿的。"[2]

二　元小说对叙事成规的戏拟及其意识形态意味

巴赫金曾经详细分析了 parody 的各种形式："可以把别人的语言当作一种风格来摹仿，这是摹仿风格。又可以把别人的语言，当作是一定社会阶层的典型语言，或者是独具特色的个人语言，摹仿其观察、思索和说话的方式格调。其次，讽刺性摹仿的深度会有不同：可以只摹仿表面的语言形式，也可以摹

---

① Linda Hutcheon, *A Poetics of Postmodernism*：*History*，*Theory*，*Fiction*，New York and London：Routledge，1988，p. 26.

② Ibid. p. 22.

仿他人语言相当深刻的组织原则。"① 就一种文类而言，"表面的语言形式"类似于作者本人的语言风格，而"他人语言的相当深刻的组织原则"，即是指的此文类的叙事成规。帕特里夏·沃也指出："元小说中的戏拟可以在文体和结构的层次上进行操作。"② 她的"文体"指的是某种文类的语言风格，"结构"指的是"结构性的成规或某种文学体裁的特有样式的主题"。③

　　成规，见艾布拉姆斯《欧美文学术语词典》"convention"词条，朱金鹏将其译为"文学惯例"，包括以下几层意思："已被观众接受的表现手法的惯例"；"指代文学作品里常用的题材、体裁和艺术技巧。这种意义上的文学成规可以是常见的人物类型、惯用的情节布局、格律形式和各种修辞手法与风格"；"成规是解决某一特定的艺术方法在描写现实时所面临的问题的一种必要的或者至少是方便的手段。因为成规是通过作者和观众之间的一种默契而共同接受了的东西"。艾布拉姆斯还进一步指出："从广义上分析：一切文学作品无论显得多么逼真，也都完全是由文学类型、情节、人物、语言等方面的惯例构成的。有欣赏力的读者把这些惯例与为其文化观念视为真实与'自然'的现实世界相联系，以将它们加以'归化'（naturalize）。"④ ——很显然，这种将文学作品的

---

① ［俄］巴赫金：《陀思妥耶夫斯基诗学问题》，白春仁译，北京三联书店1988年版，第67页。

② Patricia Waugh, *Metafiction: The Theory and Practice of the Self-Conscious Fiction*, London and New York: Routledge, 1993, p. 72.

③ Ibid. p. 74.

④ ［美］艾布拉姆斯：《欧美文学术语词典》，朱金鹏、朱荔译，北京大学出版社1990年版，第59—60页。

"逼真性"视为是特定文化观念中的"惯例"起作用的结果的观点，正是乔纳森·卡勒在《结构主义诗学》中对"成规"的基本看法。本章第一节概述了卡勒的观点，他认为"现实主义"不等于"真实"，而只是一种文学"成规"，并分析了其进行"归化"的各种手法。当然，不仅是现实主义小说，事实上各种类型的叙事作品，都有自己的一套特定的叙事成规。卡勒在讨论"体裁程式所造成的逼真性"时指出，醉心于某类叙事作品的读者，会认为其叙事成规所展现的世界是"真实的"，而不合此成规的作品，则违背了读者在阅读之前就对此类作品预设的释义期待，因而会被断定为"不真实的"。——正是在此处，体现了叙事成规与意识形态的关系：叙事成规体现的是一定意识形态环境中人们所接受和认可的观念，是一种简化的、被特定的意识形态框架制约和歪曲的世界模式，它的最大作用就是使人们把某种话语规范或人为的设定当作真实世界来理解。因此在叙事成规的背后，总是隐含着某种特定的意识形态。

与"成规"密切相关的一个词是"框架"或"构架"（frame）。《牛津英语辞典》（*Oxford English Dictionary*）的解释是："结构、组成、建构；已建立起来的秩序、计划、系统……任何事物的基础性支撑或根本的基础结构。"（construction, constitution, build; established order, plan, system……underlying support or essential substructure of anything.）后现代主义始于这个观点，即无论是艺术作品还是历史现实，都是通过框架或构架才得以被组织和被人感知的。从根本上并不存在"已构架的"（framed）和"未构架的"（unframed）的区别，因为任何事物都是被构架的，无论在小说中还是生活中①。只是在生活中和传统小说中，我们不可能知道一个框架在何处结束，而另一个框架又在何处开始。当代社会学家也提出了类似的意见。欧文·戈夫曼在《框架分析》中说明，对现实/虚构没有简单的二分："真实可以刚好是事件的戏剧化——就像事件本身那样——或者，是对戏剧化的排练，或者是对排练的描绘，或者是对描绘的复制。任何一个后者都能够作为另一次纯粹模仿的原本，这就会引导人们去思考，认识到至高无上的是关系——而不是实体。"② 生活中框架的作用一如小说中成规的作用，人们在生活和小说中都被框架思维所左右，它们是人为的，是主观性的表现，这种主观人为的东西使得人们行动和卷入情势都更容易了。戈夫曼将框架定义为："我假定某一情势的定义是依据支配事件的原则而建立的——至少在社会事务上是如此——是依据我们的主体性介入其中的情形来建立的。框架，就是我用来指称这些我们能够对之进行鉴定的基本要素的词。"③

　　框架分析就是对于经验进行组织方面的分析，应用到小说时，就是对小说进行成规组织的分析。戈夫曼及元小说家通过框架分析想要说明的是：无论历史现实还是文学小说，都不是非中介的、无过程的、非语言的，或是像现代主义者所称的"流动的"或"随意的"。——框架是所有小说的根本。它从来都存在于以往的小说中，但却被小心翼翼地掩盖起来。——

① Patricia Waugh, *Metafiction: the Theory and Practice of Self-Conscious Fiction*, London and New York: Routledge, 1993, pp. 28 – 34.

② Erving Goffman, *Frame Analysis*, Harmondsworth: Penguin Books, 1974, pp. 560 – 561.

③ Ibid. p. 67.

事实上作家们力图掩盖的，是框架的人为性及其意识形态本质：同样的生活之流，同样的事件和人物，小说所给它套上的框架不同，"真实"就不同。后现代元小说却有意让人意识到小说中框架的存在，并力图解构它。它常常以对于"开场"的随意性本质的讨论或对于边界的讨论而开始。就像格林（Graham Greene）在《事情的结局》（*The End of the Affairs*，1951）中所说的："任何故事既没有开端，也没有结尾：人们武断地选择生活经历中的某一个时刻作为回顾过去和瞻望未来的起点。"它也常常以在众多结局中"挑选"一个结局来收场，或者以"结尾是不可能的"来告终。裘利奥·柯达扎（Julio Cortazar）的小说《跳房子》（*Hopscotch*，1967）就给读者提出了两本"书"：一本可以根据印刷顺序来读。第二种可以根据作者在"结论"里向读者提出的一种可选择的顺序来读。所谓"结论"，也就是第一种顺序的明显的结尾。第一本"书"可以读到第 56 章，第二本"书"则始于第 73 章并且覆盖了除去第 55 章以外的整部小说。最终的结尾如今明显是在第 58 章，但是，等读者读到这里，又会发现他们应该回到第 131 章，如此等等，不断继续。印刷出来的最后一章是第 155 章（它又指示读者回到第 123 章），这样，最后印出来的话是："等我抽完我这根雪茄……"① 我们只好继续等下去……

　　总之，无论在文学领域还是社会学领域，当代关于"成规"和"框架"的理论，都揭露出人们以之为"自然"的东西，其实是某种"文化"设定，是成规和框架起作用的结果，它们都负载着特定的意识形态内涵。人们由于一直生活在其

---

① Julio Cortazar, *Hopscotch*, New York: Pantheon, 1966, p. 564.

中、一直以之为理所当然而对这些成规和框架视而不见。Orte-gay Gasset 指出："只有为数不多的人才有能力把他们的感官调整到窗户和玻璃上，而这正是艺术品。人们要做的只是透过艺术品去观察，而且陶醉于这经过艺术品处理过的人类现实。"[①]的确，艺术家与普通人的区别就在于，前者对于成规和框架有着清醒的意识。——但并非所有的艺术品都会将这些成规和框架有意展露出来。事实上，大多数的艺术品都千方百计地隐藏它，以使得人们将人造的世界等同于现实本身。而那些有意暴露成规和框架的艺术品之一，就是元小说。事实上本章第一节的讨论与此处的讨论内在相通、相辅相成。第一节讨论元小说"解构真实，抨击现实主义的文化霸权"，事实上针对的就是现实主义小说的成规框架。只不过第一节聚焦于通过侵入式叙述、直接以理性的批评性语言来暴露它、点评它，元小说的这种做法属于意义显豁的"宣称的自我指涉性"类型。而本节聚焦于对对叙事作品中的成规框架进行滑稽模仿，以偏离常规的文本行为而使得旧有的成规框架引起人们注意，比起直接点评暴露而言，这种做法显得较为隐蔽，它依赖于读者对旧有程式的熟悉和识别，属于"表演的自我指涉性"类型。事实上，几乎所有的当代实验小说（不管是不是本文讨论意义上的元小说）都以使读者对故事意义和结局的传统期待落空的方式，而把读者的注意力引向作品的结构过程本身。总而言之，元小说对于这些普通人所视而不见的成规框架，既可以用理论性话语来点评它，以抨击现实主义的文化霸权，揭露现实是如何按照

---

① Patricia Waugh, *Metafiction: the Theory and Practice of Self-Conscious Fiction*, London and New York: Routledge, 1993, p. 28.

话语霸权被虚构；又可以以艺术的文本来戏拟它，在一种被置换了的文本语境中，以一种滑稽反常的方式来凸显其与原初的意识形态语境的关系，引起人们思考，以解构其制约着文学与社会的意识形态框架。

对某一历史时期的普通大众而言，他们的社会心理和文化惯例、他们所共享的意识形态语境，尤其明显地体现在一些流行的通俗文学的叙述成规中。因此对于这些通俗文学的叙述成规的戏拟，就成了元小说解构其制约着社会的意识形态框架的一种重要策略。

用哈琴的话说，元小说对于这些通俗文学成规的戏拟是"悖论的"：它既是对成规的使用又是对其的滥用；它既保守地安置常规惯例，然后又激进地挑战常规惯例；作为"经过授权的对惯例的侵越"[①]，它既是保守的又是革命的；通过对这些人们熟悉的成规的重新作业，它既是铭记过去，又是质问过去。

特别要注意的是，戏拟并不是抛弃成规和破坏过去。事实上，要实现意识形态批判的意图，这种对过去的铭记尤其具有意义。帕特里夏·沃曾经批判过当代文坛的所谓"掷骰艺术"（aleatory art），这些作品"力求一种总体的随意性，以表现当代技术社会的杂乱无章、疯狂恣肆和冲突横生的现象"[②]。沃认为这些作品由于太过新奇、太过激进、太过散乱而抗拒阅读，它们完全游离于文学的或非文学交流的规范样式，结果造成总体上的无意义，终将被读者遗忘、转瞬即逝。与此相对的

---

① Linda Hutcheon, A *Poetics of Postmodernism*: *History*, *Theory*, *Fiction*, New York and London: Routledge, 1988, p. 1.

② Patricia Waugh, *Metafiction*: *the Theory and Practice of Self-Conscious Fiction*, London and New York: Routledge, 1993, p. 12.

是，戏拟式元小说却通过对经典作品的重新作业以及对熟悉的成规的破坏，同时向人们提供创新与熟悉之物。她指出，文学文本倾向于在保持陌生（创新）和熟悉（成规和或传统）的平衡上发挥作用："这两者都是不可或缺的，因为在一定程度上的冗余（redundancy），对于牢固记忆信息是基本的、必要的。"① 冗余凭借熟悉的成规而被提供给文学文本，它使读者同化于熟悉的交流结构。而"掷骰"实验小说却通过简单地忽视文学传统的成规而抛弃了冗余："这样的文本开始抗拒阅读、记忆和理解的规范过程，但是如果没有冗余的存在，文本就会被随读随忘。"② 正如《堂吉诃德》，它将中世纪骑士小说作为自己的"对象性"语言（object language），对这种语言进行戏拟，在新的语境中对其进行"陌生化"，使其暴露了自己的局限性，读者因此和骑士小说的叙述成规、以及最终和传统意识形态拉开了距离。但是陌生化的过程却是在极为熟悉的地基上进行。因此这类小说可以通过旧的成规而获致最新的理解，读者也可以成为文本意义结构中更为活跃的角色，而不是像在当代激进的实验小说中那样，成为迷惘的、被动的角色。

后现代元小说通过戏拟，而使得这些俗滥的成规在新的语境中发挥重要的功能。雅各布森将文学视为一个"系统"，并介绍了"转移优势"（shifting dominants）的概念，意即某一年代被认为是平凡的或只具有短暂的娱乐价值的东西，在另一年代却被看作能够表达更深刻的忧虑和思索。娱乐的价值仍然存

---

① Patricia Waugh, *Metafiction*: *the Theory and Practice of Self-Conscious Fiction*, London and New York: Routledge, 1993, p. 12.

② Ibid.

在，但在新的语境中对通俗形式的陌生化，却揭示出适合表达新时期的严肃思考的审美因素。在戏拟式元小说中，过去时代的通俗文学成规正是如此。它通过在一种新的并且常常是不协调的语境中的戏拟式的重复，而重新发挥作用。戏拟式元小说也因此找到了一种避免与传统文学相决裂的方式，而代之以将这些传统手法"裸露"和"翻新"。要加以翻新的，都是那些在当今文学中依然生存着的成分，它们被看作是通俗的，但它们与当代读者休戚相关。在今天，这些东西可能包括侦探小说、惊险小说、科幻小说、家世小说、浪漫剧等。

以上提到的这些都是极端成规化、公式化的通俗文学体裁。J. G. 卡维娣把文学公式定义为一种"组合"或"综合"，即把那些文化成规、流行的形式和原型等进行组合或综合，它们体现或投射出公众所共有的集体幻想，是对"由群众共享的集体趣味进行文化推论"[1] 的一种方式。它们也因此具有双重编码："文学编码传统地表达着文化编码。"[2] 这种公式化作品逐渐将自己强加给人们的意识，直到它成为一套特定世界观的意识形态图景的表达工具。这种公式化的作品——就像对这种公式化的作品的戏拟一样——暗示性地指向了其集体基础。这些公式化的小说——也像对其的戏拟一样——是自指的，比如克里斯汀的小说，需要读者对于通俗侦探小说的经验，就像需要他们对于"真实世界"的经验一样多。公式化的小说于是构

---

① J. G. Calvetti, *Adventure, Mystery, and Romance: Formula Stories as Art and Popular Culture*, Chicago and London: University Of Chicago Press, 1977, p. 7.

② Theo D'haen, "Popular Genre Conventions in Postmodern Fiction: The Case of the Western", in Matei Calinescu and Douwe Fokkema eds. *Exploring Postmodernism*, Amsterdam and Philadelphia: John Benjamins Publishing Company, 1990, p. 164.

筑起了一个含有强大意识形态的、但却非常"文学化"的世界，它们通过对大众所接受的成规的令人舒适的使用和肯定，而向大众提供集体性的愉悦和对紧张的释放。——然而，在戏拟式元小说中，当它们被滑稽模仿的时候，其释放效果却是通过对这些公式化的成规的"扰乱"而不是"肯定"来达到的。戏拟式元小说总是在破坏人们对于成规化世界的带有审美确定性的常规舒适感，而提醒读者任何一种成规都受到历史语境的制约，或者说，任何一种公式都有其选择性限制，这限制来自其所处历史时期的社会意识形态。

可能在当代通俗小说里，最为公式化的就是侦探小说了。托多洛夫视之为通俗文学的杰作，"因为这种类型的各个实例都非常完美地适合于它们的体裁"[①]。纯粹的侦探小说对文学变化的抗拒最大。什克洛夫斯基为侦探小说几乎是精确的、可界定的结构性主题所吸引，并且认为侦探小说是"情节研究的显而易见的基础"。

也许由于人类探究未知事物的天性，所以从人类最早的文学作品起，侦探小说的因子就一直存在着。许多评论家认为俄狄浦斯的故事是侦探小说的远祖，罗兰·巴特把所有小说都看成俄狄浦斯故事的翻版，因为"所有的故事都旨在寻根"[②]。严格意义上的侦探小说始于 1841 年爱伦·坡发表的《莫格街凶杀案》。《莫格街凶杀案》为此后的侦探小说奠定了基本的模式：一个封闭的房间中发生的凶案、恐怖、悬疑、

①　Tzvetan Todorov, *The Poetics of Prose*, Trans. Richard Howard, Oxford：Oxford University Press, 1977, p. 43.

②　Roland Barthes, *The Pleasure of the Text*, trans. Richard Miller, New York：Hill and Wang, 1975, p. 36.

机智的侦探、缜密的推理、最后真相大白。此后经柯南·道尔、阿加莎·克里斯蒂等的发展，经典侦探小说在 20 世纪初达到高潮。直到今天，侦探小说仍然是拥有最广大读者群的通俗文类。

情节和人物是小说这一文类的两个基本要素。侦探小说属于典型的情节依赖性小说，情节—叙事结构是它赖以生存的基础，它主要靠情节的曲折动人、悬念丛生来吸引读者。批评家们主张与犯罪—侦探情节无关的一切要素，如过于鲜明的人物刻画、侦探与女性们的爱情纠葛等，都应该舍弃。[①]传统侦探小说在其发展过程中逐渐形成了一套稳定的叙事程式：罪案发生、侦探上场、调查案情、破案、解释破案经过、结局。尽管这六个要素在不同的小说中出现的顺序不尽相同，但几乎所有的古典侦探小说都严格遵循了这些基本构成因素。这种高度程式化的小说因此为形式主义和结构主义者研究叙事的普遍法则提供了范本。Freeman 将这类叙事过程概括为："提出问题、展示数据、了解真相、验证结局。"[②]艾柯曾经模仿普罗普对民间故事 31 种功能的划分，而从侦探小说演化出的 007 系列中概括出在所有系列叙事中都一成不变的 9 个基本步骤。[③]

不同的研究者对侦探小说叙事程式的概括不尽相同，但无

---

① Dorothy L Sayers, "The omnibus of crime". in *An introduction to The Omnibus of Crime*. New York: Payson and Clarke Ltd, 1929, pp. 76 – 78.

② R. A Freeman, "The art of the detective story", In *Nineteenth-Century and After*, London: Dodd, Mead., 1924, pp. 11 – 17.

③ Umbert Eco., "Narrative structures in fleming". in *The Role of the Reader: Explorations in the Semiotics of Texts.*, Bloomington: Indiana University press, 1979, p. 142.

论采用哪种概括，这种程式背后都凸显了两个永远相同的核心词："理性"和"秩序"。首先，无论事件多么扑朔迷离，依靠智力超凡的侦探们缜密的逻辑推理，依靠人类理性那伟大的力量，悬念最终都会被解开。"侦探小说为人类的理性而感到庆幸。'神秘'被逻辑弄得漏洞百出，世界变得可以理解了。"① 小说中充满了令人费解的事件和颠倒迷乱的情节，但这只是制造叙述悬念的需要，是因为读者暂时不明白事件与事件、细节与细节之间的关系。但待到真相大白，他们会发现，世界的运转、事件的发生，一切都严谨地遵循因果逻辑。Michael Holquist 指出，古典侦探小说的黄金时代，也正是现代主义的高潮时期（1910—1930 年）。现代主义时期是弗洛伊德精神分析及各种非理性主义哲学泛滥的时候。弗氏潜意识理论宣告了人类作为"非理性的动物"的本质，这使得文艺复兴以来凭借"理性"以确立自身作为"万物灵长"的高贵身份的人类感到惶恐和不安。侦探小说在这一时期的高度发展，正是为了逃离非理性和潜意识的困扰。正是这一时期的读者，在白天局促不安于各种非理性理论的高调宣传，晚上却躲进自己的小屋里，如痴如醉地阅读侦探小说。②

其次，无论经历多么巨大的混乱、恐怖、失序，侦探们最终都能揪出凶手、社会秩序最终都能得到恢复。伊利诺伊大学教授 Rushing 指出："侦探小说的思想意识被典型地视为是保守的。它让社会遭受无序，仅仅是为了重新恢复和肯定原有社会

① Patricia Waugh, *Metafiction: the Theory and Practice of Self-Conscious Fiction*, London and New York, Routledge, 1993, p. 82.

② Michael Holquist, "Whodunit and Other Questions: Metaphysical Detective Stories in Post-War Fiction", in *NLH*, 3, 1 (Autumn).

秩序的安全感和确定性。"① 侦探小说叙事成规的背后是现代
主义时期力图捍卫理性和秩序的大众意识形态，它的叙事成规
体现了被这种意识形态所制约和简化了的世界模式。就跟骑士
小说叙事成规对堂吉诃德所起到的作用一样，侦探小说的叙事
成规使得人们把这种高度理性化的话语规范或人为的设定当作
真实世界来理解。卡勒在讨论"体裁程式所造成的逼真性"
时，特别提到了侦探小说："侦探小说是说明体裁程式作用的
最佳范例：要欣赏这一类作品，就必须假设作品中的人物在心
理上都是可理解的，案件最终一定会真相大白，有关证据都会
有所交代，但是破案过程却必须经历种种复杂的情况。……而
这些程式之所以起作用，就是因为它们规定了读者按什么样的
格局去阅读作品"②，以及还有，按什么样的格局去阅读世界。

　　如果说在现代主义时期，侦探小说所具有的体现了理性和
秩序的叙事成规，是当时力图反抗非理性学说的社会意识形态
的产物的话，那么在已经彻底不相信"理性"和"秩序"的
后现代，作家们更多的是通过对侦探小说叙事成规的戏拟，来
对传统社会意识形态进行彻底的解构和颠覆。这种以侦探小说
的形式，对传统侦探小说成规进行戏拟和颠覆的新形式的侦探
小说，被称为"metaphysical detective fiction"。H. Haycraft 在评
述 Chesterton 的侦探小说时首次使用了"metaphysical detective
fiction"这个术语。③ 这种小说对侦探小说的叙事成规进行自我

---

　　① Rushing A Robert, "From Monk to Monks: The End of Enjoyment In Umberto Eco's The Name of the Rose", in *Symposium*, 2005 Summer, Vol. 59, p. 122.

　　② ［美］乔纳森·卡勒：《结构主义诗学》，盛宁译，中国社会科学出版社 1991 年版，第 220 页。

　　③ Heta Pyrhonen, *Murder from an Academic Angle: An Introduction to the Study of the Detective Narrative*, Columbia: Camden House, 1994, p. 16.

观照和滑稽模仿,是关于侦探小说的侦探小说,即"元侦探小说"。国内学者袁洪庚将之译为"玄学侦探小说"。博尔赫斯、艾柯、纳博科夫、罗伯—格里耶、奥斯特等,都是写作元侦探小说的大师。

元侦探小说对侦探小说叙述成规的戏拟和颠覆表现在,这类小说的内容仍然是谋杀、悬念、究凶,但其情节结构不再体现理性、逻辑、因果、确定性、秩序,相反,它体现的是逻辑、因果的被打破,是确定性、秩序的消失,是理性的无力和虚妄。因此它又被称为"反侦探小说"。"反侦探小说"的概念是纽约州立大学教授斯帕诺斯提出的,他认为反侦探小说的核心就是"反亚里士多德主义——拒绝满足读者对因果关系的期待,拒绝创作有开头、有中间、有结尾的小说"。[①] 意大利维罗纳大学教授塔尼也认为反侦探小说"挫败了读者的阅读期待",那种对确定性和恢复秩序的渴望,而"在混乱中承认神秘和无结局",从而呈献给读者后现代世界的不确定性和不可知性。[②] 荷兰尤特雷克特大学教授伯顿斯认为,不管是打破因果还是承认神秘,总而言之,反侦探小说表现出对传统认识论的质疑。这种认识论曾经在长时间内被人们认为是理所当然的,而反侦探小说表明它必须被重新加以考虑,"它意味着传统认识论的结束"[③]。而传统认识论的核心,就是对"理性"

---

① Bertens Hans, "The Detective", in Hans Bertens and Douwe Fokkema eds. *International Postmodernism: Theory and Literary Practice*, Amsterdam and Philadelphia: John Benjamins Publishing Company, 1997, p. 197.

② Bertens Hans, "The Detective", in Hans Bertens and Douwe Fokkema eds. *International Postmodernism: Theory and Literary Practice*, Amsterdam and Philadelphia: John Benjamins Publishing Company, 1997, p. 198.

③ Ibid. pp. 198 – 199.

的信仰和依赖。"理性"正是从文艺复兴、启蒙主义以来，人类一直追寻的终极逻各斯。

三　作为"元侦探小说"的《玫瑰之名》

艾柯（Eco Umberto）的代表作《玫瑰之名》正是这样的一部元侦探小说。艾柯是意大利当代著名的符号学家、文学评论家、哲学家、美学家、历史学家，以其广博的研究视野和精深的理论造诣被视为与卡尔维诺齐名的 20 世纪最优秀的意大利作家。

作为符号学—诠释学家，艾柯提倡诠释，赞赏"开放性文本"，并因此成为意大利先锋派的主将。他在 1979 年发表的论文集《读者的角色：文本的符号学探索》中提出了"开放性文本"和"封闭性文本"的概念。"开放性文本"邀请读者的参与，"读者被邀请做出自由选择，依照自己的最终视点重新评价整个文本"①，而"封闭性文本"仅仅"意在引发凭经验行动的读者去做出恰当的反映"②，作者虽然暗示了各种选择，但又一一加以排除，在每一个可能出现选择的场合，作者都维护自己文本的权力，"毫不含糊地宣称什么东西必须在虚构的世界里被视为'真的'"③，最后以不容任何选择的方式结束文本。艾柯认为典型的开放性文本是先锋派文本（他举的例子是《芬内根守灵》），而典型的封闭式文本是侦探小说。作为封闭式文本，侦探小说的目的仅仅是引导读者做出有限的、可预见的反

---

① Umberto Eco, *The Role of the Reader: Explorations in the Semiotics of Texts*, Bloomington: Indiana University press, 1979, p. 34.

② Ibid. p. 8.

③ Ibid. p. 34.

映，"其魅力在于颓然倒在沙发上或火车座位上的读者能不断地一点一滴地获得他在此之前已经知晓而且想再次了解的知识，并由此带来安详感和心理上的满足。这便是他买书的缘由"①。艾柯提倡诠释，是与消解终极意义、倡导多元价值的后现代文化思潮相一致的。但他在提倡诠释的同时又反对"过度诠释"（overinterpretation）。艾柯提出过度诠释的问题，主要是针对耶鲁学派的解构主义批评家的。德里达认为符号的意指过程不存在最后的终点，符号的意义在从能指到能指的无限延伸中不断地延宕，它是永远的不到场。因此任何文本都不存在确定的、一成不变的意义。诠释的不确定性成了批评界的共识，批评家们甚至宣称对文本唯一可信的阅读就是误读。艾柯承认诠释的不确定性，但反对过分夸大诠释者的权力，因为无限的衍义只会导致各种离奇而无聊的诠释蜂拥而上，导致诠释"像水流一样毫无约束地任意漫延"②，这就是"过度诠释"。艾柯认为应该为诠释设限，这个限度就是"文本意图"：也就是说，批评阐释的是文本本身所隐含的意图，即文本在其"语言所产生的'文化成规'以及从读者的角度出发对文本进行诠释的全部历史"③ 中所获得的规定性。事实上一些诠释的确比另一些更为合理、更有价值，因为一方面，不同的读者可以根据不同的期待视野去填充和完成作品；另一方面，作品本身已经提出

---

① Elizabeth Dipole, "A Novel, which Is a Machine for Generation Interpretations: Umberto Eco and The Name of the Rose", in *The Unresoluable Plot: Reading Contemporary Fiction*, New York and London: Routledge, 1988, p. 117.

② ［意］艾柯等：《诠释与过度诠释》，王宇根译，北京三联书店 1997 年版，第 28 页。

③ 同上书，第 78 页。

了"合理的、具有明确方向和一定组织要求的种种可能"①。

但艾柯并未将"文本意图"视为一个终极的、凝固不变的存在，他指出"文本意图"并不是文本所先验地具有的内在本质，而是"读者站在自己的位置上推测出来的"②，甚至文本本身也不是一个先验的存在，而是"诠释者在论证自己合法性的过程中逐渐建立起来的一个客体"③。所以他才强调，对文本的诠释必须考虑文本的"从读者的角度出发对文本进行诠释的全部历史"。这样，由于引进了读者，艾柯便强调了诠释的历史之维和意识形态性质。这是因为读者总是特定时间和空间中的存在，他对文本意图的推测和诠释总是基于特定社会的文化意识形态。

艾柯的符号学理论为其诠释观提供给了理论依据。艾柯的符号学抛弃了索绪尔式将符号划分为能指/所指的二元模式，而借鉴了皮尔斯的三元模式，皮尔斯三元模式最大的特点就是引进了"解释符"。索绪尔语言符号系统与皮尔斯符号系统的重大区别在于，索绪尔的符号是以语言中的单词为基础的，而皮尔斯的符号是以命题为基础的，索绪尔的语言符号是一个静态系统，而皮尔斯的符号系统突出了符号活动的动态过程。在皮尔斯看来，"语言符号并非一个静态结构，语言符号形成一个动态事件，因此语言不能从系统的观点得到充分研究，而只能从过程的观点得到充分研究"④。皮尔斯对符号的定义是：

---

① ［意］艾柯等：《诠释与过度诠释》，王宇根译，北京三联书店1997年版，第78页。

② 同上书，第77页。

③ 同上书，第78页。

④ Winfried Noth, *Handbook of Semiotics*, Bloomington and Indiianapolis：Indiana University Press，1990，p.46.

"符号……是对某人而言在某个方面代表某种东西的东西。"①
这个定义包含了三个要素："表达符"（representamen）；"对
象"（object），即表达符所代表的东西（不是实物，而是人的
头脑以概念形式所把握的对象）；"解释符"（interpretant），即
人的头脑中所产生的另一个指向"对象"的符号。解释符与解
释者有关，但不是解释者，甚至也不是解释者头脑中所产生的
具体形象，"解释符是在即使没有解释者的情况下确保符号的
有效性的因素"②。解释符本身也是符号，为了说明一个符号
的意义，我们不能不引入别的符号，即解释符，不同的符号以
这种方式相互指涉、相互关联。艾柯曾打比方，如果二元符号
模式相当于"字典"的话，那么三元符号模式则相当于"百
科全书"。为了寻找一个词项的定义，我们必须去翻找百科全
书中这个词的定义所包含的词项，这个动作不断重复，以至无
穷。但在艾柯看来，解释符之链并非德里达式的"能指的任意
滑动"，而是实实在在地对符号"内容"（content，艾柯所借用
的丹麦语言学家叶姆斯列夫的概念，对应于 expression "表
达"）的廓清。符号内容并非能指的无限延伸，而是文化习俗
的规定和构造。这样一来，艾柯便清晰地阐明了符号的意义与
特定的文化意识形态之关联，正因为如此，艾柯才将他的符号
学称为"文化逻辑学"。

　　艾柯的诠释学观点可由其符号学理论进行说明。如果将文

---

① Pierce S. Charles, "Logic of Semiotic: The Theory of Signs", in Robert E. Innis ed. *Semiotics: An Introductory Anthology*, Bloomington: Indiana University Press, 1985, p. 97.

② Umberto Eco, *A Theory of Semiotics*, Bloomington: Indiana University Press, 1976, p. 68.

本作为一个文化符号的话，那么"文章的文学"即为"表达符"；"文本意图"即为"内容"或"对象"；"对文本所做的诠释"即为"解释符"。一篇作品的文字指向其所要传达的文本意图，而这个从表达式到内容的映射并不是一个完整的、可辨认的符号，这个映射过程还需要解释符的参与，需要考虑其"语言所产生的'文化成规'以及从读者的角度出发对文本进行诠释的全部历史"。换句话说，文化成规和诠释传统所构成的"解释符"，正是文本作为一个有意义的文化符号所必不可少的组成部分。它表明了诠释的历史之维，也表明了诠释的社会意识形态性质。

在艾柯的符号学—诠释学的基础上，我们便可以深入地来关注《玫瑰之名》这个文本了。作为在理论家和作家双重身份之间自由转换的人物，艾柯的小说使其艰深的理论呈现出活泼的形态，而艾柯的理论又使其小说富有了深刻的内涵。他的四部长篇小说都可以视为其"高深理论的通俗版教科书"①，都是其符号学、诠释学在"实践中的冒险"。

《玫瑰之名》1980年出版，出版后迅速风靡世界，至今已被译为35种文字。它是真正的雅俗共赏的作品，读者之众，包括侦探小说迷、后现代小说爱好者、古典文学教授、语言学家、符号学家、历史学家、数学家等。"'普通读者'喜爱它，因为它是'最高级的惊险小说''百科全书式的历史小说''伏尔泰式的哲学小说'；'经验读者'喜爱它，因为它是学者为学者准备的文本盛宴，小说几乎把二十世纪学术界的时髦

---

① 马凌：《后现代主义中的学院派小说家》，天津人民出版社2004年版，第120页。

'话语'一网打尽：'形而上学''意识形态''话语权力'
'笑''存在''理性与非理性''结构与解构''所指与能指'
'反讽和戏拟''隐喻和象征''误读和诠释''福柯和德里
达'……"①

从不同的视角来观照《玫瑰之名》，它可以呈现出不同的
内涵：它可以是一部历史小说，也可以是一部哲理小说，也可
以是一部神学小说，也可以是一部侦探小说……当然，还可以
是一部元侦探小说。

艾柯最初给这个小说取的名字是《修道院谋杀案》，从这
个名字就可以看出，它披着侦探小说的外衣（对此书的大部分
普通读者而言，它的确也就是一部侦探小说）。小说以 14 世
纪的宗教战争为背景，写博学而机智的威廉修士带着见习修士阿
德索来到一所修道院，为即将召开的高层会议做准备。但就在
威廉他们到达的前一天，修道院里发生了一起离奇的凶案，修
道院院长于是委托威廉调查此案。但就在威廉师徒二人展开调
查的同时，修道院里又接二连三地发生了几起凶案。修道院的
气氛日益阴森恐怖。威廉发现几个死者的死亡情形都与《圣
经·启示录》中描写的世界末日七个天使吹起号角时的情景相
吻合，于是推测凶手是在按照启示录的描写而实施杀人计划。
同时他发现几个死者几乎都与修道院图书馆有关，于是与阿德
索夜闯图书馆，凭着对符号、密文、象征等的深刻理解以及在
语言学、自然科学、神学、哲学、版本学等方面的精深造诣，
威廉最后发现了真凶：修道院图书馆的前任馆长豪尔赫，一个

---

① 马凌：《后现代主义中的学院派小说家》，天津人民出版社 2004 年版，第
135 页。

双目失明的博学而虔诚的老修士。他杀人的目的是要保护一本"禁书",不让其被人阅读,这本书就是亚里士多德的《诗学》第二卷。因为这本书赋予"笑"以积极的意义,而这会摧毁基督教神圣的信仰世界。最后,这座基督教世界最大的图书馆在大火中灰飞烟灭……

从以上内容可见,《玫瑰之名》具有侦探小说的基本情节:谋杀—究凶。它符合侦探小说的基本定义:"侦探小说聚焦于具体侦探过程的叙事。"[①] 恐怖的气氛、离奇的死亡、机智的侦探、缜密的推理、真相的揭露,一切都采用了侦探小说惯用的情节结构程式。然而如果仅仅是这样的话,那它只是艾柯所说的"封闭性文本","不面向新的开放,而仅仅是在满足读者的期望"[②]。艾柯赞赏的是"开放性文本",那"因为读者的参与而积极展开的作品"[③]。在《玫瑰之名》中,读者被邀请积极参与的,是一个又一个的互文游戏。《玫瑰之名》不断不加注释地引用前人文本,读者需依靠广博的阅读经验分辨出这些被借鉴的文本,并大致了解其历史文化价值及惯用的艺术成规,否则便无法发现《玫瑰之名》的深层意蕴。而一旦读者成功地参与了这项游戏——不妨采用罗兰·巴特在《快乐的文本》中称传统的文本为"快乐的文本"、后现代文本为"狂喜的文本"的提法——他所得到的就不仅仅是阅读侦探小说这种封闭式文本的"快乐",而是阅读开放式文本的"狂喜"。

---

① Jacques Barzun, "Detection and the Literary Art," in *The Delights of Detection*, New York: Criterion Books, 1961, p. 16.

② [日] 篠原资明:《埃柯——符号的时空》,徐明岳、俞宜译,河北教育出版社 2001 年版,第 142 页。

③ 同上书,第 43 页。

　　小说中有些互文的线索是十分明显的，这些互文本有文学的、历史的、宗教的、哲学的、精神分析的等。艾柯在行文中直接地提到古罗马作家阿普列尤斯《金驴记》、中世纪关于马尔克王的传奇故事、中世纪少女爱洛伊斯与神父阿伯拉尔的爱情故事。威廉对修道院中各色人等被压抑的欲望的各种扭曲的表现形式的分析，明显是弗洛伊德理论的翻版……总之，《玫瑰之名》中的互文本繁杂众多。本文主要关注的，是那些与侦探小说有关的互文本。在《玫瑰之名》中，我们读出了经典侦探小说的代表爱伦·坡、柯南·道尔、阿加莎·克里斯蒂，也读出了充满后现代精神的元侦探小说的代表的博尔赫斯，读出了传统侦探小说的公式化情节，也读出了对传统侦探小说公式化情节的戏拟。艾柯"对经典侦探小说以及与侦探文学有关的所有文献的借鉴，实质上是在以文学创作的形式描绘这一文类的演进过程"[①]。也就是说，《玫瑰之名》的内容不是侦探故事，而是侦探小说的写作本身，它是对传统侦探小说叙事成规的自我观照和戏拟，甚至是对戏拟的再度戏拟。

　　"巴克斯维尔的威廉"自然让人联想到柯南·道尔的名作《巴克斯维尔的猎犬》，"猎犬"这个词的意思喻指侦探。小说开篇对威廉的容貌秉性的描绘让人联想起福尔摩斯，而且威廉也像福尔摩斯一样，常常沉溺于某种给人带来幻觉的药物。威廉具有过人的机智和缜密的推理能力，明显是福尔摩斯以及爱伦·坡笔下的大侦探杜邦、阿加莎·克里斯蒂笔下的大侦探波洛的再现。威廉与其学生阿德索联手破案，并由阿德索作为故

---

　　① 袁洪庚：《影射与戏拟——〈玫瑰之名〉的"互为文本性"研究》，《外国文学评论》1997年第4期。

事叙述者，这自然是福尔摩斯和华生模式的翻版，艾柯甚至在序言中称阿德索为"麦尔克的阿德索或阿德生"。《玫瑰之名》中神秘的禁书被人藏匿，由此引发一系列命案，小说中"发生的一切都指向对一本书的盗窃和占有"① 则复述着爱伦·坡的名作《一封失窃的信》的主题……值得注意的是，《玫瑰之名》不仅隐射了这些传统侦探小说作家作品，而且还隐射了后现代元侦探小说。有无数线索表明《玫瑰之名》隐射了博尔赫斯及其作品。艾柯自己也承认自己写作《玫瑰之名》是在向博尔赫斯"还债"②。《玫瑰之名》的重要人物图书馆前任馆长、双目失明的老修士"博尔格斯的豪尔赫"（Jorges de Burgos），其名字是对豪尔赫·路易斯·博尔赫斯（Jorge Luis Borges）的影射。并且跟这位小说人物一样，博尔赫斯也是阿根廷国立图书馆馆长，且晚年双目失明。小说中的建筑则让人联想起博尔赫斯的小说《巴别图书馆》：两部小说中的图书馆都有如迷宫一般、而主人公都是在寻找书架上的一本书。而威廉的整个侦探过程、他与对手的较量及其反被对手打败的结局，则完全是博尔赫斯《死亡与罗盘》情节的翻版。（《玫瑰之名》中充满了经典的博氏题材：迷宫、图书馆、书籍、镜子……采用了博氏惯用的手法：戏拟、引用、造假、互文……）如果说《死亡与罗盘》等博氏小说是对经典侦探小说的戏拟的话，那《玫瑰之名》就是对戏拟进行再度戏拟。总之，《玫瑰之名》演绎了一部生动的从爱伦·坡到后现代的百年来的侦探小说演进史。

---

① Umberto Eco. *The Name of the Rose*, Trans. William Weaver. New York：Vintage UK, 2004, p. 446.

② Umberto Eco, *Reflections on The Name of the Rose*, Trans. William Weaver, London：Minerva, 1984, pp. 27 – 28.

小说中令人眼花缭乱的互文之网正如小说中威廉和阿德索的对话："一本书常常提及其他的书。……确实如此。直至此刻我以为每一部书论述的是书本之外的事，不管是尘世还是圣职的。现在我明白书和书之间互相涉及原是常事；仿佛它们互相之间在对话。"① 这不啻为克里斯蒂娃互文性概念的复述。

除了隐射以往侦探小说作家及其作品人物之外，《玫瑰之名》中的互文性更重要地表现为对传统侦探小说叙事成规的戏拟。由于侦探小说异常固定的公式化情节和循规蹈矩的叙事成规，所以几乎每一部侦探小说都是在重复以往的叙事，重复代代因循的程式。Sweeney 指出，"没有比侦探小说更为直接地体现'互文'的文本了"②。当然，互文性既表现为对以往叙事成规的重复，也表现为对以往叙事成规的反叛和颠覆。

如前所述，传统侦探小说的叙事模式无一例外的是凶案发生——侦探上场——缜密的逻辑推理——真相大白。这个成规突出了人类"理性"的伟大及最终"秩序"的恢复。从表面看，《玫瑰之名》的叙事遵循了这一成规，但其情节发展和故事结局却体现了对"理性"和"秩序"的反讽和颠覆。

首先，对理性的反讽。威廉破案的过程虽然发现了部分的真相，彰显了理性的力量，但最重要的破案线索却是经由偶然和非理性的梦境而发现的。更有甚者，威廉自作聪明的理性推断甚至为凶手提供了作案灵感，成了凶案发生了诱因，并直接导致了《诗学》第二卷的被吃掉。

---

① ［意］翁贝尔托·艾柯：《玫瑰的名字》，闵炳君译，中国戏剧出版社 1988 年版，第 306 页。

② S. E. Sweeney, "Purloined letters: Poe, Doyle, Nabokov", in *Russian Literature Triquarterly*, 1990, 24, pp. 214 – 216.

威廉一出场，还没到达修道院，就依靠细致的观察和缜密的推理，推断出了修道院院长的马匹走失，并说出了它的去向、长相甚至名字。——就像福尔摩斯在当事人还未开口讲话之前，就先扬扬自得地根据其外貌推断出其身份、经历，就像杜邦在"我"还未说话前，就锱铢不漏地描述了"我"此前的意识流动过程一样，侦探们一上场，就彰显了理性的魅力。读者也由此一直对威廉所代表的理性保持着高度的信心。威廉的理性似乎也在侦破过程中取得节节胜利。他成功地推断出所有凶案都与图书馆藏着的某一希腊文禁书有关。因为，第一，几乎所有死者都与图书馆有关；第二，大部分死者死去时手指和舌头都发黑，应是死于毒药；第三，所有手指发黑的人都懂希腊文。他甚至依据豪尔赫对笑声的诅咒、依据豪尔赫引用过的亚里士多德诗学的例子、依据韦南休斯死前抄译的书稿，成功地推断出了这本禁书就是亚里士多德《诗学》第二卷。它藏于图书馆中一间叫"非洲之端"的密室。最后，他依靠对符号、密码、数学、建筑、光学、机械等的精深知识，破解了图书馆迷宫般的内部结构。然而，直到故事结局，我们才发现了作者对此前一直高扬的理性力量的反讽。威廉破案最关键的一点，开启密室"非洲之端"的密码，他始终无法解开，最后却是通过阿德索在马厩的无心之语而悟出的。也就是说，的确，威廉发现了事实，但最终的解谜不是依靠人类理性那伟大的力量，却是偶然撞上的。更有甚者，威廉关于凶手的推测，居然是受到阿德索做的梦的启发，连他自己都承认："假如我在用你的梦推断我的假设，那么，阿德索，请原谅我。我知道，这样做很可悲，很不光彩，也许根本不应该……"威廉侦探不像福尔摩斯、波洛那样凭借缜密的推理来使扑朔迷离的案件水落石出，他破案的灵感居然是基于非理性的梦境。最失败的是，威廉依据理性，判断每一件凶案之间一定有着内在联系，正好对应了《启示录》中对七异象的描写："第一位天使吹响第一声号角，冰雹、烈火夹裹着鲜血从天而降。……第二位天使吹号角，大海的三分之一就变成鲜血……第三位天使吹号角……水变苦……第四位天使吹号角，日头的三分之一，月亮的三分之一，星辰的三分之一都被击打……第五位天使吹号……蝎子蜇人的痛苦……第六位天使吹号，有火、有烟、有硫磺，从马的口中出来……第七位天使吹号角，约翰吃小书卷……"① 正好，第一天阿德尔摩于风雪之夜坠楼而死，第二天翻译韦南休斯尸体倒栽于猪血缸中，第三天图书馆助理馆员贝伦加死于浴缸中，第四天草药师赛韦里努斯被浑天仪砸死，第五天图书馆馆员马拉吉死时提到"一千条蝎子的力量"……威廉虽然凭借观察和推理推断出阿德尔摩应是死于自杀，但他认为凶手可能受到阿德尔摩死亡的启发，以《启示录》为依据，蓄意安排了其他人的死亡。而事实却证明，前几起死亡是出于一连串的偶然：韦南休斯中毒后死于厨房，他的尸体被自知有责的贝伦加背走并投入猪血缸中；贝伦加中毒后去放松泡澡，偶然死于浴缸中；赛韦里努斯被浑天仪砸死，因为浑天仪是凶手马拉吉顺手操起的一件凶器……而后几起死亡则是凶手豪尔赫得知了威廉的推测，而蓄意安排的。他从威廉的推测得到了灵感，相信自己犯下的这些罪恶的凶案都是启示录中上帝的意愿，自己只是替上帝行道。他甚至以自己的死来呼应第七声号角："他开始用一双瘦骨嶙峋、模样清秀的手，慢慢地把手稿餐券的书页

---

① 《圣经·启示录》第八至十章。

撕成碎片，塞入口中……"① 事实上，威廉的理性并没有正确地解释凶手作案的规律，甚至正是他的自以为聪明的推测引诱了凶手按一定规律去作案。以致最后威廉悲哀地承认："并没有什么阴谋，而我却错误地将它发现了。"② "我在寻找一个理智而恶毒的心灵所制订的计划。然而，根本没有什么计划，更确切地说，豪尔赫对他自己最初的动机失去了控制……我固执行事，寻求一种酷似规律的东西，而我早应该明白，在宇宙间根本没有什么规律可言。"③ 相信宇宙万物间的规律、因果、逻辑，这是理性主义世界观的核心。威廉作为理性的代言人，在破案过程中似乎跟所有以前的侦探小说一样展现了理性的威力，然而经历了一个反讽式的结局，他最后的结论，却是理性的脆弱和虚妄，世界的偶然和不可知……

在此，我们明显地在字里行间读出了博尔赫斯。《玫瑰之名》与博尔赫斯的《死亡与罗盘》之间存在着显而易见的互文关系。《死亡与罗盘》同样是对传统侦探小说叙事成规的戏拟，同样是一部元侦探小说。博尔赫斯通过对侦探小说情节结局的"倒错"（inversion），来暴露人类理性的荒诞。如同爱伦·坡笔下的大侦探杜邦一样，博尔赫斯的侦探伦罗特也运用纯推理的方法来计算一系列凶杀中下一次凶杀发生的地点。作为一名优秀的侦探，他对自己逻辑推理能力有充分的信心。他依据犹太神秘教派关于神的名字的四个字母的符号以及一个完美的菱形图案，来精确地预测下一次谋杀发生的时间和地点。

---

① ［意］翁贝尔托·艾柯：《玫瑰的名字》，闵炳君译，中国戏剧出版社 1988 年版，第 460 页。

② 同上书，第 472 页。

③ 同上书，第 473 页。

每一个细节都变成了需要破译的符号和象征。最后在一种半迷狂的状态下，他被引到了凶手开枪的地点，但他发现——当然是太迟地发现——他自己才是下一位牺牲者。读者到这时才充分地理解由于狂妄自负的理性将人误导至一个不可避免的可怕"现实"的反讽意味。同样是机智缜密的逻辑推理，同样是对凶手作案规律的正确破译，在传统侦探小说中无所不能、必然胜利的东西，在《死亡与罗盘》中却直接导致了伦罗特的死亡。他对凶手作案规律进行正确破译的过程，正是自己一步步被引上钩、走向失败的过程。正如沃所说："显示文学成规功能的一个办法，或是揭露成规功能的暂时性本质的一个办法，就是去显示它们出现'错误功能'（malfunction）的时候会发生什么事情。"① 博尔赫斯、艾柯等元侦探小说家正是展示了成规的"错误功能"，这也是"戏拟"借以实现的途径。

　　跟《玫瑰之名》一样，在《死亡与罗盘》中，第一件罪案的发生其实是偶然的，那句神秘的话语"名字的第一个字母已经写出"，也是偶然的。伦罗特自负的理性以及对菱形的偏爱，威廉自负的理性以及对启示录的执迷，使得他们误读了事件的含义。于是凶手夏拉赫利用了伦罗特的误读，刻意设计了一系列迎合伦罗特阐释倾向的象征符号，将其诱导到花园，在其就要为自己推理的胜利而欢呼的时刻，将其杀死。豪尔赫也利用了威廉的误读，假手他人导演了与启示录相符的凶案，将其诱导到图书馆，意图在其最终解开谜底的那一刻将其杀死。夏拉赫为伦罗特筑起了迷宫，建筑材料是一个被谋杀的犹太学

---

① Patricia Waugh, *Metafiction: the Theory and Practice of Self-Conscious Fiction*, London and New York: Routledge, 1993, p. 31.

者、一个指南针、18 世纪的一个犹太教派、一个希腊字、一家油漆厂的菱形图案。这是骄狂的理性迷失于其中并导致伦罗特丧命的迷宫。豪尔赫也为威廉同时筑起了现实的迷宫和理性的迷宫。威廉破解了现实的迷宫，即图书馆的内部构造。却未能破解理性的迷宫，他执迷于推理、执迷于按照启示录文本寻找凶案间的内在联系，最终却发现，推理是个错误，宇宙本无规律。两部作品中主人公的理性的悖谬和无助都让人想起那句古老的谚语："人类一思考，上帝就发笑。"区别在于，博尔赫斯的世界更多地透出一种模糊虚构与现实的"超理性"（super-rational），而艾柯的世界更多地透出一种理性对之无能为力的、不确定和不可知的"非理性"（irrational）。

其次，对秩序的破坏。在小说的结尾，虽然跟传统侦探小说一样，凶手彰明，真相大白，但混乱的秩序却没有像传统侦探小说那样得到恢复。亚里士多德《诗学》第二卷和修道院图书馆作为知识的象征，威廉对之表现了全心的热爱和崇拜。作为理性的代言人，他崇尚理智、崇尚知识，他相信"只有一个办法能阻止敌基督的来临：探索自然的秘密，用知识改良人类"①。因此他的目的不仅仅是破案，更重要的是保护禁书、保护知识、保护图书馆。然而在小说的最后，威廉却眼睁睁地看着《诗学》第二卷被豪尔赫整个吃掉、眼睁睁地看着这个基督教世界最大的图书馆在大火中付之一炬，"我们最终算是败下阵来，一动不动地望着周围的一切……"在这个意义上，威廉在与凶手的对峙中失败了。他没有像福尔摩斯或波洛那样无

---

① ［意］翁贝尔托·艾柯：《玫瑰的名字》，闵炳君译，中国戏剧出版社 1988年版，第 61 页。

往而不胜，他虽然找出了凶手，却败在了凶手的手下。艾柯指出："天真的读者甚至不会意识到这是一部没有做出多少发现的侦探小说，而且那位侦探也失败了。"① 大火中，神探威廉居然哭了："这里太混乱了。主啊，不要那么混乱，不要乱了。"威廉所悲叹的混乱，不仅指大火中的修道院，也指整个的世界秩序：代表理性的知识被肆意毁灭，邪恶的力量发出狂妄的笑声，正义的力量却无能为力……传统侦探小说让社会遭受无序，仅仅是为了经历一番波折，而使世界重新恢复秩序，使读者重新恢复心理上的稳定和安全感。而《玫瑰之名》所展示的，却是侦探的失败，世界的失序……

　　从威廉理性的失败和世界的失序中，《玫瑰之名》显示出了与传统侦探小说的本质差别。传统侦探小说的结局是封闭式的，读者无一例外地会预见到故事结束时侦探所代表的理性必然胜利、社会秩序必然恢复，他所要做的，仅仅是预测取得胜利和恢复秩序的各种具体的方式或途径。托多洛夫曾经指出读者的阅读活动与侦探的侦破工作极为相似，将其中的关系精练地表述为："作者∶读者 ＝ 罪犯∶侦探"。② 读者一直在侦破作者所设计的文本谜团。对传统侦探小说而言，读者在预测理性胜利和秩序恢复的各种具体形式时可能会失败，但就对故事结局的把握而言，却无一例外是胜利的（事实上，这种胜利也是传统侦探小说的程序之一）。然而《玫瑰之名》却彻底颠覆了读者对于结局的预想，作为侦探的读者最终败在了作为罪犯的

---

① Umberto Eco, *The Role of the Reader: Explorations in the Semiotics of Texts*, Bloomington: Indiana University Press, 1979, p. 54.

② Tzvetan Todorov, *The Poetics of Prose*, Trans. Richard Howard, Oxford: Oxford University Press, 1977, p. 87.

作者手下。

最后，对真实性的悬置。传统侦探小说的叙事成规不仅包括惯用的情节模式，也包括惯用的叙事者设置，而其叙事者设置的方式是直接服务于营造故事真实性的目的的。从表面看，《玫瑰之名》在叙述者设置上，采用的是传统侦探小说的典型套式：威廉和阿德索，是跟福尔摩斯和华生、杜邦和"我"一样的一对黄金搭档，并且都采用了侦探的助手（阿德索、华生、"我"）作叙述者。这样的叙述者设置有两个好处：第一，这个叙述者没有侦探高明，他们的叙述可以通过一个智力与读者相似的视角而凸显侦探过人的机智和神威。这个叙述者的智力甚至可能不如读者，这可以引起自以为高明的读者参与"破案"的欲望。第二，作为侦探的助手，这个叙述者可以亲临第一现场，亲自参与整个案件的调查、侦破过程，营造整个故事不可辩驳的"真实性"。

然而，与《福尔摩斯探案集》中的华生和《莫格街凶杀案》中的"我"不同的是，《玫瑰之名》的叙事者是一个"不可靠的叙事者"，他无法为故事的真实性负责，而且文本毫不掩饰地把这种不可靠性公之于众。

的确，《玫瑰之名》是阿德索的手稿，然而，这份手稿却是一个可疑的文本。艾柯在《前言》中特地说明，这份手稿辗转多人之手、经过多次翻译：它最初是 14 世纪末一个叫阿德索的德国修士的手稿，是阿德索对其青年时代经历事件的回忆，拉丁文写成。后于 17 世纪末由马毕伦校订。19 世纪，瓦雷将马毕伦的拉丁文版本翻译为法文。最后由 20 世纪的艾柯将瓦雷的法文版"意译"为意大利文（遗憾的是，这些内容被中译本漏译，在很大程度上简化了原文的叙事框架，遗漏了作者所故意制造的叙事理论方面的难题）。也就是说，读者面前的这个文本是抄写的抄写、翻译的翻译、转述的转述。这种重重叠叠、闪烁其词的设计明显摹仿了《堂吉诃德》的叙事框架。文本刻意与"本事"拉开重重距离，从而将手稿的真实性推远。虽然叙述者仍然是那个亲临现场的"我"，但经过多方转述和编译之后，这个"我"却成了一个不可靠的"我"，这无疑是对传统侦探小说通过叙述者设置而营造"真实性"幻觉的叙事成规的戏拟。艾柯在一次访谈中承认，"在叙事中嵌入叙事……因为叙事者可以当掩护，允许你'从毯子下面'发送信息"①。传统侦探小说采用侦探助手做叙述者，发送信息务求直接、真实、可靠，而艾柯却设置了重重掩护，"从毯子下面发送"信息，这信息的扭曲和失真程度可想而知，文本的虚构本质一目了然。

可以说，《玫瑰之名》的叙事通过对理性的反讽、对秩序的破坏、对真实性的悬置，而与以往的侦探小说叙事成规（及其所体现的意识形态）进行着内在的辩论。巴赫金曾论述双声语中的暗辩体："暗辩体在文学语言中意义重大……一种文学语言，总会感到同时还存在有另一种文学语言，另一种风格。在每一种新的风格里，都含有对此前的文学风格作出某种反应的因素；这个因素也就是内在的辩论，可以说是对他人风格的隐蔽反叛，而这种反叛又常常同对风格进行明显的讽刺性摹拟结合在一起。"② 巴赫金虽然没有使用元小说这一概念，但他

---

① Umberto Eco; Adelaida Lopez; Marithelma Costa; Donald Tucker, "Interview: Umberto Eco", in *Diacritics*, Vol. 17, No. 1. (Spring, 1987, p. 5)

② ［俄］巴赫金：《陀思妥耶夫斯基诗学问题》，白春仁译，北京三联书店1988年版，第270页。

在此讨论的，事实上就是我们所讲的戏拟式元小说，他高度赞扬了这种类型的代表《堂吉诃德》。在巴赫金看来，将讽刺性摹拟的对象性语言带入叙事结构中，可以消除小说的独白性，也可以暴露出任何一种语言的假定性、约定俗成性。所谓语言的假定性和约定俗成性，事实上就是指没有任何一种文学语言具有超时空超历史的绝对真理性质，它总是与特定的社会意识形态相关联。

总之，戏拟是一种双声语，它使用两套代码——作为戏拟对象的文本的代码和进行戏拟者的代码，来凸显某种不协调，来对前者进行暗中的抨击。玛格丽特·罗斯用一个整齐的公式来概括了巴赫金的意思："两套代码，一个信息。"① 在戏拟中，我们所感受到的某种不协调，会将我们的注意力引向被戏拟对象的叙述成规及制约着这种成规的意识形态框架。而"现实应该是这么一种东西：它可以在两套代码交叉时被揭示，因为两套代码的同时在场有助于我们看到成规框架是如何制约着我们对现实的理解"②。

与传统侦探小说的叙事成规和文学语言相关联的，是信任理性的 19 世纪意识形态以及力图捍卫理性的 20 世纪初的大众意识形态。侦探小说公式化的叙事成规体现了被这一特定时期的意识形态所制约和简化了的世界模式——世界混乱了，人类凭借理性穿越重重迷雾，最终因果彰显、真相大白、秩序恢复。这套叙事成规在代代的叙事中不断重复，直到它成为理性

---

① Margaret Rose, *Parody/Metafiction: An Analysis of Parody as a Critical Mirror to the Writing and Reception of Fiction*, London: Croom Helm, 1979, pp. 52 – 53.

② Jurij Lotman, *The Stucture of the Artistic Text*, Michigan: University of Michigan Press, 1977, p. 72.

主义世界观的意识形态图景的特定表达工具。

而"在戏拟式元小说中，一种成规被破坏或被展示的目的，都在于显示它的历史暂时性"①，以及孕育了这种成规的、那特定的历史时空中的特定社会意识形态。《玫瑰之名》在后现代的语境中重写了侦探小说，通过语境的陌生化，而清楚地展示着这种叙事成规与它原初的历史语境的关系，正像《堂吉诃德》在现代资本主义社会中对骑士小说叙事成规进行滑稽模仿，通过语境的陌生化，而展示这种成规与其原初的中世纪历史语境的关系一样。的确，《玫瑰之名》文本故事发生的时代是中世纪。艾柯凭借对中世纪历史和文化的精深了解，在其四部小说中，凡举中世纪的历史、政治、宗教、哲学、神话、魔法、迷信等无所不包，复活了一个生机勃勃的中古世界。然而，这不是对历史的"再现"，而是在后现代语境中对历史的重构。威廉最后对"世界根本没有规律可言"的顿悟，不像是出自一个启蒙时代以前的学者之口，倒是透出了德里达、福柯、利奥塔的声音。他和阿德索关于语言的对话，则完全是维特根斯坦的语气。总之，在新的后现代的语境中，《玫瑰之名》通过对先前叙事成规的滑稽模仿，通过语境的陌生化，而提醒我们这种叙事成规与它原初的历史语境的关联。"在这样做的过程中，它揭露出所有的语境化都是有限的和限制性的，武断的和偏狭的，自我服务的和独裁的，神学的和政治的。"②

的确，从表面看，戏拟是一种具有美学上的内向性的语

---

① Patricia Waugh, *Metafiction: The Theory and Practice of the Self-Conscious Fiction*, London and New York,: Routledge, 1993, p. 66.

② Linda Hutcheon, *A Poetics of Postmodernism: History, Theory, Fiction*, New York and London: Routledge, 1988, p. 127.

言。但正是通过展示每一种成规与特定历史语境的联系，戏拟表明了任何自我反射的话语，都总是不可避免地与社会话语相连。因此即使是最自我意识的、滑稽模仿的、形式主义的作品，都并没有试图逃避，而是事实上凸显了它们曾经存在并将继续存在于其中的历史的、社会的、意识形态的语境。并通过对形式的自我观照、对旧有的叙事成规的戏拟和颠覆，而对制约着社会发展的、已经过时的意识形态框架进行解构。正是因为有了反讽和解构的存在，后现代的戏拟和文本互涉才没有走向"纯粹的游戏或互文性的无限倒退"，而向人们展现了"现行的再现形式如何源于过去、过去和现在间的连续性和差异性又蕴含着什么样的意识形态"①。

艾柯认为反讽体现了典型的后现代精神，他指出：在现代先锋派文学之后，"出现了一种以讽刺为主要特点的后现代文学。它认为你可以允许自己做一切，包括回到最古典的浪漫情节，只要对此保持一种讽刺的距离"②。通过反讽，《玫瑰之名》回到了通俗的侦探小说情节，但又与它保持了距离，成功地实现了严肃的意识形态批判意图。然而对于反讽的存在及其意识形态的指向，学院派批评家们会理解，普通读者却未必会理解。所以艾柯指出："从本质上讲，反讽是一种贵族做派。在故意陈述与存在相反的意见的人，及他的能够判断这种有意的虚构的对话者之间，讽刺假设了一种复杂的关系。讽刺构建了知识分子阶层。假设我在大学给一百名我很了解的听众讲

---

① Linda Hutcheon, *A Poetics of Postmodernism*: *History*, *Theory*, *Fiction*, New York and London: Routledge, 1988, p. 93.
② ［法］皮埃尔·邦瑟恩阿兰·让伯尔辑录：《恩贝托·埃科访谈录》，张仰钊译，《当代外国文学》2002 年第 3 期。

课，我可以采用讽刺。在一千人面前，讽刺就有可能不被理解。那么当你发表的高雅的讽刺性小说触及成千上万的人时，这小说就有了阅读上的问题。"① 然而，学院派批评家尽可以津津乐道于其高雅的互文和反讽，普通读者亦可沉迷于其惊险刺激的尸体和凶杀，这才是真正的多元共生的后现代。与后现代的文化语境最适合的做法，不是古典派的严肃说教，也不是浪漫派的热烈抒情，而是"游戏"，或者"戏拟"。戏拟以一种游戏的方式来实现严肃的意图，满足了各个层次的需要。所以艾柯说："后现代文学是建立在固有的暧昧之上的，有可能被不同水平的人阅读。……依我之见，必须愿意做游戏。"②

如果再往深处来观照，就会发现《玫瑰之名》的文本内涵绝不仅仅是侦探小说，也不仅仅是对侦探小说叙事成规的戏拟，它更深层的主题，还在于符号与诠释。"修道院谋杀案"为其提供了基本的情节线索，"符号与诠释"则为其提供了深层的主题线索。这本小说可视为艾柯的符号学—诠释学精深理论的通俗化版本。正如著名艾柯研究专家彼得·邦德内拉（Peter Bondanella）所指出的：艾柯的小说"代表了将理论与实践相结合的实验所取得的最高成就，只有极少数的学院派思想家能望其项背"③。对世界这个大文本，人们基于不同的意识形态世界观而做出了不同的诠释。《玫瑰之名》对传统侦探小说的诠释结构进行了批判，这与其通过戏拟侦探小说叙事成

---

① ［法］皮埃尔·邦瑟恩阿兰·让伯尔辑录：《恩贝托·埃科访谈录》，张仰钊译，《当代外国文学》2002 年第 3 期。

② 同上。

③ Peter Bondanella, *Umberto Eco and the Open Text: Semiotics, Fiction, Popular Culture*, Cambridge: Cambridge University Press, 1997, p. 4.

规而解构理性主义意识形态，是一脉相通、相辅相成的。

小说开篇第一句话："太初有道，道与神同在，道就是神。"（"In the beginning was the Word, and the Word was with God, and the Word was God."） "道"是希腊文"逻各斯"（logos）的意译，哲学上，逻各斯指终极的存在或真理，同时逻各斯有"言辞"之意。因此引自《约翰福音》的这句话暗含了全书主旨——语言问题、诠释问题、逻各斯问题。

文本世界需要诠释，现实世界也需要诠释。于是透过威廉、乌贝蒂诺、豪尔赫等人的不同的世界观，我们发现了艾柯的诠释学——它不仅适用于对文本世界的诠释，也适用于对现实世界的诠释，因为说到底，世界就是一本书，对事物之意义的理解就是普遍的诠释现象。

对世界这本书，不同的人有不同的诠释。艾柯对符号的定义是："一个符号是任何在前定的社会习俗中可以用来代表另一事物的事物。"① 这定义表明符号的意义由社会习俗来决定。世界这本书中的符号，由于人们基于不同的意识形态世界观、遵循不同的社会习俗，引进了不同的解释符，便使符号对不同的人而言具有不同的意义。

乌贝蒂诺/豪尔赫和威廉代表了对世界的两种不同的诠释指向：神学诠释和理性诠释。乌贝蒂诺是圣方济各会修士，基督贫穷论的坚定支持者，他反对教会的腐化、贪婪，代表着对上帝的虔诚信仰。他反对人类的求知欲，认为知识代表了凡俗的诱惑和理性的骄奢，而我们只需要虔诚地信仰上帝就够了。

---

① ［美］乔纳森·卡勒：《为"过度论释"一辩》，载［意］艾柯等：《诠释与过度诠释》，王宇根译，北京三联书店1997年版，第148—149页。

所以他不去图书馆，大部分时间都待在教堂里，静坐、默祷。当阿德索向他倾诉自己充满了"心智的欲望，这要求知道太多的事情"[1] 的时候，他回答："这不好。主才知道一切事情，而我们只需要崇拜他的知识。"[2] 乌贝蒂诺的观念也就是教父哲学的代表圣·奥古斯丁的"信仰神学"，认为灵魂与上帝的融合不靠知识、思想，只靠信仰之光。他反对知识和理性，是因为理性最终会走向对上帝的否定。

　　然而，对信仰的执着既可以走向乌贝蒂诺式的虔诚和圣洁，也可以走向对知识的禁绝和残酷的宗教迫害，威廉指出："在天使的狂热和魔鬼的狂热之间，只有很小的差别，因为两者皆由意志的过度刺激而产生。"[3] 豪尔赫即是后者的代表。他不惜以残忍的杀人来阻止亚里士多德《诗学》第二卷的流传。他之所以仇视这本书，是因为惧怕亚里士多德所代表的自然理性，"这家伙写的每一本书都将多少世纪以来基督教世界所积累的学识毁掉一部分"[4]。"关于宇宙的形成，《创世纪》已经说得很清楚了，但只要读一下亚氏的《物理学》，就足以让你把世界想象成一个充满混沌污浊的物质的地方。"[5] 而《诗学》第二卷讨论喜剧，对"笑"的意义进行了正面阐述，认为其是传播真理之媒介。而在豪尔赫看来，"笑"是应该被绝对禁止的，因为笑中蕴含着巨大的否定和颠覆力量以及怀疑

----

　　① ［意］翁贝尔托·艾柯：《玫瑰的名字》，闵炳君译，中国戏剧出版社1988年版，第237页。
　　② 同上。
　　③ 同上书，第54页。
　　④ 同上书，第454页。
　　⑤ 同上。

精神，它会导致对神圣的亵渎，会解除人们对上帝的恐惧。
"真与善是不可嘲笑的。基督从不发笑的原因就在于此：笑中
生疑。"① 所以当一系列的凶案发生后，豪尔赫尽管清楚地知
道这一切乃是自己亲手导演，却仍然走火入魔地按照《启示
录》对之进行神学诠释："这些凶杀是上帝安排的，他们的死
是命中注定的，我只不过是上帝的工具。"② "我知道这是上帝
的意愿，而我在解释他的意愿，并采取了行动。"③ 他甚至不
惜吞食涂满毒药的《诗学》第二卷，以自己的死来为此神学诠
释画上最完满的句号。

与乌贝蒂诺和豪尔赫相对的是威廉，他是理性的代表。与
前两者的宗教狂热不同，威廉在宗教问题上具有虚无主义的倾
向，他衷心信仰的是自然科学和逻辑理性。当乌贝蒂诺说：
"自然是美好的，因为她是上帝的女儿"，威廉却反过来说：
"上帝是美好的，因为他生下了自然。"④ 他奉罗杰·培根为导
师，认为"只有一个办法可以阻止敌基督的来临，那就是探索
自然的秘密，用知识改良人类"⑤。威廉学识渊博，他精通语
言学、符号、代码，他也懂得药理学、光学、机械原理，他对
当时最先进的自然科学发明，如指南针、天体仪、眼镜、磁铁
等有着浓厚的兴趣和广泛的了解；他重视科学实验，认为一切
理所当然的东西都应该凭实践来验证；他精通逻辑推理和心理

---

① ［意］翁贝尔托·艾柯：《玫瑰的名字》，闵炳君译，中国戏剧出版社 1988
年版，第 148 页。
② 同上书，第 451、452 页。
③ 同上书，第 459 页。
④ 同上书，第 56—57 页。
⑤ 同上书，第 61 页。

分析、善于凭借各种迹象来分析判断事件与事件间的联系。他对人类的理性能力充满了信心。可以说，威廉是文艺复兴时代精通百艺的"巨人"的前身。

对于世界这本书，威廉——或者说传统侦探小说——唯一相信的诠释就是理性的诠释。威廉与阿德索的谈话，与艾柯《符号学原理》中的观点交相辉映，似乎是艾柯在不失一切时机地向读者讲授符号学课程。在威廉看来，世上各种各样的事物，都是宇宙中的符号，通过这些符号，我们可以发现"各个具体的真理"。"理念是事物的符号，而意象则是理念的符号，是符号的符号。从意象中，我再次构思出即便不是该事物的躯体，也是别人曾有过的理念。……但真正的学问决不会满足于理念，它必须刨根问底，发现各个具体的真理。"[1] 所以，他要由符号的符号起，一直追溯到那个具体的事物，正如他要从谋害韦南休斯的凶手留下的模糊不清的符号开始，一直追溯到那一个具体的人，那个凶手本人。他说："我从未怀疑过符号的真实，它们是人类借以在世界上寻找自身位置的唯一可靠的东西。我所不知道的，是符号与符号之间的联系。"[2] 威廉凭借逻辑理性来阐释这些符号的内容以及符号之间的联系。他从自己精确迅速的逻辑推理中得到极大的满足："我能从解开一个高明的、复杂的疑团中得到最大的愉悦。"[3] 他的确正确地解释了很多符号的内容：雪中蹄印、阿德尔摩的尸体在雪地上留下的痕迹、韦南休斯"发黑的指头"等这些符号，他都凭借

---

[1]　［意］翁贝尔托·艾柯：《玫瑰的名字》，闵炳君译，中国戏剧出版社 1988 年版，第 327 页。

[2]　同上书，第 472 页。

[3]　同上书，第 388 页。

理性解释了其内容：走失的马匹及其特征、阿德尔摩死于自杀、韦南休斯死于毒药……当罪案发生，他相信各宗罪案之间一定有着内在联系，并致力于寻求一个合乎理性的解释："我现在感到慰藉，发现在这个世界的各个小范围内的事务上，虽说谈不上有秩序，起码还有一系列互为牵连的关系。"①

威廉和乌贝蒂诺的辩论不啻为理性信仰和上帝信仰的交锋，威廉认为像罗杰·培根那样研究并掌握自然科学，是阻止敌基督来临的唯一途径。而乌贝蒂诺坚持要阻止敌基督，应该并且只能依靠上帝信仰本身，并劝导威廉："抑制你的智力，学会为主的伤口哭泣，扔掉你的书本。"② 威廉对自己的逻辑推理能力极其自负，在整个破案过程中都表现出基于理性威力的虚荣和傲慢，以至于乌贝蒂诺一针见血地指出："你的培根的敌基督只不过是一个培养智力骄妄的借口。"③ 威廉不仅以理性作为诠释世界的依据，甚至凭借理性而逾越世界的法度，正像他对阿德索说的："知识不仅包括我们必须做或者能够做的事情，也包括我们能够做或许不该做的事情。"④ 从威廉的话中，我们感到了理性所内含的巨大的危险，这正是后现代对现代性进行反思的核心。威廉的"知识"，在认识和驾驭客观对象方面无可匹敌的技术优势，这样的理性，马克斯·韦伯称之为"工具理性"。而威廉拜倒于工具理性的巨大威力的同时，却忽视了康德意义上的与蒙昧主义相对立的理性，那确证道德

① ［意］翁贝尔托·艾柯：《玫瑰的名字》，闵炳君译，中国戏剧出版社1988年版，第388页。
② 同上书，第62页。
③ 同上。
④ 同上书，第104页。

自律的正义理想的载体，即"价值理性"。知识允许我们"做或许不该做的事"——威廉的立场正是从文艺复兴到启蒙时代的人类信仰，即知识的倨傲和工具理性的万能。而人类20世纪的历史并没有兑现理性万能、普遍幸福的诺言，反而在一定程度上演变成对这种理性幻象的极大嘲讽。而威廉身上体现的这种工具理性对价值理性的压倒和宰制，在韦伯看来，正是导致现代性灾变的原因。所以小说中老修士阿林纳多意味深长地劝诫："图书馆是座大迷宫，是迷宫般人世的模本。你进去之后就难说是否能再走出来。千万不可逾越世界的边缘……"图书馆的书籍是知识和科学理性的象征，阿林纳多是在提醒威廉不要迷失其中，提醒他人类狂妄骄奢的理性所必须遵守的边界。这世界充满了人类心灵那非理性可解释的不可捉摸的情感和欲望，充满了诸多不可解释的偶然，只凭理性是不能解世界之谜的。而对理性充满了高度信心的威廉是不会明白这点的，他告诉阿德索："世上没有不可破译的密文。"[①] 威廉在勘测图书馆内部结构时发现，其设计者以精确的数学头脑设计了一个让人迷失的迷宫，于是感慨："最大限度的混乱是由最高限度的秩序造成。"[②] 他无意中道出的，正是理性的悖谬："最大限度的混乱是由最高限度的秩序造成"，工具理性对世界的改造及其结果未尝不是如此。

对于一系列凶杀所留下来的符号，豪尔赫和威廉都作出了自己的诠释，尽管他们的诠释都和《启示录》有关，但一个是

---

① ［意］翁贝尔托·艾柯：《玫瑰的名字》，闵炳君译，中国戏剧出版社1988年版，第179页。

② 同上书，第234页。

依据神学得出的结论，一个是依据理性得出的结论：豪尔赫走火入魔地释之为"上帝意愿的实现方式"，而威廉坚信是一颗病态的心在按照《启示录》有计划地实施谋杀。不管神学诠释还是理性诠释，诠释双方都坚信自己的诠释是唯一正确的诠释：对豪尔赫而言，除了基督信仰，其他的都该赶尽杀绝；对威廉而言，除了理性解释，其他的都是无稽之谈。他们都有过度诠释的倾向：豪尔赫明知是自己实施了杀人计划，却一厢情愿地与上帝意愿挂钩，宣扬世界末日的到来，是明显的过度诠释。而事实证明，前几宗命案是出于一系列的偶然，威廉却依据理性，固执地寻找命案之间的内在联系，甚至启发了凶手实施后来的几桩命案，是更明显的且付出了惨痛代价的过度诠释。之所以会有不同的诠释，是因为在阐释符号的意义时，他们各自的解释符是不一样的。如果把"凶案现场"视为符号的表达式的话，那么它所指向的"事件真相"，则是符号的内容，但这个从表达式到内容的映射并不是一个完整的、可辨认的符号，这个映射过程还需要解释符的参与。解释符由文化成规和诠释传统组成，它表明了诠释的历史之维，也表明了诠释的社会意识形态性质。豪尔赫（以及阿林纳多）的解释符根植于中世纪的文化成规，背后是神学意识形态。而威廉的解释符根植于文艺复兴、启蒙时代的文化成规（尽管威廉生活于中世纪，但其身上体现的却是超时代的文化精神），背后是理性主义意识形态。

威廉和豪尔赫都坚持自己对世界的唯一诠释。威廉曾经批判乌贝蒂诺对信仰的狂热，认为这种狂热可以产生两种极端的反常状态：既可以导致极端圣洁，也可以导致极端残忍："乌贝蒂诺可以成为一名他纵容筛子的异教徒，也可以成为一名神圣罗马教廷的主教。……我和乌贝蒂诺谈话,总有一种感觉:地狱是从另一边看到的天堂。"① 然而,他没有意识到的是,对理性的狂热也同样如此。理性可以指导人类前进,在认识自然和改造自然上取得巨大的胜利;也可以助长人类的骄狂,使人类丧失对世界的敬畏,从而带来灾难性的后果,正如威廉所说:"地狱是从另一边看到的天堂。"小说中的图书馆是一座凡俗的迷宫,也是一座知识的迷宫,理性的迷宫,"你或许能入内,但你可能就无法出来了"②。没有出来的不仅是神探威廉,也是神探福尔摩斯、杜邦、波洛,是柯南·道尔、爱伦·坡、阿加·莎克里斯蒂,是 19 世纪和 20 世纪初期的人们——小说指向的,是整个以往的侦探小说的理性主义意识形态。

侦探小说那代代因循、异常固定的叙事成规的实质,正是坚持理性对世界的唯一诠释。对唯一诠释的执着,其实就是对唯一终极意义的执着,就是对逻各斯的执着。西方文化一直是"逻各斯中心主义"的文化,从古希腊开始,人们就一直在孜孜不倦地追寻那个终极的逻各斯。在中世纪的时候,逻各斯是"上帝",中世纪以后,"理性"取代了"上帝",成了新的逻各斯。然而,无论是上帝还是理性,都不能彻底诠释这个世界,因为根本就不存在什么终极的真理,根本就不存在逻各斯!偏执于唯一诠释的人,都是未能看清逻各斯幻象的盲人。小说中豪尔赫是瞎子,而威廉没有眼镜几乎看不见文字,不能

---

① [意]翁贝尔托·艾柯:《玫瑰的名字》,闵炳君译,中国戏剧出版社 1988 年版,第 64 页。

② 同上书,第 35 页。

不视为一种深刻的象征。艾柯在小说开头说："整个世界本末倒置，盲人引导着其他同样盲目的人，跌进万丈深渊。"① 唯一诠释和逻各斯的背后所凸显的，正是后现代所要解构的"权威"。正如小说中修道院院长指着手上戴的宝石戒指，告诉阿德索，对不同的人而言，这些宝石所代表的不同含义："对于纯真教皇三世，红玉体现瓶颈、耐心。对于圣布鲁诺，绿松石表示快乐……宝石的语言千变万化，每一颗都表达多种真理，这要依照选定的阐释意义，要依照它们出现的前后文理来定。但谁决定阐释的水准，谁决定正确的前后文理呢？……那就是权威。"② 艾柯提倡诠释，并对唯一诠释和过度诠释背后的极权主义意识形态保持着高度的戒心。在他看来，一个宽容的社会，就跟一个开放的文本一样，应该容纳多种多样的诠释，并反抗唯一诠释背后的权力和专制。威廉最后的顿悟不啻为全书深层精神的总结："敌基督可以从虔诚中产生，从对于上帝或真理的过度的爱中产生。……也许，热爱人类的使者所执行的使命，就是让人们面对真理大笑，或让真理自己发笑，因为，唯一的真理是学会解脱对于真理无理智的狂热。"③ ——这种狂热，既是对上帝的狂热，也指对理性的狂热。威廉批判的，既是中世纪神学意识形态，也是他自己所栖身的侦探小说传统中的理性主义意识形态。

总之，《玫瑰之名》戏拟了传统侦探小说的叙事成规，从

① Umbert Eco, *Postscript to The Name of the Rose*, trans. William Weaver, San Diego, New York and London: Harcourt Brace Jovanovich, 1984, p. 15.

② ［意］翁贝尔托·艾柯:《玫瑰的名字》，闵炳君译，中国戏剧出版社 1988 年版，第 424 页。

③ 同上书，第 471—472 页。

而解构了其制约着社会的理性主义意识形态框架。并揭露了这种叙事成规的实质——坚持理性对世界的唯一诠释。当然，这只是本文从元侦探小说的角度对小说"文字"这一符号表达式的内容做出的一种诠释，它的解释符是后现代的文化习俗和读者的将其视为侦探小说的整个诠释传统。作为一个开放的文本，《玫瑰之名》同样容纳其他合理的诠释，在国内学者吴予敏看来，它是一部关于欲望的符号呈现、解读与生产的小说①，在琳达·哈琴看来，它是一部历史编撰元小说②……

元小说对通俗文学形式的叙述成规的戏拟使它在通俗文学与严肃文学之间架起了一座桥梁。这些受到戏拟的通俗文学，除了侦探小说外，还包括科幻小说（品钦《万有引力之虹》、冯尼戈特《泰坦女妖》）、色情作品（纳博科夫《洛丽塔》、库弗《保姆》）、家世小说（纳博科夫《爱达》、约翰·艾尔文《根据加普建造的世界》）等。尤其值得一提的是纳博科夫，他是公认的戏拟大师，在其作品中对弗洛伊德学说、陀思妥耶夫斯基作品、对评注、诗歌、忏悔录、文学传记、侦探小说等文体进行了广泛的戏拟。对他的创作而言，戏拟"是一个关键词"，③ 是理解其小说的主题、内容、风格、语言、结构、叙事技巧的一把钥匙。俄国十月革命中被迫流亡的独特人生经历及其恃才傲物的性格，都使得他痛恨一切政

---

① 吴予敏：《欲望的符号呈现、解读与生产——论德勒兹、艾柯与〈玫瑰之名〉》，《新闻与传播评论》2007 年第 21 期。

② Linda Hutcheon, *A Poetics of Postmodernism*：*History*，*Theory*，*Fiction*. New York and London：Routledge, 1988, p. 128.

③ L. S. Dembo, Nabokov, *The Man and His Book*, Wisconsin：the university of Wisconsin Press, 1967, p. 114.

治上的专制、道德上的说教、艺术上的平庸，愈是流行和权威的东西他愈是反感、愈是嘲弄和抨击。但纳博科夫本人对戏拟的言说与其实践之间是脱节的。他说："讽刺是一堂课，戏拟是一场游戏。"① 这是符合他的文学非道德观和对"纯艺术"的崇尚的。他反感人们把他叫作"道德讽刺作家"，讽刺所带有的那种咄咄逼人的气势和显而易见的道德倾向，与纳博科夫自由主义的品性相悖。他一生不属于任何团体、任何流派，执拗地经营着自己的艺术象牙塔。对他而言，文学是虚构、是谜语、是谎言，是高超的魔法师的欺骗性表演，而不是任何意义上的政治表述和道德宣讲。他说："没有比政治小说或有社会意图的文学更令我感到乏味的了。"② "我的写作没什么社会宗旨，没什么道德说教，也没什么可利用的一般思想；我只是喜欢制作带有典雅谜底的谜语。"③ 而戏拟正是这种"带有典雅谜底的谜语"。纳博科夫是典型的学者型作家，对整个的西方文学传统谙熟于心，他在《洛丽塔》中暗指和戏拟了西方 60 多位作家，包括陀思妥耶夫斯基、爱伦·坡、普鲁斯特、T. S. 艾略特等，其中暗含着纳博科夫本人的文学见解，形成一道独特的文学批评景观。这些指涉中，有些是对对象的"亲昵模仿"，通过忠实践行一些文学母题来向纳博科夫本人心仪的作家致敬，如"时间"母题是对普鲁斯特的亲昵模仿、"内心倾诉"母题是对乔伊斯的亲昵模仿。有些则是对对象的"滑稽模仿"，以此来讽刺抨击纳博科夫本

---

① ［美］纳博科夫：《固执己见》，潘小松译，时代文艺出版社 1998 年版，第 80 页。

② 同上书，第 4 页。

③ 同上书，第 18 页。

人所反感的作家和文体。如亨伯特的畸形性心理是对弗洛伊德精神分析的戏拟，整部作品是对色情文学的戏拟、洛丽塔失踪及亨伯特追踪奎尔蒂的过程是对侦探小说的戏拟等。其中有些戏拟因为太过冷僻和太过惟妙惟肖而令人难以察觉（如亨伯特的恋少女癖就因其对弗氏学说模仿得过于惟妙惟肖而被不少人误解为是对弗氏理论的正宗图解）。纳博科夫说，写作《洛丽塔》是"编写一个美丽的谜"，他反对那些故作深沉的解读，如"年轻的美国诱奸了古老的欧洲"或"古老的欧洲诱奸了年轻的美国"之类，他说《洛丽塔》"毫无道德寓意"，它更像是一场作者与读者之间的智力竞赛，是一场充满了审美狂喜的文本游戏。尽管纳博科夫始终强调戏拟的游戏精神，将戏拟局限在"文本游戏"的范围内，但作品中所透露出来意识形态信息和客观上起到的抨击效果并不因作家本人的言说而消失。"作者死亡"论也提示我们，不妨把作家本人发表的关于作品的言论看作随便一位读者的读后感，而且是最不可靠、最虚伪的读后感，因为这位读者总是在刻意回避或刻意宣扬某些东西。事实上，《微暗的火》对文学评注、《洛丽塔》对色情文学、《绝望》对侦探小说等文体的叙述成规的戏拟和对其所暗含的庸俗的大众意识形态的抨击是显而易见的。纳博科夫在别处也发表了将文学视为纯粹的"文本游戏"相反的见解，表现出对文本的社会意图的关注，在《塞·奈特的真实生活》中曾说，戏拟是"一种跳板，来向最高层次的严肃感情跃进"。在一次采访中他说："我相信总有一天，有人会对我的作品做出崭新的评价并且宣布——纳博科夫远不是轻浮的北美黄鹂鸟，而是旨在鞭挞罪恶与愚蠢，嘲讽粗俗与残酷——而且极力主张温柔敦厚的人，把至高的权力分配给才能和自尊。"①

　　总之，作为后现代文学最常用的一种艺术手段，戏拟的悖论在于，它表面上看起来是内向的，只是美学上自我观照和艺术之间相互指涉相互交易的一种形式，但通过显示每一种艺术成规与其特定的历史和意识形态语境的关系，戏拟成了在艺术和赛义德所称的"世界"之间建立关联的一种方式。它保守地安置成规惯例，然后又激进地挑战成规惯例，从而解构其背后的意识形态框架。除了对某一文类的叙述成规进行戏拟之外，作家们还常常对某一在意识形态方面具有代表性的经典前文本进行戏拟，置换文本语境或变换叙述视角，以使文本呈现出完全不同的意义，从而引起人们的思考。如巴塞尔姆《白雪公主》对格林童话《白雪公主》的戏拟、简·里斯《藻海无边》对《简·爱》的戏拟等。这些经典文本中往往沉淀着人类深层的文化心理结构（如格林童话《白雪公主》中的失乐园/复乐园乌托邦结构），或折射着占统治地位的文化意识形态（如《简·爱》中罗切斯特代表的男权中心主义对疯女人代表的女性世界的歪曲和压抑）。巴塞尔姆通过置换文本语境，在后现代语境中对《白雪公主》人物和故事进行戏拟、歪曲和变形，从而展现了庸俗丑陋的现实和后现代的文化困境，解构了童话中的复乐园意识形态乌托邦。而简·里斯对《简·爱》中罗切斯特所讲的疯女人故事的戏拟，则在互文中凸显了"边缘"和"差异"的存在及其价值。哈琴指出，在许多情况下，"互文性"是一个太局限性的术语，"相互东拉西扯性"（interdiscur-

―――――――――

① 〔美〕纳博科夫：《固执己见》，潘小松译，时代文艺出版社1998年版，第187页。

sivity）对于话语的各种聚合性的模式而言，也许是一个更加精确的术语。这种东拉西扯的复述化的一个结果就是历史叙述和小说叙述的（也许是幻觉的，但被察觉为坚固的和单一的）中心被分散了。边缘获得了新的价值。"非中心"（ex-centric）的东西——既是"中心之外的"（off-centre）又是"解中心的"（de-centre）——获得了注意。这些差异，包括民族性、种族、性别、性取向等。"对美国和欧洲规范的经典著作的互文性的滑稽模仿，是对占统治地位的白人的、男性的、中产阶级的、异性爱的、欧洲中心的文化进行盗用（appropriating）和再形成（reformulating）的一种方式——这种盗用和再形成中，有着重大的改变。它并不拒绝这些经典著作和文化，因为它不能。后现代主义通过对经典的使用而显示了对它的依赖，但又通过对经典的反讽性的滥用而揭露了自己的反叛。就像赛义德曾经说的，被统治者的历史和统治者的历史之间有着相互依存的关系。"①

戏拟所具有的矛盾的意识形态含义（作为"经过授权的侵越"，它可以被视为既是保守的又是革命的②）使得它成了后现代主义的一种聪明的批评方式。"后现代主义明显试图挑战现代主义的潜在的与世隔绝、精英孤立主义，这种东西将艺术与世界分离、将文学与历史分离。但是后现代主义通常正是通过使用现代主义的唯美主义的技巧来反对现代主义本身。艺术的自治性被小心翼翼地保持着：元小说式的自我反射甚至强调

① Linda Hutcheon, *A Poetics of Postmodernism*：*History*，*Theory*，*Fiction*，New York and London：Routledge，1988，p. 130.

② Ibid. pp. 69 – 83.

了它。但是通过貌似向内观照的互文性，另一个维度通过使用戏拟的反讽性倒置被加了进来：艺术与话语'世界'——以及通过话语世界与社会和政治的——批评性联系。"①

第五节　真实的虚构与虚构的真实

传统语言观认为，意义存在于外在事物本身，语言只是一种透明的中介，它的任务就是忠实地传达这种意义。而在后现代，索绪尔语言学改变了人们对一个坚实的、本体论的、自足的外部现实的信念，揭示出事物的意义是由符号间的差异产生的。情况变成了语言不再依附外在世界而存在，相反，外在世界却要依附语言而存在。原因在于，对每一个使用语言的具体的人来说，语言都是先在的。人一降生就只能按照这个先在的语言系统来理解、感知和建构现实。这种视语言为自足的符号系统并且认为语言能界定、建构现实的观念，导致了人们的世界观、宇宙观的根本转向，按后现代作家苏肯尼克的说法，即"一切有关我们经验的描述，一切关于'现实'的说法，都具有'虚构'的本质"②。美国当代元小说作家雷蒙·弗德曼对此做了阐释："为什么说生活也是虚构呢？……如果一个人从一开始就承认（至少是对自己承认）在语言产生之前不存在意义，但语言在其形成和发展的过程中，也就是说在被运用（说

① Linda Hutcheon, *A Poetics of Postmodernism*: *History*, *Theory*, *Fiction*, New York and London: Routledge, 1988, p. 140.

② 柳鸣九主编：《从现代主义到后现代主义》，中国社会科学出版社 1994 年版，第 380 页。

和写）的过程中，创造了意义的话，那么，他就会得出以下结论：写作（特别是虚构作品的写作）就只能是让语言耍弄它的把戏罢了。因此，写作就是'创造'意义，而不是'再现'任何原初的意义。……这样一来，虚构作品就不再可能是现实的反映，也不可能是对现实的模仿。"①　后现代主义作家菲德尔曼说："虚构不再是现实，或现实的再现，或现实的摹本，甚或现实的再创造，它只是一种现实———一种自足的现实。"②在这些作家看来，人们过去所说的"真实"与"虚构"的对立，其本身也是一种虚构。

元小说注重对小说形式的观照并进行激进的形式主义实验，这使得它与宣称"文学表现文学自身"的"形式主义"的作品有明显的相似之处。但元小说与形式主义文本的根本差别在于，它不仅注重形式，更注重对虚构形式与现实的关系的反思。它不仅以自我反射的手法细细考察小说本身的虚构过程，而且在这个过程中揭露出我们所认为理所当然的"现实""历史"都是按照"话语霸权"被虚构的。因为它们都是语言叙述的产物，而"叙述"即意味着意识形态渗透，也即涉及权力关系。后现代最重要的特征之一，就是福柯指出的"对话的无形性"问题。也就是说，在今天，我们应当与之斗争的东西、压迫的因素已经渗透进整个社会的权力结构中，弥散于经济、知识、性、情感等人类存在的各个领域，因而不能像过去那样，与有形的外部敌人进行对抗。元小说即是深入到小说这

---

① ［美］杰拉尔德·格拉夫：《自我作对的文学》，陈慧、徐秋红译，河北人民出版社 2004 年版，第 189 页。

② 柳鸣九主编：《从现代主义到后现代主义》，中国社会科学出版社 1994 年版，第 381 页。

种文艺形式的内部，来考察虚构与现实之间的关系："元小说通过向我们展示文学小说是怎样创造它的想象世界的，从而帮助我们理解我们生活于其中的现实是怎么同样被建构的，怎么同样被'写成'的。"① 罗伯特·斯科尔斯也指出，元小说"不是现实的防空洞，而是试图找到虚构的现实同现实的虚构（小说）之间的微妙交流，尽管还不能到达现实，却抱着不断接近现实的态度"②。

元小说揭示出小说、历史、现实都是按照话语霸权被虚构的，是为"真实的虚构"。同时，"小说""现实""历史"一旦被虚构出来就带着虚构者的话语霸权，对人们产生影响和制约的力量，是为"虚构的真实"。在一些激进的后现代小说家看来，虚构小说与传统意义上的现实的关系应该被颠倒过来，不是客观现实决定小说、人们依据客观现实来创作小说，而是小说决定客观现实，人们按照小说来观察和理解客观现实。法国后现代小说家菲利普·索莱尔斯声称："试问，别人如果不把我们当作某部小说中的一个人物，又怎能认识我们？"③ 在他看来，虚构小说一旦形成，就具有一种能动的塑造力，能限定并塑造人们对于现实的理解，建构一种使人信以为真的"现实"。20世纪的约翰·福尔斯无疑也是赞同这个观点的。19世纪的福楼拜也许也是赞同这个观点的。只不过作为传统

① Patricia Waugh, *Metafiction: the Theory and Practice of Self-Conscious Fiction*, London and New York: Routledge, 1993, p. 18.

② ［韩］金圣坤：《关于后现代几个理论问题的思考》，《国外社会科学》1988年第2期。

③ 转引自盛宁《文本的虚构性与历史的重构》，《外国文学评论》1991年第4期。

现实主义作家，福楼拜将"现实受小说制约"这种情况视为一种不正常的情况，对爱玛之类耽于小说世界的人物进行了尽情地嘲讽。而作为后现代作家，福尔斯却将"现实受小说制约"这种情况视为一种理所当然的、不可避免的现象，对之进行了正面的、肯定的阐述。《法国中尉的女人》对传统小说的一个重要的反讽就在于，在福楼拜等现实主义作家笔下，阅读小说往往使主人公耽于幻想、丧失了对生活的正确的判断力，而在《法》中，阅读小说却赋予了萨拉清醒的头脑和对世事人情的人所不及的敏锐洞察力："她在判断人的时候，一方面使用在直接经验中形成的标准；另一方面则使用沃尔特·司各特和简·奥斯丁的标准，两者的使用分量不相上下。她把自己周围的人当作小说中的人物，对他们做出诗人式的评判。"[①] 福尔斯还指出，这些虚构的文本影响了我们感知周遭世界的方式，它们对于现实的能动塑造力远远大于我们的想象。维多利亚历史的虚构版本就塑造了我们对维多利亚"现实"的认识和感知。萨拉历史的虚构版本也塑造了并制约着她的现实处境。所以华莱士·马丁在分析了虚构叙述中的成规惯例不等于"现实"之后，却悖谬然而更加深刻地指出，虚构叙述中的"成规惯例不仅不使我们与现实分离，而且创造它"[②]。

博尔赫斯的小说《特龙、乌克巴、奥比斯·特提乌斯》是后现代人们关于"真实的虚构"和"虚构的真实"观念的

---

① ［英］约翰·福尔斯：《法国中尉的女人》，陈安全译，云南教育出版社2007年版，第38页。

② ［美］华莱士·马丁：《当代叙事学》，伍晓明译，北京大学出版社2005年版，第66页。

一个形象演绎。它以写实的手法描写了人们是如何杜撰以及如何消除一个国家乃至一个星球，而这个虚构的东西又是如何对人们施以真实的影响的。这个想象的王国是由于"一面镜子和一本百科全书幸运地联结在一起而被发现的"。叙述者"我"与朋友由走廊上的一面镜子而提起一句名言，据他朋友讲，这句关于镜子的名言出自盎格鲁—美利坚百科全书第46卷"乌克巴"条目。然而当晚二人细查百科全书，竟全无"乌克巴"的影子。第二天朋友又从书摊儿上买来本百科全书，里面又有"乌克巴"条目，而且的确有那句关于镜子的名言。不仅如此，还详细叙述了乌克巴国的历史、地理等方面的情况，并附有关于乌克巴国的参考书四本。两本百科全书同是不列颠百科全书第10版的再版，然而却莫名其妙地差出了四页，这四页讲的就是"乌克巴"。

后来，"我"从一个去世的朋友那儿得到了一本《第一部特龙百科全书》，副标题是"奥比斯·特提乌斯"，意为"一个虚构的国家的简述"。该书表明，经过历代学者的研究，人们仍然无法肯定"特龙"这个国家的存在，于是怀疑它是被杜撰的。并且这个杜撰行为并非个人所为，而是一个浩大的工程，是由一个包括天文学家、生物学家、化学家、历史学家、文学家、几何学家等的团体完成的。通过一个偶然的线索，"我"终于发现了特龙杜撰者们的秘密。原来，在17世纪，包括主教贝克莱在内的唯心主义者的秘密组织发起了创建一个国家的工作。他们发现这项宏伟的工程仅由一代人是无法完成的。于是由各位负责人从自己的领域中推举继承人来继续这项工作。到19世纪，其中的一个参加者，一个美国的百万富翁，他已经不满足于创造一个国家，而要创造一个星球，证明人有上帝创世的能力。到 1941 年,特龙创造者协会发行了约 300 本《第一部特龙百科全书》。

至此叙述者揭示出,"特龙"乃是杜撰的。但这还不是问题的关键。关键是,"我"后来真切地看到这个虚构的东西是如何对人们施以真实的影响。"我"竟然两次目睹来自"特龙"国的实物。一次是某皇家公主收到来自"特龙国"的珍宝礼物,一次是见到一个奇怪的死者,其随身携带物表明他是来自一个"特龙"之类的外星人。随后不久,对《第一部特龙百科全书》的研究论文以及报纸上来自"特龙"的各种报道层出不穷。于是,在"众多的证据"面前,特龙"又变成了一个有序的星球"。

这是一个关于人们怎样用语言来大胆地创造世界和任意地改变世界的故事。"真实"与"虚构"之间的界限被彻底抹杀。"百科全书"隐喻着认知权威,而两本百科全书之间的差异使人们对"真实地认知"产生了怀疑。百科全书中的"特龙"和"乌克巴"词条表明,"虚构"不仅仅存在于文学作品,而是广泛地存在于各门类大师所撰写的历史、宗教、政治、地理、科学等典籍。然而,比起"虚构的"世界和"真实的"世界这两者的认识论上的不确定性而言,这个"虚构的"世界能够取代"真实的"世界、对人们施以真实的影响,则得到了更多的强调。我们惊讶地看到来自虚构之物的这种影响是如何真实地展开,以致叙述者不住地感叹自己所居住的星球在百年之后是否也会变成"特龙"。

哈琴在《后现代主义诗学》中指出,后现代主义文学突破的种种边界中,"最重要的,是虚构与非虚构,简言之,生活与艺术的边界"。① "现实""历史"都可能是虚构的,而虚构的东西一旦被虚构出来,就具有了自己的"生命力",进而对现实施以真实而巨大的影响。元小说对自己文本中的"现实世界"自揭虚构的同时,将虚构和现实之间富于哲学意味的关系揭示出来了:在我们的生活中,虚构和"现实"可以任意转换,转换到不知何者在虚构何者。

而这也正是元小说致力于解构"真实"的原因,不仅在于所谓的真实不过是虚构的文本,更是在于这个虚构文本塑造了我们对"现实"的认识,并对我们实施隐蔽的意识形态制约和权力话语掌控。而这在拒绝任何中心、蔑视任何霸权的后现代是无法忍受的。在后现代,"我们的第一原则是自由,而不是权威"②。

---

① Linda Hutcheon, *A Poetics of Postmodernism: History, Theory, Fiction*, New York and London: Routledge, 1988, p. 10.

② [英] 约翰·福尔斯:《法国中尉的女人》,陈安全译,云南教育出版社2007年版,第69页。

第四章

超越元小说

元小说作为一种充满锐气的新兴文体，学术界普遍对之充满希望（巴思于80年代又在《大西洋月刊》上发表了一篇文章《复苏的文学：论后现代小说》，声称元小说已成为后现代作家们努力的新方向），而缺乏对其局限性的反思和对其未来走向的更理性的观照。如前所述，元小说所蕴含的意识形态对话功能使其有力地回应了"形式主义文本"的质疑，表现出明显的积极意义。从亚里士多德开始，人们就相信诗歌高于历史。然而，就像简·汤普金斯（Jane Tompkins）指出的，浪漫主义者和现代主义者所声称的艺术的自足自主性和至高无上只是导致了文学的边缘化。随着现代主义的形式主义倾向饱受攻击，后现代小说力图将自身向历史，向伊格尔顿所说的"世界"敞开。后现代元小说对小说形式本身的观照使得它有"形式主义"之嫌，但元小说与形式主义文本的根本区别在于，它不仅关注形式，而且通过形式上的自我反射，来考察小说本身以及"历史""现实"是如何被虚构的，并暴露虚构背后的意识形态暴政之无理。这使得它对当代社会的文化和权力结构具有突出的介入作用和明显的批判意义，而非如詹姆逊、伊格尔顿等人所批判的，"无深度""无价值偏向""无历史意识"。然而，在其积极意义的背后，无论从其内容还是其形式来考察，元小说的思考和探索都具有无法摆脱的盲点和局限。这正是我们需要进一步反思的地方。

第一节　为什么要虚构

元小说解构"真实"，揭露小说、历史等的虚构本质及其背后的意识形态、话语霸权，显示出犀利的锋芒。但它没有超越意识形态抨击的立场、没有超越解构的维度，从根本的存在论的意义上来思考"人为什么要虚构？"

的确，仅靠不能摆脱虚构本质的语言叙述，我们无法了解世界的真相。但离开语言叙述，我们更无从接近这个世界。事实上，除了起到意识形态掌控的作用之外，虚构也是为了从不确定、不可靠的文字里发现生活的依托、精神的依托。因为毕竟，追寻或建构意义是人的本性，或者说，是人类肯定自身存在的方式。而"追寻"和"建构"的行为本身，也许比"意义"更为重要。

在这个问题上，冯尼戈特的思考似乎与大多数的元小说作家不同。他的作品都坦言小说的虚构本质，但其元小说技巧的使用不仅仅起到解构真实、揭露虚构的作用，而是从一个更具建构性的立场上，探讨虚构对于人生的意义。因而他对虚构的思考寄予了更多人文关怀的成分。《猫的摇篮》一直被视为冷战背景下的政治寓言，但换个角度看，它事实上体现了作者对于"虚构的意义"问题的深入思考。

冯尼戈特被称为"黑色幽默"作家，他的人生观和世界观都是贝克特式的，对于世界的荒诞和悲剧性有着深刻的体察。他笔下的人物孤独地面对这个冷漠而荒诞的世界，都是些"被巨大的力量耍弄得无精打采的玩物"。但尽管如此，作家还是致力于为人类寻找一种积极的救赎模式。这种努力在《泰坦女妖》中就初露端倪，而在《猫的摇篮》中表现得十分清楚，即通过虚构、通过艺术的创造和想象，而为虚无困顿的人生建构意义，寻找生活的依托。

《猫的摇篮》展现了两个世界：一个是崇尚科学理性的当代美国社会；一个是被现代文明遗忘的，以谎言、虚构、宗教为根基的原始小岛圣洛瑞泽。小说表现了在膜拜科学、理性至上的现代文明社会，人的异化、人与人之间的冷漠、道德和精神的沦丧是如此触目惊心。因研制核导弹而获诺贝尔奖的霍克尼博士就是这种冷漠的理性精神的代表。除了科学之外，他对一切东西都不感兴趣，甚至与妻儿也形同陌路。在他的世界中没有"信仰""上帝""爱"之类的概念，因为它们都是不能被科学所证明的"伪命题"。但问题是，如果没有科学之外的艺术、宗教等其他信仰及价值体系，我们文明的根基又该如何延续？我们生命的意义又该何以寄从？小说的结尾，地球毁灭于他所研制的"九号冰"，不啻是纯科学的工具理性毁灭人类的寓言。

作为后现代作家，冯尼戈特深知世界并没有什么绝对的真理和权威。科学也只是对世界的众多阐释模式中的一种，除此之外还有很多其他的阐释和感知世界的方式。发生在小岛圣洛瑞泽的故事就是要探讨对世界的另一种阐释模式——即被科学嗤之以鼻的"艺术虚构"或"想象"，对于人生的意义。冯尼戈特特地为艺术虚构杜撰了一个词："福玛"，并将之定义为"无害的谎言"。圣洛瑞泽为探讨谎言对于生存的意义提供了一个场景。冯尼戈特要检验的是，在小岛这样一个荒凉贫瘠、政治专制、没有任何物质富足和舒适可言的极端的困境里，人们是否可以超越绝望、找到生活的依托？

小岛的精神领袖博考农代表了冯尼戈特对此问题的肯定回答。他创立的博考农教正是致力于为苦难中挣扎的人民编造更好的谎言，"把这个悲哀的世界，变成天堂"[①]。和基督教一样，博考农教也有自己的上帝创世说。但与《圣经》不同的是，博考农教的《创世纪》篇明确肯定人类自己建构意义的必要性：上帝创造了地球和人类，人类询问上帝生命的目的何在。上帝反问"一切都必须有目的吗？"人类回答"当然"，于是上帝说："那么这事交给你了，你去想出一个目的吧。"上帝随即消隐，留下人独对虚空。有谁能否认，当人独自面对虚无、面对形而上的绝望时，自行建构意义的必要性呢？正如博考农教本身一样，它是虚构的，是对世界的一种不"科学"的阐释，但却为虚无困顿中的人们建立了一个信仰体系，重建了生活和生命的意义。正是因为这个原因，冯尼戈特在一次演讲中呼吁人们"相信最荒诞不经的谎言"，而不要认为科学已经让宗教过时。[②]

当然，对岛国居民而言，博考农教仍然摆脱不了精神鸦片的嫌疑。但与其他宗教不同的是，博考农教并不以真理自居、

---

① ［美］冯尼戈特：《猫的摇篮》，刘珠环译，译林出版社 2006 年版，第90 页。

② Kurt Vonnegut. , *Wampteters*, *Foma* & *Grandfalloons* . New York：Delacorte Press，1974，p. 63.

并不以意识形态操纵为目的，而是坦言自身的虚构性质，让人们意识到它不是"上帝"，而只是人类自身重新定义生存可能性的一种努力，并诚恳地邀请信徒一起加入到杜撰谎言、建构精神信仰体系的行为中去。博考农教的典籍《博考农之书》开宗明义地宣布："所有我告诉你的一切都是无耻的谎言。"① 其扉页上对信徒的告诫竟然是："别傻了！赶快把书合上！这书里只有福玛！"② 这表明博考农教更像是具有艺术气质的、对自身本质具有明确自省意识的虚构创作，而非任何以"对世界的唯一正确解释"自居的传统意义上的宗教。它肯定虚构的意义，却并不以欺骗蒙蔽为目的。正如约翰·L.西蒙所说：博考农教是"一种非同寻常的、非教条性的宗教"，它显示了人们"在意义缺失的宇宙中建构意义的永不枯竭的能力"③。在小说中，"猫的摇篮"作为小说的中心意象被反复提及，其中有一次是关于博考农教的实质。"猫的摇篮"事实上就是我们叫作"翻绳"的一种古老的孩童游戏，由一根绳子在手上翻来翻去，变出无数的花样。小说中小牛顿多次提到："看到猫了吗？看到摇篮了吗？"④ 而事实上其中"既没有倒霉的猫，也没有倒霉的摇篮"⑤。它是牛顿对儿时那首儿歌之谎言本质或事物之虚幻本质的理解，但同样也可以视为对人类从虚无中建构出意义的象征。

---

① ［美］冯尼戈特：《猫的摇篮》，刘珠环译，译林出版社 2006 年版，第 14 页。

② 同上书，第 177 页。

③ Robert Merrill ed. *Critical Essays on Kurt Vonnegut*, Boston: G. K. Hall, 1990, p. 106.

④ ［美］冯尼戈特：《猫的摇篮》，刘珠环译，译林出版社 2006 年版，第 179 页。

⑤ 同上书，第 183 页。

跟博考农教一样，《猫的摇篮》一书扉页上也赫然写着："本书所讲的一切都不是真的。"但同时作者又告诫人们："按福玛生活，福玛使你勇敢、善良、健康和快乐。"这样一来，冯尼戈特一开始就告诫了小说的虚构性，但又积极肯定了虚构之于人生的意义。元小说常用的侵入式叙述在其作品中不仅起到了拆解真实、打破幻象的作用，更重要的是展示了建构意义的过程。

当然，冯尼戈特并不否认后现代状况下终极意义的丧失，他的一系列主人公也深感生存的荒诞与虚无。但问题是，以荒诞对抗荒诞、以虚无对抗虚无，是否就可以走出生存与信仰的危机？就可以让他笔下一个个被残酷命运玩弄了的病态心灵得到精神复原？回答显然是否定的。冯尼戈特在绝望的泥淖中尝试着精神救赎，他得出的救赎方法就是转向艺术创造和虚构。这也许是重走了现代主义艺术家们的老路。艾略特、伍尔夫等现代主义的大师们都曾经赋予艺术以准宗教的地位，期望艺术能为人类文明那颓废的荒原重建秩序和意义，担起文化救赎的使命。事实证明，现代主义艺术家们的努力既神圣又悲壮，其结果只是让艺术闪着高雅而寒冷的光辉，囚禁在象牙塔内，更加远离生活。冯尼戈特比现代主义艺术家清醒的地方就在于，他将意义赋予艺术行为本身、赋予虚构的"过程"而非任何高雅形式的艺术成品或虚构"结果"。虚构的结果并不重要，它可能虚幻而遥远，但我们永远需要这个为世界建构意义的坚实的过程。它赋予人类以创造者的地位。正如冯尼戈特所说："艺术将人类置于宇宙的中心，无论他是否在那儿。"① 这也是

① Jerome Klinkowitz and Donald L Lawler eds. *Vonnegut in America: An Introduction to the Life and Work of Kurt Vonnegut*, New York: Delacorte Press, 1973, p. 33.

冯尼戈特为人类走出生存之荒诞与虚无指出的道路。

绝大多数的元小说作家和理论家看到了"叙述"或"虚构"的意识形态掌控功能，但没有像冯尼戈特一样，从一个更具建构性的立场上来看待虚构。的确，按后现代的观点，小说、历史等说到底都是"叙述"，而叙述就意味着意识形态渗透。但问题是，离开了叙述，我们又将如何来表达和理解这个世界？从人类"理解事物"的本性来看，即便是那些形式上极端散乱、极不连贯、纯粹语言游戏的文本，读者也会想方设法从中组合出最基本的事件结构，并从中连缀出意义。弗克德尼克曾经探讨了"叙事化"（narrativization）的作用。"叙事化"是指"读者通过叙事框架将文本自然化的一种阅读策略"："叙事化就是将叙事性这一特定的宏观框架运用于阅读。当遇到带有叙事文这一文类标记，但看上去极不连贯、难以理解的叙事文本时，读者会想方设法将其解读成叙事文。他们会试图按照自然讲述、经历或观看叙事的方式来重新认识在文本里发现的东西，将不连贯的东西组成最低程度的行动和事件结构。"① 弗克德尼克在这儿讲的是文学意义上的文本，事实上，在面对"世界"这个大文本时，情况也同样如此。也就是说，"叙述化"是人类构筑意义的方式，也是人类理解世界的方式，甚至，是人类存在的方式。正因为如此，帕特里夏·沃在指出通过语言叙述，人类虚构出了一个想象性的世界，因而我们"能够得到的只不过是一个关于现实的隐喻"之后，又辩证地表明，"但这没有必要引起失望，因为如果我们的确不能创造

---

① Fludernik Monika, *Towards a "Natural" Narratology*, London: Routledge, 1966, p. 34.

出这些隐喻性意象的话，我们大家肯定会变疯的"①。过去的几十年，元小说犀利的解构之维已经拆解了很多的"真实"幻象和意识形态幻象，而我们现在需要做的，是在元小说止步的地方，继续追问虚构叙述之人文内涵。

第二节　当元小说技巧也成为一种成规

　　元小说质疑了现实主义小说的成规、揭露了其虚构本质，从而显示出了某种程度的"真实"。这里的问题在于，承认自身的虚构性的元小说是否就不再面临虚构性的指控？答案显然是否定的。因为说到底，元小说仍然是一种"小说"，一种虚构，即使是具有清醒的自反意识的叙述者仍然是"小说"叙述者，他关于小说创作的元语言本身也是虚构作品。柯里指出，"表现得真实的小说不会因为其了解真实和揭示真实而不带矛盾性"②。为此柯里坚持将这类作品称为"理论小说"（theoretical fiction）而不称"元小说"（metafition）。柯里认为"元小说"这个称谓之所以不恰当，是因为"元小说意味着一种普通小说与其元语言之间的差别，哪怕其元语言本身也是虚构作品"③。而我们知道，从"其元语言本身也是虚构作品"这个角度来看，这类小说与普通小说并无本质区别。"理论小说"则

---

　　①　Patricia Waugh, *Metafiction: the Theory and Practice of Self-Conscious Fiction*, London and New York: Routledge, 1993, pp. 15 – 16.

　　②　［英］马克·柯里：《后现代叙事理论》，宁一中译，北京大学出版社 2003 年版，第 72 页。

　　③　同上书，第 60 页。

只"意味着巴特所描述的那种理论与小说作品的整合"。① 而这无疑更恰切地形容了我们所称的"元小说"这类作品的特征。

如果我们承认柯里的质疑是有道理的，我们就可以更好地来理解元小说的"真实"及其"真实"所面临的危机。

就读者心理和阅读效果而言，元小说通过侵入式叙述、自揭虚构、暴露现实主义小说成规等手法而造成"真实感"的做法，其实仍然是一种"归化"技巧，按按乔纳森·卡勒的分析，属于"成规性的自然"："作者可以不遵循文学程式，或创作不按体裁逼真性层次理解的文本。"② 他通过指出并违拗这些文学程式的逼真性，从而取得更高层次的逼真性。比如，"叙述人直接表示他完全意识到文学逼真的程式，但他仍一口咬定，他所叙述的虽属离奇，却完全是真实的。"③ 当然，卡勒在此讨论的并不是元小说，他举的例子——巴尔扎克作品中的揭露文学程式逼真性的"侵入式叙述"——也不是后现代元小说意义上的侵入式叙述：巴尔扎克揭露文学程式的逼真性，是为了为自己作品的真实性做辩护：虽然自己的故事与这些离奇的文学程式相似，但应该承认人生本来就是神秘不可测的。因此只要读者与叙述者一样通情达理，他就应该承认叙述者的坦诚，并相信确有其事。而元小说暴露文学程式的逼真性，却是为了直截了当地宣布自己的文本并非真实，而是虚构作品。

然而我们却隐约地感到巴尔扎克的做法和元小说之间的一

---

① ［英］马克·柯里：《后现代叙事理论》，宁一中译，北京大学出版社2003年版，第60页。
② ［美］乔纳森·卡勒：《结构主义诗学》，盛宁译，中国社会科学出版社1991年版，第221页。
③ 同上。

些关联。以上所涉及的巴尔扎克作品揭露程式逼真性的做法和后现代元小说揭露程式逼真性的做法之间的区别，只是作者主观意图上的区别（维护真实或是自揭虚构），而非客观效果上的区别：就阅读的客观效果而言，元小说家虽然不遗余力地自揭虚构，却反而因此在读者心理上造成了真实性的感觉，——因为他们告诉读者，虚构乃是唯一的真实。

这种逼真性回到了卡勒所讲的"成规性的自然"："在这一归化过程中，看上去困难或怪异的现象，置于恰当的逼真性的层次以后，被转化成自然。"① 卡勒指出，即使文学作品最激进的释读也可提出一种方案，从它这个角度去看，使一切变得自然，"这是一个说明或制订如何写作的方案"②。

卡勒充分肯定了这种获得真实性的方法。就目前而言，将暴露文学程式的作用作为获得文本自身的逼真性的手段，"的确是阐释语言所迈出的大胆的一步"③。并且这一层次的归化手段相对于其他层次的归化手段而言，显得更加的高屋建瓴。"在卷帙浩繁的黑格尔传统的阐释游戏中，每一位读者都竭力达到理解领悟其他一切的最外圈，然而这种阐释活动本身却未包括在内。于是，我们这里所谈的这一层次的逼真性，至少在现时条件下，便处于一个十分优越的地位，因为它有执掌并转化其他层次的能力。"④

但卡勒随即指出了，即便如此，它也"充其量也只不过是

① ［美］乔纳森·卡勒：《结构主义诗学》，盛宁译，中国社会科学出版社1991年版，第226页。
② 同上书，第26页。
③ 同上书，第222页。
④ 同上书，第226页。

一种形式的程式性归化"①。的确，元小说的自揭虚构的侵入式叙述等手段在目前而言显得新颖，其陌生化的形式起到了反程式化的作用。而我们知道，"陌生化"的形式总是具体的历史语境中的存在。事实证明，俄国形式主义的研究具有隐蔽的历史主义的维度，因为它揭示出任何陌生化的形式都只对某一具体历史时段具有效力，当它在这一历史时段中不断被重复，再陌生化的形式最终都会被读者熟悉、成为程式的一部分。元小说质疑了现实主义小说的成规，从而显示出了某种程度的"真实"。但元小说从根本上还是一种虚构小说，它的各种暴露成规、自揭虚构的独特手法同样面临着程式化的危险。"当文化使某种形式重复，重复到接受者不再看到形式，不再妨碍他把作品内容直接等同于现实，是为程式。只要程式化地阅读，任何文本都可以是现实主义的"②——包括元小说。小说等同于真实的程度，取决于社会心理对程式的习惯和认同的程度。当有一天读者习惯了元小说的形式，它也就不再具有质疑成规、揭示真实的价值。说到底，现实主义小说与元小说之间的区别并不是成规与真实之间的区别，而是使意义成为可能的不同的成规之间的区别。

第三节　缺乏读者基础的文学

　　每一个时代都有自己的先锋文学。元小说是我们现时代的

---

　　① ［美］乔纳森·卡勒：《结构主义诗学》，盛宁译，中国社会科学出版社1991年版，第226页。

　　② 赵毅衡：《窥者之辨》，时代文艺出版社1996年版，第4页。

先锋文学。跟每一个时代的先锋文学的命运一样，它新颖的形式实验和形而上的哲学追求使得它付出了失去读者的代价。从艺术接受的角度看，读者在阅读元小说的过程中始终在进行着两种精神活动，一种是以"听故事"为基础的审美欣赏活动；一种是以"如何讲故事"为基础的理性认识活动。这就要求读者必须具备在具象的感性审美和抽象的理性批判之间不断跳跃的能力，他须得是一位"思考型"而非纯粹"接受型"的读者，对故事世界，他须入得其中又出得其外。这对读者提出了较高的要求。对于大多数习惯于沉迷故事情节、在虚构世界中获得审美愉悦的普通读者而言，元小说显然不如一般的小说能带给他们轻松愉快感。这就造成了元小说的读者层面相对狭小的后果。事实上只有那些学院派的文学批评家、作家、研究者才会对元小说这种艰涩的文本乐此不疲。

元小说新颖激进的形式实验尤其使广大读者对之望而生畏。约翰·巴思 80 年代发表《复苏的文学：论后现代派虚构小说》（1980），视元小说为文学复兴的新方向。然而，他所建构的"开心馆"却未必能令普通读者感到"开心"——因为他们根本无法进入其中。除了小说中无情节、无因果、无时序使得普通读者觉得小说难以理解、只能弃之之外，他在《自传》等短篇中使用的将作者的声音录在磁带上之类的实验做法也并未为增添小说的独特魅力起到很大的作用。巴思后来也承认，过度沉迷于这种实验就会有"作秀"之嫌，而作秀绝非伟大文学的标志。巴思曾批评后现代的作品过于晦涩、过于学术化，他竭力倡导一种通俗的、容易被普通读者理解的小说，因为当代社会不需要精英主义的东西。他说如果贝多芬的第六交响曲在今天谱写，将会是一件"令人尴尬的事情"①。而《芬尼根苏醒》之类的小说我们也不再需要，因为它们"必须依靠解说者、注释者和典故考证者的艰苦劳作才能使读者接近文本"②。但讽刺的是，他自己的作品也被批评家们指为"过分学术化，过于重视高校中的读者群"③。他所构筑的语言迷宫、叙事迷宫，以及在叙事过程中对小说理论的不厌其烦的探讨，虽然令评论家们深感兴趣，但对广大普通读者来说却味同嚼蜡。哈琴曾深赞元小说新颖独特的形式，她从元小说的矛盾并置、话语膨胀、互文手法等中读出了对逻各斯中心的消解、对历史的质疑、对话语权的争夺。——但有几个普通读者，能有哈琴那样的鉴赏力呢？

美国的一些实验小说家，如巴塞尔姆、库弗等，因文本过于碎片化，拒绝中心、拒绝情节、拒绝意义，也拒绝了普通读者的理解，其激进的形式实验而导致失去读者的负效应表现得尤为突出。元小说必须思考自己的走向。在这方面，一部分戏拟式元小说（如艾柯《玫瑰之名》、福尔斯《法国中尉的女人》、纳博科夫《洛丽塔》、简·里斯《藻海无边》等）既坚持文学性、意识形态性又兼具通俗性和游戏性，既可供文学批评家深入挖掘，又赢得了大量的普通读者，这种做法是值得思考借鉴的。

---

① John Barth, "The Literature of Replenishment: Postmodernist Fiction", in *The Friday Book: Essays and Other Nonfiction*, Baltimore and London: The Johns Hopkins University Press, 1984, p. 69.

② Ibid. p. 201.

③ Mary McCarthy, *Ideas and the Novel*, New York: Harcourt Brace Jovanovich, 1980, p. 121.

第四节　后现代主义之后

从 20 世纪 50 年代元小说兴盛以来，评论界对元小说就有两种相反的态度，有为之呐喊助威，认为其具有独特的审美价值甚至反映了迄今为止对现实的最深刻认识的，如约翰·巴思、帕特里夏·沃、琳达·哈琴等。也有对之极端反感和批判的，如美国当代新写实主义的代表汤姆·沃尔夫（Tom Wolfe）。沃尔夫将元小说看作"颓废的、自我陶醉的文学群体的症候"："这是写一个小说家的小说！有一个朝着无限的后退！谁不愿意艺术至少明显地模仿点别的什么，而不是它自身的过程呢？"① 沃尔夫倡导"非虚构小说"（non-fictional novel）或称"新新闻主义"（New Journalism），要求文学继承描写现实的传统。他认为元小说作家完全迷恋元小说技巧而"完全忽视社会现实""没有注意到他们周围所发生的一切"。②

20 世纪 80 年代后，后现代主义小说有了衰亡的征兆。后现代的理论大师巴特、福柯、德里达等相继去世，巴塞尔姆英年早逝，品钦自《万有引力之虹》后长期沉寂，而巴思后期的小说《休假》《浪潮故事》等，很多评论家都指出其"基本上没有什么实验色彩"，似乎又重新回到了现实主义传统中。③

---

① ［英］戴维·洛奇：《小说的艺术》，王峻岩译，作家出版社 1998 年版，第 231 页。

② 同上书，第 225 页。

③ 王守仁：《新编美国文学史》（第四卷），上海外语教育出版社 2002 年版，第 124 页。

这些都表明了一种新变化，现代主义和后现代主义多年以来的一系列小说探索似乎开始结束。Malcolm Bradbury 指出："作家们的创作到了一个不安、自我反省、自我修正的阶段。……所有这些都表明，我们已经进入一个后现代主义之后的时期。"①

哈琴在 90 年代末的一次采访中也表示，她认为后现代将成为即将终结的一个历史阶段，至少在西方是如此。"它对以往主题和文体样式的戏仿式改写会继续下去，但是新情况正在出现。"② 这个新情况就是："如果现实主义在西方曾一度衰亡，它确已卷土重来。有些人提出它是一种基本的叙事形式，已存在了很久，永远不会消亡。"③ 她指出，近年来西方又出现了大量传统的文学样式，如传记、回忆录，甚至现实主义小说。类似的情况也出现在其他艺术领域：象征主义绘画再度兴起，古典主义音乐重新繁盛。我们已经在后现代的"反讽"的这一端驻留了一阵，"可是钟摆总在不停地摆动"④。

这种重新摆向现实主义一端的倾向，引起了很多评论家的注意。王守仁指出，在 20 世纪 80 年代后，"实验主义与现实主义那种泾渭分明、势不两立的对立已日益淡化，实验主义小说表现出对现实生活的关注"⑤。艾柯也认为，先锋的挑战在于破坏传统小说的情节，"但是这种破坏不能超过一定的限

---

① Malcolm Bradbury, "Writing in the 90's", in Kristiaan Versluys eds. *Neo-Realism in Contemporary American Fiction*, Amsterdam: Rodopi, 1992, p. 14.

② 袁红庚:《后现代主义文学：琳达·哈琴笔谈录》,《当代外国文学》2000 年第 3 期。

③ 同上。

④ 同上。

⑤ 王守仁:《新编美国文学史》（第四卷），上海外语教育出版社 2002 年版，第 124 页。

度。……在一段时间之后，先锋自身也会体会到重新管理和控制情节的作品需要。这是自然逻辑。"① 艾柯本人的小说就体现了他所说的这种对情节的回归。除作品之外，艾柯的理论也同样体现了这种回归传统价值的趋势。从提倡诠释到反对过度诠释，其诠释学理论从开放到相对保守的转化，也是对"后现代之后"的"价值重建"趋势的顺应。

然而这绝不是简单地回归传统现实主义。巴思曾描述了他理想中的后现代主义文学的景观。他认为对现代主义和现实主义的不加分辨的接受或摈弃都是不可取的："如果具有浪漫主义倾向的现代主义作家教会我们，线性叙事、理性、意识、因果关系、幼稚的理想主义、透明的语言、天真的奇闻趣事，还有中产阶级的道德传统并非小说的全部，那么，20 世纪的最后几十年的文学景观则告诉我们，上述东西的反面也不是小说的全部。断裂、共时性、非理性、反理想主义、自省式小说、信息与媒介一体化以及趋向于道德蜕化的道德多元化也不是小说的全部。"② 所以，理想的后现代主义作家对 20 世纪的现代主义的父辈以及 19 世纪的现实主义的祖辈们既不是全盘拒绝，也不是亦步亦趋、一味模仿，而是超越于所有的争论之外而自成气候。

总之，众多的当代作品和理论家都表现和描述了后现代之后的这种新的变化。后现代主义之后是否意味着对传统的回

---

① ［法］皮埃尔·邦瑟恩阿兰·让伯尔辑录：《恩贝托·埃科访谈录》，张仰钊译，《当代外国文学》2002 年第 3 期。

② John Barth, "The Literature of Replenishment: Postmodernist Fiction", in *The Friday Book: Essays and Other Nonfiction*, Baltimore and London: Johns Hopkins University Press, 1984, p. 203.

归？它在新的历史语境下，对现实主义、现代主义等传统遗产又有哪些新的层面上的继承和反叛？后现代主义在消解终极价值的路上又能走多远？"后现代之后"所重建的"价值"与传统时代相比又有哪些不同的内涵？这些问题是值得考察的。也许我们暂时还没有确定的答案。但无论如何，我们要承认，"解构"不是人类终极的归属——毕竟，寻求意义是人的本性。

结　语

元小说到底是语言游戏、与现实无关，还是指涉外部现实，有意识形态倾向？

元小说作家们几乎都宣称其仅仅是语言游戏。当然，所有的艺术，就其对一个想象的、虚拟的世界的创造而言，都只是"游戏"（play）。"小说最初只是伪装的一种精巧的方式，而伪装而是游戏与娱乐（game）的基本要素。"（德威勒）毫无疑问，绝大多数的元小说作家正是这样来看待文学的，例如苏克尼克在《小说之死》（*The Death of the Novel*）中写道："我们所需要的，不是伟大的作品，而是游戏的东西……一个故事就是一局别人玩过所以你也可以玩一玩的游戏。"然而，元小说批评家们却不赞同艺术即游戏的观点，而认为其在游戏（此处是指康德意义上的"游戏"，即内在目的的、无所外待的、自由的活动）之外，还明显存在着其他的目的和指向。元小说的创作表明，游戏是一种相对独立自治的活动，但它在真实世界里却具有明确的价值。"游戏因为有规则、有角色而得以展开进行，而元小说却是通过探索小说规则去探索小说在生活中所扮演的角色。它的目标是去发现我们每个人怎么'玩'（play）我们自己的现实。"①

　　小说和游戏所共有的主要特征，就是符号信息（不管是语言的还是非语言的）与信息所处的语境的关系的转移，或者说是符号信息的重新语境化（re-contextualization）。正如贝特森（Bateson）在《走向精神生态学》（*Step to an Ecology of Mind*）中指出的，同样的行为可以依据不同的语境而得到不同的构架，而这又要求不同的阐释程序。同一组在"游戏"的语境中所执行的行为则不能代表其在非游戏的语境中所表示的东西。罗兰·巴特在其《神话学》中对角力的分析引人入胜。这项运动之所以受人称赞，是由于它的"符号性"（semiotic）的而不是"模仿性"（mimetic）的意义建构，是因为它对自身"游戏"身份的展示。观众绝不会误以为正在发生一场真正的拼斗，他们很清楚这不过是一场表演。

　　小说作为游戏的一种形式，也用同样的方式改变了符号信息的语境。小说是由语言构成的，而语言有着与具体上下文的可分离性特点。同一组话语可以处于不同的上下文中：日常生活的、哲学的、新闻报道的、科学的、文学的，等等。话语内部的符号关系依然如故，但因为话语符号与外部语境的关系发生了变化，话语的意义也就发生了变化。这种语境的变化可以决定话语的性质。卡恩斯在《修辞性叙事学》中认为一个文本是否具有"叙事文"的身份，毫不关乎文本内部的形式特征，而完全取决于文本外的语境。正如普林斯在其《叙事学》的结

① Patricia Waugh, *Metafiction：The Theory and Practice fo the Self-Conscious Fiction*, London and New York：Routledge, 1993, p. 35.

语中指出的：“在特定语境中，一个简单的陈述‘玛丽吃了果酱’可以成为一个叙事。我们也都知道那个玩笑：一个电话本是一部人物众多、行动匮乏的小说。”① 因此，小说的语言可以表现为对日常语言的模拟，但它的意义必然会有所不同。所有的游戏和小说都必然要求“元”（meta）层次，用这一层次来解释语境的转移，来建立各种意义和语境的等级关系。然而，如果在文本中没有出现明确的、意义显豁的元批评，这一重新语境化的过程就未必会引起读者注意。正因为如此，现实主义小说才得以成功地混淆了话语从“现实”语境向“虚构”语境的转换，并以此来达到对读者实施意识形态掌控的目的。

事实上，雅各布森对“失语症”的论述非常适合于解释读者对现实主义小说的盲信。② 雅各布森称之为“相似性紊乱”的现象，指的就是失语症者得了一种缺乏命名能力的病，患者不能够自由地运用言辞，除非是词语所涉及的对象被立即呈现出来的时候。在这种现象中，语言丧失了其与具体上下文的可分离性的特征。信息越是依赖于“当下的”语境，失语症者就越是能理解这种信息。雅各布森认为，这种紊乱“准确地说是一种元语言的丧失”③。尽管语言可以在它们此刻的指涉性语境之外起作用，但这个作用的完成仍然需要元语言的帮助。对现实主义小说中的世界信以为真的读者，准确地说是丧失了元

① Gerald Prince, *Narratology*: *The Form and Functioning of Narrative*, Baltimore: Johns Hopkins University Press, 1982, p. 35.

② Roman Yakbson, "Two Aspect of Language and Two Fundamental Types of Disturbance", In Roman Jakobson and Morris Halle eds, *Fundamentals of Language*, Hague: Mouton Press, 1956, p. 68.

③ Ibid. p. 67.

语言意识，患上了认识层面的"相似性紊乱"。事实上，一部文学作品越是游戏性的（比如，从日常世界语境转化为虚构世界的语境），越是需要元语言，来帮助阐释语境的转移、帮助维持和使读者理解虚构世界与真实世界的关系。在文学作品中，哪里的信息缺乏加工处理，哪里的元语言贫乏就会在信息与语境的等级区分上引起失败。于是历史的世界与想象的世界就会合二为一。在元小说中，这一"元语言"层次被凸显到了相当可观的程度，因为元小说的主要关注点，正是从"现实"语境向"虚构"语境转变所含有的意蕴以及这两种语境之间复杂的相互渗透。虚构世界与真实世界的关系、游戏与现实之间的关系，正是元小说探寻的主题。

　　文学小说是游戏的一种形式。20世纪著名的文化史家约翰·惠辛加在《游戏的人：文化中游戏因素的研究》中将游戏定义为一种自由的活动，这种活动"在明确限定的时间和空间中，依据既定的规则、以一种有条不紊的方式来进行，并形成一种群体关系，这种群体关系使得游戏者置身于神秘的气氛中，或是通过伪装而强调了他们与普通世界之间的区别"①。大多数的元小说作家正是这样来看待小说（无论是元小说还是现实主义小说）的。Roger Caillais 在《人、游戏与娱乐》（*Man*, *Play and Game*, 1962）中认为，正是因为理解了游戏就是游戏的道理，才构成了文明的——而不是天生野蛮的——游戏的可能性。我们可以由此向度来理解罗兰·巴特对现实主义小说的责难：在现实主义小说的想象世界中，读者作为游戏

――――――――――

① John Huizingar, *Homo Ludens: A Study of the Play Element in Culture*, London: Routledge, 1949, pp. 34 – 35.

的参与者，失落了自我，而置身于一种与普通世界有别的"神秘的气氛"，但作者却试图消泯读者的"游戏"意识，而将游戏作为"现实"强加给别人。由此看来，在文学中正是现实主义小说而不是那些形式上混乱激进、抗拒理解的后现代文本构成了对成熟文明最具威胁性的样式，而对自身的游戏性有清醒认识的元小说，却变成了对成熟文明而言最有益的样式。

元小说将读者的注意力导向了对小说的游戏性质及游戏规则的展示。它通常建立一个内在一致的"游戏"世界，以确保对读者的吸引，并展示游戏的规则，其目的是对"游戏"与"现实"的关系进行研究。正像 Michael Beaujour 所指出的："换一种方式玩游戏的愿望，通常是在循规蹈矩的游戏方式变得乏味时升起的……那些尽管独裁专断、但对游戏者来说却不知道为什么变得很'自然'的游戏规则，如今显得矫揉造作、专横而死气沉沉了。……虽然一种体系只能由另一种体系来取代，但这种取代过程的真空状态却可以被体验为完全的自由。事实上，这才是出现新政（new deal）的时刻。"① 自由，就是在旧的规则受到质疑、已经衰败，而新的规则尚未确立的时刻出现的。元小说正处在检验旧规则的位置上，目的在于发现新的游戏的可能性。

有的元小说作家让读者非常清醒地意识到他们作为游戏者的身份。《法国中尉的女人》的读者就不得不去自行选择一个结尾，从而变成了游戏的参与者——不仅是文本游戏，而且是海德格尔式存在主义的"存在"游戏。巴塞尔姆给读者留下了

① Michael Beaujour, "The Game of Poetics", in *Yale French Studies*, 1948, p. 4.

无数的离合字谜以及空白页，读者可以任意根据自己的偏好来进行阐释。游戏的排列组合问题也是元小说家们所珍爱的主题。卡尔维诺的《命运交叉的城堡》以塔罗牌的排列组合来安排所有的人物、活动，使用排列组合技巧的目的，一方面是以此来展示文学系统中具有衍生能力的叙事语法；另一方面则是为了观察世界的结构，表明无论人物选择的是哪种组合，都只是为了像现实主义的范式一样，图解自己的"玩"现实的方式。

这样的游戏显然不是没有现实指涉的。事实上指涉的问题在当下越来越重新受到关注。

现代主义者标举着形式至上论，有将文学语言与指涉分离的倾向。正如格雷戈瑞·卢森（Gregory Lucente）所说："文学就任何过程而言，都并不意味着外在的指涉。……文学'正因为'而不是'尽管'其作为谎言、作为比人们所假设的日常世界中的'真实'更迷人、更重要的不真实的东西，而获得了其重要性和特殊的价值。"① 这种分离正是后现代主义所挑战的东西，其方法是将同样的对形式的高度的自我意识与对现实主义的所谓"真实"的揭露、对所谓的"历史真实"的揭露、对具体意识形态语境所孕育的叙事成规的揭露结合起来。

事实上，对"再现"和"指涉"的拒绝，是通常与后现代主义的概念发生联系——在哈琴、柯里、沃等批评家看来，是错误的联系——的东西。现在，指涉的问题似乎重新受到关注，在此之前各种各样的形式主义将指涉的问题悬置了，甚至

---

① Gregory Lucente, *Beautiful Fables: Self-consciousness in Italian Narrative from Manzoni to Calvino*, London: Johns Hopkins University Press, 1986, p. 318.

到了宣称对指涉的关注乃是不合法行为的程度。罗兰·巴特典型地代表了这种对指涉的压制:"在叙述中发生的事情,从指涉的(现实的)观点来看,就是'无'。'发生的东西'仅仅只是语言,是语言的冒险,是永不停息地庆祝语言的到来。"①

很多后现代主义的理论正是基于这种观点。但是哈琴认为,这种形式主义的立场是"现代主义"的规定性特征,而不是后现代主义。在当今的艺术话语和理论话语中,都存在着彼得·布鲁克斯(Peter Brooks)所称的:"一种回归到指涉的渴望。"② 但这不是一种天真的和毫无疑问的回归:"关于各种类型的话语的指涉物的身份,以及我们如何能接近这些话语的指涉物的问题的那种天真的观念,如今不再存在了。"③

在 20 世纪,有两股主要的力量在反对传统时代"自然的"、词与事物之间一对一的关系的简单的指涉概念:分析哲学和索绪尔结构主义。分析哲学已然是这场最为活跃的讨论的发生之地,因为无论在小说语言还是普通语言中,指涉的问题都是"唯实论"和"唯名论"之间的哲学论争的中心。索绪尔结构主义认为语言是一个由词与概念之间的对应关系(而不是词与事物之间的对应关系)组成的结构。分析哲学仍然似乎需要考虑再现和指涉,结构主义却不需要。它将这方面的关注划入括号。在索绪尔的体系中,语言是一个符号系统,是一个能指和所指组成的系统。指涉物并不是这个系统的一个组成部

---

① Roland Barthes, *Image Music Text*, trans. Stephen Heath, New York: Hill & Wang, 1977, p. 124.

② Peter Brooks, "Fiction and Its Referents: A Reappraisal", *Poetics Today*, 1983 (4), p. 73.

③ Ibid. p. 74.

分。然而，这并不否认语言的指涉物的"存在"：它被假定存在，但并不是必然地、直接地可通过知识来接近。

索绪尔的系统的、共时的语言学把悬置指涉物作为一种新的研究策略。同样的，后结构主义也这样做，但对于语言学而言只是方法上的便利的东西，对后结构主义而言却变成了"哲学原则的顶点"。许多后结构主义者都引用了德里达的"文本之外无他物"的著名论点。但是我们必须非常小心地注意到，德里达的这个陈述并没有否认真实世界的存在。他只是质疑了我们是否可以根据词义来接近真实世界。柯里指出，"对德里达的语言理论最著名的错误表达也许要算语言学家及哲学家们对于'文本之外无他物'这一口号的误解了"[①]。他认为，这个口号并不含有大多数评论家所认为的"在文本的外部没有什么东西"的意思，倒是更接近于"没有外在的文本"或"我们无法置身文本之外"。德里达的意思并不是说现实不存在，"他的意思是要从范畴上来区分何为'内'何为'外'，简直是不可能的"[②]。他指出，"那些称解构主义是以否定语言有指涉外部世界功能的语言理论为基础的人"，其错误在于"他们认为解构主义是一种语言知识，而原本把解构主义看成一种反对可知性的论点可能更安全些，这样可以将注意力从关于语言的知识转移到关于知识的语言上去"[③]。也即是说，德里达对先验的所指的否认，并不是对指涉的否认，或对外在于文本的现实的否认。它只是意味着"意义"只能从文本之内、通过延

① [英]马克·柯里：《后现代叙事理论》，宁一中译，北京大学出版社2003年版，第51页。
② 同上。
③ 同上书，第52页。

迟、通过"延异"而得出。

以上的讨论表明,后结构主义并不否认"指涉",但它不再是前索绪尔时代对语言指涉物的天真的、毫无疑问的回归,它将指涉问题"问题化"了。以历史编撰元小说为代表的后现代文学,尤其体现了这种对指涉的"问题化"。詹姆逊和海登·怀特都同意,过去显然的确存在过,他们关注的是我们"知道"这个过去的能力,詹姆逊认为历史(也就是说,过去)并"不是"文本——它是非叙述的、非再现的——但这个历史"对我们来说是不可企及的,除非以文本的形式"①。同样地,海登·怀特声称,历史,作为叙述性的报道,不可避免地是比喻的、寓意的、虚构的;它总是已经文本化了,已经被阐释了②。换句话说,只有通过叙述化,我们才能知道过去,才能将过去接受为"真实的"。而叙述化的背后,是不可避免的主体意图渗透。"真实"的背后,是可疑的意识形态控制。事实上,当下的叙事学赋予自己的任务正是审查叙事构建我们感知文化作品和周遭世界的方式。

传统时代的人们拒绝将"历史事实"从"历史事件"中分离出来,用语言学的术语来说,这就陷入了巴特所称的"所指和指涉物的合并",指涉物取消了所指,为的是提供一种幻觉,似乎历史写作的能指与指涉物之间有直接的关系。对巴特而言,同样的幻觉化的取消也出现在现实主义小说中。而元小

---

① Fredric Jameson, *The Political Unconsciousness*: *Narrative as a Socially Symbolic Act*, Ithaca, New York: Cornell University Press, 1981, p. 82.

② [美] 海登·怀特:《当代历史理论中的叙事问题》,载 [美] 海登·怀特《后现代历史叙事学》,陈永国、张万娟译,中国社会科学出版社 2003 年版,第 152 页。

说所做的，正是通过形式上的自我反射来打破这种幻觉，并让我们注意到这种"真实"幻觉背后的意识形态控制。它们的确是"自指"的，但其显然也不是没有指涉现实的维度的。

哈琴认为后现代文学中的指涉是多重的、由多种因素决定的。而这种复杂的指涉情形，并没有被今天的理论话语所提供的任何指涉理论所充分地覆盖。为此哈琴提出了一个多项模型，指出对后现代小说而言，至少有五个指涉维度应该被考虑进去："文本之内的指涉"（intra-reference）、"自我指涉"（self-reference）、"互文的指涉"（inter-textual reference）、"对文本化了的外在于文本的东西的指涉"（textualized extra-textual reference）以及"阐释的"（hermeneutic）指涉。①

第一种类型，"文本之内的指涉"就是说小说的语言第一地、首要地指向了小说本身的现实世界，这个世界独立于经验世界，不管它是如何逼真地或不那么逼真地根据经验世界而被仿造。这种主张基于一种"有意性"的观点：即小说是"有意的"虚构。小说首先是一种自动的、内在一致的、形式上统一的存在。

第二种类型，"自我指涉"。这显然不仅是关于内在一致的虚构世界，而且是关于小说作为小说。这种自动表现（auto-representation）或自我指涉表明语言不能直接地与现实相勾连，而首先是与自身相勾连。

第三种类型，互文的指涉。《法国中尉的女人》、《玫瑰之名》等都指向了许多具体的互文本，这些互文本中包括文学文

---

① Gregory Lucente, *Beautiful Fables: Self-consciousness in Italian Narrative from Manzoni to Calvino*, London: Johns Hopkins University Press, 1986, pp. 154–157.

本、历史编撰的文本（如《玫瑰之名》中的中世纪编年史、宗教证词）等。

实际上，这种互文性接近于第四种，对文本化了的外在于文本的东西的指涉。其区别在于两者的强调的重点不同。前者强调的重点是历史作为互文本，而后者强调的重点是历史编撰作为事实的呈现、作为事件的文本化了的描绘。在此历史承认某种——被媒介化了的——对符号学家所称的"指涉的外部领域"（External Fields of Reference）的接近，同时又始终承认历史编撰本身是一种改组的形式、改造的形式，一句话，是我们接近过去的媒介。

第五种类型，阐释的指涉。哈琴指出在考察指涉问题时，我们必须避免静态的模型，因为我们不能忽略阅读的阐释过程所扮演的角色：元小说不仅仅是以文本的方式（intra -，inter -，auto -，extra -）来进行指涉。后现代主义文本之自觉地回到述行的过程，要求读者，也就是"you"，不要被遗漏，包括在处理指涉的问题的时候。有一种指向读者的地位的指涉，使得对指涉物的研究离开了单个的字词的层面，而转向了话语的层面。英奇·考斯曼（Inge Croseman）将小说的指涉物定义为"在阅读的过程中逐渐形成的一个流动的、概念化的建构物。"① 这并不是哈琴所称的"阐释的指涉"的意思，虽然这两个概念是相关的。哈琴的概念接近于瓦尔顿（Kendall Walton）关于小说世界与读者生活的真实世界相互作用的观点。词语与世界相勾连，在一个层面上，至少，通过读者而与世界相勾连。——也正是在这个层面上，意识形态的批评也即对于

---

① Inge Croseman, "Reference and Reader", *Poetics Today*, 1983 (4), p. 96.

"自然的"和"既定的"东西的去神秘化,才得以进行。元小说由此避免了自我指涉的自我沉醉,避免了变成"自我空虚(self-voiding)的叙述"的危险。任何在意识形态上激进地期望改变的可能性——在巴特的意义上,都与这种阐释的指涉密切相关。前四种类型的指涉——它们都发生在文本的层面——都是因为有了"阐释的"指涉,才得以超越文本、发挥介入社会的作用和意识形态对话的功能。

保罗·利科称:"从某种意义上讲,一切叙事作品都有指涉现实的断言。……虚构的世界将我们带入真正的行动世界的核心。"① 元小说既是游戏的,又有严肃意义,既在玩弄观众、玩弄现实、玩弄传统的文学成规,又在提醒观众认清现实、警惕传统的文学成规、警惕历史的宏大叙事中的虚构和权利机制。当然,这二者的结合是矛盾的。对有些元小说作家(如纳博科夫)来说,这种矛盾可能来源于作家创作时意识与无意识的交织,来源于作家的主观意图和作品的客观效果之间的矛盾,对另一些元小说作家(如约翰·福尔斯)来说,则可能是有意为之。他们的元小说在自指和它指的两极之间寻求着张力和平衡。自指与他指的问题说到底是方法与旨归的问题,旨归于意识形态批评,其方法则是小说的自我意识、自暴虚构。作为对"真实世界"和"真实历史"进行元小说式的破坏的结果,读者可能会修正他们关于那些被假定为"现实"和"历史"的东西的概念,但是他们可能继续相信并生存在一个"现实"世界中,因为这个世界的大部分是由"常识"和"常规"

---

① [美]大卫·宁:《当代西方修辞学:批评模式与方法》,常昌富等译,中国社会科学出版社1998年版,第62页。

构成的。像福尔斯这样的元小说家所希望的，只是每一位读者在这样做的时候会具有一种新的认识，懂得那世界的意义和价值是怎样被建构的，而它们又可能怎样被挑战和改变。正是在这个意义上，后现代元小说试图超越"指涉的不可知论"。①在这个过程中它常常是自我反射的，它有时候可能自相矛盾。它提出的问题可能比回答的问题还多。但这是它无限地接近意义的唯一方式。

---

① Christopher Norris, *The Contest of Faculties*: *Philosophy and Theory After Deconstruction*, London and New York: Methuen, 1985, p. 69.

参考文献

一　中文专著

［加］高辛勇：《修辞学与文学阅读》，北京大学出版社 1997
年版。

胡全生：《英美后现代主义小说叙述结构研究》，复旦大学出版
社 2002 年版。

林建法编：《中国当代作家面面观：撕碎，撕碎，撕碎了是拼
贴》，时代文艺出版社 1991 年版。

柳鸣九主编：《从现代主义到后现代主义》，中国社会科学出版
社 1994 年版。

罗钢编：《后现代主义文学作品选》，高等教育出版社 2002
年版。

马凌：《后现代主义中的学院派小说家》，天津人民出版社
2004 年版。

申丹：《叙述学与小说文体学研究》，北京大学出版社 1998
年版。

盛宁：《人文困惑与反思——西方后现代主义思潮批判》，北京
三联书店 1999 年版。

王守仁：《新编美国文学史》，上海外语教育出版社 2002 年版。

伍蠡甫、胡经之主编：《西方文艺理论名著选编》，北京大学出版社 2003 年版。

杨仁敬：《美国后现代小说论》，青岛出版社 2004 年版。

赵毅衡：《窥者之辨》，时代文艺出版社 1996 年版。

二 中文译著及译文

［阿根廷］博尔赫斯：《作家们的作家》，段若川译，云南人民出版社 1995 年版。

［德］海德格尔：《艺术作品的本源》，载《海德格尔选集》，孙周兴译，上海三联书店 1996 年版。

［德］马克思、恩格斯：《马克思恩格斯全集》，中共中央马克思恩格斯列宁斯大林著作编译局译，人民出版社 1995 年版。

［德］洛文塔尔：《文学的社会地位》，《社会研究杂志》1932 年第 1 期。

［俄］维克托·什克洛夫斯基等：《俄国形式主义文论选》，方珊等译，北京三联书店 1989 年版。

［俄］巴赫金：《陀思妥耶夫斯基诗学问题》，白春仁译，北京三联书店 1988 年版。

［法］米歇尔·福柯：《知识考古学》，谢强等译，北京三联书店 1998 年版。

［法］罗兰·巴特：《S/Z》，屠友祥译，上海人民出版社 2000 年版。

［法］皮埃尔·邦瑟恩阿兰·让伯尔辑录：《恩贝托·埃科访谈录》，张仰钊译，《当代外国文学》2002 年第 3 期。

［荷兰］杜威·佛克玛、汉斯·伯顿斯主编：《走向后现代主义》，王宁等译，北京大学出版社 1991 年版。

［美］华莱士·马丁：《当代叙事学》，伍晓明译，北京大学出版社 2006 年版。

［美］杰拉尔德·格拉夫：《自我作对的文学》，陈慧、徐秋红译，河北人民出版社 2004 年版。

［美］布斯：《小说修辞学》，华明等译，北京大学出版社 1987 年版。

［美］雷内·韦勒克：《批评的概念》，张今言译，中国美术学院出版社 1999 年版。

［美］弗拉基米尔·纳博科夫：《文学讲稿》，申慧辉等译，上海三联书店 2005 年版。

［美］乔纳森·卡勒：《结构主义诗学》，盛宁译，中国社会科学出版社 1991 年版。

［美］乔纳森·卡勒：《罗兰·巴尔特》，方谦译，北京三联书店 1988 年版。

［美］海登·怀特：《后现代历史叙事学》，陈永国、张万娟译，中国社会科学出版社 2003 年版。

［美］詹明信：《晚期资本主义的文化逻辑》，陈清侨等译，北京三联书店 1997 年版。

［美］纳博科夫：《固执己见》，潘小松译，时代文艺出版社 1998 年版。

［美］冯尼戈特：《猫的摇篮》，刘珠环译，译林出版社 2006 年版。

［美］大卫·宁：《当代西方修辞学：批评模式与方法》，常昌富等译，中国社会科学出版社 1998 年版。

［韩］金圣坤：《关于后现代几个理论问题的思考》，《国外社会科学》1988 年第 2 期。

［日］篠原资明：《埃柯——符号的时空》，徐明岳、俞宜译，河北教育出版社 2001 年版。

［瑞士］费尔迪南·德·索绪尔：《普通语言学教程》，高名凯译，商务印书馆 1985 年版。

［匈］卢卡奇：《关于社会存在的本体论》，白锡堃等译，重庆出版社 1993 年版。

［意］艾柯等：《诠释与过度诠释》，王宇根译，北京三联书 1997 年版。

［意］翁贝尔托·艾柯：《玫瑰的名字》，闵炳君译，中国戏剧出版社 1988 年版。

［英］戴维·洛奇：《小说的艺术》，王峻岩译，作家出版社 1998 年版。

［英］马克·柯里：《后现代叙事理论》，宁一中译，北京大学出版社 2003 年版。

［英］马·布雷德伯里、詹·麦克法兰编：《现代主义》，胡家峦等译，上海外语教育出版社 1992 年版。

［英］特伦斯·霍克斯：《结构主义和符号学》，瞿铁鹏译，上海译文出版社 1987 年版。

［英］约翰·福尔斯：《法国中尉的女人》，陈安全译，云南教育出版社 2007 年版。

三 中文论文

步朝霞：《形式作为内容——论文学的自我指涉性》，《思想战线》2006 年第 5 期。

郝永华：《"互文性"理论涵盖的文学基础理论问题》，《理论与创作》2005 年第 2 期。

李洁非:《实验和先锋文学 (1985—1988)》,《当代作家评论》1996 年第 5 期。

刘玉宇:《诠释的不确定性及其限度——论艾柯的三元符号模式》,《中山大学学报》2002 年第 1 期。

秦海鹰:《互文性理论的缘起与流变》,《外国文学评论》2004 年第 3 期。

盛宁:《文本的虚构性与历史的重构》,《外国文学评论》1991 年第 4 期。

吴予敏:《欲望的符号呈现、解读与生产——论德勒兹、艾柯与〈玫瑰之名〉》,《新闻与传播评论》2007 年第 21 期。

肖明翰:《〈押沙龙,押沙龙!〉的多元与小说的'写作'》,《外国文学评论》1997 年第 1 期。

袁洪庚:《影射与戏拟——〈玫瑰之名〉的"互为文本性"研究》,《外国文学评论》1997 年第 4 期。

袁红庚:《后现代主义文学:琳达·哈琴笔谈录》,《当代外国文学》2000 年第 3 期。

赵毅衡:《后现代派小说的判别标准》,《外国文学评论》1993 年第 4 期。

赵毅衡:《叙述形式的文化意义》,《外国文学评论》1990 年第 4 期。

张逸婧:《时间的叙事性——评保罗·利科的叙事理论》,硕士学位论文,复旦大学,2008 年。

四 外文专著及论文

Alter, Robert, *Partial Magic: The Novel as a Self-Conscious Genre*, Berkeley: University of California Press, 1975.

Althusser, Louis, *Lenin and Philosophy and Other Essays*, New York and London: Mothly Review Press, 1971.

Andrew, Bennett and Nicholas, Royale, *An Introduction to Literature, Criticism and Theory*, London: Prentice Hall Europe, 1999.

Barth, John, *Lost in the Funhouse*, New York: Doubleday & Company, Inc, 1968.

Barth, John, *The Friday Book: Essays and Other Nonfiction*, Baltimore and London: The Johns Hopkins University Press, 1984.

Barthes, Roland, *Writing Degree Zero*, Trans. Annette Lavers and Colin Smith, New York: The Noonday Press, 1968.

Barthes, Roland, *The Pleasure of the Text*, trans. Richard Miller, New York: Hill & Wang, 1975.

Barthes, Roland, *Image-Music-Text*, trans. and Ed. Stephen Heath. Glasgow, London: Fontana Baudrillard, 1977.

Barthes, Roland, *Image Music Text*, trans. Stephen Heath, New York: Hill & Wang, 1977.

Barthes, Roland, *"le discourse de l'histoire"*, trans. Stephen Bann, in Elinor Shaffer ed. *Rhetoric and History: Comparative Criticism Yearbook*, Cambridge: Cambridge University press, 1981.

Barthes, Roland, *The Semiotic Challenge*, trans. Richard Howard, New York: Hill and Wang, 1988.

Barzun, Jacques, *The Delights of Detection*, New York: Criterion Books, 1961.

Beaujour, Michael, "The Game of Poetics", *Yale French Studies*, 1948.

Bertens, Hans and Fokkema, Douwe eds. , *International Postmodernism: Theory and Literary Practice*, Amsterdam and Philadelphia: John Benjamins Publishing Company, 1997.

Bondanella, Peter, *Umberto Eco and the Open Text: Semiotics, Fiction, Popular Culture*. Cambridge: Cambridge University Press, 1997.

Booth, Wayne, *The Rhetoric of Fiction*, Chicago: University of Chicago Press, 1961.

Brooks, Peter, "Fiction and Its Referents: A Reappraisal", *Poetics Today*, 1983 (4) .

Calinescu, Matei and Fokkema, Douwe eds, *Exploring Postmodernism*, Amsterdam and Philadelphia: John Benjamins Publishing Company, 1990.

Calvetti, J. G. , *Adventure, Mystery, and Romance: Formula Stories as Art and Popular Culture*, Chicago and London: University Of Chicago Press, 1977.

Chatman, Seymour, *Story and Discourse: Narrative Structure in Fiction and Film*, New York: Cornell University Press, 1978.

Cortazar, Julio, *Hopscotch*, New York: Pantheon, 1966.

Croseman, Inge. "Reference and Reader", *Poetics Today*, 1983 (4) .

Dipole, Elizabeth, *The Unresoluable Plot: Reading Contemporary Fiction*, New York and London: Routledge, 1988.

Eco, Umberto, *A Theory of Semiotics*, Bloomington: Indiana University Press, 1976.

Eco, Umberto, *The Role of the Reader: Explorations in the Semiotics of Texts*. Bloomington: Indiana University press, 1979.

Eco, Umberto, *Reflections on The Name of the Rose*, Trans. William Weaver, London: Minerva, 1984.

Eco, Umberto, *Postscript to The Name of the Rose*, trans. William Weaver, San Diego, New York and London: Harcourt Brace Jovanovich, 1984.

Eco, Umberto, Adelaida Lopez; Marithelma Costa; Donald Tucker, "Interview: Umberto Eco". *Diacritics*, Vol. 17, No. 1. (Spring, 1987).

Eco, Umberto, *The Name of the Rose*. Trans. William Weaver. New York: Vintage UK, 2004.

Edel, Leon. ed. *The Future of the Novel: Essays on the Art of Fiction*, New York: Vintage, 1956.

Esrock, Ellen, *Review of The Aesthetics of Chaosomos*, Cambridge: Harvard University Press, 1989.

Federman, Raymond ed. *Surpiction: Fiction Now... and Tomorrow*, Chicago: Swallow, 1981.

Fish, Stanley, *Is There a Text in This Class? The Authority of Interpretive Communities*, Cambridge, MA: Harvard UP, 1980.

Forster, E M. , *Aspects of the Novel* . New York: HBJ Book, 1955.

Freeman, R. A, "The Art of the Detective Story", in *Nineteenth-Century and After*, London: Dodd, Mead, 1924.

G. , Kellman, Steven, *The Self-Begetting Novel*. London: Macmillan, 1976.

Genette, Gérard, *Palimpsestes: la littterature au second degree*, Paris: Seuil, 1982.

Ghose, Zulfikar, *The Fiction of Reality*. London and Basingstoke: The Macmillan Press Ltd. , 1983.

Goffman, Erving, *Frame Analysis*, Harmondsworth: Penguin Books, 1974.

Greene, Graham, *The End of the Affair*, Baltimore: Penguin Books, 1975.

Gwynn, Frederick L. and Blotner, Joseph, eds. , *Faulkner in the University*, Charlottesville: The University of Virginia Press, 1959.

H. Gass, William, *Fiction and the Figures of Life*, New York: Knopf, 1970.

Hanson, Clare, *Short Story and Short Fiction: 1880 – 1980*. London: Macmillan, 1985.

Hassan, Ihab, *The Postmodern Turn*, Ohio: Ohio State University Press, 1987.

Hjelmslev, Louis, *Prolegomena to a Theory of Language*, Madison: University of Wisconsin Press, 1961.

Holquist, Michael, "Whodunit and Other Questions: Metaphysical Detective Stories in Post-War Fiction", *NLH*, 3, 1 (Autumn).

Huizingar, John, *Homo Ludens: A Study of the Play Element in Culture*, London: Routledge, 1949.

Hutcheon, Linda, *A poetics of Postmodernism: History, Theory, Fiction*, New York and London: Routledge, 1988.

Innis, Robert E. ed. *Semiotics: An Introductory Anthology*, Bloomington: Indiana University Press, 1985.

Jakobson, Roman and Halle. Morris eds, *Fundamentals of Lan-*

guage, Hague: Mouton Press, 1956.

Jakobson, Roman, "What is Poetry?" in Ladislav Matejka and LrR. Titunik. ed. *Semiotics of Art*, Cambridge: the MIT Press, 1976.

Jakobson, Roman, "Linguistics and Poetics", *in* Krystyna Pomarska and Stephen Rudy ed. *Language in Literature*, Cambridge and London: The Belknap Press of Harvard, 1987.

Jameson, Fredric, *The Political Unconsciousness: Narrative as a Socially Symbolic Act*, Ithaca, New York: Cornell University Press, 1981.

Kirby, David, *Dictionary of Contemporary Thoughts*. London: Macmillan Press, 1984.

Klinkowitz, Jerome and Lawler, Donald L, eds, *Vonnegut in America: An Introduction to the Life and Work of Kurt Vonnegut*, New York: Delacorte Press, 1973.

Kristeva, Julia, "Bakthine, le mot, le dialogue et le roman", *Semeiotike: Recherches pour une semanalyse*, Paris: Seuil, 1969.

Levi-Strauss, Claude, "Overture to le Cru et cuit", trans. Joseph H. McMahon, *Yale French Studies*, Nos. p. 57 (1996).

Levine, George, *The Realism Imagination: English Fiction from Frankenstein to Lady Chatterly*. Chicago: University of Chicago Press, 1981.

Lodge, David, *The Mode of Modern Writing*, London: Hodder & Stoughton Educational, 1977.

Lodge, David, *After Bakhtin: Essays on Fiction and Criticism*, London and New York: Routledeg, 1990.

Lotman, Jurij, *The Stucture of the Artistic Text*, Michigan: University of Michigan Press, 1977.

Lucente, Gregory, *Beautiful Fables: Self-consciousness in Italian Narrative from Manzoni to Calvino*, London: Johns Hopkins University Press, 1986.

Macherey, Piere, *A Theory of Literary Production*, London: Routledge, 1978.

Macherey, Piere, *In a Materialist Way: Selected Essays*, London and New York: Verso, 1998.

Maingueneau, *Introduction aux methods de l'analyse du discourse*, Paris: Hachette, 1976.

Martin, Wallace, *Recent Theories of Narrative*, Ithaca, New York: Cornell University Press, 1986.

Matejka, Ladislav and Pomorska, Krystyna ed. *Russian Formalism Criticism: Four Essays*, Lincoln and London: the University of Nebraska Press, 1965.

McCaffery, Larry, *The Metafictional Muse*, Pittsburgh: University of Pittsburgh Press, 1982.

McCarthy, Mary, *On the Contrary*, New York: Farrar, Straus, & Cudahy, 1961.

McCarthy, Mary, *Ideas and the Novel*, New York: Harcourt Brace Jovanovich, 1980.

Merrill, Robert ed. *Critical Essays on Kurt Vonnegut*, Boston: G. K. Hall, 1990.

Monika, Fludernik, *Towards a " Natural" Narratology*, London: Routledge, 1966.

Nabokov, L. S. Dembo, *The Man and His Book*, Wisconsin: The University of Wisconsin Press, 1967.

Norris, Christopher, *The Contest of Faculties: Philosophy and Theory After Deconstruction*, London and New York: Methuen, 1985.

Noth, Winfried, *Handbook of Semiotics*, Bloomington and Indiianapolis: Indiana University Press, 1990.

Northrop, Frye, *Anatomy of Criticism*, Princeton: Princeton University press, 1957.

Prince, Gerald, *Narratology: The Form and Functioning of Narrative*, Baltimore: Johns Hopkins University Press, 1982.

Prince, Gerald ed. *Ictionary of Narratology*, Nebraska: University of Nebraska Press, 2003.

Pyrhonen, Heta, *Murder from an Academic Angle: An Introduction to the Study of the Detective Narrative*, Columbia: Camden House, 1994.

Ricoeur, Paul, "Narrative Time", *Critical Inquiry*, 1980 (7).

Ricoeur, Paul, *Temps et recit*, Paris: Seuil, 1983.

Ricoeur, Paul, "Lidentite narrative", in *Esprit*, Paris, 1988.

Ricoeur, Paul, "Mimesis, reference et refiguration dans *Temps et Recit*", in *Etudes phenomenologiques*, Louvain, 1990.

Robert, Rushing A., "From Monk to Monks: The End of Enjoyment In Umberto Eco's The Name of the Rose," in *Symposium*, Vol. 59, 2005 Summer.

Rose, Margaret, *Parody/Metafiction: An Analysis of Parody as a Critical Mirror to the Writing and Reception of Fiction*, London: Croom Helm, 1979.

Rose, Margaret A, *Parody: Ancient, Modern, and Postmodern*,

Cambridge: Cambridge University Press, 1993.

Rushdie, Salman, *Shame.* London: Picador, 1983.

Sayers, Dorothy L, *An introduction to The Omnibus of Crime.* New York: Payson and Clarke Ltd, 1929.

Sollers, Philippe, "Eeriture et revolution", *Theorie d' ensemble*, Paris: Seuil, 1968.

Spires, Robert, *Beyond the Metafiction Mode*, Lexington: University of Kentucky Press, 1984.

Sterne, Laurence, *The Life and Opinions of Tristram Shandy, Gentleman*, New York: W. W. Norton, 1979.

Sukenick, Ronald, *In Form: Digressions on the Act of Fiction*, Carbondale and Edwardsville: Southern Illinois University Press, 1985.

Susser, Bernard, *Political Ideology in the Modern World*, Massachusetts: A Simon & Schuster Company, 1994.

Sweeney, S. E, "Purloined letters: Poe, Doyle, Nabokov", *Russian Literature Triquarterly*, 1990 (24).

Thompson, Forrest, "Necessary Artifice", in *Language and Style*, 1973 (6).

Todorov, Tzveean, *Poefigue*, Paris: Seuil, 1968.

Todorov, Tzvetan. *The Poetics of Prose*, Trans. Richard Howard, Oxford: Oxford University Press, 1977.

Trenner, Richard ed. *E, L, Doctorow: Essays and Conversations*, Princeton, New Jersey: Ontario Review Press, 1983.

Van Dijk, Teun A. ed. *Handbook of Discourse Analysis*, London and New York: Academic Press, 1985.

Veeser, H. Aram. ed, *The New Historicism*, NewYork and London：Routledge, 1989.

Versluys, Kristiaan. eds. *Neo-Realism in Contemporary American Fiction*, Amsterdam：Rodopi, 1992.

Waugh, Patricia, *Metafiction：The Theory and Practice of the Self-Conscious Fiction*, London, New York：Routledge, 1993.

White, Haydern, *Tropics of Discourse：Essays in Cultural Criticism*, Baltimore, Maryland：Johns Hopkins University Press, 1978.

Williams, Raymond, "Marxism, Structuralism and Literary Analyse", *New Left Review*, 1981 (Sep).

五 其他

[美] 艾布拉姆斯：《欧美文学术语词典》，朱金鹏、朱荔译，北京大学出版社 1990 年版。

赵一凡主编：《西方文论关键词》，外语教学与研究出版社 2006 年版。